HAYMON verlag

Unverkäufliches und unkorrigiertes Leseexemplar
für Presse, Veranstalter und Buchhandel

Wir wünschen Ihnen ein anregendes Leseerlebnis
und freuen uns über Ihre Rückmeldungen.
presse@haymonverlag.at

Für RezensentInnen:
Bitte beachten Sie die **Sperrfrist bis 21. 07. 2017**.
Vielen Dank für Ihr Verständnis.

Selim Özdogan
Wo noch Licht brennt

„Es gibt drei Möglichkeiten, dem Leben zu begegnen: dulden, kämpfen, fliehen." Nach acht Jahren in der Türkei folgt Gül ihrem Mann nach Deutschland nach. Zum zweiten Mal bereits lässt sie ihre anatolische Heimat hinter sich, um noch einmal Fuß zu fassen in einem Land, das mehr finanzielle Sicherheit verspricht. Heimweh und Sehnsucht hat sie gelernt zu erdulden, indem sie ihrer Umwelt immer liebevoll und voller Akzeptanz begegnet.

Mit viel Gefühl und Poesie, aber ohne Sentimentalität schildert Selim Özdogan das Leben seiner Protagonistin Gül. Ein Leben, das geprägt ist von Melancholie und Trennung ebenso wie von Warmherzigkeit und Anteilnahme. Er gibt damit jenen Frauen eine Stimme, die wir als kopftuchtragende Mütter und Großmütter aus dem Bus oder dem Supermarkt kennen, deren Alltagswelt den meisten jedoch unbekannt bleibt. Ein zutiefst menschlicher Roman und ein wirksames Gegengift in unserer von Vorurteilen und Fremdenangst bestimmten Zeit.

Selim Özdogan, Sohn türkischer Eltern, ist 1971 in Köln geboren, wo er noch heute lebt. Seit seinem Debüt „Es ist so einsam im Sattel, seit das Pferd tot ist" (1996) hat er zahlreiche Romane und Kurzgeschichten veröffentlicht und wurde mehrfach ausgezeichnet, u.a. mit dem Adelbert-von-Chamisso-Preis (1999). Zuletzt bei Haymon erschien der vielbeachtete Roman „Wieso Heimat, ich wohne zur Miete" (2016).

www.selimoezdogan.de

Selim Özdogan

Wo noch Licht brennt

Roman

KUNST
STIFTUNG
NRW

Die Arbeit an diesem Roman wurde gefördert durch ein Stipendium der Kunststiftung NRW.

MIX
Papier aus verantwortungsvollen Quellen
FSC® C014138
FSC
www.fsc.org

HAYMON verlag
Innsbruck-Wien
www.haymonverlag.at

Titel-Nr.: 989
Die Buchhandelsausgabe können Sie unter folgender ISBN vorbestellen:
ISBN 978-3-7099-7299-1

Umschlag- und Buchgestaltung nach Entwürfen von hœretzeder grafische gestaltung, Scheffau/Tirol
Umschlag: Sabine Kwauka
Umschlagabbildung: mamita/shutterstock
Satz: Da-TeX Gerd Blumenstein, Leipzig

Gedruckt auf umweltfreundlichem,
chlor- und säurefrei gebleichtem Papier.

I

Unter der Tür schimmert Licht durch. Gül zögert und horcht. In der Stille der Nacht glaubt sie zu hören, wie jemand raucht, und öffnet die Tür, ohne vorher anzuklopfen. Ceyda sitzt am Tisch und zerbricht die Zigarette im Aschenbecher, als sie hastig versucht sie auszudrücken. Gül sieht auf die Uhr an der Wand. Halb vier.

– Was machst du?

– Ich konnte nicht schlafen.

– Schlaflosigkeit ist schlimmer als Sehnsucht.

– Wirklich?

– Die Sehnsucht verschwindet, wenn man schläft, oder wird zumindest weniger. In der Schlaflosigkeit verfolgt einen dagegen alles und man hat keinen Ort, um kurz Luft zu holen. Wer nachts nicht schläft, dessen Sorgen sind so groß, dass sie in seinen Tag nicht hineinpassen.

Seit einer Woche ist Gül hier, sie braucht nicht zu fragen, wie es ihrer Tochter geht, sie hatte genug Zeit, sie zu beobachten.

– Tut mir leid, dass ich dich geweckt habe. Ich habe versucht, leise zu sein, sagt Ceyda.

– Ich war auf der Toilette und habe das Licht gesehen.

– Leg dich wieder hin. Komm nicht auch du noch um deinen Schlaf.

Gül schüttelt den Kopf und setzt sich. Sie hofft, dass es einen Unterschied macht. Sie schläft selbst auch schlecht, seit sie wieder in Deutschland ist, aber davon hat sie Ceyda nichts erzählt. Könnte man Schlaf teilen, sie würde alles, was sie hat, Ceyda geben.

Als sie vor über zwanzig Jahren das erste Mal in dieses Land gekommen ist, konnte sie nur wenige Worte deutsch, sie fühlte sich hilflos und verloren in einer andersartigen Welt, die Menschen, die Sprache, der Alltag, die Lebensmittel, alles war ihr fremd. Sie, die aus der türkischen Kleinstadt kam, verlief sich auf dem Weg zur Arbeit. Während Fuat auf der Nachtschicht war, saß sie in der kleinen Küche der Einzimmerwohnung und ihr Herz blutete, weil sie ihre kleinen Töchter in der Türkei zurückgelassen hatte.

Jetzt, wo sie nach fast acht Jahren in der Türkei wieder nach Deutschland zurückkehrt, weiß sie viel besser als beim ersten Mal, was sie erwartet. Sie muss nicht denselben Schmerz der Trennung erdulden, dennoch schläft sie schlechter als damals. Viel schlechter. Sie greift nach der Schachtel und hält sie Ceyda hin.

– Ich kann das nicht.

– Du bist eine erwachsene Frau, du hast zwei Kinder, du darfst ruhig in Gegenwart deiner Mutter rauchen. Schau, ich nehme mir auch eine. Lass uns gemeinsam rauchen und dann ins Bett gehen.

Ceyda gibt erst ihrer Mutter, dann sich selbst Feuer.

– Weißt du noch, sagt Gül, wie dein Vater deine Zigaretten gefunden und dann wortlos auf den Tisch gelegt hat?

– Natürlich. Kein Wort hat er gesagt. Auch später nicht. Mir ist heiß geworden. Ich wusste überhaupt nicht, was ich tun soll und ob mich ein Donnerwetter erwartet oder nicht. Ich hatte solche Angst, dass ich drei Wochen lang nicht geraucht habe.

Heute erzählt Fuat die Geschichte gerne, um zu erklären, wie einfach Erziehung ist. Man müsse nur wissen, wann man den Mund zu halten hat. Fuat, der gerne große Reden schwingt, Fuat, der gerne prahlt. Der Mann, der es seit Monaten nicht schafft, in Bremen eine Wohnung zu finden, in der er gemeinsam mit seiner Frau leben könnte. Fuat, der in einem Apartment wohnt, das noch kleiner ist als die Einzimmerwohnung, in die Gül seinerzeit gekommen ist. Fuat, der sie jahrelang hingehalten hat, wenn es darum ging, wann auch er zurück in die Türkei kommen würde. Fuat, der nicht erfreut darüber zu sein schien, dass Ceyda ihrer Mutter nun geholfen hat, wieder nach Deutschland zu kommen. Als Gül das erste Mal nach Deutschland übergesiedelt ist, war sie fremd, aber sie hat sich nicht unerwünscht gefühlt und hat nicht auf einer ausziehbaren Couch im Wohnzimmer geschlafen, sondern im selben Bett wie ihr Ehemann.

Im Flur hört man das schleifende Geräusch, das Gül schon kennt. Das Geräusch, das der kleine Timur macht, wenn er nachts in seinem Schlafsack aus dem Kinderzimmer trippelt. Ceyda steht auf und Gül hofft, dass ihre Tochter noch ein paar Stunden schläft, wenn sie sich nun mit ihrem Sohn ins Ehebett legt.

Wie in ihren ersten Tagen in Deutschland sitzt Gül am Küchentisch und schreibt Briefe. Damals hatten sie kein Telefon, und als sie dann später eines bekamen, hatte ihr Vater in der Türkei keines. Als der Schmied schließlich ebenfalls ein Telefon bekam, musste man die Ferngespräche beim Postamt anmelden und stundenlang warten, was dazu führte, dass oft mitten der Nacht schlaftrunken telefoniert wurde.

Jetzt könnte sie einfach anrufen, sie hat die Nummer ihres Vaters, ihrer drei Schwestern, ihres Bruders, es kostet ein Vermögen, doch sie könnte eine dieser Nummern wählen und mit wenigen Worten eine Verbindung schaffen, sie könnte sich am Klang der Stimmen wärmen, sie könnte die Sehnsucht lindern für einige Momente, sie könnte die Melodie hören, die sie gemeinsam sind.

Nur Ceren hat keine Nummer, die sie wählen könnte. Ceren, die noch keine drei Jahre alt war, als Gül sie damals bei ihrer Schwiegermutter gelassen hat, das kleine Mädchen, das sich beim Abschied am Fuß der Treppe die Haare raufte und das Gesicht zerkratzte, als ahnte sie, dass sie ihre Mutter 18 Monate lang nicht mehr sehen würde. Ceren, die mittlerweile in Erzurum wohnt, weil ihr Mann seine ersten zwei Jahre Dienst als Lehrer in einer östlichen Provinz verrichten muss.

Ceren ist damals mit ihrer Mutter zurück in die Türkei gezogen und hat sich in den ersten Jahren schwergetan in der neuen Umgebung. Doch nun ist sie glücklich mit Mecnun, wenigstens eine, die einen guten Mann bekommen hat, dem Herrn sei's gedankt.

Gül sitzt am Küchentisch, doch sie weiß nicht, was sie schreiben soll. Sorgen. Alles, was ihr einfällt, sind Sorgen. Die Missstimmung zwischen Fuat und ihr, Ceydas Sorgen mit ihrem Mann Adem, seine Gleichgültigkeit ihr gegenüber, Güls Ängste vor der Zukunft, ihr Bedauern, die Türkei wieder verlassen zu haben.

Sie wollte ja nach zurück nach Deutschland, weil sie sich in ihrer Heimatstadt verloren fühlte, nachdem Ceren weggezogen war und Fuat immer noch nicht zurückkam, um sie wenigstens vor den anzüglichen Bemerkungen der anderen Männer zu schützen. Sie wollte zurück nach Deutschland, um bei Fuat zu sein und um Ceyda beistehen, doch nun vermisst sie ihren Vater, vermisst ihre Schwester Sibel, vermisst das Sommerhaus, vermisst die Entfernung zu Deutschland. Ceren würde sich möglicherweise schlecht fühlen in ihrem Glück, wenn sie ihr all das schreiben würde.

Der Stift in ihrer Hand hat Sorgen, das Papier vor ihr hat Sorgen, der Umschlag hat Sorgen, die Briefmarken haben Sorgen, nichts hat Leichtigkeit, so kommt es Gül vor, wie soll sie da etwas schreiben, das Ceren bei sich tragen kann, wie soll sie Worte finden, die eine Verbindung schaffen? Nachdem sie eine halbe Stunde über die Begrüßung kaum hinausgekommen ist, gibt sie auf, geht ins Wohnzimmer und schaltet den Fernseher ein. Auf dem deutschen Kanal, türkische Sender kann man noch nicht empfangen, wird eine Frau interviewt, deren Akzent Gül sofort erkennt. So wie diese Frau hat auch Tanja gesprochen. Tanja, die einzige Deutsche, die damals in der Heimstraße wohnte, Tanja, die einige Sitten und Gebräuche ihrer Nachbarn angenommen hat, Tanja, die sich wohl fühlte unter all den Ausländern. Tanja, die alte Dame, die alle nur Tante Tanja nannten und die gestorben ist, kurz bevor Gül zurück in die Türkei zog. Gül denkt an die Heimstraße, in der sie jahrelang gewohnt hat, bevor die Wollfabrik schloss und sie und Fuat ihre Arbeit verloren. Fuat fand dann eine Stelle bei Mercedes in Bremen und Gül beschloss, in die Türkei zu ziehen, wohin Fuat ihr wenige Jahre später folgen wollte. Ceyda war damals schon verheiratet und blieb in Deutschland, Ceren ging noch in die Schule und zog mit ihrer Mutter gemeinsam um.

Sie hatten Sorgen, auch in der Heimstraße, aber rückblickend erscheint es Gül, als seien sie dort glücklich gewesen. Als die Kinder noch zu klein waren, um zu übersetzen, ist sie oft zu Tanja gegangen, wenn sie Briefe vom Amt bekamen, die sie nicht verstanden, und Tanja hat geduldig versucht zu erklären, was es mit den Schreiben auf sich hatte. Tanja hat anders gesprochen als die anderen Deutschen, doch Gül hat sich nie gefragt, warum das so war. Jetzt erkennt sie den Akzent und hört der Frau zu, die sich freut, endlich reisen zu dürfen und dass die da oben die Rechnung dafür bekommen haben, das eigene Volk nicht ernst zu nehmen.

Gül hat Tanja nie gefragt, wo sie herkommt. Sie wusste nur, dass ihre Ehe kinderlos geblieben und ihr Mann bereits verstorben war, als sie in die Heimstraße zog. Sie hat sich gewundert, dass so wenig Deutsche auf Tante Tanjas Beerdigung waren, und hat geglaubt, es liege daran, dass für die Deutschen Familie nicht so wichtig ist, doch nun glaubt sie besser zu verstehen.

Der Tod ist Gottes Befehl, wenn nur die Trennung nicht wäre. Gül murmelt die Zeilen Orhan Velis vor sich hin. Die Trennung findet den Menschen. Sie hat ihren Vater, den Schmied, gefunden, als er noch ein kleiner Junge war und sein Vater starb. Sie hat ihn später noch einmal gefunden, als er ihm seine Frau Fatma genommen hat. Sie hat Gül gefunden, als sie fast sechs war und ihre Mutter starb.

Doch die Trennung findet den Menschen auch ohne den Tod. Sie hat Gül gefunden, als ihr Mann beim Militär war, sie hat ihre beiden Töchter gefunden, als sie ohne sie nach Deutschland zog, sie hat alle Geschwister Güls gefunden, die sich meist nur noch ein oder zwei Mal im Jahr sehen. Die Trennung hat Gül fast ihr ganzes Leben lang begleitet. Doch sie begleitet nicht nur die, die ihre Eltern verlieren, und die, die in die Fremde ziehen, sie begleitet auch die anderen. Sie hat ganz Deutschland begleitet, als es getrennt war.

Wir sind verbunden, denkt Gül. Die Diener des Herrn sind alle verbunden dadurch, dass die Trennung sie begleitet wie ein treuer Freund. Bei denen, die wegziehen, ist sie genauso wie bei denen, die daheimbleiben. Und bei wem sie nicht ist, der hat das Los der Einsamkeit gezogen und ist auch nicht zu beneiden. Ach, ich nehme die Trennung tausendfach auf mich und danke dir, dass ich zwei gesunde Töchter habe, die auf eigenen Beinen stehen, ich danke, dass ich Briefe schreiben kann und meine Augen noch sehen.

Sie drückt den Knopf der Fernbedienung, macht den Fernseher aus und geht zurück in die Küche. Sie zündet sich eine Zigarette an und nimmt den Stift in die Hand.

Das wird auch ihrem belesenen Schwiegersohn gefallen. Der Tod ist Gottes Befehl, wenn nur die Trennung nicht wäre, so heißt es, doch die Trennung ist das Leben, schreibt sie. Wenn man von niemanden mehr getrennt ist, dann ist man tot.

Ihr fällt das andere Gedicht ein, in dem sich jemand wünscht, der Streit würde aufhören, der Hunger würde aufhören, die Müdigkeit, die Bedürfnisse des Körpers, der Schmerz, das Gedicht, in dem jemand sich im Grunde wünscht, tot zu sein. Es ist nur die Trennung, schreibt sie, und die währt nicht für immer. Gott liebt seine Geschöpfe, und wenn er sie auch an der Trennung leiden lässt, sie ist erst nach dem Tod ewig.

Gül schreibt einen Brief voller Melancholie und schwerer Gedanken, doch keinen, der gefüllt ist mit Sorgen, sie schreibt einen Brief, in dem die Liebe einen Platz findet in der Melancholie und der ein Herz erwärmen kann im Frühling nach dem harten Winter Erzurums.

Fuat hat schon gehumpelt, als er Gül vom Flughafen abgeholt hat, nur eine kleine Wunde am Knie hat er gesagt. Das ist jetzt fast drei Wochen her, drei Wochen, in denen Gül bei Ceyda in einem Vorort von Hamburg gewohnt und ihren Mann, der in Bremen wohnt und arbeitet, fast nur an den Wochenenden gesehen hat. Drei Wochen, in denen sein Humpeln immer schwerer geworden ist. Nun ruft er an und sagt, dass er im Krankenhaus ist und dort auch bleiben muss. Es hat sich ein Abszess gebildet, der operiert worden ist.

– Er hat sich nicht um dich gekümmert und du möchtest sofort zu ihm, wenn er anruft?

– Er ist mein Mann.

Ceyda sieht ihre Mutter an. Ihr Mann. Dieser Mensch, den sie Vater nennt und den sie früher in der Heimstraße zusammen mit ihrer Mutter häufig nachts aus dem Auto ins Haus getragen hat, damit die Nachbarn morgens nicht sehen, dass er es im Suff nicht mehr bis in die Wohnung geschafft hat.

– Gut, sagt sie, wenn du möchtest, fahren wir. Wir nehmen das Auto und lassen die Kinder bei meiner Schwiegermutter.

Zum ersten Mal sieht Gül Ceyda Auto fahren und sie freut sich für ihre Tochter. Sie wollte, dass ihre Kinder gebildeter sind als sie, sie wollte, dass sie unabhängig sind. Sie hat früher immer ihre Freundin Saniye bewundert, die viel am Steuer saß, wenn die beiden Familien gemeinsam in die Türkei fuhren. Autofahren erscheint Gül wie ein Stück Freiheit, doch sie hat schon als Beifahrerin große Angst und traut sich nicht zu, jemals so viel Mut aufzubringen, selbst zu fahren.

Die erste halbe Stunde schweigen beide. Ceyda hat noch nie viel geredet und Gül weiß häufig nicht, was in ihrer Tochter vorgeht. Sie weiß nicht, warum sie sich damals für eine Lehre als Friseurin entschieden hat, sie weiß nicht, warum sie Adem geheiratet hat, sie weiß nicht, ob sie ihr noch nachträgt, dass sie sie als Kind in der Türkei zurückgelassen hat.

Dass Gül so lange schweigt, ist ungewöhnlich, doch sie genießt den ersten Teil dieser Fahrt, sie genießt ihn, weil das Auto ein privater Raum ist, ein Raum, in dem nur sie beide sind, es kann kein Telefon klingeln, keiner kann unvermutet die Tür öffnen, keines der Kinder kann nach Aufmerksamkeit verlangen, in diesem Auto fühlt sich Gül mit ihrer Tochter ungestörter als nachts in der Küche.

– Ich wollte euch nicht zur Last fallen. Vielleicht kann ich ja in der Wohnung in Bremen bleiben, solange dein Vater im Krankenhaus liegt.

– Mama, du fällst uns nicht zur Last. Die Kinder freuen sich, deinen Händen sei Dank habe ich gar nicht mehr gekocht, seit du da bist. Und du weißt doch, wie Vater ist, er sträubt sich eben, aber er wird euch eine schöne Wohnung finden, vielleicht sogar vom Krankenhaus aus, man muss ihn nur ein wenig motivieren, ich mache das schon. Du bist wahrscheinlich ohnehin nicht mehr lange bei uns, ich möchte, dass wir die Zeit genießen, die wir noch haben.

– Glaubst du, dass es Adem stört?

Ceyda zögert. Zündet sich eine Zigarette an. In Gegenwart ihrer Mutter. Lächelt gequält.

– Die Wahrheit? Die Wahrheit ist, dass ich es nicht weiß. Ich würde dir sagen, wenn es ihm auf die Nerven ginge, ich würde es dir sagen und ich würde mich darüber freuen. Ich würde mich freuen über irgendeine Gefühlsregung. Die Kinder nerven ihn manchmal, aber sonst ist er der gleichgültigste Mensch, den man sich vorstellen kann. Du siehst ihn ja. Wie viele Jahre sind wir jetzt verheiratet und er ist mir immer noch ein Rätsel. Ich wollte keinen wie Vater, ich wollte auf gar keinen Fall einen, der trinkt, und jetzt habe ich so einen wie die, auf die Vater immer geschimpft hat, einen, der lebt wie eine Pflanze. Er schlägt nicht, er flucht nicht, er spielt nicht, er frisst nicht, er läuft keinem Vergnügen nach, er hilft nicht im Haushalt, es interessiert ihn nicht, wie es mir geht, er kann sich nichts merken, was ich ihm sage. Er würde ihn nicht weiter stören, wenn ich auf einmal weg wäre. Ich könnte wahnsinnig werden. Jedes Mal, wenn er nach Hause kommt und die Vorhänge sind zugezogen, fragt er: Warum hast du die Vorhänge zugezogen? Es ist helllichter Tag. Jedes Mal. Und wenn ich ihm geantwortet habe, macht er sie auf und sagt: Was soll ich denn in einer dunklen Wohnung? Aber er regt sich nicht auf. Nie.

Sie sieht ihre Mutter an.

– Ich glaube nicht, dass es ihn stört, dass du da bist. Ich glaube, ihn stört es mehr, wenn die Batterien der Fernbedienung leer sind.

Was soll Gül sagen? Ich bin deine Mutter, du kannst dich auf mich verlassen, tu, was du für richtig hältst, ihr seid eine neue Generation, du wirst dein Leben in diesem Deutschland verbringen, ich werde hinter dir stehen und alle deine Entscheidungen unterstützen. Aber würde sie wirklich da stehen? Würde sie nicht Bedenken äußern? Sie, die nur eine Couch hat, auf der sie schläft. Sie, die keinen Pfennig Geld verdient. Sie, die ihren Mann nicht dazu bewegen konnte, rechtzeitig eine gemeinsame Wohnung für sie zu finden. Gül hat schon einmal ihren Platz in Deutschland gefunden, sie wird ihn auch dieses Mal finden, nimmt sie sich vor. Sie wird aufrecht stehen, damit Ceyda sich anlehnen kann. Sie wird. In Zukunft.

Nachdem Ceyda am Empfang des Krankenhauses erfragt hat, wo ihr Vater liegt, steigen Mutter und Tochter in den Aufzug, um in den vierten Stock zu fahren. Als sie ausgestiegen sind, sieht Gül, wie eine Frau die Tür eines Krankenzimmers hinter sich schließt und ihnen entgegenkommt. Erst als die Frau an ihnen vorbeigegangen ist und sie sich Fuats Tür nähern, wird Gül klar, dass sie aus dem Zimmer ihres Mannes gekommen ist.

Fuat liegt auf dem Bett, der Fernseher läuft, er hat ein leichtes Grinsen im Gesicht, als er sich aufrichtet. Seit einigen Jahren geht er im Winter auf die Sonnenbank, und nun sieht er auf den weißen Krankenhauslaken wie das blühende Leben aus. Sein Bettnachbar, ein junger Mann mit roten Haaren, liest eine Boulevardzeitung. Gül weiß, dass die Deutschen keine Worte für diese Situation haben. Man kommt nicht in ein Krankenzimmer und sagt als Erstes *gute Besserung*. Ceren hat als Kind nach einem Unfall einige Tage im Krankenhaus gelegen und dort ihre Freundin Gesine kennengelernt, Gül hat damals viel Zeit in der Klinik verbracht und einiges gelernt.

– Möge es vorbei sein, sagt sie.

– Danke, danke.

– Was genau ist passiert?

– Ich habe mir nur das Knie an einer Ecke von meinem Spind aufgeschrammt, habe ich dir ja erzählt. Ich dachte, das verheilt schon, aber es ist immer schlimmer geworden und gestern auf der Arbeit konnte ich nicht mehr auftreten, geschweige denn arbeiten. Sie mussten das Knie aufmachen, um den ganzen Eiter da herauszuholen. Es hätte zu einer Blutvergiftung kommen können, sagt der Arzt. Kaum fassbar, und das gerade dann, wenn die Produktion auf Hochtouren läuft. Wie viele Überstunden mir jetzt durch die Lappen gehen, nur weil ich hier liegen muss.

– Wie lange sollst bleiben, haben sie etwas gesagt?

– Eine Woche. Eine Woche, das ist fast schon so, als würde man auf den Tod warten.

– So einer bist du ja nicht, sagt Ceyda, jemand, der eine Woche nur liegt. Du wirst doch mit Sicherheit die eine oder andere Sache in Gang bringen, während du hier bist.

– Meine Tochter kennt mich, sagt Fuat geschmeichelt.

Man kann ihm viel nachsagen, aber er ist nicht faul und er legt Wert darauf, als gewieft zu gelten.

– Wahrscheinlich findest du sogar von hier aus eine Wohnung für dich und Mama. Wundern würde es mich nicht.

– Mal sehen, mal sehen. Es ist nicht so leicht, in dieser Stadt eine billige Wohnung zu finden. Und besichtigen kann ich die ja so auch nicht, ich komme kaum bis ins Raucherzimmer mit diesem Bein.

– Möchtest du mir den Schlüssel für deine Wohnung geben? Dann muss Ceyda mich nicht dauernd hin- und herfahren.

– Was willst du denn die ganze Zeit alleine in dieser Wohnung? Du kennst niemanden in Bremen. Willst du in diesem winzigen Zimmer sitzen und Trübsal blasen? Oder noch schlimmer: den ganzen Tag hier im Krankenhaus verbringen? Das ist doch nichts für gesunde Menschen. Ich komme hier zurecht, kein Problem. Solltest du nicht besser bei deiner Tochter sein? Erst willst du nach Deutschland, dann fällt dir nichts Besseres ein, als zwischen einer Wohnung und einem Krankenhaus hin- und herzufahren? Such dir doch lieber eine Arbeit, wenn du zu viel Zeit hast.

Gül weiß nicht, warum Fuat so aufgebracht ist. Ihre alte Freundin Saniye wohnt in Bremen, sie haben sich nicht mehr gesehen, seit Gül in die Türkei gezogen ist, sie haben nur Briefe geschrieben und drei-, viermal telefoniert. Sie wollte Saniye erwähnen, aber nach Fuats letztem Satz weiß sie nicht, ob dieses Gefühl in ihrem Magen als Tränen aus ihren Augen herauswollen wird, und hält den Mund.

Such dir eine Arbeit. Wie oft hat sie das gehört, als sie noch in Deutschland war. Es war nicht ihre Schuld, dass die Wollfabrik geschlossen hatte, es war nicht ihre Schuld, dass die Lage auf dem Arbeitsmarkt schlecht war. Dass Fuat eine neue Arbeit gefunden hatte, war schon ein Glück. Fuat hat geklagt, wie er mit einem Gehalt drei Mäuler stopfen sollte. So könne er ihre Zukunft in der Türkei nicht sichern. Sichern, sichern konnte man die Zukunft mit Geld. 10.500 Mark für Gül und 1.500 Mark für Ceren gab es als Rückkehrerhilfe. Wer konnte damals ahnen, dass Fuat seine Rückkehr immer wieder aufschieben würde, dass Ceren heiraten und nach Erzurum ziehen würde, wer konnte ahnen, dass Ceyda alles in Bewegung setzen würde, um ihrer Mutter eine Rückkehr nach Deutschland zu ermöglichen. Und wer kann jetzt ahnen, dass auch Ceren eines Tages wieder in Deutschland leben wird?

Such dir eine Arbeit. So wie er früher häufig gesagt hat, er bevorzuge schlanke Frauen. Es trifft sie. Dämpft das Licht in ihrem Inneren. Sie hat ihm einmal entgegnet, sie würde Männer mit Haaren auf dem Kopf bevorzugen, seitdem hat er kein Wort mehr über ihre Figur verloren. Such dir eine Arbeit. Darauf weiß sie keine Entgegnung. Such dir eine Arbeit. Als wäre das so einfach.

– Sie ist noch keinen Monat hier, ihr habt noch nicht einmal eine Wohnung, wir finden schon etwas, mach dir da mal keine Sorgen, sagt Ceyda.

Gül ist erstaunt, wie scharf ihr Ton ist. Das ist nicht mehr das Mädchen, das links und rechts kaum unterscheiden kann, wenn eine Packung Zigaretten auf dem Tisch liegt.

– Da bin ich ja mal gespannt, antwortet Fuat. Unter Arbeit versteht man nicht, an einem warmen Ofen zu sitzen und jeden Monat einfach so 400 Mark überwiesen zu bekommen, keine Miete zahlen zu müssen und sich die Tage mit Klatsch und Tratsch und Weiberkram zu vertreiben.

– Wir sind hierhergekommen, um dich zu besuchen und dir gute Besserung zu wünschen, sagt Ceyda.

– Das habt ihr ja jetzt getan. Euren Füßen sei Dank.

Als Ceyda den Knopf im Aufzug drückt, sieht Gül, dass ihre Hände zittern. Sie hat eine Vorstellung davon, wie viel Beherrschung es ihre Tochter kostet, nicht loszuheulen, als sie die Autotür zuzieht.

– Mach dir nichts draus, du weißt doch, wie er ist, sagt Gül und fragt sich, was sie eigentlich in Deutschland verloren hat.

Gül ist erstaunt, wie sehr Saniye in den letzten acht Jahren gealtert ist, da sind Falten um ihre Augen, ihre roten Haare haben ihren Glanz verloren. Aber sie ist noch so schlank wie zu jener Zeit, als Gül sie kennengelernt hat, und trotz ihrer Augenringe sieht sie nicht erschöpft aus, sondern strahlt, als sie Gül umarmt.

– Was für ein Glück, sagt sie, so führt uns das Leben wieder zusammen. Das habe ich ja nicht gedacht, dass wir uns hier nochmal wiedersehen. Obwohl der Herr mir oft genug in meinem Leben gezeigt hat, dass man seinen Liebsten immer wieder begegnet.

Saniyes Gefühle sind wie Wasser, sie finden immer einen Weg, doch sie stauen sich nie. Gül ist jedes Mal aufs Neue erstaunt, wie diese zierliche Frau sich freuen kann und wie viel Trauer in ihr Platz hat.

Gül wird es leichter ums Herz, als sie ihre Freundin sieht. Es ist, als hätten sie sich gestern erst gesehen und Saniye wäre einfach über Nacht gealtert. Sie sind verbunden, sofort. Gül erinnert sich, dass es mit ihren Schwestern nicht so war, als sie zurück in die Türkei gezogen ist. Vielleicht weil sie fast noch ein Kind war, als sie Fuat geheiratet hat und von zu Hause fortgezogen ist, und weil sie schon eine junge Frau war, als sie Saniye kennengelernt hat.

Saniye wird in der Nähe sein. Jetzt, wo ihr Vater so weit weg ist, jetzt, wo sie ihre Schwester Sibel nicht mehr um sich hat, jetzt, wo sie nicht mehr mit Ceren im Arm am Ofen sitzt, wird es Saniye sein, mit der sie alles teilen kann.

Der zweite Besuch bei Fuat ist friedlicher verlaufen, obwohl Gül viel unruhiger war. Aber auch vorsichtiger, weil sie aus diesem Krankenhaus wollte, ohne verletzende Worte zu hören. Und weil sie sich freute, nach dem Besuch mit Ceyda zu Saniye zu fahren, die in einer

Hochhaussiedlung wohnt und zur Zeit in einer Bäckerei arbeitet. Sie hat über die Jahre schon so viele verschiedene Arbeitsstellen gehabt, dass Gül sie kaum mehr alle zusammenbekommt. Saniye macht es nichts aus, irgendwo aufzuhören und woanders wieder ganz von vorne anzufangen. Sie gewöhnt sich schnell an neue Umstände.

Gül hat in ihrer Anfangszeit in Deutschland in einer Hühnchenschlachterei gearbeitet, in einer Näherei und in einer Brotfabrik, jeweils nur kurz und ohne Arbeitserlaubnis. Ihre erste richtige Stelle war in der Wollfabrik, wo sie geblieben ist, bis sie geschlossen wurde.

Bei Saniye im Wohnzimmer stehen ein großes Regal voller türkischer Bücher und ein fast genauso großes Regal voller Platten und CDs, die Gül hier zum ersten Mal sieht. Der Fernseher ist riesig, Fuat hätte seine Freude daran, doch so ein großer würde kaum in seine Wohnung passen, und selbst wenn die Wohnung größer wäre, würde er ihn wahrscheinlich nicht kaufen. Da stehen mächtige Boxen, die teuer aussehen, außerdem hängt ein Bild an der Wand, auf dem man Alltagsgegenstände sieht, die seltsame, fließende Formen haben. Doch es hängt auch ein blaues Auge aus Glas über der Tür, um den bösen Blick abzuwenden, da ist ein Samowar, da sind Tulpengläser, Häkeldeckchen, Gegenstände, die für Gül ein vertrauter Anblick sind.

Saniyes Mann Yılmaz ist seinerzeit nicht wegen der Arbeit nach Deutschland gekommen, sondern weil er wegen politischer Aktivitäten von seinem Studium ausgeschlossen wurde. So erklärt sich Gül die vielen Bücher, aber sie weiß nicht, warum jemand, der viel liest, auch so einen großen Fernseher braucht.

Während Gül zwei Stück Zucker in ihren Tee rührt, ist sie versucht, von ihrem Kummer zu erzählen, entscheidet sich aber dagegen. Ceyda ist schon nach Hause gefahren, Saniye und sie sind unter sich, doch warum soll sie eine Decke aus Gram über dieses freudige Wiedersehen legen? Warum soll sie an traurige Melodien erinnern? Die beiden Frauen zünden sich Zigaretten an, der süße Tee, die Worte, die Vergangenheit, die gemeinsamen Anfangstage in Deutschland, Saniyes helles Lachen, Güls behagliches Seufzen im Wohnzimmer voller Bücher und Platten und CDs verbinden sich an diesem späten Nachmittag zu einer Blase, in der die beiden Frauen herausgehoben werden aus ihrem Alltag und in der sie einfach erzählen, was sie in den letzten Jahren bewegt hat, wer Kinder bekommen hat, wer gestorben ist, wer keine Arbeit hat und zu wem das Schicksal besonders gütig oder mitleidlos war.

Gül hat bestimmt schon sechs Gläser Tee getrunken, als sie den Schlüssel in der Tür hört, ein Geräusch, das sie zurückholt. Es gibt noch eine Welt draußen, und aus dieser kommt Yılmaz. Nachdem er Gül herzlich begrüßt hat, sieht er kurz fragend seine Frau an, die sanft den Kopf schüttelt. Das Lächeln verschwindet aus seinem Gesicht und Gül fühlt sich fehl am Platz.

– Wir haben keine Butter mehr, sagt Saniye, kannst du bitte nochmal kurz in den Supermarkt?

Yılmaz nickt. Während er weg ist, kommt Sevgi, die Tochter der beiden, heim.

– Du erinnerst dich doch, sagt Saniye.

– Wie könnte ich Tante Gül jemals vergessen, sagt das Mädchen. Ich habe mich jedes Mal gefreut, wenn wir euch in der Heimstraße besucht haben, obwohl Ceyda und Ceren ja so viel älter waren als ich.

Gül hat Tränen in den Augen, Sevgi war vielleicht fünf, als sie sich das letzte Mal gesehen haben. Ohne Scheu geht das Mädchen auf Gül zu, lässt sich umarmen und küssen und legt dann ihren Kopf an Güls Schulter.

– Der Geruch, sagt sie dann. Der Geruch von früher ist leider nicht mehr da.

– Sevgi, sagt Saniye mit einem mahnenden Unterton in der Stimme, während man erneut den Schlüssel in der Tür hört.

Der Geruch wird wiederkommen, denkt Gül, ich werde wieder ein Heim erschaffen, eines, in dem sich wieder alle wohl fühlen werden, eines, an das man sich erinnern wird wie an die Heimstraße. Wenn nur die guten Träume wahr werden könnten und die schlechten in Vergessenheit geraten.

Yılmaz kommt wieder rein, seine Augen glänzen, er lächelt.

– Der Geruch ist jetzt bei euch, sagt Gül.

Saniye sieht sie an, als hätte Gül kein Kompliment gemacht, sondern eine Anspielung, aber Gül hat keine Ahnung, worauf.

In dieser Nacht schläft Gül auf einem anderen Sofa, sie schläft, als sei Schlaf etwas, aus dem Mut gemacht wird und nicht etwas, aus dem man erwacht, um die Tochter in der Küche rauchend vorzufinden.

Gül hat Angst, sich zu verlaufen, sie hat Angst, in eine Situation zu geraten, in der ihr Deutsch nicht ausreicht, sie hat Angst vor verletzenden Worten, sie hat Angst davor, ungewohnten Situationen ausgesetzt zu sein, doch sie hat keine Angst vor Arbeit. Wie groß auch der Berg zu sein scheint, der sich vor ihr auftürmt, sie geht darauf zu ohne zu zagen. Ihr Vater hat in der Gluthitze des Feuers gehämmert. Gül erinnert sich an das Geräusch der Schweißtropfen auf dem heißen Eisen. Nie hat er geklagt über die Arbeit, aber häufig über das Jucken seiner Waden. Gül hat keine Angst vor Arbeit, darin könnten sie und Fuat sich ähneln, doch Fuat drückt sich gerne. Nicht weil er faul ist, sondern weil er sich gewieft vorkommt, wenn er ungestraft weniger tut, als er muss.

Gül hat keine Angst vor Arbeit und von ihrer Tochter kennt sie es auch nicht anders. Jetzt ist sie überrascht, als Ceyda an diesem Morgen im Friseursalon anruft und sich krankmeldet. Ceyda sieht den erstaunten Blick ihrer Mutter und sagt:

– Die kennen das. Das passiert ab und zu, dass ich mich krankmelden muss.

– Krank? Du siehst mir ganz gesund aus.

– Ich sehe schon so kleine Flecken in den Augenwinkeln, als würde da die Farbe verlaufen und gleichzeitig eckig werden. Und meine Finger sind taub. Es dauert nicht mehr lange, bis die Kopfschmerzen anfangen.

Gül kann es noch nicht ganz glauben. Ihre Tochter meldet sich wegen Kopfschmerzen krank? Sie sieht aus, als könnte sie durchaus arbeiten gehen. Während Ceyda die Vorhänge zuzieht, überlegt Gül, ob ihre Tochter je über Kopfschmerzen geklagt hat, solange sie noch zu Hause wohnte.

– Seit wann hast du denn diese Kopfschmerzen?

– Das hat etwa ein Jahr nach Duygus Geburt angefangen.

– Was sagt der Arzt dazu?

– Es ist eine Migräne, man kann nicht viel machen.

– Warum hast du mir nicht davon erzählt, als es anfing?

– Ach, Mama, was hätte das denn geändert?

Ceyda ist blass geworden in den letzten Minuten, das konnte man sogar in dem Halbdunkel mit den zugezogenen Vorhängen erkennen. Jetzt steht sie auf und geht auf die Toilette, wo sie sich übergibt.

Gül weiß immer noch nicht, was Ceyda heute erwartet. Kurz nachdem sie sich übergeben hat, liegt ihre Tochter auf der Couch und ist zu nichts mehr fähig. Sie bittet ihre Mutter, leiser aufzutreten, dabei ist der Teppich dick und schluckt alle Geräusche. Ceyda lehnt die Aspirin ab, weil die sowieso nicht helfen, ebenso den Kaffee mit Zitronensaft und die kalten Umschläge.

Gül sieht hilflos zu, wie ihre Tochter sich auf der Couch windet, aber nur ganz langsam, weil auch die Bewegung schmerzt. Sie hört Ceydas Wimmern und sieht die Qualen auf ihrem Gesicht, und wenn sie lange genug hinstarrt, bekommt sie eine Ahnung, wie sich ein Kopf mit Migräne anfühlen kann. Wie ein hämmernder Schmerz von innen gegen eine Seite des Schädels drückt und auf einen der Augäpfel, wie er immer stärker pulsiert, wie sich der Magen anfühlt, als wolle er alleine den ganzen Weg bis zum Mund gehen, wie jede kleine Bewegung im Körper ein Echo im Schmerz findet, das noch lange nachhallt.

Gül möchte Ceyda in den Arm nehmen, sie trösten, sie kosen, ihr ein Halt sein, aber Ceyda erträgt keine Berührung. Auch die Stimme ihrer Mutter möchte sie nicht hören.

– Mama, sag bitte nichts mehr. Mir kann man nicht helfen. Sei still, mit ein wenig Glück bin ich wieder auf den Beinen, bis die Kinder kommen.

Die Kinder sind wie jeden Tag zusammen mit ihren Cousins bei ihrer Großmutter. Der Großvater ist gestorben, bevor er auch nur einen Enkel sehen konnte, und die alleinstehende Frau führt ein strenges, aber liebevolles Regiment über die kleinen Rabauken, wie sie sie nennt. Ich habe sieben Kinder großgezogen, sagt sie, da werde ich doch mit diesen vier hier spielend fertig. Doch in zwei Jahren schon wird sie sich zu alt dafür fühlen und ihre Ruhe haben wollen.

Gül geht in die Küche, um zu kochen, weil sie sich irgendwie ablenken muss.

– Mama, ruft Ceyda und ihre Stimme klingt klagend, schwach, gebrochen. Ein wenig so, wie sie vor etlichen Sommern klang, als sie ihre Mutter nach 18 Monaten Trennung wiedersah. Mama, vier Buchstaben, die einen Klang bilden, in dem Schmerz, Vorwurf, Verzweiflung, Ohnmacht und Sehnsucht Platz haben.

Gül geht so leise sie kann ins Wohnzimmer.

– Mama, bitte nicht kochen. Der Geruch bekommt mir nicht.

Einige Stunden später kommt Adem von seiner Frühschicht aus der Glasfabrik und fragt:

– Warum hast du die Vorhänge zugezogen? Es ist helllichter Tag.

– Ich habe Migräne, Adem.

– Willst du nicht ins Bett gehen? Ich würde gerne fernsehen.

Gül kann ihren Zorn nur mit Mühe im Zaum halten.

– Ich bin schon dankbar dafür, sagt Ceyda später, früher hat er einfach die Fernbedienung genommen und den Fernseher eingeschaltet. Man kann dir ja ohnehin nicht helfen, hat er gesagt und damit war die Sache für ihn erledigt.

Die dunklen Augen, die jetzt schon dichten Augenbrauen, die längliche Kopfform, die trotz der Pausbacken zu erkennen ist, alles an ihr ähnelt ihrem Vater. Gül sitzt mit dem Bild ihrer Enkelin in Ceydas Küche und spürt die Kraft, die sie mit Fatma verbindet, die nach ihrer Großmutter benannt ist. Sie kennt Cerens Tochter nur von diesem drei Monate alten Foto. Jetzt ist Fatma schon sieben Monate und viel größer als auf dem Bild, sie fängt langsam an zu krabbeln. Mecnun musste in die Stadt fahren, um den Film entwickeln zu lassen, doch die Straßen waren wochenlang zugeschneit. In diesem Winter hat es minus 30 Grad gehabt, schreibt Ceren, sie kann an einer Hand abzählen, wie oft sie in den ersten Monaten nach Fatmas Geburt vor der Haustür war. Was sollte sie auch draußen tun? Auch Mecnun hat drei Wochen lang nicht gearbeitet, weil es nicht genug Holz gab, um das Klassenzimmer zu heizen.

So viel Zeit ist seit Güls Kindheit vergangen, wenn nicht in jedem Haus, so gibt es doch in jedem Postamt ein Telefon, Menschen besitzen eigene Fotoapparate, die Technik macht überall Fortschritte. Gül fragt sich, ob alles aus Sehnsucht entstanden ist, die Telefone, die Fernseher, die Fotoapparate, ist das alles erfunden worden, weil ein Mensch sich einem anderen näher fühlen wollte. Ist die Sehnsucht die Kraft, die alle antreibt? So viel hat sich geändert seit ihrer Kindheit, aber in der Türkei bleiben immer noch Schulen geschlossen, weil sie nicht geheizt werden können. Sie hat gefroren in der Schule, Ceren hat gefroren, vielleicht wird auch Fatma eines Tages frieren. Gül kann nicht ahnen, dass Fatma im Süden des Landes, wo die Winter mild sind, zur Schule gehen wird.

Jetzt ist es Frühling, Ceren geht es gut, für Mecnun nahen die Schulferien, im Sommer werden sie in Güls Heimatstadt fahren und dort werden wieder alle für einige Tage vereint sein. Güls Schwestern und ihr Bruder werden mit ihren Kindern kommen, Ceyda wird da sein und der Schmied wird wieder lächelnd dasitzen und vor Freude feuchte Augen haben. Gül erinnert sich, wie sie die Sommer früher immer genossen hat, wie viel Leben sie in diese sechs Wochen Ferien gesteckt hat, wie sich ihre Grenzen aufgelöst haben, wie voll sie geworden ist, wie lange sie davon zehren konnte.

Als Ceren ihr erzählte, dass sie schwanger ist, hat Gül sich gefreut. Nur eine Mutter weiß, wie eine Mutter sich fühlt, hat sie gesagt. Jemand, der kein Kind hat, kann nicht verstehen, wie es ist, eines zu haben. Nicht die, die es gelesen, gehört, studiert und verstanden haben, wissen es, sondern die, die es gelebt haben. Gül hat sich gefreut, ich habe diese Mädchen auf den Weg gebracht, sie stehen jetzt auf eigenen Beinen, haben eigene Kinder, ich könnte in Frieden sterben, obwohl ich erst vierzig bin, hat sie gedacht. Dabei wusste sie damals schon, dass es Probleme in Ceydas Ehe gibt und dass sie weiterhin für ihre Töchter da sein wollte.

Gül hätte gerne ein Foto von sich und ihren Geschwistern, wie sie als Kinder unter dem großen Maulbeerbaum im Garten stehen. Ein Foto, wie es nie gemacht worden ist. Ein Foto wie eine Tür zu einer anderen Welt, die man immer als schön empfinden wird, weil sie vergangen ist und weil man aus seinen Erinnerungen nicht vertrieben werden kann. Ein Foto, das einen daran erinnert, dass man sich ganz gefühlt hat, heil. Als ein Ton einer Melodie, die man jeden Tag hören konnte. Die Melodie, deren Teil sie alle sind, egal, wo sie sich gerade befinden, die Melodie, die immer weitergesungen wird, die Melodie, der jedes neue Kind in der Familie einen neuen Ton hinzufügt.

Fotos können die Sehnsucht der Augen stillen, das Telefon die Sehnsucht der Ohren, aber Briefe stillen die Sehnsucht des Herzens. Mit den Worten, die man immer wieder und wieder lesen kann, rückt man etwas näher, denn die Worte kommen aus dem Herzen, gelangen durch die Hände auf das Papier und über die Augen wieder zurück ins Herz. Sie fließen durch Hände und Arme, die Verlängerungen des Herzens sind, weil das Herz sich aus Berührungen nährt, von Fingern, die über Wangen streichen, von Händen, die Wärme übertragen, von Armen, die sich um andere legen, von Schultern, die sich an andere Schultern lehnen.

Briefe stillen die Sehnsucht des Herzens, doch nur kurz, der Sehnsucht ist nur Einhalt zu gebieten, wenn auch der Hunger der Haut gestillt wird.

Fuat ist gestürzt und hat sich das Fersenbein gebrochen.

– Man sollte meinen, in einem Land wie diesem hat alles seine Ordnung, zetert er. Ich wäre ja mit diesem verdammten Aufzug gefahren, anstatt mit dem kaputten Knie die Treppe zu nehmen, aber der eine wurde gerade repariert, der andere war nur für Krankentransporte reserviert und auf den dritten habe ich länger gewartet, als es dauert, eine Zigarette zu rauchen. Kaum fassbar, es ist ein Krankenhaus, aber man wird geradezu genötigt, die Treppe zu nehmen. Ganz schön teuer ist mir diese Zigarette gekommen. Jetzt kann ich mich ohne Rollstuhl gar nicht mehr bewegen. All diese Überstunden, die mir durch die Lappen gehen, dieser Fraß, den sie einem hier servieren, das Leben, das man hier führen soll, als sei man nicht mal ein Tier, sondern nur ein Kraut am Wegrand. Rauchen hat seinen Preis, diese Nichtraucher rechnen dir ja vor, was eine Packung kostet und wie sich das summiert über die Jahre, aber soll ich hier mal eine Rechnung aufmachen? Und was soll es bringen, wenn ich jetzt aufhöre zu rauchen? Die Überstunden sind weg und ich liege hier.

– Wie lange?

– Noch mindestens eine Woche, sagt er Arzt, aber danach kann ich ja immer noch nicht laufen.

– Du brauchst frische Kleidung, sagt Gül.

– Nein ... nur eine Woche ... Die Sachen sind ja noch sauber, was mache ich hier schon, ich bekleckere mich ja nicht, ich bin kein alter Mann.

– Das gehört sich nicht, sagt Gül, komm, wir holen dir schnell ein paar frische Sachen.

Gül denkt sich nichts dabei, als sie das sagt. Oder zumindest glaubt sie das hinterher, dass sie sich nichts gedacht hat. Oder hat eine Kraft sie getrieben, die stärker war als ihre Gedanken?

Die Wohnung ist nicht so weit vom Krankenhaus entfernt, wie sie geglaubt hat, man könnte bequem zu Fuß gehen. Gül schließt die Tür auf, betritt Fuats kleines Junggesellenapartment und sieht auf der Anrichte in der Küchenzeile eine Packung Lord liegen.

Die Hitze scheint aus zwei Richtungen zu kommen. Als würde jemand sie mit kochendem Wasser übergießen und als würde gleichzeitig glühende Lava aus ihren Haarwurzeln emporschießen.

– Ich trinke ein Glas Wasser, schau doch im Schrank nach den Sachen, sagt sie zu Ceyda, die hinter ihr die Wohnung betreten hat.

Sie ist erstaunt, dass man ihrer Stimme die Hitze nicht anhört. Sie steckt die Packung ein, der Aschenbecher daneben ist ausgeleert. Nachdem sie ein Glas aus dem Schrank genommen hat, beugt sie sich runter, sieht in den Mülleimer unter der Spüle und findet dort, was sie vermutet hat. Ihr wird noch heißer. Erst als sie sich aufrichtet, fällt ihr die Postkarte auf, die an die Mikrowelle gelehnt ist. *Herzlich willkommen* steht über dem Bild eines Hauses, das aussieht wie für Kinder gezeichnet. Während sie sich Wasser einlässt, dreht sie die Karte um, liest die beiden ersten Worte. Ihr Mund ist trocken, sie möchte das Glas Wasser runterstürzen, aber sie hat das Gefühl, nicht schlucken zu können. Mühsam zwängt sie zwei Schlucke ihre Kehle hinunter.

– Was ist los?, fragt Ceyda.

– Weiß nicht, sagt Gül, mir ist auf einmal heiß geworden. Vielleicht sind das schon die Wechseljahre.

– Möchtest du dich kurz setzen?

– Nein, nein, es geht schon.

Ihr Hirn fühlt sich taub an, als hätte man es mit Eis eingerieben, ihre Ohren scheinen nicht richtig zu hören, das Bild um sie herum droht zu verschwimmen, dafür sind Fetzen von Bildern vor ihrem inneren Auge, die sich zusammenfügen. Als hätte sie alles schon längst gewusst, wäre aber vor diesem Wissen davongelaufen. Als habe sie immer nur ins Licht geguckt, um nichts drumherum zu sehen. Jetzt wird sie sich an das Dunkel gewöhnen müssen.

Aber vielleicht ist sie gar nicht davongelaufen, vielleicht ist sie geradewegs darauf zu und hat dabei die Augen fest geschlossen.

Man braucht jemanden zum Reden, am meisten braucht man jemanden zum Reden, wenn man niemandem erzählen möchte, wie man sich fühlt.

Sie reißt sich zusammen, sie reißt sich zusammen auf der Fahrt zum Krankenhaus, sie reißt sich zusammen, als sie Fuat sieht, auf der Heimfahrt, beim Abendessen, beim Einräumen der Spülmaschine, beim Fernsehen, sie reißt sich zusammen, bis sie auf der Couch liegt und das Licht gelöscht ist. Wie soll man loslassen, wenn alles, was dabei herauskommen würde, Tränen sind? Sie kann nicht aufstehen, in die Küche gehen und rauchen, die ganze Nacht rauchen, bis man das Herz durch den ganzen Qualm in der Lunge nicht mehr fühlen kann. Sie kann nicht rauchen, bis alles umnebelt ist. Auch wenn sie kein Licht macht und nur im Dunkel den Trost in sich hineinzieht. Was würde sie denn sagen, wenn die Tür aufgeht und Ceyda wissen möchte, was sie dort macht.

Sie liegt wacht, denkt dieselben Gedanken wieder und wieder. Warum macht er das? Sie hat ihn einmal gefragt, als sie von Cerens Hochzeit kamen und er so betrunken war, sie hat gesagt: Wir haben jung geheiratet, wir waren fast noch Kinder. Es können viele Dinge geschehen auf dieser Welt. Gibt es etwas, das du mir zu sagen hast? Sie hat ihren Mut zusammengenommen und gefragt. Und er hat *Nein* gesagt.

Ist das der Grund, warum er seine Rückkehr in die Türkei immer wieder hinausgezögert hat? Wie kann er ihr so etwas antun? Wissen seine Freunde davon? Wer weiß es überhaupt? Womit hat sie das verdient? Hat sie nicht alles getan, um ihm ein Heim zu bieten? Eine Deutsche. Die Frau, die aus seinem Krankenzimmer kam, sah wie eine Deutsche aus. Was macht er mit einer Deutschen? Genügt es nicht, wie viel Trennung und Sehnsucht dieses Land ihr schon beschert hat, muss es ihr auch noch den Mann wegnehmen? Ahnt Ceyda etwas? Wieso gibt er sich nicht mehr Mühe, es zu verstecken? Hält er sie für so dumm? Was stellt er sich vor, wie es weitergeht? Wie konnte er sie so verraten? Wie konnte er ihr Vertrauen so missbrauchen? Wieso schmerzt es sie so sehr? Wieso hat sie so lange die Augen davor verschlossen?

Sie sieht immer wieder diese Frau auf dem Krankenhauskorridor vor sich, sie denkt die gleichen Gedanken und Fragen immer wieder, sie dreht und dreht sich im Kreis. Doch nicht nur. Die Gedanken bleiben gleich, doch die Gefühle ändern sich im Laufe der Nacht. Der Ton der Fragen ändert die Farbe. Wo zunächst nur Schwarz ist, flüssiges Schwarz, das einen zu ertränken droht, kommt bald ein Violett hinzu. Violett wie die Ringe unter den Augen von Güls Mutter, bevor sie starb. Aus diesem Violett wird langsam ein Rot und neue Gedanken kommen hinzu. Es war richtig, hierher zu kommen. Hier gehört sie hin. Was bildet er sich eigentlich ein? Wieso sollte sich dieser Hohlkopf so frei bewegen dürfen? Wo ist sein Anstand? Gegen Morgen sind alle ihre Gedanken rot gefärbt, gegen Morgen würde sie am liebsten aufstehen, ins

Krankenhaus fahren und diesem Mann mal so richtig ihre Meinung geigen. Gegen Morgen lodert das Feuer der Wut in ihr so stark, dass es sich anfühlt, als könnte sie den Weg bis nach Bremen problemlos zu Fuß zurücklegen. Ohne Angst sich zu verlaufen. Wenn sie nur den Weg kennen würde. Gegen Morgen steht sie auf und liest die Postkarte im ersten Licht des Tages noch ein weiteres Mal. Mein Schatzi, steht da, willkommen zu Hause. Ich freue mich, dass du wieder gesund bist. Gaaanz viele Küsse, Karen.

Am liebsten würde Gül die Karte in tausend Stücke reißen, aber so dumm ist sie nicht. Nachdem sie die Karte noch zehnmal gelesen hat, geht sie raus, um ungestört zwei oder drei Zigaretten zu rauchen. Gereizt nimmt sie Zug um Zug und hat das Gefühl, dass die frische Luft ihren Zorn ein wenig abkühlt.

– Hoffentlich bedeutet es nur Gutes, dass du noch früher auf bist als sonst, sagt Ceyda.

– Wie gesagt, ich glaube, es sind die Wechseljahre, die bringen Veränderung mit sich, antwortet Gül.

Sie lächelt. Sie weiß, dass dieses Lächeln zerbrechlich ist. Sie weiß, dass ihre Gedanken noch viele verschiedene Farben annehmen werden, bevor sie verblassen. Doch sie spürt eine Kraft. Vielleicht ist es dieselbe, die sie zurück nach Deutschland gebracht hat. Eine Kraft, die nicht aus ihr kommt, sondern die allen gehört, die Kraft, die über das Blut weitergegeben wird, die Kraft der Ahnen.

II

Es ist heiß in der Dachwohnung und Gül steht oft am offenen Dachfenster und sieht hinunter auf die Straße. Die Wohnung in Bremen ist ihr siebtes Zuhause. Zuerst hat sie bei ihren Eltern gewohnt, anfangs auf dem Dorf, dann in der Stadt, später ist sie in das Haus ihrer Schwiegereltern gezogen, von dort nach Deutschland, wo sie zuerst zusammen mit Fuat in einer kleinen Wohnung lebte, bevor sie in die Heimstraße übersiedelten, die nicht asphaltiert war und in der hauptsächlich Türken wohnten. Auf die Jahre in der Heimstraße, in der sie sich immer wohl gefühlt hat, folgte die Jahre im eigenen Haus in der Türkei und nach den Wochen auf Couch bei Ceyda ist sie nun hier in einer Altbauwohnung gelandet. Wenn sie aus dem Fenster schaut, sieht sie auf eine Straße mit vielen Geschäften, Imbissen und Restaurants, auf junge Menschen mit bunt gefärbten Haaren, Studenten, Obdachlose und auf solche, die abwesend aussehen, sich etwas zu langsam bewegen und keine Orientierung zu haben scheinen. Sie sieht und hört Deutsche, Türken, Kurden, Italiener und ihr fällt auf, dass hier auf der Straße keine Kinder spielen.

Unter ihnen im Haus wohnt ein älteres deutsches Ehepaar, das nicht grüßt, in der Wohnung darunter hat sie noch nie jemanden gesehen. Ihr erster Bekannter hier ist Herr Bender, der Besitzer der Buchhandlung im Erdgeschoß. Ein Mann mit silbergrauen Haaren um die fünfzig, der Hemden in dunklen Farben trägt und dessen blaue Augen hinter seinen Brillengläsern immer freundlich zu lächeln scheinen. Stets grüßt er und spricht Gül auch einige Male an. Es sind Güls erste Gespräche auf Deutsch, seit sie wieder zurück ist. In den letzten Wochen hat sie viel Deutsch gehört, sich erneut an diese Sprache gewöhnt, doch als sie anfängt zu sprechen, merkt sie, dass sie noch schneller als früher an ihre Grenzen stößt. Das ist ihr unangenehm, doch sie lächelt, weil sie Herrn Bender nicht entmutigen möchte. So gut sie eben kann, erzählt sie, dass sie jahrelang in der Nähe gelebt hat, dass sie einige Jahre in der Türkei verbracht hat, dass sie jetzt ein zweites Mal nach Deutschland gezogen ist, dass sie zwei verheiratete Töchter hat. Und dass sie zurzeit arbeitslos ist. Herr Bender sucht für den Laden gerade eine neue Putzfrau. Zwei Wochen wohnt Gül in der Dachwohnung, als sie anfängt nach Ladenschluss die Buchhandlung sauber zu machen.

Wenn er davon wüsste, würde es Fuat vielleicht gefallen, dass seine Frau sich als gewieft erweist. Doch wenn er von der Schicht nach Hause kommt, nimmt er wortlos sein Essen zu sich, schenkt sich eine Whisky-Cola ein und setzt sich vor den Fernseher. Er schaut deutsche Quizshows, amerikanische Actionserien, Nachrichten, er schaut wahllos, doch er scheint dankbar dafür zu sein, dass die Auswahl größer geworden ist und er häufiger umschalten kann.

Nur wenn ein Quizkandidat Geld gewinnt, macht Fuat den Mund auf und sagt: Kaum fassbar.

Wenn es viel Geld ist, macht er auch mehr Worte: So viel Asche für nur zwanzig Minuten Arbeit, nur einen Lottoschein auszufüllen geht schneller. Wahrscheinlich braucht der nicht mal Geld, sieh ihn dir mal an. Was für ein Leben, in dem immer nur die Reichen gewinnen. Wenn wir auch mal so eine Summe einstecken könnten ohne dafür zu buckeln und zu schwitzen. Sauberes Geld, Scheine ohne den Dreck der Fabrik. Sieh es dir doch an, jeder Pfennig, den wir beiseitegelegt haben, riecht nach Schweiß und harter Arbeit. Jeder einzelne Pfennig.

Gül reagiert nicht darauf. Es ist das zweite Mal, dass sie einen Sommer in Deutschland verbringt, anstatt in die Türkei zu fahren, es ist heiß unter dem Dach, sie hat niemanden zum Reden, wenn sie die Treppen hochgeht, ist sie auf halbem Weg außer Atem und nass geschwitzt. Sie fragt sich, ob das Treppensteigen leichter wäre, wenn sie abnehmen würde. Sie fragt sich, ob sie alleine in die Türkei fahren sollte, sie fragt sich, ob ihre Töchter wissen, was los ist. Sie fragt sich, wie es weitergehen soll. Sie fragt sich, jeden Tag.

Sie träumt sich in das Sommerhaus ihres Vaters, wo alle vereint sind, sie träumt sich dort hin ohne die Ereignisse der letzten Zeit, sie träumt sich einen Zusammenhalt, den sie immer nur für Wochen leben konnten, sie träumt sich zu ihren Töchtern, mit denen sie jetzt telefonieren kann, weil es im Haus ihres Vaters ein Telefon gibt.

In der stickigen Telefonzelle auf der gegenüberliegenden Straßenseite wählt sie regelmäßig die Nummer. Einen Teil des Geldes, das sie bei Herrn Bender verdient, lässt sie sich in Fünfmarkstücken ausbezahlen, von denen sie eine Handvoll in der Tasche hat, wenn sie runtergeht, um zu telefonieren. Zu Hause haben sie noch kein Telefon, aber selbst wenn sie eines hätten, würde sie nicht von dort aus anrufen, sie hätte keinen Überblick über die Kosten, und so kann sie eine Münze nach der anderen einwerfen und Fuat bekommt nichts mit.

Fatma spricht ihre ersten Worte, Ceyda, die im Urlaub noch keinen Migräneanfall gehabt hat, ist mit ihren Kindern Duygu und Timur in der Stadt geblieben, während ihr Mann Adem in das Dorf seiner Großeltern gefahren ist. Güls Bruder Emin, der Lehrer gewesen ist, hat seinen Beruf aufgegeben und wird nach Istanbul ziehen, wo Nalan, die jüngste seiner vier Schwestern, seit Jahren lebt. Melike, die zweitälteste, scheint darüber aus irgendeinem Grund nicht besonders erfreut zu sein. Doch die Neuigkeit des Sommers in ihrer Heimstadt, die Gül am meisten beschäftigt, sind Mecnuns ständige Magenschmerzen. Er kann kaum noch etwas essen und hat bereits neun Kilo verloren, seit er im Urlaub ist. Neun Kilo? Er war ohnehin kaum dicker als Güls kleiner Finger, jetzt kann er nur noch Haut und Knochen sein. Wenn Gül ihm nur etwas abgeben könnte von den Kilos, die sie zu viel hat.

Sie steht oft in der stickigen Zelle und sie weiß es zu schätzen, dass sie ihre Töchter hören kann und sie weiß es zu schätzen, dass in der kurzen Zeit der Telefongespräche nicht weiter auffällt, dass sie weniger erzählt als sonst.

Es ist ihr zweiter Sommer in Deutschland, ein Sommer, in dem Fuat bald nach Hause kommt und kaum den Anpfiff abwarten kann. Wenn Gül die Freude sieht, mit der er die Fußballspiele verfolgt, kocht sie vor Wut. Wie kann er nur? Sein Neid auf das Geld der anderen, sein Glauben, dass Glück eine Frage des Kontostandes ist, hat sie kaum gestört, aber jetzt fragt sie sich, wie er so unbeteiligt sein kann. Güls Wut entgeht Fuat nicht, auch wenn sie schweigt. Er sagt:

– Gönnst du mir diese Spiele nicht? Ich bin jeden Tag pünktlich zu Hause, ich trinke nicht mit meinen Freunden, ich spiele nicht, ich mache gar nichts mehr, ich gehe zur Arbeit und komme nach Hause, ich bin wie ein Gefangener hier, man könnte …

– Halts Maul, sagt Gül, sonst passiert noch ein Unglück, halt bloß dein verdammtes Maul.

Fuat ist erschrocken genug, dass er verstummt.

Gül steht am Fenster, raucht und sieht auf die Straße hinunter, die sich vor den Fußballspielen leert. Sie sieht auf die Straße hinunter und denkt jeden Tag über die Worte nach, die sie schon oft gehört hat: Man kann gehen und nicht wiederkommen können, man kann wiederkommen und niemanden mehr vorfinden können.

So sagen die Ahnen.

Vielleicht war die Welt damals anders, denkt Gül, vielleicht hat sie sich nicht so schnell gedreht. Damals konnte man noch zurückkehren, heute ist das nicht mehr möglich. Sie weiß, dass sie wenig von Deutschland kennt, viel weniger als von der Türkei und die kennt sie schon kaum. Weinberge, ihre Freundin Aysel hat ihr in der Türkei erzählt, dass sie in Deutschland in den Weinbergen gearbeitet hat. Gül kann sich keine Weinberge in Deutschland vorstellen, sie kennt das Land kaum, aber das Wenige, das sie kennt, hat sich verändert. Früher gab es keine Paprika und keine Auberginen, keine Wassermelonen und keine Lammkoteletts. Jetzt sieht sie aus ihrem Fenster einen Imbiss auf der gegenüberliegenden Straßenseite, der Döner und Lahmacun verkauft, die hier alle nur türkische Pizza nennen.

Deutschland hat sich verändert. Während sie in der Heimstraße gewohnt hat, ist ihr das nicht aufgefallen, sie war zu nahe dran, aber jetzt sieht sie, dass es das Land, in das sie damals gekommen ist, nicht mehr gibt. So wie die Türkei nicht das Land ist, das sie damals verlassen hatte. Wer geht, kann nicht mehr zurückkehren, weil die Orte verschwinden.

Was hatte sie in diesem Deutschland verloren, warum hat sie einen Mann geheiratet, der dem Ruf des Geldes gefolgt ist, warum hat Gott Fuat Augen gegeben, die immer nur den Reichtum am Horizont sehen können, aber nicht die Sorgen seiner Frau und seiner Töchter?

Dennoch ist sie jetzt wieder hier, und es gibt zwar kein Wiederkommen, aber ein Wiedersehen mit den Menschen, die sie liebt. Es gibt immer ein Wiedersehen, solange man noch auf dieser Seite des Lebens ist.

Man muss zusammenbleiben, denkt sie, man muss zusammenbleiben, auch wenn das bedeutet, dass man weniger hat. Es gibt keine Rückkehr und man kann auch nicht einfach gehen und eine neue Heimat finden, weil man mit der alten nicht zufrieden war. So wie man sich keine neue Frau suchen kann, nur weil man die eigene allein vorgeschickt hat, um dann nie nachzukommen. Zusammenbleiben. Dazu gehört Wille. Und Treue. Treue bedeutet nicht, ständig danach zu schielen, wo es einem besser gehen könnte, wo der eigene Vorteil liegt.

Gül hat sich nicht ausgesucht, dass ihre Mutter so früh stirbt, sie hat sich nicht ausgesucht, die Älteste von fünf Geschwistern zu sein und sich um die anderen kümmern zu müssen. Aber Fuat hat sie sich ausgesucht, nachdem bereits einige andere um ihre Hand angehalten hatten. Sie war jung damals, es gibt Tage, an denen sie sich kaum erinnern kann, warum sie zu Fuat ja gesagt hat, aber bislang hat sie sich nie von ihm abgewendet, wie sie es jetzt tut.

Was hat dieser Mann gelernt, was weiß er über Treue und was über Zusammenhalt? Er hat sie verraten. Verraten wofür? Was hat er bekommen? Was haben ihm die Jahre allein in der Fremde gegeben? Fuat weiß wenig, weniger als sie. Er weiß nicht, dass es keine Rückkehr gibt, er hat nicht acht Jahre in der Türkei gelebt. Er weiß nicht, was Halt ist, was Treue, was Aufrichtigkeit.

Er muss einsam sein, wird Gül drei Monate später denken, wenn das Licht des Spätsommers gegen Abend die richtige Farbe hat, wenn es nicht mehr zu heiß ist in der Wohnung, wenn sie vorher unten in der Telefonzelle gewesen ist, wenn sie einen Brief von Ceren erhalten hat, wenn sie sich vorher mit ihrer Freundin Saniye getroffen hat. Drei Monate wird es manchmal Augenblicke geben, in denen sie nicht grollt und voller Gram ist, in denen sie denkt, dass Fuat einsam ist, und in denen er ihr beinahe leidtut. Doch die werden schnell vergehen.

Gül steht am Fenster und denkt daran, wie sie früher Deutsche gesehen hat, die allein am Fenster standen und nach draußen schauten. Sie hat sich damals gefragt, ob diese Menschen niemanden haben zum Reden. Jetzt steht sie selbst da und weiß, wie es ist, ohne Gesellschaft zu sein und nichts zu tun zu haben. Die Deutschen haben manchmal Kennzeichen von Autos aufgeschrieben, die falsch geparkt waren, oder Fahrradfahrern mit der Polizei gedroht, wenn sie auf dem Gehweg fuhren. Güls Groll richtet sich nicht nach draußen.

Im Laufe der Wochen, in denen Gül am Fenster steht, von oben auf die Straße hinabsieht, raucht, Fuat verflucht, auf ihr Schicksal schimpft und sich selbst bemitleidet, versteht sie einiges von dem, was da unten geschieht. Der junge Mann, der jeden Tag dieselben fast weißen, aber dreckigen Jeans anhat und die meiste Zeit in einem Hauseingang in der Nähe des Imbisses steht, verkauft etwas Winziges. Menschen kommen auf ihn zu, reden mit ihm, geben ihm Geld und bekommen etwas, das er häufig aus seinem Mund holt. Gül braucht lange, bis sie begreift, dass es etwas Verbotenes sein muss, das er wohl schnell herunterschlucken würde, wenn die Polizei kommt. Sie sieht ihn ab und zu aus einem Briefkasten ein paar Häuser weiter Nachschub holen.

Gül erkennt Käufer wieder, manche kommen jeden Tag, manche gar öfter als einmal. Gül beobachtet auch, dass Menschen, die stark schwitzen und in Eile zu sein scheinen, oft zielstrebig auf den Mann in den fast weißen Jeans zugehen. Sie sieht diese Menschen niesen, zittern, sieht, wie elend sie manchmal aussehen und wie schlecht es ihnen offensichtlich geht.

Sie erinnert sich an ein Gespräch, das sie vor Jahren in der Straßenbahn belauscht hat. Zwei türkische Männer unterhielten sich darüber, dass mit Drogen viel Geld zu verdienen zu sei. Doch der junge Mann da unten verdient bestimmt nicht viel.

Gül fragt sich, ob Fuat weiß, was hier direkt vor der Haustür der Wohnung passiert, die ihm ein Landsmann vermittelt hat, mit dem er oft im Raucherzimmer war. Kurz, für Sekunden nur, betrachtet sie Fuat mit Wohlwollen. Nicht wegen der Wohnung, sondern weil er nie mit Drogen handeln würde, egal, welche Fehler er sonst auch haben mag.

Sie sieht von dort oben noch andere offensichtlich verbotene Geschäfte. Die Menschen blicken sich um, ob sie beobachtet werden, sie schauen unauffällig nach links und rechts und hinter sich, aber nie nach oben. Die Polizei müsste nur eine Dachwohnung mieten und von dort diese Menschen überführen, denkt Gül.

Sie sieht, wie Autoradios auf der Straße verkauft werden, Uhren, Mäntel, CDs. Alles am helllichten Tag. Im Sumpf des Nachtlebens, das ist eine Redewendung, die oft im Zusammenhang mit ihrer Schwester Nalan verwendet wird, die in Istanbul einen Nachtclubbesitzer geheiratet hatte. Gül fragt sich, ob Nalan auch in einem solchen Viertel wohnt und ob der Sumpf nicht von der Tageszeit abhängt, sondern einfach nur von der Nachbarschaft, in der man sich befindet.

Nalan, die mittlerweile geschieden ist und sich als Istanbuler Dame aufspielt, wenn sie in ihre Heimatstadt in der anatolischen Provinz kommt, über die sich aber alle das Maul zerreißen, weil man nicht so genau weiß, womit sie eigentlich ihr Geld verdient. Sie behauptet, sie würde in Istanbul eine Bar betreiben, aber niemand glaubt ihr so recht. Handelt sie etwa auch mit Drogen? Gül kann es sich nicht vorstellen. Nalans Tochter ist im heiratsfähigen Alter, weiß sie, was ihre Mutter macht? Wenn man andauernd von Kriminalität und Drogen und Nachtleben umgeben ist, wird man dort herauswachsen oder wird man auf immer mit diesen Dingen verwickelt bleiben?

Von der Welt, die sie unten sieht, wusste Gül früher höchstens vom Hörensagen, jetzt erkennt sie die Gesichter auf der Straße schon von Weitem.

55 Kilo wiegt Mecnun nur noch, er kann kaum etwas bei sich behalten, jeder Bissen, den er schluckt, bereitet ihm bald darauf Magenkrämpfe, da ist Blut in seinem Stuhl, er schläft wenig, nimmt aber viele Schmerzmittel, obwohl er noch nie wehleidig war. Die Ärzte wissen nicht, was er hat. Sie wollen ihn zu einer Untersuchung nach Ankara schicken, doch Mecnun fühlt sich zu schwach für die sechsstündige Busfahrt.

– So können wir nicht zurück nach Erzurum, sagt Ceren.

– Bis zum Ende der Ferien sind es noch zwei Wochen, entgegnet Gül, in zwei Wochen kann viel passieren. Sei frohen Mutes.

– Das bin ich, sagt sie. Das bin ich, aber was auch immer das ist, er wird Zeit brauchen, um sich davon zu erholen. Doch das macht ja nichts, wir haben es nicht eilig, zurück ins Dorf zu fahren. Fatma spielt gerne mit ihrer Tante Sibel und ich sehe Opa jeden Tag, ich bin gerne hier.

– Möge der Herr auch diese Krankheit vergehen lassen, sagt Gül.

– Tante, sagt ein Junge auf Türkisch, als Gül aus der Telefonzelle kommt. Tante, ich sehe dich öfters hier aus der Telefonzelle kommen, wo rufst du an? In der Türkei?

– Ja, sagt Gül zögerlich. Der Junge kommt ihr bekannt vor, wahrscheinlich weil sie so oft am Fenster steht, doch sie kann ihn in keinen Zusammenhang einordnen.

– Das ist teuer, sagt der Junge, wie viele Fünfmarkstücke schmeißt du ein? Sieben, acht? Schau, ich habe hier Telefonkarten. Die schiebst du rein und kannst für 25 Mark telefonieren. Ich gebe sie dir für fünf.

Gül sieht den muskulösen Jungen im ärmellosen weißen T-Shirt und den zurückgegelten Haaren an. Er mag fünfzehn sein, höchstens sechzehn.

– Komm, ich zeige es dir, wenn du mir nicht glaubst. Schau nicht so, sehe ich so aus, als würde ich jemanden wie dich betrügen? Du bist eine Mutter, das kann jeder sehen. Dein Herz schlägt für deine Kinder und für deine Verwandten, deine Liebsten in der Türkei. Natürlich möchtest du mit ihnen reden. Die Trennung ist schwer zu ertragen, all diese Kilometer, die zwischen uns sind. Die Stimme eines geliebten Menschen zu hören, ist ja wie frisches Wasser aus dem Brunnen, wenn die Lippen schon ausgetrocknet sind. Jetzt schau nicht so skeptisch, ich möchte dir doch nur etwas Gutes tun. Auch ich habe eine Mutter, auch ich habe Verwandte und Freunde in der Türkei, mit ein paar Fotos und ein paar Zeilen in einem Brief ist es nicht getan, das weiß ich. Komm, ich gebe dir zwei Karten für acht Mark, das ist doch ein Angebot.

– Wo kommen die Karten denn her, mein Sohn?

– Was ändert es an der Stimme deiner Liebsten, wo die Karten herkommen? Quäl dich nicht so. Das Leben ist Qual genug, schau, was du schon alles erlebt hast.

Gül wird innerlich weich, während der Junge so spricht, als würde er sie kennen, als würde er sie erkennen, als könnte er auf ihren Grund sehen wie durch ein klares Wasser, obwohl sie an jedem dieser sonnigen Tage dunkle Gedanken hin- und herbewegt, die sie kaum mehr tragen kann. Sie wird innerlich weich, doch sie biegt sich nicht. Und auch das scheint der Junge zu sehen.

– Ich habe einen Freund, sagt er, eine lange Geschichte, er hat die Karten auf Vorrat gekauft und jetzt braucht er dringend Geld. Und da ich ein wenig besser mit Worten bin als er, hat er mich beauftragt, sie für ihn zu verkaufen. Er ist ein guter Junge, aber er steckt in der Klemme.

– Danke, sagt Gül. Vielen Dank. Ich hoffe für deinen Freund, dass du jemand anderen findest.

– Falls du es dir doch noch anders überlegen solltest: Frag da vorne im Reisebüro nach mir. Mein Name ist Can. Die kennen mich.

Von diesem Tag an sieht Gül Can fast jeden Tag, wenn sie am Fenster steht. Sein Haar ist immer akkurat zurückgegelt, er hat nie dieselben Kleider an, er geht oft ins Reisebüro und bleibt lange dort. Er spricht Menschen an, die aus der Telefonzelle kommen oder hineingehen wollen, und verkauft ihnen Telefonkarten. Gül kann nicht hören, was er redet, doch selbst von dort oben sieht man seinen Charme, seine Fähigkeit, Menschen zu schmeicheln und sie für sich einzunehmen. Da ist Stolz in Gül, dass sie diesem Charme nicht erlegen ist. Doch wie alle guten Gefühle in diesem Sommer verflüchtigt sich auch dieses schnell.

Es ist der dritte Tag, an dem sie ein eigenes Telefon haben und zum dritten Mal ruft jemand an, als Gül wieder am Fenster steht. Das erste Mal war es Saniye, beim zweiten Mal Ceyda. Jetzt dreht Gül sich um und sieht das grüne Tastentelefon an. Tasten, Fuat wollte unbedingt Tasten haben, auch wenn das mehr kostet.

– Tasten, hat er gesagt, gesegnet sei der Fortschritt. Weißt du noch, wie wir uns früher die Finger wund gewählt haben?

Gül starrt auf das Telefon. Vormittags, halb elf, Saniye ist auf der Arbeit, Fuat ist auf der Arbeit, Ceyda ist auf der Arbeit. Erst nach diesem Anruf wird Gül die Angst entwickeln, dass ein Telefonklingeln eine schlechte Nachricht ankündigen könnte.

– Ja?

– Oh, störe ich?

– Nein, sagt Gül, nein, Sibel, überhaupt nicht. Ich habe nicht mit dir gerechnet. Geht es gut? Ist irgendjemandem etwas passiert?

– Hier ist alles gut, kommt die Antwort eher zögerlich.

– Warum rufst du an? Möge es Gutes bedeuten.

– Gül, ich muss mit dir reden. Ich weiß ja nicht, warum du diesen Sommer nicht gekommen bist, aber es wäre gut, wenn du eine Möglichkeit findest und jetzt kommst. Jemand muss mit Ceren reden.

– Worüber?

– Über Mecnun. Ihm geht es nicht gut. Überhaupt nicht.

– Ja, das weiß ich.

– Nein, sagt Sibel und Gül hört die Tränen in der Stimme ihrer Schwester. Nein, ich glaube nicht, dass du weißt, wie es ihm wirklich geht. Ach, Gül, Gott verdamme dieses Telefon, an dem man

Das Gespräch bricht ab. Gül ist versucht, sofort Sibel anzurufen, doch dann müsste sie Fuat die Telefonrechnung erklären, und sie will nicht mit ihm reden. Kein Wort. Sie will sich nicht erklären müssen. Und sie wird es nicht erklären.

Sie könnte einfach runtergehen zur Telefonzelle und – aber sie hat nicht genug Geld, nur noch ein paar kleine Münzen. Sie könnte Herrn Bender um einen Vorschuss bitten, sie könnte ihm erklären, dass sie dringend telefonieren muss. Aber sie hat ihm bereits erzählt, dass sie jetzt oben ein Telefon haben, er wird nicht verstehen, warum sie in die Telefonzelle will.

Was ist es, das Sibel ihr sagen möchte? Warum soll sie in die Türkei? Und wie soll sie dorthin kommen? Mit welchem Geld? Sie schwitzt. Ihr Herz scheint an den Seiten ihres Halses zu schlagen, als sei sie zweigeteilt. Sie wird vielleicht viel mehr Geld brauchen als nur zum Telefonieren.

Sie sieht sich in die Schuhe steigen und hinuntergehen. Sie fragt sich: Was ist auf der Rückseite des Herzens? Dort, wo nie jemand hinsieht. Sie sieht sich vor dem Reisebüro langsamer werden, ihr Atem kurz, ihr Puls schnell. Sie stellt es sich vor wie Rauchen. Es ist nicht die erste Zigarette, die einen süchtig macht, nach der ersten könnte man einfach wieder aufhören. Es sind die ganzen Zigaretten danach, die das Problem sind. Die Zigaretten nach der ersten führen dazu, dass man an die Tür eines Feindes klopfen würde, um ein wenig Tabak zu erbitten.

Sie sieht sich ins Reisebüro gehen und nach Can fragen, dann schüttelt sie den Kopf, nimmt den Hörer ihres neuen Telefons in die Hand und sagt sich: Egal. Egal, was es kostet, egal, ob ich mit Fuat sprechen muss, das hier ist das Richtige.

Die Leitung ist tot. Sie drückt einige Male auf die Gabel, aber der Hörer bleibt stumm. Deshalb hat es nicht noch mal geklingelt, denkt sie. Sibel versucht es bestimmt auch gerade. Dieser Fuat mit seiner gesegneten Technik, drei Gespräche, dann ist das Telefon schon kaputt. Sie versucht es wieder und wieder, doch es ist kein Laut zu hören.

Sie schwitzt, sie würde am liebsten weinen, sie reißt sich zusammen und zieht die Schuhe an. Dann ist es eben so. Nur dieses eine Mal.

– Was ist denn mit dir passiert?, fragt Can, als sie das Reisebüro betritt. Magst du ein Glas Wasser?

Er sitzt vor einem unordentlichen Schreibtisch und trinkt Cola aus der Dose. Gül ist erleichtert, dass er im Büro ist und sie nicht erst nach ihm fragen muss. Sie versucht tief durchzuatmen. Sie ist eine erwachsene Frau, die in ein Reisebüro geht. Das ist kein Grund, weiche Knie zu haben und zittrige Hände.

Hinter dem Schreibtisch sitzt ein dicker Mann mit buschigem Schnauzbart, der griesgrämig aussieht. Gül sieht ihn manchmal abends mit einem Bier vor seinem Laden stehen und fragt sich dann, wer wohl bei so einem Menschen Reisen bucht. Er ist selten rasiert, sieht ungepflegt aus und sein speckiges Hemd spannt über seinem Bauch.

– Ja, gerne, sagt Gül, ein Glas Wasser.

Sie trinkt und weiß nicht so recht, wie sie es sagen soll.

– Tante, das ist Rezai, er ist ein guter Freund, aber vielleicht sollten wir rausgehen, er wollte gerade telefonieren.

Rezai greift zum Hörer und wählt eine Nummer, während Can mit Gül nach draußen geht.

– Du brauchst vor Rezai keine Hemmungen zu haben, sagt Can. Er gehört zur Familie. Wenn du irgendetwas brauchst, kannst du dich auch an ihn wenden. Er findet Lösungen.

Gül nickt.

– Wie viele?

Gül sieht Can an.

– Wie viele Telefonkarten? Jetzt schau nicht so. Ich verstehe etwas von Menschen. Du musst telefonieren. Dringend.

– Eine, sagt Gül. Ich habe aber nur noch drei Mark und 90. Ich gebe dir den Rest, wenn

– Ist gut, unterbricht sie Can. Kein Problem, lass uns nicht über Münzgeld reden. Hier hast du zwei Karten.

– Ich brauche nur eine.

– Ich verkaufe dir auch nur eine. Die andere schenke ich dir. ... Du wirst doch nicht ein Geschenk ablehnen, oder?

Güls Atem ist jetzt ruhiger. Sie hat die Grenze überschritten, sie ist auf der anderen Seite. Sie sieht Can in die Augen.

– Was machen deine Eltern eigentlich?

Da ist etwas in Cans Blick, so kurz, dass Gül sich hinterher fragen wird, ob sie es gesehen oder sich nur eingebildet hat.

– Mein Vater macht Urlaub, sagt er zögerlich, und meine Mutter arbeitet als Zimmermädchen in einem Hotel. Warum?

– Nur so.

Sie geht zur Zelle und schiebt die Karte in den Schlitz. 25 Mark Guthaben. Sie wählt Sibels Nummer.

– Du musst es ihm sagen, sagt Ceyda.

– Nein, sagt Gül.

– Doch.

– Ich werde es ihm nicht sagen.

– Warum?

– Wir reden nicht miteinander.

– Warum?

– Wir reden nicht.

– Dann sag ich es ihm.

– Tu, was du möchtest. Hast du das Geld für mich?

– Ja. Wie lange musst du bleiben?

– Ich weiß es nicht.

Ceyda nickt.

– Flieg hin, sagt sie. Mach dir ein Bild, ich rufe dich an. Wenn es nötig ist, nehme ich unbezahlten Urlaub und komme nach. ... Weiß er gar nichts?

– Nein.

– Was wirst du ihm sagen, warum du fliegst?

– Nichts.

– Du musst es ihm sagen.

Gül schüttelt den Kopf.

– Was ist denn passiert?

Gül schüttelt noch einmal den Kopf, kürzer, bestimmter dieses Mal.

– Ich rede mit ihm. Er wird fuchsteufelswild werden, das weißt du.

Gül denkt nach. So wütend wie sie wird er wohl nicht werden können. Aber vielleicht wird er seine Freiheit missbrauchen, solange sie nicht da ist. Und was dann? Tränen treten ihr in die Augen. Sie ist versucht, Ceyda zu erzählen, was passiert ist, doch dann schluckt sie alles nur hinunter und zündet sich eine Zigarette an, eine, die ihr ein wenig Trost spendet. Den einzigen Trost, der ihr noch geblieben ist.

Die Bäume sind kahl, die Schule hat längst wieder angefangen, einige mögen noch dem Geschmack der Tage nachspüren, an denen man auf Kissen auf den Stufen vor den Sommerhäusern gesessen, geredet und Sonnenblumenkerne geknabbert hat, an die Abende, an denen auf der Straße Völkerball gespielt wurde und alles voller Leben, Gelächter und Stimmen war. Jetzt sind die Sommerhäuser verlassen, die Straßen voller Laub und die Holzläden der Fenster verriegelt. Die Menschen sind wieder in der Stadt und das Leben spielt sich nicht mehr auf der Straße ab.

Gül kann den Geschmack der Sommertage ahnen, der Tage, die sie am Fenster verbracht hat, an denen sie schweigend Dinge über Deutschland gelernt hat und über ihre Wut, über ihre Einsamkeit und über Verrat. Tage, die sie für schwer gehalten hat.

– Du musst mit ihr sprechen, sagt Sibel. Er braucht nicht mehr nach Ankara zu fahren. Es ist klar, wohin dieser Weg führt.

– Ja, sagt Gül, es ist klar.

– Ich wollte es tun, aber ich habe es nicht geschafft. Sie ist noch so jung.

Gül weiß nicht, ob ihre Schwester Ceren meint oder Fatma, Cerens Tochter, aber es macht keinen Unterschied.

Ceren war glücklich mit diesem Mann. Es war so, wie es zwischen Frau und Mann wohl sein kann. So wie es bei ihrem Vater und ihrer Mutter gewesen sein muss. So wie Gül es weder bei sich gesehen hat noch bei anderen. Eine junge Frau und ein junger Mann, wer hätte gedacht, dass sie so wenig Zeit miteinander haben werden? Nicht mal drei Jahre. Gül fragt sich, ob diese Krankheit eine Strafe ist und wenn ja, dann wofür. Und für wen? Womit hat Mecnun das verdient, womit Ceren, womit Fatma und womit sie selbst?

Mecnun ist so dünn, wie Gül es nur von Abbildungen kennt, er kann nicht mehr aufstehen, bekommt Morphium gegen seine Schmerzen und Ceren weicht kaum von seiner Seite. Sie verlässt das Haus nicht, das einzige andere Wesen, für das sie noch Augen hat, ist ihre Tochter. Häufig kümmert sich Cerens Schwiegermutter, der der Kummer um ihren Sohn anzusehen ist, um Fatma.

– Du wirst wieder gesund werden, sagt Ceren zu Mecnun, während sie am Bett sitzt und seine Hand hält. Du wirst sehen, wie Fatma läuft, wie sie rennt, wie sie springt und lacht und tobt, wie sie singt, wie sie liest und wie sie schreibt.

Du wirst wieder gesund werden. Es klingt, als würde sie es wirklich glauben, und Mecnun, der kaum sprechen kann, lächelt müde und nickt.

Gül fragt sich, ob sie auch so war. Ob sie es einfach nicht wahrhaben wollte, dass Fuat fremdging, obwohl es offensichtlich war. Und sie fragt sich, ob es etwas geändert hätte, wenn jemand mit ihr gesprochen und ihr gesagt hätte, dass sie dem Verrat ins Auge sehen muss.

Manchmal gibt es keinen Ausweg, manchmal muss man mittendurch gehen, durch den Schmerz, die Dunkelheit, durch die Stunden am Fenster, durch die Zeit, in der es keinen Halt mehr zu geben scheint.

Sibel kann sich nicht mehr an ihre Mutter erinnern, weil sie bei ihrem Tod noch so klein war. So wird es für Fatma später auch sein, außer dass sie mehr Fotos von ihrem Vater haben wird als Gül, Melike und Sibel von ihrer Mutter. Diesen Wunsch, das Kind möge mit Vater und Mutter aufwachsen, diesen Wunsch, den man bei Geburten ausspricht, er ist vielleicht bloß eine Floskel. Auch Gül hat Ceren und Mecnun gewünscht, dass Fatma mit Vater und Mutter aufwächst, doch sie hat es von ganzem Herzen gewünscht, das sind keine leeren Worte gewesen. Und dennoch sind sie jetzt leer, weil sie keinen Nachhall gefunden haben, weil sie kein Gewicht bekommen haben, weil sie zu nichts geführt haben. Und nun muss es wieder Worte geben, andere Worte.

– Lass uns doch an den Fluss fahren, dorthin, wo wir vor zwei Jahren Picknick gemacht haben.

– Mama, es ist Herbst, es ist ungemütlich kalt, was sollen wir da?

Gül sieht sie an. Sie hat Ceren gegenüber behauptet, dass sie doch noch mal in die Türkei fahren wollte, bevor sie anfängt zu arbeiten, dass sie Fatma sehen wollte. Und dass sie den Sommer gebraucht habe, um sich in der neuen Wohnung einzurichten. Ceren hat nicht weiter nachgefragt.

– Es war so schön bei dem Picknick. Ich möchte den Fluss nochmal sehen, bevor der lange Winter in Deutschland anfängt. Komm, tu mir den Gefallen.

– Ich möchte Mecnun nicht so lange alleine lassen.

– Das kann ich verstehen. Komm, wir leihen uns das Auto von Aziz, zwei Stunden, länger dauert es nicht, dann sind wieder zurück.

Gül zündet sich eine Zigarette an und spürt, wie die Tränen aufsteigen. Ceren sieht ihre Mutter an.

– Rauch, rauch auch du eine. Es ist schön hier, nicht wahr?

– Ein wenig kalt, aber schön, ja.

– Schau, ich habe uns Tee mitgebracht, eine Decke und Baklava. Komm, wir setzen uns.

Gül erzählt von den Baklava in Deutschland, die nicht schmecken, davon, dass sie diesen Sommer eigentlich abnehmen wollte, dass sie außer Atem kommt, wenn sie die Treppen zu ihrer Wohnung hochsteigt, dass sie einen Jungen kennengelernt hat, der Can heißt, der charmant ist und wortgewandt, dass sie sich das erste Mal, als sie nach Deutschland gegangen ist, mit dem kleinen Sohn der spanischen Nachbarn angefreundet hat. Sie redet einfach, doch sie hat nicht den Eindruck, dass Ceren ihr zuhört.

– Es ist wirklich schön hier, sagt Ceren. Wir sollten im nächsten Sommer herkommen. Mit vier, fünf Autos. Alle gemeinsam. Mecnun mag es, am Wasser zu sitzen und Tee zu trinken. Oder Rakı. Ja? Machen wir das?

Gül atmet ein. Ihr Mund ist trocken. Sie nimmt noch einen Schluck Tee, doch das hilft nicht.

– Ceren, meine Liebste, mein Herz, mein ein und alles …

Ihre Stimme versickert wie Wasser im Sand. Ceren sieht ihre Mutter an, die noch einmal einatmet.

– Ceren, Mecnun ist schwer krank.

Ceren nickt.

– Er wird den nächsten Sommer nicht mehr erleben.

Ceren senkt den Blick.

– Hörst du, was ich dir sage?

Keine Reaktion.

– Ceren, du musst gewappnet sein. Es wird hart werden, aber du kannst nicht weglaufen vor der Realität.

Ceren blickt nicht hoch, sie spricht nach unten. Leise.

– Hältst du mich für dumm? Natürlich wird er sterben. Er wird wahrscheinlich nicht mal den Winter erleben. Natürlich wird er sterben. Natürlich lüge ich mich selbst an. Aber was soll ich denn sonst tun? Sag. Was soll ich tun? Bis er stirbt, werde ich noch lächeln und lachen und Zukunftspläne machen. So lange es noch dauert, werde ich versuchen, glücklich zu sein, und wenn es vorbei ist, werde ich weinen.

Es ist nicht so, dass sie besondere Fähigkeiten hat. Doch Gül ist gewissenhaft, so ist sie bei jeder Arbeit, sie schludert nicht, sie denkt sich nicht, das wird schon reichen, sie redet sich nicht ein, dass man für diesen Lohn eben nicht mehr erwarten kann, sie hofft nicht darauf, dass niemandem auffallen wird, wie oberflächlich das ist, sie sagt nie, das ginge sie letztlich nichts an, sie sei nur da, um Geld zu verdienen.

Herr Bender hat sie weiterempfohlen, sie putzt noch in zwei anderen Läden und in einer Wohnung, doch sie möchte eine Festanstellung und die vermittelt ihr Rezai, in dessen Reisebüro sie die Flugtickets gekauft hat, obwohl sie ihn unsympathisch findet. Er hat sie angesprochen, auf der Straße, nachdem sie aus der Türkei zurück war, er habe gesehen, dass sie bei Herrn Bender putzt, und gehört, sie sei gewissenhaft, ein Freund von ihm habe eine Reinigungsfirma und würde noch Leute einstellen. Gül hat dankend abgelehnt, doch später hat Can sie nochmal darauf angesprochen. Gül und Can reden häufig, wenn sie sich auf der Straße sehen, und Can hat geschworen, dass es eine legale Firma sei, nichts Zwielichtiges, der Chef sei Deutscher und sie würde einen Arbeitsvertrag bekommen, Sozialversicherung und alles, sie könne das von einem Anwalt prüfen lassen, wenn sie Bedenken habe.

– Ich bin ehrlich zu dir, hat er gesagt. Ich weiß, dass du nichts mit meinen Geschäften zu tun haben möchtest. Das respektiere ich. Es gibt deine Seite des Lebens und meine Seite des Lebens, ich hätte dir eigentlich nie diese Telefonkarten verkaufen sollen. Du bist ein ehrlicher Mensch, nicht jemand, der nur so tut, weil er Angst hat. Und das ist eine ehrliche Arbeit. Glaub mir. Ich schwöre bei meiner Mutter.

Herr Budnikowski ist Anfang dreißig und begrüßt Gül auf Türkisch. Er arbeitet viel mit Türken, denkt sie, da hat er einfach ein paar Worte gelernt. Doch dann erklärt er Gül auf Türkisch, dass er die Firma gegründet hat, dass sie noch eher neu ist, aber viele große Kunden hat, dass bei ihm meist nachts gearbeitet wird, dass es dafür Zuschläge gibt und dass sie ihm empfohlen worden ist. Er macht kleine Fehler beim Sprechen, doch sein Türkisch ist flüssig und fast akzentfrei.

Es ist das erste Mal, dass Gül einen Ausländer Türkisch sprechen hört. Als Herr Budnikowski fertig ist und wissen möchte, ob Gül noch Fragen hat, sagt sie:

– Wo haben Sie so gut Türkisch gelernt?

– Das ist alles, was Sie über Ihre neue Arbeit wissen wollen? Warum der Chef gut Türkisch spricht?

Er lacht.

– Ich bin unter Türken aufgewachsen. Meine Eltern haben beide gearbeitet und ich war immer bei meinem Freund Zafer. So habe ich Türkisch gelernt. Ich dachte, das hätte Rezai Ihnen erzählt.

– Nein, hat er nicht.

– Orhan, sagt Herr Budnikowski jetzt. Ich heiße zwar Jochen, aber weil das ch für die meisten schwer auszusprechen ist, nennen mich hier alle Orhan.

Gül schaut ihn lächelnd an. Sie vertraut ihm. Es ist nicht nur die Sprache, glaubt sie, da ist etwas in seinen

Augen, eine Aufrichtigkeit, ein Interesse. Aber vielleicht ist es doch die Sprache. Ein Deutscher, der viel besser Türkisch spricht als sie Deutsch. Gül ist gerührt. Als hätte er ihr persönlich ein Geschenk gemacht.

Als sie das Büro verlässt, hat sie einen Arbeitsvertrag in der Tasche, sie freut sich, sie freut sich und fühlt sich leicht, auch als sie schon die Treppen zur Wohnung hochsteigt. Doch oben angekommen, durchsucht sie wieder Fuats Taschen, ob sie dort etwas Verdächtiges findet. Nachdem sie aus der Türkei zurückgekommen ist, hat sie die ganze Wohnung durchsucht. Und nichts gefunden.

Auch bei der Arbeit wird sie in den ersten Monaten noch an Fuats Untreue denken, wird den Schmerz und den Zorn spüren, doch entweder werden Schmerz und Zorn zu Freunden, die man immer um sich hat und gar nicht mehr bemerkt, oder die Zeit legt eine Decke über sie, damit sie ungestört schlafen können.

Gül arbeitet nachts, wenn die Stadt schläft, in großen Bürogebäuden bei Neonlicht. Sie arbeitet nachts und weiß nicht, was Fuat währenddessen tut, und sie hört nicht auf, seine Taschen zu durchsuchen. Er hält sich gerne für gewieft, aber er ist nicht besonders geschickt, Gül traut ihm nicht zu, eine Affäre erfolgreich zu verstecken.

Während sie mit dem Staubsauger durch Gänge geht, während sie in den Ecken der Büros saugt, während sie sich wundert, warum die anderen immer die Fußleisten auslassen beim Saubermachen, fragt sie sich, ob sie es auch merken würde, wenn Fuat zu einer Prostituierten ginge. Sie ist sich nicht sicher. Sie kann sich nicht mal eine Prostituierte vorstellen. Nur eine Figur am Straßenrand, aber nicht den Menschen dahinter. Wie kann man so etwas tun? Für Geld? Was für eine Art Mensch muss man dafür sein?

Ich könnte das nie, denkt sie, egal, wie viel Geld ich dafür bekommen würde, egal, wie verzweifelt ich wäre.

Gül arbeitet nachts und erinnert sich an die Zeiten, in denen Fuat die Nachtschichten in der Wollfabrik hatte und sich über die Zuschläge freute und damit prahlte, dass es für ihn und die Arbeit egal wäre, ob die Sonne draußen schien oder nicht. Es machte aber einen Unterschied für den Geldbeutel. Fuat arbeitete in den Nachtschichten, solange die Kinder noch klein waren, und Gül ermahnte Ceyda und Ceren andauernd, leise zu sein, während Fuat schlief.

Weil Fuat, mit dem sie mittlerweile wenigstens das Nötigste redet, sie nachts nicht allein auf die Straße lassen will, bildet Gül eine Fahrgemeinschaft mit Songül, der das Auto gehört und die fast jeden Abend erzählt, dass sie diese Arbeit nicht mehr lange machen möchte. Außerdem sind da noch Nurcan, die bei Gül im Viertel wohnt und der Gül jede Gemeinheit zutraut, und Sabine, eine ausgemergelte Deutsche mit Tätowierungen, die ein paar Brocken Türkisch kann und die immer so tut, als sei ihr alles egal. Gül weiß nicht, warum Sabine diese Arbeit macht, sie ist eine der wenigen Deutschen, sie könnte sicherlich auch eine bessere Arbeit bekommen.

Gül wird um halb elf abgeholt und kommt gegen fünf Uhr wieder nach Hause. Bevor sie ins Bett geht, schaut sie in die Taschen ihres Mannes und riecht an seinen Hemden, sie sucht nach Haaren, nach kleinen Geschenken, die deutsche Frauen möglicherweise machen, nach einem fremden Feuerzeug oder Schlüssel. Sie findet nichts.

Ihr Leben könnte heller werden, wenigstens ein bisschen, sie verdient Geld, Fuat hintergeht sie nicht mehr, sie hat etwas zu tun und ist abgelenkt. Doch Mecnuns Tage sind gezählt und sie weiß, dass sie Ceren keine Hilfe sein wird, wenn es so weit ist. Gül telefoniert regelmäßig mit ihrer Tochter, und um einen Überblick über die Kosten zu behalten, nutzt sie dafür weiterhin die Telefonzelle. Jeden zweiten oder dritten Tag wirft sie für ein kurzes Gespräch einen oder zwei Fünfer ein. Sie spielen Theater am Telefon. Sie tun so, als sei es zu dunkel, um irgendetwas zu sehen. Sie tun so, als sei es hell und als könnte man lachen. Ich werde nicht weinen, solange er noch lebt, hat Ceren gesagt, ich werde versuchen, glücklich zu sein.

Wie gerne wäre Gül in der Türkei geblieben, doch was hätte sie dort tun können außer auf den Tod zu warten. Außer Fuat noch länger allein zu lassen.

Fuat scheint unbewegt von Mecnuns Krankheit, doch Gül hört ihn ab und an fluchen, was er sonst nie tut. Kaum fassbar, das sind sonst seine Worte, wo andere fluchen. Kaum fassbar wie dumm, kaum fassbar wie krank, kaum fassbar wie unverschämt, aber nie Ochse, Esel, gottverdammt, Scheißdreck oder gar Beleidigungen von Müttern und Schwestern und ganzen Sippschaften. Doch nun murmelt er öfters: Gottverfluchte Scheißkrankheit. Kaum fassbare Ungerechtigkeit, sagt er auch.

Nach einem Abendessen, bei dem er nur ein wenig getrunken hat, fragt er:

– Wofür möchte Gott ihn denn bestrafen?

Gül reagiert nicht. Das wäre eine Gelegenheit zu Kontakt, sie könnten sich in diesem Schmerz verbinden, doch Gül verweigert sich.

– Strafe, sagt er, wohin man blickt, immer nur Strafe.

Gül muss ihre Wut beherrschen, sie muss die Lippen fest verschließen und so tun, als würde sie diese Anschuldigung nicht verstehen.

Fuat isst mehr. Er nimmt sich beim Abendessen fast immer noch etwas nach und später knabbert er Nüsse, geröstete Kichererbsen, manchmal auch Chips oder Schokolade, die er sich nach der Arbeit am Kiosk kauft. Er isst mehr und trinkt mehr Whisky-Cola, und eines Abends, als er knabbernd und trinkend dasitzt, sich das Licht des

Fernsehers in seinem Gesicht spiegelt, eines Abends, als Gül die Jacke bereits angezogen hat, um runterzugehen, sieht sie plötzlich Fuats Angst. Er hat nicht Angst um seine Tochter, seinen Schwiegersohn, seine Enkelin, nein, er hat Angst um sich. Er sieht die Ungerechtigkeit und er weiß, dass er nach irgendwelchen Regeln vor Mecnun hätte dran sein müssen. Er weiß, dass er nie auf seine Gesundheit geachtet hat, dass er viel getrunken und geraucht hat, dass er sich oft aufregt und sein Blutdruck in die Höhe schnellt, dass er oft nicht genug schläft, dass die Nachtschichten Tribut fordern, dass das Glücksspiel ihn nicht nur Geld, sondern auch Nerven gekostet hat. Er weiß, dass es auch ihn treffen könnte, obwohl er noch nicht alt ist, und er hat Angst.

Auf einmal, als würden sich Puzzlestücke zusammenfügen, kann Gül diese Angst erkennen. Sie steht etwas zu lange in der Tür, Fuat tut ihr leid, einige Momente lang tut er ihr leid, dann blickt er hoch zu ihr und Gül kann sehen, wie er sich zusammennimmt, wie er seine Angst wieder einpackt und versteckt, wie er wieder härter wird, weil die Angst klumpt. Und er tut Gül noch mehr leid. Doch dann schaut er auf die Uhr an der Wand und sagt:

– Kommst du nicht zu spät?

Jedes Mal, wenn sie in der Zelle steht und das Fünfmarkstück schon in der Hand hat, atmet Gül nochmal tief ein und bittet den Herrn darum, dass es noch nicht so weit sein möge. Als könnte man das Ende stunden. Als wüsste sie nicht, dass eines dieser Fünfmarkstücke dasjenige sein wird, das ihr die Nachricht bringt. Eine dieser Münzen wird sie eingeworfen haben, um zu hören, dass es jetzt jederzeit vorbei sein kann. Eine dieser Münzen wird ankündigen, dass die Zeit des Weinens bald beginnt. Sie wird eine Dreiviertelstunde für die Nachricht gearbeitet haben, eine Dreiviertelstunde saugen, wischen, putzen, Mülleimer ausleeren, Toiletten sauber machen, Spiegel wischen. Eine Dreiviertelstunde, um wahrscheinlich schon am Atem ihrer Tochter zu hören, dass dieses Kapitel endet und niemand die ersten Sätze des nächsten kennt.

Ich muss arbeiten, denkt sie, ich muss arbeiten und meine Tochter unterstützen. Sie wird bald allein sein.

– Können wir sie nach Deutschland holen?, fragt Gül.

Ceyda hört auf, Weinblätter zu rollen, und zunächst glaubt Gül, sie würde nachdenken, und ist sich dann nicht sicher, ob Ceyda die Frage verstanden hat.

– Ceyda?

– Ja?

– Können wir Ceren nach Deutschland holen?

Ceyda schaut auf das Weinblatt in ihrer Hand und sagt weiterhin nichts. Gül weiß nicht, ob sie nachdenkt oder den Tränen nahe ist. Doch als ihre Tochter aufblickt, sind ihre Augen glasig. Wann hat Gül Ceyda das letzte Mal weinen sehen? Sie weiß es nicht.

– Mama, dich konnten wir nach Deutschland holen, weil Vater noch hier war. Und weil ich hier bin und gesagt habe, dass ich für dich sorgen würde. Ich bin unterhaltspflichtig, so heißt das. Doch Ceren ist meine Schwester, ich bin für eine Schwester nicht unterhaltspflichtig, sie ist erwachsen, sie hat keinen Beruf erlernt, Mama, ich würde alles versuchen, aber ich glaube nicht …

Sie spricht den Satz nicht Ende, sondern rollt ihr Weinblatt. Gül füllt auch weiter Weinblätter und verflucht die Geldgier. Wenn es diese Rückkehrerhilfe nicht gegeben hätte, wenn Fuat nicht immer so nach dem Geld schielen würde, wenn nicht einer immer mehr hätte als der andere, wenn nicht die Augen immer größer wären als der Geldbeutel. Gottverflucht, was macht sie hier?

Was interessiert es sie, dass heute Adems halbe Verwandtschaft zu Besuch kommt, was interessiert es sie, was die essen? Was interessiert sie überhaupt irgendetwas? Der Tod klopft an die Tür, wie kann man da Weinblätter rollen?

Sie reißt sich zusammen, aber hinterher weiß sie kaum, wie der Abend vergangen ist, was geredet wurde und was sie dazu beigetragen hat. Vielleicht wirken Drogen so, denkt sie, man bekommt alles nur halb mit und deshalb erscheint einem das Leben erträglicher. Gül fühlt sich, als sei sie gar nicht wirklich da. Sie lebt, als würde sie an einer Haltestelle auf einen Bus warten, damit es endlich weitergeht. Mit jedem Tag fällt es ihr schwerer, sich für irgendetwas zu interessieren, und sie merkt, wie sie sich von allem entfernt, auch von sich selbst. Sie scheint nicht richtig anwesend zu sein, nicht mal nachts, wenn sie schläft.

– Man stirbt nicht mit den Sterbenden, sagt Saniye und nimmt Gül in den Arm. Einen Atemzug lang beherrscht Gül sich, dann noch einen und noch einen und noch einen, doch als sie sich voneinander lösen, fängt sie an zu weinen. Als würde zwei Schichten übereinander gleiten, und in dem Moment, in dem sie endlich genau passen, fließen die Tränen.

Saniye lächelt traurig und nimmt sie nochmal in den Arm. Diese Frau, die ihren Mann, ihren Vater und ihren Sohn an einem Tag verloren hat, diese Frau, die nicht unterzukriegen ist.

– Es wird schwer werden, sagt sie, machen wir uns nichts vor, es wird schwer werden für dich und es wird noch schwerer werden für Ceren. Aber man stirbt nicht. Man bricht auch nicht zusammen. Man geht eine Zeit gebückt. Man flucht auf das Leben, das Los, das man gezogen hat, man flucht auf diese Schlampe von Schicksal und fragt sich, womit man das verdient hat, man glaubt, man wird sterben, ehe diese Wunde verheilt, man wird sterben vor Qual und Trauer. Machen wir uns nichts vor, euch steht eine dunkle Zeit bevor. Es wird sich anfühlen, als wäre alles Leben verbrannt und du würdest nur noch mit der Asche dasitzen und dich fragen, ob deine Knochen jemals wieder warm werden können, ob sie sich jemals wieder mit Liebe füllen werden. Niemand kann euch das ersparen. Aber ich bin hier und ich werde auch dann hier sein, damit du sehen kannst, dass man auf den Füßen bleiben und den Rücken gerade halten kann. Gül, ich habe es geschafft, du wirst es auch schaffen, und Ceren ist stark, sie wird es auch schaffen. Sieh, ich hatte niemanden, ich bin allein in dieses Land gekommen. Weine ruhig, weine, bald wird Ceren dich mit trockenen Augen brauchen.

Sie hat sich darauf vorbereitet. Wie viele Male hat sie sich ausgemalt, wie Cerens Atem klingen wird, was ihre Worte sein werden, sie hat sich ausgemalt, wie sie ins Reisebüro geht und gefasst diesen Flug bucht, sie hat alles in ihrem Kopf durchgespielt, jeden Tag. Sie glaubt, gewappnet zu sein.

Sie hört an Cerens *Hallo*, dass etwas anders ist, doch sie hört auch, dass es nichts mit Mecnun zu tun hat. Ein Hallo, ein einzelnes Hallo reicht, um zu wissen, dass etwas passiert ist, aber sie hat keine Vorstellung, was es sein könnte.

– Was?

– Opa ist mit dem Moped gestürzt.

Das ist er oft in den letzten Jahren. Er wird älter, fahriger, schwächer, langsamer, sieht schlechter. Er ist oft mit dreckigem Jackett und zerrissenen Hosen nach Hause gekommen und hat behauptet, es sei nichts passiert, nur ein verdammter Straßenköter, der ihm reingelaufen ist, ein neues Schlagloch, eine Wassermelone, die vom Laster gefallen ist.

– Ist er verletzt?

– Er hatte einen Unfall, er ist nicht bei Bewusstsein, sie wissen nicht, ob er innere Verletzungen hat, und sie glauben, er könnte mit dem Kopf aufgekommen sein. Und seine Hand ist gebrochen. Der Autofahrer hat nicht angehalten, obwohl er Rot hatte. Opa ist über das Auto geflogen, sie überlegen, ihn nach Kayseri ins Krankenhaus zu verlegen. Ich weiß nicht …

Ceren bricht in Tränen aus. Gül fühlt, wie Kälte in sie hineinkriecht. Und wie gleichzeitig etwas aus ihr herausfließt.

Sie bucht den nächsten Flug, der erst in fünfzehn Stunden geht. Sie lässt sich abholen, geht arbeiten, doch es ist, als würde jemand anders ihren Körper bewohnen, jemand, der sich Mühe gibt, sie wie einen Menschen erscheinen zu lassen, der redet, isst, trinkt, putzt, niest und nachdenkt. Doch Gül selbst ist gar nicht da.

Am Morgen steigt sie ins Flugzeug, um nach Ankara zu fliegen. Dort fährt sie mit dem Taxi zum Busbahnhof und nimmt den nächsten Bus in ihre Heimatstadt. Auf der sechsstündigen Fahrt versucht sie auszurechnen, wie viele Stunden seit dem Unfall vergangen sind, und schafft es nicht. Sie denkt über die Ampel nach, die einzige der Stadt. Als sie zum letzten Mal dort war, wurde die Ampel an der Hauptstraße gerade gebaut. Wie lange ist sie jetzt schon in Betrieb? Gül weiß es nicht.

Sie betet zu Gott, sie betet, dass sie ihren Vater lebend wiedersehen darf, lebend und bei Bewusstsein. Oh Herr, nimm mir nicht meinen Vater, nicht jetzt, bitte gib mir noch die Möglichkeit, mich von ihm zu verabschieden, lass mich noch einmal den Glanz seiner Augen sehen, bitte, Herr.

Niemand weiß, welche Wünsche wahr werden, welche nicht, welche Gebete erhört werden, welche nicht und bei welchen es nur so aussieht, als wären sie erhört worden. Niemand kennt das Tagebuch der Zukunft.

Noch ahnt auch niemand, dass die Ampeln in ein paar Monaten abgeschaltet sein werden, weil sich keiner an die Signale hält. Und dass sie vier Jahre später wieder in Betrieb sein werden. Das Leben schreibt keine Geschichten, es lässt das Ende immer offen, es gibt keinen Punkt, der der letzte wäre. Man wird traurig geschrieben, dann wieder glücklich, einige werden gestrichen aus dem Buch des Lebens, andere werden hineingeschrieben, doch die Anzahl der Seiten dieses Buches ist endlos.

Gül weiß nicht wohin, als sie aus dem Bus aussteigt. Es ist früher Abend, sie hat seit dem Frühstück nichts mehr gegessen, ihr Mund ist trocken, ihre Knie sind weich, sie fühlt sich schwer. Sie steht am Busbahnhof, ihre kleine Tasche neben sich, es riecht nach Urin und Erbrochenem. Wenn sie sich nicht bewegt, wird die Zeit vielleicht stehen bleiben.

– Große Schwester, sagt ein Mann, brauchst du ein Taxi, soll ich dich irgendwohin bringen?

Gül denkt nach.

– Ins Krankenhaus.

Als der Fahrer an die Kreuzung mit der Ampel kommt, geht er vom Gas, schaut nach links, schaut nach rechts und fährt dann bei Rot über die Kreuzung. Gül holt Luft, schweigt aber.

Als das Taxi hält, zahlt Gül den Preis, den der Fahrer nennt, obwohl sie weiß, dass er zu hoch ist. Am Empfang fragt sie nach dem Schmied Timur. Die Frau blättert in einer Liste, kneift die Augenbrauen zusammen und sagt dann:

– Er ist nicht mehr hier.

– Wo ... Wo ist er dann?

– Er ist ... vielleicht verlegt worden ... das kann ich hier nicht sehen.

Bitte, denkt Gül, bitte, lass ihn noch am Leben sein. Sie nimmt wahr, wie ihr jemand einen Stuhl unterschiebt, und dann erst, wie schwach ihre Beine sind. Man bringt ihr zu trinken und Kölnisch Wasser, damit sie sich erfrischen kann. Der scharfe Geruch des Alkohols verstärkt ihren Schwindel noch.

Sie sieht einen Mann im weißen Kittel auf sich zukommen, sie stützt sich auf die Armlehnen des Plastikstuhls, da sie merkt, dass ihre Beine sie kaum tragen können, und steht auf.

– Sie sind die Tochter des Schmieds?, sagt der Mann. Ich heiße Zekeriya, ich bin der Oberarzt hier. Hatten Sie einen weiten Weg? Ihr Vater ist wirklich ein sturer Bock, er hat sich selbst entlassen, als er aufgewacht ist, am frühen Morgen schon. Gehen Sie zu ihm nach Hause. Vielleicht reden Sie mal mit ihm, es wäre besser, wenn er zurückkommt und unter Beobachtung bleibt. Es kann sein, dass er Verletzungen hat, die wir nicht sehen können, es kann sein, dass er sich plötzlich schlechter fühlt.

– Zu Hause?

– Ja, er ist aufgestanden und gegangen.

– Er ...

Gül beendet den Satz nicht. Sie weiß nicht mal, was sie sagen wollte. Sie setzt sich wieder.

– Sie sind die Tochter aus Deutschland?

Gül nickt. Acht Jahre hat sie zuletzt in dieser Stadt gewohnt, aber sie wird immer die Tochter aus Deutschland bleiben.

– Bringt ihr einen Tee, sagt der Arzt, und einen Ayran. Den Tee süß und den Ayran salzig. Ruhen Sie sich kurz hier aus, sagt er zu Gül, und versuchen Sie Ihren Vater davon zu überzeugen, dass er nochmal herkommt. Auch wenn er ein harter Brocken ist. Ruhen Sie sich aus, gehen Sie nach Hause, küssen Sie Ihren Vater. Feiern Sie das Wiedersehen. Erholen Sie sich von der Reise. Möge es vorbei sein.

– Ich habe Angst bekommen, sagt Timur. Ich dachte, nicht nur die Hand ist gebrochen, sondern mein Hirn ist gespalten. Ich dachte, jetzt sehe ich die Bilder der Sehnsucht, die sich über die Wirklichkeit legen, jetzt wird mein gespaltenes Hirn jeden Tag mein Herz zerreißen, ich dachte, ich sehe eine Fata Morgana. Gül, wenn es so leicht ist, dich hierher zu bekommen, dann falle ich jeden Tag vom Mofa.

– Gott bewahre, ich habe den ganzen Weg über gebetet, dass ich dich lebend wiedersehe. Du darfst nicht mehr Moped fahren.

– Jetzt fang nicht an wie deine Mutter. Mich trifft ja keine Schuld. Du musst dem Fahrer des Autos sagen, dass er nicht mehr fahren soll. Kann die Farben nicht unterscheiden, hat aber einen Führerschein. Als könnte ein Hirte eine Ziege nicht von einer Kuh unterscheiden. Gibt es so einen Hirten? Und das soll jetzt meine Schuld sein?

Gül schweigt. Und freut sich. Sie freut sich, dass ihr Vater gesund ist und dass sie zusammensitzen können. Sie freut sich, dass er vor Kraft strotzt.

In dieser Nacht stirbt Mecnun. Als hätte er nur darauf gewartet, dass seine Schwiegermutter kommt und sich um ihre Tochter kümmert.

Gül bleibt eine Woche in der Stadt. Eine Woche voller Tränen, voller Trauer, eine Woche, als würden sich die Tage nur mühsam vorwärts schieben und sich auf den Brustkorb legen, um sich auszuruhen. Wenn die Sonne sich neigt und die Nacht die Trauernden umklammert, kann man nicht erkennen, wo vorne ist. Die Nacht, in der

Ceren sich wünscht, Mecnun möge wieder gesund sein, wohlbehalten zurück von den Toten, die Nacht, in der sich ihr ganzes Wesen nur dieses eine wünscht, so sehr, dass sie sich wundert, dass die Realität dieser Kraft widersteht. Mecnun bleibt tot. Nacht für Nacht. Nacht für Nacht. Nacht für Nacht.

Sibel ist da, ihr Großvater ist da, ihre Großmutter ist da, ihre Mutter ist da, Fatma ist da, aber Mecnun bleibt einfach tot. Es übersteigt Cerens Fantasie, dass er jetzt tot bleiben wird. Jede weitere Nacht in ihrem Leben. Es übersteigt ihre Vorstellungskraft, wie sie die Kraft finden soll, jemals wieder etwas zu tun. Das Einzige, was sie bewegen kann, ist ihre Tochter. Sie muss essen, trinken, schlafen, sie muss beaufsichtigt werden, Ceren muss mit ihr reden und mit ihr spielen, auch wenn sie lieber die Wände anstarren würde. Sobald sie Fatma ansieht, erkennt sie Mecnuns Züge und kann sich nicht gegen die Tränen wehren, auch wenn sie nicht möchte, dass Fatma sie immer nur weinend sieht. Sie kann sich nicht zusammenreißen, auch die Liebe zu ihrer Tochter hilft ihr nicht, sich für einige Momente zu einem Stück zusammenzusetzen, sie fällt auseinander, sie fällt in viele Stücke von Trauer, zusammengehalten von dem Wunsch, Mecnun möge wiederkommen.

Sie hat gelacht, so lange es dauerte. Jetzt ist eine andere Zeit. In diesem Zustand lässt Gül ihre Tochter zurück und fliegt nach Deutschland.

– Komm rein, sagt Yılmaz, Saniye ist nicht da, ich weiß nicht, wo sie bleibt, sie ist mit Sevgi einkaufen gegangen, sie müsste längst zurück sein.

Gül ist überrascht, dass Yılmaz daheim ist, die Frauen wollten unter sich sein, so war es verabredet, doch sie zieht die Schuhe aus und tritt ein.

Nach einigen Minuten gerät das Gespräch ins Stocken und Gül erinnert sich an eine Silvesternacht in der Heimstraße, wahrscheinlich das letzte Mal, dass Yılmaz und sie alleine in einem Raum waren. Es war kurz vor zwölf, die anderen waren hinausgegangen und Yılmaz war so betrunken, dass er kaum aufstehen konnte. An diesem Abend hatte Saniye ihr gesagt, dass er eigentlich ständig betrunken war.

Nun erinnert sich Gül, dass sie Yılmaz schon lange nicht mehr betrunken gesehen hat.

– Wie geht es eigentlich Ceren?, fragt er.

– So langsam geht es, antwortet Gül, anfangs dachte ich, sie verliert den Verstand. Vielleicht hätte sie das auch, wenn Fatma nicht gewesen wäre. ‚Ein Jahr lang ist sie kaum rausgegangen, ein ganzes Jahr. Man konnte nicht mal richtig mit ihr telefonieren, sie war immer kurz angebunden. Ich glaube, sie hat keine tausend Wörter gesagt in diesem Jahr.

– Aber Fatma spricht doch schon? Das hat Saniye zumindest erzählt. Sie muss es ja von irgendjemandem gelernt haben.

Gül nickt.

– Stimmt, sagt sie. Vielleicht hat sie viel mit Fatma geredet. Wer weiß, wie viele dunkle Gedanken das Kind schon gehört hat, bevor es überhaupt die ersten eigenen Worte gesprochen hat.

– Ach, Gül, sagt Yılmaz, wir sind alle mit Klageliedern voller Sehnsucht und Schmerz aufgewachsen, da kommen wir her. Die Melancholie ist uns in die Gene geschrieben, das Schwarzsehen, das Klagen. Wo sonst gibt es ein Wort, mit dem man sowohl Verliebte bezeichnet als auch Sänger von traurigen Liedern. Gül, diese Melancholie hat man uns eingeimpft, wir haben sie mit der Muttermilch aufgesogen. Du kannst sie nicht fliehen. Ist

Ceren etwa anders als du oder ich? Was hat ein Mensch denn einem anderen voraus? Wir können das nicht abschütteln, Gül, das Holz, aus dem wir geschnitzt sind, ist ganz nass vor lauter Tränen.

Gül fühlt sich Yılmaz immer unterlegen. Er hat eine Universität besucht, und was er sagt, klingt für sie fast immer durchdacht und klug.

– Fuat, sagt Yılmaz nun, Fuat ist anders. Viele, die hierhergekommen sind, sind anders, aber du, Saniye und ich, wir werden immer auch Tränen in unseren Herzen tragen. Die, die so sind wie Fuat, die können sich diesen anatolischen Blues einfach aus den Knochen schütteln.

Da ist so etwas wie Bewunderung in seiner Stimme, was Gül überrascht. Fuat. Ihr Mann. Der Trinker und Spieler, der Geldgierige, der Mann, der sich gerne für gewieft hält, der Mann, der sie betrogen hat, er soll irgendetwas haben, das ihr bisher entgangen ist?

– Was hat denn Fuat, was du nicht hast?

– Mut.

– Den Mut, seine Familie zu vernachlässigen und sein Geld zu verschleudern?

– Nein, den Mut, hierherzukommen. Saniye ist nicht gekommen, weil sie mutig ist, sondern weil sie verzweifelt war. Ich bin gekommen, weil das Land mich nicht wollte, du bist gekommen, weil dein Mann gekommen ist. Aber Fuat? Der hätte Friseur in der Türkei bleiben können.

– Er ist aus Geldgier gekommen, könnte man sagen.

– Man könnte auch sagen, er wollte eine bessere Zukunft. Gül, was für Fehler er auch hat, es gehört Mut dazu, alles stehen und liegen zu lassen und in eine fremde Umgebung zu ziehen, ohne zu wissen, was einen erwartet. Man muss sich trauen, man muss mit Fremden sprechen, in einer Sprache, die man nicht versteht, man muss bereit sein loszulassen, man muss ein wenig neugierig sein. Es darf einem nicht zu gut gehen, das ist richtig, aber man braucht auch diesen Mut, Tatendurst, Unternehmungslust. Man muss gesprächig sein, clever. Selbst wenn man denkt: Es ist nur für zwei Jahre, dann gehe ich zurück, selbst dann muss man sich was trauen. Wer würde für zwei Jahre ins Gefängnis gehen, nur weil es Geld dafür gibt? Schau, du und ich, wir sind schüchterne Menschen, Saniye ist nicht so, sie hat diese Neugier. Aber Menschen wie wir, wir fühlen uns einfach nicht überall wohl, wir brauchen etwas länger, bis wir warm werden. Wir haben hier eigentlich nichts verloren. Sieh mich an, ich bin schon über zwanzig Jahre hier und ich werde mich nie ganz wohl fühlen. Und sieh dir Fuat an, er ist kreativ, sein Kopf kennt keine Grenzen, er findet Lösungen. 6.000 Mark Prämie, weil er wieder eine Idee hatte, wie man die Produktion effizienter gestalten könnte. Er nimmt die Dinge nicht hin, er verändert sie. Der Mut und die Schläue eines Bauern. Jetzt ist er stolz. Schon das zweite Mal, dass er etwas besser weiß als ein Ingenieur und dafür belohnt wird. Aber er ist nicht klug genug zu sehen, dass sie ihn ausbeuten. Insgesamt 10.000 Mark in drei Jahren. Er glaubt, das sei viel Geld, weil er nicht rechnet, wie viel Gewinn die Firma mit seinen Ideen macht. Weit mehr. Weit, weit mehr. Wahrscheinlich so etwas wie eine Million. Und wer ist dafür verantwortlich? Ein Friseur aus Anatolien. Nicht jemand, der hier studiert hat.

Das Geld war ein Segen. Wochenlang hatte Fuat gute Laune. Hat geprahlt, was für ein Fuchs er ist, und hat gehöhnt, wie wenig sie in der Birne haben, diese deutschen Ingenieure.

Gül versteht nicht, was genau er da verbessert hat, auch wenn Fuat es ihr mehr als einmal geduldig erklärt hat. Ist doch egal, hat er schließlich wohlwollend gesagt, ich verstehe ja auch nichts von Weiberkram. Aber wenn ich mich damit beschäftigen würde, könntet ihr mir sicherlich ein paar Tipps zum Wachsen der Haare geben.

Fuat hatte gute Laune, sie haben miteinander gesprochen, beim Essen, sie haben gemeinsam ferngesehen, sie haben beide nicht genervt aufgestöhnt, wenn der andere sich anschickte, den Kanal zu wechseln. Sie haben einander zu verstehen gegeben, dass die Anwesenheit des anderen keine unerträgliche Zumutung war.

Sollte ich vielleicht versuchen, Fuat auch mit Yılmaz' Augen zu sehen?, fragt Gül sich nun. Es entsteht erneut eine Gesprächspause.

– Was macht Ceren jetzt?, fragt Yılmaz dann. Möchte sie wieder heiraten?

Gül seufzt und schüttelt den Kopf.

– Nein, sagt sie, sie kann sich nicht vorstellen, wieder zu heiraten. Aber immer nur daheim sitzen kann sie ja auch nicht, und die Rente, die sie bekommt, reicht nicht zum Leben. Jetzt hat sie sich in den Kopf gesetzt, Deutsch zu studieren und Lehrerin zu werden. Wie ihr verstorbener Mann.

Einen Teil des Geldes, das Fuat bekommen hat, wird dafür verwendet werden, Ceren dieses Studium zu ermöglichen. Auch wenn das Fuat missfallen hat.

– Ich kassiere doch keine Prämie, damit meine Tochter etwas studiert, was sie schon kann, hat er gesagt. Jahrelang träumt man vom Jackpot, und wenn man dann mal eine Handvoll bekommt, kann man das doch nicht für irgendeine Sprache ausgeben, die außer den Deutschen sowieso niemand sprechen möchte. Das ist doch zum Fenster rausgeschmissenes Geld.

– Es ist deine Tochter, hat Gül gesagt, wir sind es ihr schuldig.

– Ja, hat er gesagt, als sei ich es nicht wert, für meine Mühe entlohnt zu werden.

– Du kannst auch das Geld nehmen und gehen, hat Gül erwidert. Du hast schon alles getan, was in deiner Macht steht, um diese Familie zu entzweien. Nimm deinen Lohn, geh und sei glücklich.

Fuat hat noch gezetert und geschimpft, aber Gül hat nicht mehr darauf reagiert.

– Deutschlehrerin, sagt Yılmaz nun. Wir werden hier ja nie fertig, jeder versucht die Arbeit eines anderen zu beenden. So sind wir Menschen, wir können einfach nicht aufhören, auch nicht die Faulsten unter uns. Wir machen weiter. Fuats Vater hat getrunken, aber er hat es nicht geschafft, sich zu Tode zu saufen, jetzt versucht es sein Sohn, wenn auch nur halbherzig.

– Aber du hast aufgehört zu trinken.

Yılmaz lächelt gequält.

– Ja, sagt er, manchmal sieht es aus, als würde man einen anderen Weg einschlagen. Als würde man nach Deutschland gehen zum Beispiel, aber die meisten von uns entfernen sich kaum von der Startlinie, auch wenn sie glauben, sie würden weiß Gott wie weit laufen. Selbst der Mut hilft einem nicht. Fuats Vater war Kutscher und Fuat arbeitet bei Benz. Es ändert sich nichts.

Gül zieht die Augenbrauen zusammen. Auch wenn sie ihn für klug hält, leuchtet ihr nicht ein, was Yılmaz sagt.

– Du hast aufgehört zu trinken, du bist Kommunist geworden. Welcher türkische Mann trinkt nicht und ist Kommunist?

– Aber Gül, ich bin doch kein Kommunist, das sagen die Leute nur, weil ich für die Rechte der Arbeiter bin und weil ich verstehe, wie dieses System uns ausbeutet. Unsere Leute halten jeden für einen Kommunisten, der ein paar Bücher gelesen hat und Ruhi Su hört und Filme von Yılmaz Güney guckt. Vielleicht hast du recht, vielleicht habe ich etwas anders gemacht, doch das hat nur dazu geführt, dass ich gezwungen war, dieses Land zu verlassen. Aber sieh mich an, mein Vater war ein trauriger Mann, der nicht viele Freunde hatte. Vielleicht gar keine. Er saß immer allein vor unserer Türe, in der Hand eine Zigarette, und hat ins Leere gestarrt. Wir können das alles nicht beenden, die Trauer nicht, die Kriege nicht, die Schläge nicht, die Geldgier nicht, was wir auch sehen, wir werden es wieder und wieder sehen, selbst wenn wir glauben, dass wir uns umdrehen und gehen. Aber Deutschlehrerin ist ja nichts Schlechtes, Gül, es ist ein ehrbarer Beruf und es ist auch lustig, wenn man darüber lachen möchte. Ich hoffe, ihr geratet nicht in Bedrängnis deswegen.

– Nein, sagt Gül, nein, nein.

Es ist Geld auf dem Sparbuch, nicht alles ist im Laufe der Jahre Fuats Verschwendungslaunen und Spiellust zum Opfer gefallen, Gül ist vor einigen Monaten zur Vorarbeiterin in der Firma aufgestiegen und arbeitet zusätzlich immer noch bei Herrn Bender in der Buchhandlung, dann noch Fuats Prämie, das Leben in der Türkei ist nicht teuer, sie werden schon nicht in Bedrängnis geraten.

Als sie den Schlüssel in der Tür hören, fühlt Gül sich für einen Moment unwohl, als hätte man sie bei etwas Verbotenem ertappt, obwohl es doch Saniye ist, die zu spät kommt.

Saniye sieht Yılmaz kurz prüfend an, vielleicht sogar missbilligend, bevor sie Gül umarmt. Nur kurz währt dieser Blick, doch er sagt Gül, dass die beiden ein Geheimnis haben. Ist Yılmaz vielleicht auch fremdgegangen? Vielleicht steigt er Frauen nach, vielleicht hat er eine Seite, die Gül nicht sehen kann. Eine dunkle Seite. Eine Seite, die sie sich an diesem Mann nicht vorstellen kann.

Immer noch steht Gül oft am Fenster und beobachtet die Straße. Sie weiß, wer Drogen verkauft, wer Hehlerware, wer harmlos ist, wer oft ausrastet, was die Punks mit dem erbettelten Geld machen, wer mit wem Kontakt hat, wer mit wem Streit und welche Gruppen sich ignorieren. Sie kennt die Straße, wenn auch nur von da oben.

Sie weiß nicht mehr genau, seit wann sie Can nicht mehr sieht. Sind es fünf Monate, sechs, sieben? Jeden Tag hält sie nach ihm Ausschau, fragt sich, wo er sein mag. Sie möchte nicht ins Reisebüro gehen, um dort zu fragen. Sie mag das Reisebüro und Rezai nicht. Dort hat sie den Flugschein gekauft, der sie zu ihrem gesunden Vater und zu ihrem sterbenden Schwiegersohn gebracht hat. Rezai sieht von Tag zu Tag schlechter aus, ungepflegter, mürrischer, aber auch kränklicher. Weiter unten an der Straße hat ein neues Reisebüro aufgemacht, das von einem jungen Mann im Anzug geführt wird.

Als Gül Can unten auf der Straße erkennt, erschrickt sie. Vielleicht, weil sie so lange darauf gewartet hat. Am liebsten möchte sie hinunterlaufen und ihn in den Arm nehmen und fragen, wo er war. Sie tritt vom Fenster weg, obwohl sie weiß, dass nie jemand hochsieht, und überlegt sich, ob sie Schuhe anziehen und auf die Straße gehen soll. Zum Beispiel einfach zur Telefonzelle, in der sie lange nicht mehr gestanden hat. Oder zum Einkaufen. Sie kann so tun, als würde sie ihn nur zufällig auf der Straße treffen.

Kann sie das wirklich? Könnte sie ihre Freude verstecken? Und Überraschung heucheln?

– Can, mein Sohn, schön, dich zu sehen, sagt sie, ohne Verblüffung vorzuspielen. Du warst lange nicht mehr hier.

– Oh, Tante Gül, sagt Can, was für eine Freude. Gleich am Morgen sehe ich dich hier, könnte es einen glücklicheren Menschen geben als mich?

– Was ist passiert?

– Ach, nichts, sagt Can.

– Wie nichts?

– Ich bin in eine Prügelei hineingeraten, ist nicht so schlimm, wie es aussieht, wirklich nicht. Ist in ein paar Tagen vergessen. Wie geht es dir? Was macht Ceren?

– Mir geht es gut, dem Herrn sei's gedankt. Ceren hat nach dem Sommer einen Platz an der Universität, um Deutsch zu studieren.

– Schön, dann kann sie selbst für sich und ihre Tochter sorgen. Das ist gut. Sie kann froh sein, dass sie euch hat und ihr sie unterstützt. Wenn ich so eine Mutter gehabt hätte, wer weiß, was dann aus mir geworden wäre. Deutschlehrer vielleicht.

Er schüttelt den Kopf.

– Wo warst du so lange, wollte ich eigentlich wissen. Dass du in eine Prügelei geraten bist, kann jeder sehen. Aber eine Prügelei dauert ja nicht monatelang.

Er sieht zu Boden. Dann wieder hoch.

– Tante Gül, kennst du das Restaurant im Karstadt? Lass uns da treffen. In einer halben Stunde. Geht das? Dort können wir in Ruhe reden. Es ist vielleicht nicht so gut, wenn du hier mit mir gesehen wirst. Wir haben lange nicht mehr geredet, wollen wir dort zusammen einen Kaffee trinken?

Sie kann ihn nicht in ihre Wohnung einladen, es könnte sie jemand sehen und was würde dann geredet werden? Es ist noch genug Zeit, bis Fuat von der Arbeit kommt, sie möchte gerne mit Can reden, doch sie würde es geheim halten, und das wäre ein Verrat. Oder nicht? Was ist sie ihrem Mann schuldig? Sie merkt, wie Zorn in ihr hochkocht, weil sie nicht einfach ja sagen kann. Was hat er sich alles erlaubt und was erlaubt sie sich nicht, weil es nicht recht ist, mit einem jungen Mann, der ihr Sohn sein könnte, in einem Restaurant einen Kaffee zu trinken.

– Niemand wird es erfahren, sagt Can leise. In einer halben Stunde. Ich werde da sein. Wenn du nicht da bist, kein Problem. Hab noch einen gesegneten Tag.

Gül nickt. Ihr Herz klopft. Es wäre nichts Verbotenes, sagt sie sich.

Ihre Angst kommt ihr kleinlich vor, als Can ihr eine halbe Stunde später erzählt, dass er acht Monate im Gefängnis war. Gleichzeitig denkt sie, dass sie noch mehr Angst bekommen könnte. Sie trinkt gerade mit einem Kriminellen Kaffee. Aber was hat sie geglaubt? Dass die Telefonkarten Cans einzige Einkommensquelle sind, dass er so etwas nur aus jugendlichem Leichtsinn tut? Doch was muss man tun, um acht Monate zu bekommen?

Can vertraut Gül, so wie viele Menschen es tun, obwohl Gül nie begreifen wird, woran das liegt. Er vertraut ihr und er war derjenige, der einen Kaffee trinken gehen wollte, trotzdem erzählt er nicht, was passiert ist, obwohl es ihm nicht peinlich zu sein scheint.

– Das war ja nicht lange, sagt er, das war nicht mal die Hälfte von dem, was es hätte werden können. Und was soll ich schon getan haben? Es ging um Geld. Es geht immer um Geld. Hätte ich nicht so viel für einen Anwalt hingeblättert, der mit dem Staatsanwalt essen geht, würde ich den ganzen Winter und noch einen Sommer sitzen.

– Was heißt, das ist nicht so lange? Deiner Mutter wird das Herz geblutet haben. Schau, sogar ich werde ganz traurig, wenn ich nur daran denke, aber deine arme Mutter …

– Ja, sagt Can, meine arme Mutter, die ihr Leben lang gebuckelt hat, die Scheiße der Deutschen in den Klos weggeputzt hat, weil die Leute, die im Hotel übernachten, keine Klobürsten anfassen, meine Mutter, die geschuftet hat, damit wir ein wenig Geld haben, samstags und sonntags geschuftet, aber an einem Wochenende nicht genug verdient hat, um auch nur eine halbe Nacht in diesem Hotel übernachten zu können. Meine Mutter hat mir vorher schon leidgetan. Tante Gül, wofür hat sie sich kaputtgearbeitet? Für Geld? Wie viel hat sie jetzt davon? Kaum genug. Und uns hat sie auch nie gesehen.

– Schau, ich habe gelernt, mein Geld mit ehrlicher Arbeit zu verdienen. Wir haben auch gebuckelt hier, aber wir haben etwas zur Seite gelegt, obwohl Fuat trinkt und spielt. Man kann es auch mit ehrlicher Arbeit schaffen.

– Ja, aber wohin? Wohin, Tante Gül? Zur Vorarbeiterin der Putzkolonne? Sei mir nicht böse. Wir bleiben hier immer klein. Die Welt dreht sich um Geld, das ist so. Niemand, der nicht der Knete hinterherrennt. Wenn man es so macht wie ich, dann geht man Risiken ein. So ist das. Man bezahlt Lehrgeld und lernt das Risiko zu minimieren.

– Wer nicht auf dem rechten Weg verdient, wird auch alles wieder verlieren.

– Das stimmt doch nicht, sagt Can. Da ist nur so ein Sprichwort. Sieh, du hast es auf dem rechten Weg versucht und anderthalb Jahre der Kindheit deiner Töchter dafür verloren. Du hast es auf dem rechten Weg versucht und auch das hat weh getan. Ich habe Ziele, Tante Gül, ich werde reich werden, du wirst sehen.

– Oh, mein Gott, du redest wie jemand, der ins Verderben rennt, mein Sohn. Wenn du es nicht für deine Eltern oder für dich tun möchtest, dann tu es für mich: Schlag den rechten Weg ein, solange eine Umkehr noch möglich ist.

– Tante Gül, ich will mit dir Kaffee trinken und reden, ich will nicht mit dir streiten. Ich will dich nicht kränken, ich mag dich. Aber ich muss mein eigenes Leben führen.

Wie die Deutschen, denkt Gül. Das ist es, was die Menschen hier einsam macht. Unbedingt ein eigenes Leben nur für sich haben zu wollen. Ohne Rücksicht auf die anderen. Doch sie sagt nichts mehr dazu, schon bald reden sie über Güls Enkel, Cans neue Freundin, seine Mutter, der er versprochen hat, nie mehr ins Gefängnis zu gehen, sie reden, und irgendwann muss Gül sich beeilen, weil sie noch kochen muss, bevor Fuat nach Hause kommt.

Sie hat ein schlechtes Gewissen, als sie die Tür aufschließt, weil sie weiß, dass sie niemandem davon erzählen kann. Sie hat ein schlechtes Gewissen, doch sie wird sich in den nächsten Wochen und Monaten noch oft mit Can in diesem Restaurant treffen und jedes Mal ein schlechtes Gewissen haben und sich fragen, warum sie sich immer wieder mit ihm trifft und was sie eigentlich an diesem Jungen findet.

Etwas, das sich jahrelang wie fester Boden angefühlt hat, ist auf einmal weiche Erde, und Gül versucht, nicht aus dem Tritt zu kommen.

– Ich habe eigentlich nie gerne Haare geschnitten, sagt Ceyda.

Gül erinnert sich, wie sie ihre Tochter ermutigt hat, weiter zur Schule zu gehen, wie sie sich gewundert hat, dass sie lieber Friseurin werden wollte.

– Damals hast du gesagt, du hast es dir gut überlegt.

– Hatte ich auch. Ich wollte raus aus der Schule und einen Beruf lernen, einen, in dem ich niemals in eine Fabrik muss. Und jetzt ist das andere eine gute Arbeit für mich. Ich komme morgens nach Hause, kann das Frühstück zubereiten und die Kinder wecken, Duygu zur Schule schicken, Timur in den Kindergarten bringen und mich hinlegen und schlafen. Nachts arbeiten ist einfach besser, wenn man Kinder hat.

So hat Fuat nie argumentiert.

– Du schläfst zu wenig, sagt Gül.

– Ach, das geht schon.

Ceyda wirkt zufrieden mit ihrer neuen Arbeit bei der Post, denkt Gül. Wir arbeiten beide nachts, wir sehen unsere Männer wenig, dafür sehen wir, dass die Welt nachts anders ist.

Ceyda wohnt in einer etwas teureren Wohngegend und kommt erst morgens nach Hause, wenn es schon hell ist. Wenn Gül nach Hause kommt, ist es noch Nacht. Das Imbiss-Restaurant schräg gegenüber von ihrem Haus hat rund um die Uhr geöffnet, manchmal sind übermütige Menschen darin oder solche mit stieren Blicken, die etwas bestellen, aber sie sieht auch Menschen, die aus dem Laden kommen, den Döner auswickeln und in die Ecke werfen, sobald sie außer Sichtweite sind, und mit der Alufolie in der Hand in der Dunkelheit verschwinden.

Gül sieht nachts Dinge, die sie sich nicht erklären kann, und denkt oft beim Aussteigen aus dem Auto an Nalan, die wohl auch nachts arbeitet, aber nie darüber redet. Wir gehen einer ehrlichen Arbeit nach, sagt sie sich dann, auch wenn es Nacht ist, ich tue, was ich von meinem Vater und meiner Mutter gelernt habe, ich verdiene mein Geld im Schweiße meines Angesichts, auch wenn diese Nachtarbeit nicht meine Welt ist.

Sie mag diese letzten Meter, nachdem sie aus dem Auto ausgestiegen ist und die Haustür noch nicht aufgeschlossen, diese letzten Meter, in denen sie der Nacht ausgeliefert ist, die Befriedigung nach getaner Arbeit, die angenehme Schwere in ihren Gliedern, diese Momente der Stille und Ruhe. Einige Wochen lang werden diese Momente getrübt von etwas, das sie nicht sofort benennen kann. Sie steigt aus und ein Gefühl scheint den Schutz der Nacht zu nutzen, um einen Schatten auf Gül zu werfen, ein vages Unwohlsein. Die ersten drei, vier Male ignoriert sie es einfach, doch eines Morgens um halb fünf auf der Treppe im Altbau weiß sie auf einmal, dass Ceyda Angst hat. Sie spürt es, dazu bedarf es keiner Fähigkeiten und Talente, Gefühle und Verbundenheit sind Gottes Geschenke. Sie spürt die Angst ihrer Tochter, auch wenn sie ihren Auslöser nicht kennt, sie spürt sie und möchte Ceyda beistehen.

Zwei Tage später schauen die Männer Fußball, die Kinder sind in ihrem Zimmer, Ceyda und Gül sitzen in der Küche, die Tür ist geschlossen. Gül weiß nicht, wie sie den Boden für ihre Frage bereiten soll, als Ceyda unvermittelt sagt:

– Gibt es irgendwelche Krankheiten bei uns in der Familie, von denen ich nichts weiß?

Sie arbeitet jetzt fast ein dreiviertel Jahr bei der Post und Gül findet, dass sie immer müder aussieht.

– Migräne?, fragt Gül. Möchtest du wissen, ob Migräne vererbbar ist?

– Nein, sagt Ceyda, es ist nicht Migräne. Die Migräneanfälle sind seltener geworden. Aber dafür ... dafür höre ich Stimmen. Bevor die Kinder kommen, sitze ich mittags im Wohnzimmer und höre Stimmen aus der Küche. Ich höre, wie zwei sich streiten, aber ich verstehe die Worte nicht. Ich weiß, dass sie Türkisch sprechen, sie klingen aggressiv, ich höre sogar, wie sie Teller und Tassen gegen die Wand werfen, ich höre, wie Geschirr zerbricht, ich höre, wie sie weint, es klingt alles so real, aber sobald ich mich nach vorne beuge und durch die offene Küchentür sehe, ob da jemand ist, verstummt alles. Und fängt sofort wieder an, wenn ich mich zurücklehne.

Ceyda hat schnell gesprochen, Gül ahnt, wie schwer es ihr fällt, das zu erzählen.

– War vielleicht irgendjemand bei uns in der Familie verrückt? Ist Oma vielleicht gar nicht an Typhus gestorben, wie ihr das immer erzählt? Mama, glaubst du, es kann sein, dass ich verrückt werde? Das ist ja nicht so wie mit Migräne, das kann man nicht einfach aushalten. Das ist doch ein Zeichen von Schizophrenie, wenn man Stimmen hört, oder?

– Warum sollte ich dich angelogen haben? Ich habe selbst gesehen, wie krank meine Mutter war, ich erinnere mich noch genau an die Farbe der Ringe unter ihren Augen. Ceyda, nein, mein Liebling, du wirst nicht verrückt. Du hast dein ganzes Leben auf den Kopf gestellt, du arbeitest nachts und schläfst tagsüber, du schläfst zu wenig, du schläfst immer zu wenig, da ist es nur normal, dass dein Kopf nicht mehr mitkommt. Als ich angefangen habe, nachts zu putzen, habe ich auch Stimmen gehört, wenn sie sich auch nicht gestritten haben. Du musst einfach schlafen, damit dein Kopf zur Ruhe kommt. Du bist nicht krank.

Sie glaubt tatsächlich, dass Schlaf helfen würde. Und sie weiß, dass Ceyda nicht den Verstand verliert, sie weiß es ebenso, wie sie wusste, dass sie Angst hat. Aber es ist eine Lüge, dass sie selbst auch Stimmen gehört hat. Sie weiß, dass Ceyda nicht verrückt wird, aber Angst, Angst hat Gül dennoch. Vielleicht weil sie immer Angst hatte. Eine Angst, die sie begleitet, seit ihre Mutter gestorben ist.

Vielleicht ist es diese Angst, die ihr geholfen hat zu spüren, dass mit Ceyda etwas nicht stimmt. Vielleicht schafft die Angst eine Verbindung, die keine Sehnsucht und keine Entfernung kennt, keinen Tag und keine Nacht, keinen Hunger und keinen Durst.

Die Angst ist nicht schlecht, denkt Gül, ohne sie würde ich meine Tochter vielleicht weniger spüren.

Man hat immer Angst zu verlieren, jemanden, den man liebt, seine Ehre, seinen Stolz, sein Geld, seine Freunde, seinen Vater, seine Mutter, die Geschwister, die Heimat, aber man hat nie Angst, die Sehnsucht zu verlieren, die Trauer, die Klagelieder und den Zorn. Gül spürt in sich hinein. Nein, ihren Zorn auf Fuat würde sie nicht verlieren wollen, der Zorn hilft mir, mich selbst zu bewahren, denkt sie, er hilft mir, den Rücken aufrecht zu halten.

Die Angst ist eine Brücke zu meinen Kindern und meine Trauer ist vielleicht meine Verbindung zu anderen Menschen, ich kann mit jedem eine Verbindung aufbauen, der diese Trauer kennt. Deswegen verstehe ich mich gut mit Saniye. Deswegen rede ich gerne mit Yılmaz, obwohl er so viel gebildeter ist als ich. Vielleicht ist es mit Can dasselbe, vielleicht ist er auch traurig, aber er versteckt es besser als die anderen. Er ist traurig, dass seine Mutter für die Scheiße der Deutschen da war, aber nicht für ihn. Vielleicht vertrauen mir die Menschen auch, weil ich auf dem Grund des Brunnens gesessen habe, aus dem die Trauer geschöpft wird. Sie lächelt über sich. Wenn jemand auf dem Grund dieses Brunnens gesessen hat, dann ist es Saniye und nicht sie. Aber Saniye vertrauen die Menschen nicht so schnell. Ich könnte noch vierzig Jahre darüber nachdenken, aber ich würde aus diesem Leben nicht schlau werden.

– Mama?

Gül schreckt auf.

– Du bist abgetaucht, sagt Ceyda.

– Ich nehme mir ein paar Tage frei, sagt Gül, ich komme her, du wirst sehen, wenn du zwei, drei Mal ausschläfst, verschwinden die Stimmen.

Wer weiß, ob die Stimmen aufhören, weil Ceyda mehr schläft oder weil Gül da ist. Der Klang des zerbrechenden Geschirrs wird vielleicht nie ganz verschwinden, so wie Gül sich immer noch an den Klang des Löffels erinnert, den ihr Vater an die Wand geschleudert hatte, als er vom

Tod seiner Frau erfuhr. Gül war noch ein Kind, aber dieser Klang hallt durch ihr ganzes Leben. Vielleicht wird auch der Klang des Geschirrs, das es nicht gibt, weiter durch Ceydas Leben hallen.

Doch Ceydas Angst, ihren Verstand zu verlieren, schwindet, auch wenn die Stimmen wieder anfangen, nachdem ihre Mutter weg ist. Sie erklärt es sich mit der Schlaflosigkeit und macht einfach weiter. Sie arbeitet sogar noch mehr. An den Wochenenden lässt sie Duygu und Timur bei ihrer Schwägerin und erntet Erdbeeren. An schlechten Tagen hat sie abends Rückenschmerzen und kaum etwas verdient, doch an den guten kommt sie nur müde mit einem blauen Schein nach Hause, einem Adler, wie sie ihn nennen. Das ist immer das Ziel des Tages, mit einem Adler nach Hause kommen.

Das Geld mehrt sich, ein Sparbuch hier, ein Sparbuch da und einen Teil legt sie wie ihre Eltern und viele andere auch bei der türkischen Zentralbank an, wo man acht Prozent Zinsen bekommt. Vielleicht kauft sie auch mal ein Haus in der Türkei wie ihre Eltern, aber sie möchte auf jeden Fall eines in Deutschland, damit beide Kinder ihr eigenes Zimmer haben, damit sie einen Ort haben, den ihnen niemand nehmen kann. Ihr ist klar, dass die beiden wahrscheinlich für immer hierbleiben werden.

Schon als Kind war sie gewöhnt, dass gespart wird, angelegt, gerechnet, Preise verglichen und Ausgaben reduziert. Nur kurz vor den Sommerferien galten stets andere Regeln. Dann wurden Geschenke für die Verwandten gekauft, es gab Nutella statt des billigen Nougataufstrichs, die Schokolade, die in den Koffer wanderte, war von Ritter Sport oder von Milka, die Hühnerbrühe von Maggi. Kurz vor den Ferien wurde nicht gespart, da wurden Markenprodukte gekauft, was das Konto hergab, um die Familie in der Türkei mit Geschenken zu beeindrucken.

Früher sind die Kinder des Schmieds jeden Sommer zusammengekommen, sechs Wochen lang waren sie eine große Familie, ein vielstimmiger Chor, alle hatten verschiedene Interpretationen des gleichen Liedes, sie konnten die Kraft ihrer Ahnen spüren, die sie zusammengebracht hatte, sie konnten das gemeinsame Blut in ihren Adern spüren und dieses Blut trug Freude und Licht. Dass sie nur sechs Wochen lang alle vereint waren, lag an Gül, sie war diejenige, die nicht mehr Zeit hatte. Die anderen waren zusammen, bevor sie gekommen ist, und sie blieben zusammen, nachdem sie gegangen war. In den Jahren, die Gül später selbst in der Türkei wohnte, hat sie gesehen, wie schwer es ist, das Ende dieser Sommer zu ertragen, wenn man nicht geht, sondern zurückbleibt.

Doch die Sommer haben sich geändert, die Enkel des Schmieds sind keine Kinder mehr, die für Wochen in der Heimatstadt ihrer Eltern zusammenkommen und gemeinsam spielen. Einige sind verheiratet, eine ist verwitwet, Nalans Tochter ist mit fünfzehn die jüngste, doch sie kommt gar nicht mehr, sondern bleibt in Istanbul bei Freunden, was Anlass zu Gerede ist. Sollte eine junge Frau, die sich auch noch in Kopf gesetzt hat, Schauspielerin zu werden, unbeaufsichtigt in der großen Stadt bleiben dürfen? Da ist der Weg zum leichten Mädchen doch unvermeidbar, hat diese Nalan denn überhaupt kein Verantwortungsgefühl?

Auch Güls Bruder Emin wohnt mittlerweile in Istanbul und hat dort mit geliehenem Geld einen Mietwagenverleih eröffnet. Emin, der immer ehrgeiziger war als seine Schwestern, hat seine sichere Stelle als Lehrer aufgegeben, um reich zu werden. Er kann nie lange Urlaub machen, die Arbeit ruft, doch seine Frau und seine beiden unverheirateten Söhne verbringen die Sommer gemeinsam mit der Familie in seiner Heimatstadt, während Emin in Istanbul angeblich regelmäßig nach Nalans Tochter sieht. Melikes Sohn İsmail ist seit einem Jahr Profibasketballer bei Galatasaray und kommt kaum noch, und Melike selbst legt neuerdings Wert darauf, im Sommer einige Wochen an der Ägäis zu verbringen, statt bei der Familie zu sein. Sibel, deren Ehe kinderlos geblieben ist, ist die einzige unter den Geschwistern, die noch in der Heimatstadt wohnt.

Gül sehnt sich oft nach den alten Zeiten und dem Geschmack dieser Tage. Sie freut sich, ihren Vater zu sehen, sie freut sich, Ceren zu sehen, doch sie glaubt, dass die Sommer früher schöner waren. Vielleicht werde ich einfach nur alt, denkt sie, vielleicht werde ich so wie diese Menschen, die glauben, früher sei alles besser gewesen.

Eines Tages bringt sie Wassermelonenschalen, die sie an die Kühe verfüttern, in den Stall und sieht hinten im großen Obstgarten das Profil einer Gestalt, die an einen Apfelbaum gelehnt auf dem Boden sitzt. Sie ist sich nicht sicher, ob es ihr Vater ist oder nicht. Er sieht aus wie Timur, doch der würde um diese Tageszeit nicht herumsitzen, er würde arbeiten oder nur kurz innehalten, um die Mütze abzunehmen und sich über die Stirn zu wischen.

Als sie ein paar Schritte in seine Richtung gegangen ist, erkennt sie ihn und beschleunigt ihren Schritt. Er sitzt, denkt sie, er sitzt immerhin aufrecht, er ist nicht einfach umgefallen. Sie mag nicht rufen, sie mag auch nicht rennen, doch der Schweiß schießt ihr auch so aus den Poren.

Der Schmied dreht den Kopf, sieht seine Tochter und lächelt. Gül verlangsamt ihr Tempo, ihr Puls beruhigt sich, aber etwas in ihr zieht sich zusammen. Der Magen, das Herz, die Kehle. Sie weiß es nicht. Vielleicht alles auf einmal. Der Schmied lächelt noch breiter und der Griff um Güls Inneres lockert sich nur, er löst sich nicht. Die Mütze des Schmieds liegt neben ihm und er nimmt sie in die Hand und klopft auf den Boden, damit Gül sich neben ihn setzt.

– Warum weinst du?

Timur sieht seine Tochter an.

– Wie viele Kinder habe ich?, fragt er.

– Fünf.

– Wie viele davon sind am Leben und gesund?

– Fünf.

– Wie viele Enkel habe ich?

– Acht.

– Wie viele gesund?

– Acht.

– Wie viel Urenkel?

– Drei, alle drei gesund.

– Wer von diesen Menschen leidet Hunger?

– Niemand.

– Ich bin ein glücklicher Mensch, sagt Timur, jeder von uns hat seine Sorgen, aber ich bin ein glücklicher Mensch. Alle meine Kinder leben, alle meine Kinder kommen mich besuchen, mit keinem liege ich im Streit. Ich bin ein glücklicher Mensch.

Gül legt ihren Kopf an die Schultern ihres Vaters und atmet seinen säuerlichen Schweißgeruch ein, gemischt mit dem Geruch der Erde. Früher hing der Geruch der Schmiede noch an ihm, doch der hat Platz gemacht für den Geruch des Alters. Doch Gül kann auch die Kraft riechen und die leise Trauer, die die Freudentränen seinem Atem verliehen haben.

Einige Momente sitzen sie so in der tief stehenden Nachmittagssonne, möglicherweise nimmt der Schmied den weichen, üppigen, mütterlichen Geruch seiner Tochter wahr, in den sich in den letzten Jahren eine Härte geschlichen hat, etwas Holziges, Kantiges, das man an ihr nicht vermuten würde.

Gül ist noch in der Freude über diesen Moment mit ihrem Vater, als der Schmied, ohne sich zu räuspern, ohne vorher nochmal Luft zu holen, sagt:

– Ihr werdet euch streiten.

Die kurze Stille nach dem Satz ist gefüllt mit Gram.

– Wer?

– Du und deine Geschwister. Ihr werdet euch streiten, wenn ich tot bin.

Gül rückt ein Stück ab und sieht ihn an.

– Wieso sollten wir das?

– Ihr seid meine Kinder, ich kenne euch. Ich kenne euch besser, als eure Mütter euch kennen. Kannten. Ihr werdet euch streiten, du wirst noch an meine Worte denken.

– Nein, werden wir nicht. Ich werde alles

– Sch, unterbricht Timur sie. Gib keine Versprechen, die du nicht halten kannst. Freuen wir uns. Ich bin ein glücklicher Mann.

Er beugt sich zu ihr, küsst sie auf die Stirn, steht auf, setzt seine Mütze auf und sagt:

– Ich wollte noch da hinten am Schwimmbecken das Unkraut jäten. Magst du mir einen Tee dorthin bringen?

Gül nickt. Sie ist nicht dicker geworden in den letzten Jahren, doch es fällt ihr immer schwerer aufzustehen, wenn sie auf dem Boden gesessen hat. Sie sieht dem breiten Rücken des Schmieds hinterher.

In der Küche hat Sibel gerade Tee gemacht. Gül schenkt ihrem Vater ein Glas ein, gibt Zitronensaft und drei Stück Zucker hinzu und geht hinaus, um es ihm zu bringen. Als sie zurückkommt, setzt sie sich kurz hin, steht wieder auf, geht zum Kühlschrank und nimmt sich einen Milchreis, den sie im Stehen isst.

– Alles in Ordnung?, fragt Sibel.

Gül nickt und sieht ihre Schwester an, die noch ein Kleinkind war, als ihre Mutter starb. Wie könnte sie sich mit ihr streiten, mit Sibel, die früher auf die Ränder von Zeitungen gemalt hat, weil es kein Papier gab? Sibel, die jetzt so viele Bilder hat, dass sie sie im Stall des Hauses aufbewahrt, in dem sie mit ihrem Mann wohnt. Ölbilder, Aquarelle, Kreidezeichnungen, Kohle. Gül kann nicht begreifen, dass Sibel diese Bilder nicht ausstellen möchte, doch wie könnte sie je mit ihr streiten?

Melike kommt herein.

– Gibt es noch etwas zu tun vor dem Abendessen?, fragt sie. Sonst gehe ich gerade noch rüber zu Yasemin.

Sibel ist mit Kopfschütteln noch nicht fertig, da ist Melike schon wieder draußen.

Mit ihr habe ich mich schon oft gestritten, denkt Gül, doch sie ist meine Schwester, ich würde ihr immer verzeihen, ich würde immer alles tun, um mich wieder mit ihr zu vertragen.

Sie nimmt sich noch einen Milchreis und denkt an Nalan, von der sie so wenig weiß, seit sie nach Istanbul gezogen ist, und die sich immer benimmt, als wäre sie etwas Besseres. Nalan, die schon immer anders war als die anderen Kinder des Schmieds, die sich überall wohl fühlt, die nicht auf den Mund gefallen ist und die als Mädchen immer als vorlaut galt. Gül denkt an Yılmaz' Worte. Wenn die Mutigen gehen, dann hätte Nalan in die Fremde ziehen müssen. Doch Istanbul ist ja auch eine Fremde. Eine riesige Stadt, in der sich Gül immer verloren fühlt. Sie denkt an die Worte, mit denen sie ein Freund ihres Vaters trösten wollte, als sie das erste Mal in den Zug nach Deutschland stieg: Die ganze Welt ist eine Fremde, die wir irgendwann verlassen werden.

Mit Nalan könnte ich mich streiten, denkt sie, mit Nalan geht meine Verbindung nicht so tief, aber andererseits auch nicht tief genug, um je mit ihr zu brechen.

Dass ihre Verbindung mit Nalan nicht so tief ist, liegt nicht am Blut, nicht an der Tatsache, dass sie denselben

Vater, aber verschiedene Mütter haben. Nalan hat sich weit entfernt von ihren Geschwistern, von ihrer Vergangenheit, von dieser Stadt. Nalan fühlt sich als Istanbulerin.

Ihrem Bruder Emin fühlt Gül sich nahe, Emin, dem Kleinsten, dem Ehrgeizigsten, dem Jungen, den sie gewickelt und gefüttert hat, dem attraktiven Mann mit den grünblauen Augen, der groß und stark ist wie sein Vater, Emin, für den sie versucht hat eine Mutter zu sein wie für Melike und Sibel, auch wenn sie selbst nicht genau verstanden hat, warum.

Gül geht in die Küche, wo Arzu, ihre Stiefmutter, gerade das Essen bereitet. Arzu war eine junge Frau, als sie den Schmied heiratete und auf einmal drei Halbwaisen zu betreuen hatte. Sie war nicht liebevoll zu Gül, Melike und Sibel, zu den Kindern, die nicht ihre waren. Sie hat nie mit ihnen gekuschelt oder geschmust, hat ihnen keine Koseworte zugeflüstert und sie selten gelobt. Doch das alles hat sie mit Nalan und Emin, ihren eigenen Kindern, später auch nicht getan. Alles, was Gül über das Muttersein gelernt hat, hat sie in ihren ersten fünf Jahren gelernt und sie hat versucht, es an ihre Geschwister weiterzugeben. So gut sie es konnte. Und bei Emin konnte sie es vielleicht am besten, weil sie schon größer war und stärker. Ich war ihm die Hälfte einer Mutter, denkt sie, wie könnte ich mich mit ihm streiten.

– Ich bringe Vater noch einen Tee vor dem Essen, sagt sie, er trinkt ja immer mindestens zwei um diese Zeit.

Jedes Jahr im Sommer nimmt Fuat ein wenig zu und hinterher nicht wieder ab. Auch die Kilos, die er vor Mecnuns Tod zugelegt hat, sind nicht mehr verschwunden, und in diesem Sommer spannt nicht nur der Hosenbund, sondern auch das Hemd, zwischen den unteren Knöpfen schaut die Haut hervor. Alle Menschen nehmen mit dem Alter ein wenig zu, denkt er und erinnert sich an die Zeiten, als er noch regelmäßig auf die Sonnenbank ging. Nun ist seine Haut weiß und weich und er wundert sich, dass er sich nach den Speisen seiner Kindheit und Jugend sehnt. In der ersten Zeit in Deutschland hat er Auberginen vermisst, Knoblauch, Peperoni, Brot und Lammfleisch. Jetzt vermisst er den mit Stärke getrockneten Traubensaft, den er als Kind mit Walnüssen gegessen hat, den in Würfel geschnittenen und gebratenen Fettschwanz des Lammes. Jeden Sommer tut er sich gütlich daran, auch wenn er nachmittags noch den schweren Geruch der Lammschwanzwürfel aufstößt, die er beim Frühstück gegessen hat. Abends trinkt er Rakı anstatt Whisky-Cola, weil es ihn an seine Jugend erinnert. Er isst Schafkäse und Honigmelonen dazu und schimpft auf die abgepackte Butter in Deutschland, die nach nichts schmeckt.

– Ich verstehe nicht, wie Deutsche überhaupt dick werden, sagt er, wie kann man von so einem Essen eigentlich zunehmen? Alles schmeckt fad, sie kennen nur zwei Gewürze, Salz und Pfeffer, kein Paprikamark, keinen Kreuzkümmel, keinen Bockshornklee, keinen Koriander, keine Chilis. Was Technik anbelangt, sind sie eines der fortschrittlichsten Länder der Welt, aber kulinarisch ist das doch ein Entwicklungsland. Schweinefleisch, man könnte natürlich glauben, es liegt am Schweinefleisch, das befriedigt sie und entschädigt für alles andere. Aber ich bin ein neugieriger Mensch, ich habe gesündigt und Schweinefleisch probiert und ich kann euch sagen: Es schmeckt nicht. Vielleicht werden sie eines Tages herausfinden, dass es Geschmacksnerven zerstört, das würde mich nicht wundern. Aber die Deutschen werden dick, es ist kaum fassbar. Wahrscheinlich liegt es am Bier.

Diesen Monolog hält er einige Male und Gül fragt sich, ob er aufschneidet oder ob er tatsächlich Schweinefleisch probiert hat. In der Kantine. Oder eher noch mit Karen. Schweinefleisch. Als sei das seine größte Sünde. Manchmal stochert Gül noch in dieser Wunde, kurz, wenn sie es unter Kontrolle hat, oder länger, wenn sie es nicht abstellen kann und der Zorn nur dazu führt, dass sie sich am Ende selbst leidtut. Und auch dazu, dass sie glaubt, sie könne sich nie so schuldig machen wie ihr Mann.

Eines Abends sitzt Fuat im Sommerhaus auf dem Bett, schaut hinunter auf seinen Bauch und sagt:

– Es ist klug von deiner Schwester, jedes Jahr ans Meer zu fahren, Meeresluft und Bewegung sind gesund. Ich liebe die Fettwürfel, ich liebe den Traubensaft, aber mir wird eng in dieser kleinen Stadt. Nächstes Jahr fahren wir auch ans Meer.

Eng wird dir, weil dein Bauch wächst, denkt Gül, doch sie sagt nichts und nickt.

Im nächsten Jahr fahren sie für vierzehn Tage ans Meer. Nicht nur Gül, Fuat, Ceren und Fatma, auch Nalan, Sibel und ihr Mann Aziz kommen mit. Weil sie Angst hat, etwas zu verpassen, kommt Melike mit ihrem Mann von ihrem Urlaubsort an der Ägäis zu ihnen, und selbst Emin nimmt sich vier Tage frei, um mit seinen Geschwistern zu sein. Der Schmied lässt sich nicht zweimal fragen, ob er auch mitkommen möchte. Nur seine Frau Arzu sagt:

– Geh, was soll ich am Meer, ich kann nicht schwimmen, jemand muss hier die Kühe versorgen, dort hat man nichts zu tun, das ist etwas für junge Leute.

– Genau das Richtige für mich, lacht Timur.

So fahren sie mit vier Autos in ein Dorf an der Südküste, nicht weit von Mersin, eine Gegend, in die noch nicht viele Touristen kommen. Sie mieten sich drei Häuser von Dorfbewohnern, die einfach auf ihr Flachdach ziehen, solange sie unten zahlende Gäste haben. Oben schlafen sie auf Matratzen, haben einen Sonnenschutz und Mückennetze für die Nacht, sie kochen auf zwei Propangaskochern und scheinen sich nicht im Geringsten daran zu stören, dass sie keinen privaten Raum haben.

Diese Tage, die sie am Meer verbringt, sind für Gül voller Überraschungen. Sie wundert sich, wie wenig sie weiß, obwohl sie nun schon Großmutter ist, obwohl sie so viele Menschen kennengelernt hat und so viele Geheimnisse gehört. Sie ist überrascht, was sie alles nicht sieht, obwohl es keine Geheimnisse sind.

Die vorlaute Nalan wurde stiller, als ihre Brüste in ihrer Jugend so groß wurden, dass alle Männer sie anstarrten. Sie fing an, die Schultern nach vorne zu schieben und den Rücken rund zu machen, als könnte sie so ihren Busen verstecken. Erst in Istanbul hat sie es sich angewöhnt, wieder aufrecht zu gehen. Alle in der Heimatstadt haben über ihre dekolletierten Kleider gesprochen, ohne sie je gesehen zu haben, doch nun bemerkt Gül, wie Nalan sich noch immer versteckt, wie ihr Rücken rund wird, sobald sie aus dem Wasser kommt, wie schnell sie sich ein Handtuch umbindet, wie oft sie auf dem Bauch liegt. Nalan ist viel im Wasser, Gül weiß nicht, wo sie es gelernt hat, doch sie schwimmt, sie schwimmt ausdauernder, schneller und eleganter als Ceren, die in der Schule Schwimmunterricht hatte, sie schwimmt besser als Melike, die es von ihrem Mann gelernt hat und immer sportlich war. Nalan schwimmt nicht wie jemand, der in einer Kleinstadt ohne See und Fluss aufgewachsen ist und das Meer das erste Mal mit zwanzig Jahren gesehen hat.

– Wer hat dir das beigebracht?, fragt Melike verärgert, nachdem sie am zweiten Tag ein Wettschwimmen mit zwei Körperlängen Abstand verloren hat.

– Mein Sternzeichen ist Wassermann, sagt Nalan, Wasser ist mein Element. Und vielleicht hat es abgefärbt, so viele Jahre in Istanbul zu leben, einer Stadt am Wasser.

– Ich lebe in Izmir, ist das etwa nicht am Meer?, entgegnet Melike trotzig und spricht den Rest des Tages fast gar nicht mehr.

Melike prahlt sonst immer, wie viel Energie sie hat, wie jung sie sich noch fühlt, dass sie das Alter gar nicht merkt, doch jetzt findet Gül sie nur unreif und kindisch. Die nächsten Tage wird Melike verbissen trainieren, doch beim Wettschwimmen am Ende des Urlaubs wird sie immer noch eine Körperlänge zurückliegen.

Gül ist überrascht, wie gesprächig Sibel ist, die sie sonst immer als still und zurückhaltend erlebt. Und wie schön sie singen kann. Aziz hat seine Gitarre dabei und abends singen die beiden oft zweistimmig, Lieder, mit denen sie aufgewachsen sind, von Aşık Veysel, Davut Suları, aber auch von Ruhi Su, Barıs Manço oder Sezen Aksu. Sibel singt mit geschlossenen Augen, sie scheint ihre Zuhörer auszuschalten, sie singt nicht um der Aufmerksamkeit willen und sie mag es nicht, wenn man applaudiert. Gül kann sich nicht erinnern, ihre Schwester vorher schon mal singen gehört zu haben. Sie singt, wie sie malt, ohne Stolz, ohne das Bedürfnis nach Anerkennung. Aziz ist anders, ihm ist die Freude über die Zuhörer anzusehen.

Es sind meine Geschwister, denkt Gül, doch ich kenne sie so wenig. Ich war fünfzehn, als ich aus dem Haus gegangen bin, vielleicht wurden wir einfach zu früh getrennt. Doch ich bin ja nur weg, damit sie es besser haben, damit einer weniger zu versorgen ist.

Gül wusste, dass ihr Vater schwimmen kann, doch sie hat ihn noch nie schwimmen sehen. Sie kennt die Geschichten, wie er in seiner Jugend immer wieder ganze Tage allein in Istanbul oder Ankara verbracht hat, Sängerinnen zugehört und Rakı getrunken. Sie hat ihn erzählen hören, wie er in billigen Hotelzimmern nachts lächelnd an die Decke gesehen hat, wie fern die Sorgen gewesen sind, wie gleichmäßig sein Atem gewesen ist, wie die Luft nach Honig geschmeckt hat, wie das Leben alles Gewicht verlor. Er hat erzählt, dass er auch nach der Hochzeit mit Fatma noch nach Ankara und Istanbul gefahren ist, dass er Beşiktaş im Stadion hat spielen sehen, anstatt das Spiel im Radio zu verfolgen. Gül weiß, dass ihr Vater die Tage und Nächte in den großen Städten genossen hat, doch sie hat ihn noch nie woanders als zu Hause gesehen. Sie hat gedacht, er würde in einer fremden Umgebung ein wenig so sein wie sie, vorsichtig, misstrauisch, ängstlich. Doch sie sieht, wie der Schmied sich durch das Dorf bewegt, als hätte er sein halbes Leben hier zugebracht. Er fühlt sich in seiner Badehose am Strand genauso wohl wie auf einem Schemel im Teehaus beim Gespräch mit den Dorfbewohnern. Er ist der Einzige, der sich auch ohne Begleitung durch das Dorf bewegt. Man bringt ihm Respekt entgegen und bereits am dritten Tag sind die Geschwister im ganzen Ort bekannt als die Kinder des Schmieds.

Gül wundert sich über den Mut der Dorfbewohner, ihre kleinen Kinder auf dem Flachdach mit der niedrigen Begrenzung Nachlaufen spielen zu lassen. Man muss nur mutig sein, denkt sie, der Herr belohnt die Mutigen, nicht die Ängstlichen. Ich würde jeden Tag sterben, sterben und wiederauferstehen, wenn ich meine Kinder oder meine Enkel so spielen sähe. Aber sieh, es passiert nie etwas. Das meinte Yılmaz vielleicht, wenn er sagt: Nur wer Mut hat, bringt es weit. Man muss wagen. Doch nicht so viel wie Can. Man darf nicht seine Freiheit aufs Spiel setzen. Ein wenig Angst muss man schon haben. Angst vor dem Gesetz. Angst davor, keinen Anstand zu haben. Angst davor, sich an die Lüge zu verlieren.

Ist mein Leben etwa schlecht, weil ich viel Angst gehabt habe? Nein, denkt sie, egal, wie groß die Angst auch ist, sie nimmt der Liebe keinen Platz weg.

Sie hören und sehen nichts Ungewöhnliches, während oben die Hausbesitzer im Schein der Druckluftlampe sitzen und sie unten bei elektrischem Licht und Eiswürfeln aus dem Eisfach. Sie sind bereits seit einer Woche da und Fuat hat es sich wie jeden Abend mit nacktem Oberkörper auf dem kleinen Balkon bequem gemacht und prahlt, dass die Mücken ihn nicht mögen, da sie es nur auf das süße Blut der Frauen und Kinder abgesehen haben, die zu viel Zuckerkram essen. Sein Bauch rührt nicht von Schokolade und Baklava, sein Bauch ist aus traditionellem Fett und Traubensaft, aus Schafskäse und Rakı. Er trinkt, er raucht, er prahlt, es geht ihm gut.

Es klopft an der Tür, obwohl sie offensteht.

– Der Hausbesitzer, ruft Gül Richtung Balkon, als sie den Mann mit seiner Mütze in der Hand in der Tür sieht. Fuat steht auf.

– Mein Herr, sagt der Mann, der an der Schwelle stehen geblieben ist, mein Herr, mein Sohn ist vom Dach gefallen, er blutet am Kopf, sein Fuß ist vielleicht gebrochen, mein Herr, du hast doch ein Auto, könntest du ihn vielleicht ins Krankenhaus fahren?

– Ja, sagt Fuat, ja, natürlich, ich ziehe mir nur eben ein Hemd an.

Es ist fast ein Uhr, als sie zurückkommen, die Platzwunde am Kopf ist genäht worden, der Knöchel ist verstaucht, die Bänder sind gerissen, nichts, was nicht in wenigen Wochen vergessen sein wird.

Am nächsten Abend spielen die anderen Kinder wieder Nachlaufen auf dem Dach.

– Was denkst du dir eigentlich?, fährt eine Dorfbewohnerin Melike an, als die Schwestern eines Mittags vom Strand zurück zu ihren Ferienunterkünften gehen. Was bist du für eine billige Schlampe? Du kannst doch nicht mit so einem winzigen Stück Stoff zwischen den Beinen durch unser Dorf laufen. Hast du Flittchen denn keinen Anstand? Ihr denkt, ihr könnt mit eurem Geld unsere Häuser mieten und mit euren Mösen unsere Männer verrückt machen. So läufst du doch zu Hause auch nicht herum. Warum machst du das dann hier? Sind wir weniger wert? Gibt es hier keine Sitten? Das hier ist nicht der Strand, da gehen unsere Männer sowieso viel zu oft hin, das hier ist eine Straße, vergiss mal, dass sie nicht asphaltiert ist wie bei euch. Hier leben Menschen, reicht es nicht, dass wir euch unsere Häuser vermieten, sollen wir euch auch noch unsere Männer geben? Selbst Frauen, die im Puff arbeiten, gehen nicht in so einem Aufzug auf die Straße. Wo kommst du Schlampe denn her? Was sagt dein Vater eigentlich dazu, dass du hier so rumläufst, mit nicht mehr als einem Taschentuch bekleidet? In jedem Bordell macht man die Tür zu, aber du läufst herum, als sei dieses Dorf dein Badezimmer.

– Mit unserem Geld habt ihr aber keine Probleme, oder?, erwidert Nalan. Niemand hat euch gezwungen, eure Häuser an Fremde zu vermieten. Wenn ihr das Geld nicht wollt, braucht ihr das nur zu sagen.

Gül sieht Nalan an, die zwar versucht, ihre Brüste zu verstecken, aber ihre Stimme erhebt, als habe sie nichts zu verlieren. Gül wird heiß, heißer als die Mittagshitze je sein könnte.

Melike sagt:

– Schwester, wie redest du mit mir? Etwa wie jemand, der Anstand hat? Kannst du mich nicht einfach bitten, ein Kleid überzuwerfen, wenn ich vom Strand komme? Und glaubst du, mein Kleid würde dich und die Männer dann retten? Glaubst du, ihr könnt euch hier vor der modernen Welt verstecken? Glaubt ihr, ihr könnt hier noch jahrzehntelang ein rückständiges Volk bleiben? Glaubst du das? Du wirst mich nicht mehr im Bikini auf euren Straßen sehen, auch wenn es mir gegen den Strich geht, mir irgendetwas vorschreiben zu lassen, von dir, von meinem Vater oder von sonst wem. Aber du wirst noch an meine Worte denken. Frauen in Bikinis werden eure Straßen fluten und du wirst dir noch den Tag zurückwünschen, als du mich hier auf der Straße beschimpfen konntest.

Gül ist sprachlos. Sie war schon sprachlos, als die Frau Melike angegriffen hat. Dann war sie sprachlos, weil Nalan ihrer Schwester zur Hilfe eilte, obwohl das eigentlich ihre Aufgabe gewesen wäre. Sie als Älteste hätte Melike verteidigen müssen, auch wenn sie der Frau recht gibt. Aber sie war sprachlos.

Und sie ist restlos erstaunt, als sie Melikes Antwort hört. Was für eine Chuzpe. Wie soll sie so jemanden in Schutz nehmen? Gül ist froh, dass es so heiß ist, dass man kaum mehr atmen kann und das Gefühl hat, die Luft würde in viel zu großen Stücken in die Lungen reinrutschen und keinen Sauerstoff spenden. Gül ist froh, dass es heiß ist, dass sie einen Sonnenbrand hat, dass sie ohnmächtig werden und die Hitze dafür verantwortlich machen könnte. Gül ist froh, dass niemand Gedanken lesen kann und dass Gefühle unsichtbar sind.

Auf dem Rest des Weges wird geredet. Gül versteht die Worte kaum, sie hofft, dass niemandem auffällt, dass sie nichts sagt. Sie kochen gemeinsam das Essen, und als die Männer kommen, wird das Thema fallen gelassen und nach dem Mittagsschlaf scheint es vergessen.

Gül sieht immer wieder diese Frau vor sich, die nach Melikes Entgegnung ausgespuckt hat, ihnen den Rücken zugewendet hat und gegangen ist. Aus irgendeinem Grund hat sie Gül in diesem Moment an den Schmied erinnert.

Die Menschen des Südens mögen anders sein, sie mögen Ziegenfleisch essen, sie mögen schwimmen können, sie mögen Bananenstauden kennen, sie mögen noch nie Schnee gesehen haben, doch sie reden. Wenn Gül in Deutschland etwas über ihr Land gelernt hat, dann dass geredet wird. Gerede, Gemunkel, Gerüchte, Geschwätz und Klatsch sind überall verbreitet.

Gül scheint die Einzige zu sein, die fürchtet, dass das Geschwätz den Vorfall bis zu den Ohren der Ehemänner oder ihres Vaters tragen könnte. Sie wartet geradezu darauf. Dass es nicht passiert, kann eigentlich nur heißen, dass die Frau es nicht weitererzählt hat.

Am vorletzten Tag des Urlaubs täuscht Gül Kopfschmerzen vor, um nicht mit an den Strand gehen zu müssen. Sobald die anderen weg sind, verlässt sie das Haus und fragt auf dem Dorfplatz nach der Frau mit dem Muttermal über der Augenbraue. Als Melike beschimpft wurde, wusste Gül nicht, was zu tun ist, aber jetzt weiß sie es und sie dankt dem Herrn, dass er ihr keine Worte gegeben hat, als es keine zu sagen gab.

Dann steht sie vor der Frau und ihr Herz klopft, doch sie spürt, dass es richtig ist.

– Danke, sagt sie. Danke. Du hast nicht getratscht, du hast dir nicht das Maul zerrissen über meine Schwester, du hast offen und mutig deine Meinung gesagt, aber du hast nicht hinter unserem Rücken über uns geredet. Der Herr möge es dir danken.

– Lass dich umarmen, sagt die Frau. Das hat man auf der Straße schon gesehen, dass du ein Mensch bist, der Herz und Anstand hat. Herzen finden sich, überall auf der Welt. Du hast meinen Segen. Geh, dass niemand uns zusammen sieht und es noch Gerüchte gibt.

Gefühle sind wie das Licht, denkt Gül, als sie in der glühenden Sonne die Flamme ihres Feuerzeugs kaum sehen kann. Sie nehmen keinen Platz weg. Es kann immer noch mehr Licht geben. Oder weniger. Es kann Schatten und Halbschatten geben, die sich überlagern, das Licht des Tages kann sich mit dem Licht des Feuers, dem Licht der Glühbirne und dem der Druckluftlampe verbinden. Es ist eine helle Freude in Gül, am liebsten würde sie zurücklaufen und die Frau noch einmal umarmen, weil sie glaubt, dass sie sie nie wiedersehen wird.

Wenn sie in sich hineinspürt, ist da auch ein Gefühl von Schuld. Sie hat ihre Schwestern verraten.

Dennoch, diese Tage am Meer wird Gül in guter Erinnerung behalten, sie haben ein wenig so geschmeckt wie die Sommer, in denen die Kinder noch klein waren. Trotz der Meeresluft, trotz der Hitze, die nicht mal nachts nachließ, trotz der Bräune Fuats, die sie an andere Zeiten erinnert. Sie haben nach diesen Tagen geschmeckt, obwohl der Schmied oft getrennt von den anderen unterwegs war. Sie haben nach Glück, nach Erholung, nach Familie geschmeckt. Es war eine Zeit, in der sie das Lied, das sie alle zusammenhält, wieder lauter hören konnte, das Lied, in dem sie die Kraft spüren konnte, die durch die Adern aller fließt.

Vielleicht war es so, weil wir gemeinsam in einer fremden Umgebung waren, denkt sie, vielleicht kann hier unsere Kraft fließen. Vielleicht sehen Menschen, die am Wasser wohnen, das Leben immer anders. Sie denkt an ihre Freundin Saniye, die Angst vor Wasser hat und deshalb nicht in Hamburg wohnen wollte.

Vielleicht können wir uns aber auch einfach alle selbst besser hören, wenn wir nicht auf das Getratsche und Gerede achten, das uns sonst immer umgibt, weil wir freier sind, als wir zu Hause sein könnten. Vielleicht machen die Menschen deswegen Urlaub, weil sie dann freier sind. Es ist ja nicht jeder wie wir und nutzt die freien Tage, um eine Trennung zu überwinden, die Menschen fahren ja auch an Orte, die sie nicht kennen.

Sie hofft, dass dieses Lied noch lange in ihr nachklingt. Woher soll sie wissen, dass dies das letzte Mal ist, dass alle Geschwister so friedlich an einem Ort versammelt sind.

Gül hat gesehen, wie der Mann mit den dünnen blonden Haaren die junge Frau mit dem Pagenschnitt angesprochen hat. Sie hat gesehen, wie sie zusammen in ein Café gegangen sind, wie sie einige Tage später küssend in einem Hauseingang standen, sie hat gehört, wie sie Wochen später auf der Straße lautstark über Pfandflaschen gestritten haben, aber nicht verstanden, worum es genau ging und wer wem was vorwarf. Vielleicht habe ich mich ja auch verhört, hat sie gedacht, vielleicht geht es nicht um Pfandflaschen, dafür streiten sie einfach zu heftig. Wahrscheinlich reicht mein Deutsch wieder nicht. Oder die Worte dringen einfach nicht bis ganz nach hier oben.

Jetzt sieht sie, wie der Mann die Straßenseite wechselt, sobald er die Frau erblickt. Sie denkt daran, wie es war, im Sommer am frühen Abend auf den Treppenstufen vor dem Sommerhaus zu sitzen. Dort war sie draußen, jetzt schaut sie von oben zu. Sie fragt sich, worin der Unterschied besteht, ob man vor dem Fernseher sitzt oder an diesem Platz am Fenster. Beide Male sieht sie Welten, zu denen sie nicht dazugehört.

Der Fernseher läuft häufig, seit sie die Satellitenschüssel haben.

– Kaum fassbar, hat Fuat gesagt, als er sie installiert hat, sieh dir mal an, was da im Weltraum los ist. Du drehst die Schüssel einen Zentimeter zu weit nach links und schon sprechen alle arabisch, einen Zentimeter zu weit nach rechts und alle reden russisch. Mögen diese Deutschen, Japaner und Amerikaner nie Leid erfahren. Sie verändern nicht die Welt, sie verändern den Weltraum. Fernsehen, Telefon, Satellitenschüssel, Flugzeuge, jeden Tag wird die Welt kleiner und reicher.

Gül sitzt nicht oft vor den Sendungen, doch sie laufen bei der Hausarbeit nebenbei, sie laufen, während sie am Fenster steht, sie laufen, während sie strickt, sie laufen und Gül verfolgt Serien, in denen Menschen sich verlieben, trunken sind vor Glück, blass vor Neid, zerfressen von Eifersucht und Missgunst. Sie sieht Ängste, Sorgen, Nöte, Streitigkeiten, Zwist, sie sieht, was Menschen schon immer fasziniert: Jemand gerät in Schwierigkeiten und wieder aus ihnen heraus. Oder ins Glück. Und wieder aus ihm hinaus.

Ob Fenster oder Fernseher, es macht keinen großen Unterschied, nur dass sie den einen oder anderen auf der Straße kennt. Sie denkt an die Zeiten zurück, als *Nachbarn in Europa* die einzige türkischsprachige Sendung im Fernsehen war, 20 Minuten jeden Samstag. Heute kann sie zwischen acht türkischen Sendern wählen und weiß nicht mehr, was auf den deutschen Kanälen läuft. Früher haben sie deutsches Fernsehen geschaut und Deutsch gelernt, ob sie wollten oder nicht. Dann kamen die Videorekorder und alle, die ihre Sehnsucht nach der Fremde mit amerikanischen Filmen genährt hatten, nährten nun die Sehnsucht nach der Heimat mit türkischen Filmen. Und jetzt hat das Fernsehen alle von der Sehnsucht entfernt, es ist ein Fenster geworden, aus dem sie in das Leben fremder Menschen hineinblicken.

– Es ist leer bei den Menschen im Kopf, sagt Yılmaz, sieh dich um, gibt es noch eine einzige türkische Videothek? Nein. Weil wir Satellitenfernsehen haben. Als wäre so eine Serie dasselbe wie ein Film, als könnte man Models, die Texte aufsagen, mit Schauspielern vergleichen.

Alle wollen bloß ein bewegtes Bild, sie sind süchtig nach der Ablenkung von ihrer eigenen Leere. Sieh, die Deutschen haben mehr Kultur als wir, an jeder Ecke eine Videothek, das Fernsehen reicht ihnen nicht. Ich muss mir türkische Filme mit deutscher Synchronisation ansehen, weil es bei uns leer im Kopf ist.

Ich sehe von meinem Fenster aus, wer da in die Videothek reingeht, denkt Gül. Sie sehen nicht nach Kultur aus. Doch sie sagt nichts und fragt sich, ob ihr Kopf auch leer ist.

Sie beobachtet das Leben auf der Straße, sie hört dem Leben in den Serien zu, doch sie redet wenig. Sie spricht mit den jungen Frauen ihrer Fahrgemeinschaft, einige Worte Deutsch mit Herrn Bender, sie redet mit Saniye und Yılmaz und gerne auch mit deren Tochter Sevgi, die sich mittlerweile schminkt, immer dezent nach einem teuren Parfüm riecht und zur Freude ihres Vaters angefangen hat, den Erwachsenen zu widersprechen. Gül redet mit Ceyda. Sie trifft sich jede zweite oder dritte Woche mit Can im Restaurant im Karstadt. Sie telefoniert mit Ceren. Wenn sie es sich so aufzählt, kommt es ihr nicht wenig vor, doch es ist wenig.

Damals in der Heimstraße kannte sie alle ihre Nachbarn, sie brauchte nur aus dem Haus zu treten, um ein wenig zu plaudern. Jetzt hat sie mehr freie Zeit als damals, aber weniger Kontakt. Vielleicht liegt es daran, dass ich alt werde, denkt sie, ich kann mich nicht mehr so schnell mit Menschen anfreunden, ich kenne ihre Fehler und Lügen, ihre Träume, Hoffnungen und Erwartungen mittlerweile fast so gut wie meine eigenen Hände und Füße, ich bin nicht mehr so neugierig. Ich habe über die Jahre dieselben Dinge immer wieder und wieder gesehen, sie sind gleich geblieben, aber mein Blick hat sich geschärft.

Manchmal spricht sie mit Saniye über die Serien, die sie schauen, und Gül überlegt, ob das nicht etwas mehr ist als Leere. Es sind nur erfundene Figuren, aber sie machen sich Gedanken über sie: Sonay hätte nicht verheimlichen dürfen, dass sie putzen geht. Ja, aber sie wollte ja nur helfen, damit ihr Neffe operiert werden kann. Sie hätte es sagen müssen. Aber ihr Mann hätte es nie erlaubt. Zu Recht, die Frau eines Grundschullehrers geht putzen, mit seiner Erlaubnis, was würden die Leute dann reden? Aber das sind die Realitäten des Landes, er verdient einfach zu wenig, das weiß jeder, doch wenn die Frau putzen geht, zerreißen sich trotzdem alle das Maul.

– Sie hätte sich nicht erwischen lassen dürfen, sagt Gül.

Sie ist erstaunt, dass ihr so ein Satz über die Lippen kommt. Und sie es auch so meint. Sie hätte sich nicht erwischen lassen dürfen. Der Mann hätte nie mitbekommen, wie das Geld für die Operation zusammengekommen ist. Sie hätte sich nicht erwischen lassen dürfen. Das ist keine Leere. Die Serie holt etwas hervor, das in Gül drin ist.

– Schau, sagt Can stolz und legt einen Pass auf den Tisch.

– Was ist das?

– Ein Pass.

– Hast du den geklaut?

– Tante Gül, wo denkst du hin? Schau mal rein.

– Oh. Ist der gefälscht?

– Tante Gül.

– Musstest du deinen türkischen dafür abgeben?

– Ja, aber den hole ich mir jetzt wieder. Muss man nur beantragen.

– Ist das denn erlaubt?

– Woher sollen die Deutschen das denn erfahren?

– Warum hast du das gemacht? Dein Vater ist Türke, deine Mutter ist Türkin, warum hast du dir einen deutschen Pass geholt?

– Damit sie mich nicht abschieben können.

– Abschieben?

– Du weißt, wie ich meine Geschäfte mache. Wenn es denen reicht, schieben sie mich einfach ab. Da ist egal, ob ich hier geboren bin und noch nie länger als sechs Wochen in der Türkei war, die wollen uns ohnehin hier nicht haben. Aber wenn du einen deutschen Pass hast, können sie dir gar nichts, dann hast du das Recht zu bleiben, Kanake hin oder her. Die müssen uns akzeptieren, wir sind jetzt überall und die werden uns nicht mehr los, damit müssen die sich abfinden. Du hast doch erzählt, dass Ceren nicht nach Deutschland kann. Mit einem deutschen Pass wäre ihr das nicht passiert. Man darf sich nicht immer von seinen Gefühlen leiten lassen. Die Welt dreht sich um Papier und nicht um die Herzen der Menschen. Wie ist dein Zeugnis, was hast du für eine Ausbildung, wie viel Geld machst du im Monat, was hast du für einen Pass, was ist mit deinem Führungszeugnis, alles steht hier auf Papier. Das Papier bestimmt deinen Wert.

Er macht mit Daumen und Zeigefinger eine Bewegung, als würde er Geld zählen.

– Was habe ich davon, einen türkischen Pass zu haben, wenn ich auf einmal in die Fremde muss? Meine Eltern kommen aus einem Dorf bei Zonguldak, das halb leer steht und verfällt, weil alle hierhergezogen sind, um zu arbeiten. Was soll ich dort? Ich arbeite hier.

– Das nennst du Arbeit?

– Tante Gül, ich will reich werden. Zeig mir einen, der seinen Reichtum im Schweiße seines Angesichts verdient hat. Einen. Die Menschen werden reich, indem sie arbeiten lassen, nicht indem sie selbst arbeiten. Nur wer ausbeutet, häuft Geld an. Ich beute auch aus. Nur ein wenig anders eben.

– Dein Weg führt ins Verderben. In die Dunkelheit.

– Ja. Dunkelblau, wie das Blau des Hunderters. Dunkelbraun, wie das Braun des Fünfhunderters. Dunkel ist gut, ich will die dunklen Scheine, nicht die hellen Zehner und Zwanziger.

Gül schaut auf die leeren Kaffeetassen und ist froh, dass sie bezahlt hat. Sie hat Can gedroht, sich nicht mehr mit ihm zu treffen, wenn er darauf besteht sie einzuladen. Sie haben lange darüber diskutiert und es kratzt an seiner Ehre, aber es liegt ihm offensichtlich etwas an diesen Treffen und er hat zähneknirschend zugestimmt.

Nur vier Tage nach diesem Gespräch sagt Ceyda zu ihrer Mutter:

– Mama, ich habe lange darüber nachgedacht, ich glaube, wir sollten die deutsche Staatsbürgerschaft beantragen. Wer weiß, was alles passiert in diesem Land. Schau, wie wir von Ceren getrennt sind. Asylantenheime brennen, Menschen sterben, so ein deutscher Pass bedeutet keine Sicherheit, aber man steht auf stabileren Füßen hier. Wenn wir den deutschen haben, können wir einfach wieder den türkischen beantragen.

Gül schaut ihre Tochter prüfend an. Hat sie etwa Angst, ausgewiesen zu werden?

– Überleg mal, sagt Ceyda, wie viel Zeit wir in Ämtern und Konsulaten verbracht haben, nur wegen dieses türkischen Passes, wie viele Probleme wir gehabt haben, wie viel Zeit uns das gekostet hat.

Gül denkt nach. Aufenthaltsgenehmigung, Arbeitserlaubnis, Visum für die Kinder, wenn die Klassenfahrt nach Dänemark ging, Meldebestätigung, wenn man irgendwo einen Mitgliedsausweis braucht, die Polizisten, die den Pass sehen wollen, weil nur der das korrekte Ausweisdokument ist, und die sich darüber aufregen, dass man ihn nicht dabeihat. Die Schlange, in der sie immer anstehen, wenn sie in die Türkei einreisen, während die deutschen Urlauber schnell abgefertigt werden, die Stunden auf harten Holzstühlen auf dem Gang bei der Ausländerbehörde.

– Vielleicht hast du recht, sagt sie.

Ceyda ist überrascht, dass ihre Mutter nicht widerspricht.

Und Gül ist ihrerseits überrascht, dass Fuat keine Einwände hat. Im Gegenteil, er hält es für eine kluge Idee.

Vielleicht bin ich die Einzige in dieser Familie, die mit dem Papier des Passes noch Gefühle verbindet, denkt sie. Doch nicht genug, um sich gegen die Idee zu wehren. Dennoch ist sie erleichtert, als sie erfährt, dass Saniye und Yılmaz die deutsche Staatsbürgerschaft bereits beantragt haben. Wenn Yılmaz es macht, wird es wohl kaum falsch sein, denkt sie. Trotzdem kommt es ihr in ihrem Fall seltsam vor. Yılmaz hat einige deutsche Freunde, Menschen, die Wert darauf legen, mit Türken befreundet zu sein, vor allem mit politisch verfolgten. Ceyda hat, seit sie bei der Post arbeitet, deutsche Freundinnen, mit denen sie sich regelmäßig trifft, Kaffee trinkt und redet, sie ist befreundet mit Eltern, deren Kinder in dieselbe Klasse gehen wie Duygu und Timur. Can ist mit Deutschen, Tunesiern, Libanesen, Albanern, Italienern, Serben, Bosniern, Russen befreundet, solange es Menschen sind, die sich in seinen Kreisen bewegen, macht er kaum Unterschiede, obwohl er von Rivalitäten untereinander erzählt.

– Ich habe überhaupt keine deutschen Freunde, sagt sie einige Tage später zu Ceyda. Da ist es doch seltsam, wenn ich einen deutschen Pass habe, oder?

– So ein Pass hat doch mit Freundschaft nichts zu tun, sagt Ceyda. Es ist nur ein Papier, es sagt nichts über dich als Mensch aus. Und wer hindert dich, dich mit Deutschen anzufreunden?

– Auf der Arbeit sind kaum welche, sagt Gül. Und wenn da welche wären, ich spreche ihre Sprache nicht gut genug.

– Mit Tante Tanja warst du ja auch auf eine Art befreundet.

– Die hat als einzige Deutsche in der Heimstraße gewohnt.

– Mama, wir wohnen hier, wir können uns frei bewegen. Die Türen sind ja nicht verschlossen. Wir sind Bewohner dieses Landes, wir wohnen jetzt nicht mehr in der Heimstraße.

Obwohl Can völlig andere Werte hat als jeder andere Mensch, den Gül kennt, hat er ähnlich argumentiert wie ihre Tochter, nur aus anderen Gründen.

Mit ihrem Pass in der Hand versinkt Gül auf dem durchgesessenen Sofa, aus dem sie nur mit Mühe wieder hochkommt. Wie oft hat sie jetzt schon versucht, Fuat zu überreden, ein neues Sofa zu kaufen. Er hatte immer wieder neue Ausreden, zuletzt hat er behauptet, so eines, wie sie es möchte, könne man nicht diese Holztreppen hochtragen. Doch gestern hat er schließlich einem Kauf zugestimmt, vielleicht weil auch er ächzt und stöhnt, wenn er aufsteht.

Ohne den Fernseher einzuschalten, ohne den Wunsch, aus dem Fenster zu sehen, sitzt Gül mit dem Papier da und denkt daran, wie ihr Vater einmal gesagt hat: Wo ist denn der Unterschied zwischen Deutschland und dem Jenseits? Von hier aus ist beides fraglich. Du bist verschwunden in ein Land, dessen Gerüche ich nicht kenne, dessen Straßen ich mir nicht vorstellen kann, dessen Menschen ich nie gesehen habe.

Und nun ist sie offiziell Bürgerin dieses Landes und sie erinnert sich, wie sie sich damals gewünscht hat, sie hätte ihren Vater mal nach Deutschland geholt. Damit er den Unterschied sieht zwischen dem Jenseits und Deutschland, damit er eine Vorstellung davon hat, wie seine Tochter wohnt, damit er die Umgebung mitdenken kann, um sich ihr nahe zu fühlen. Doch sie war bereits in die Türkei zurückgekehrt und alles schien zu spät.

– Ich habe es mir anders überlegt, sagt sie abends zu Fuat. Das Sofa hat Zeit. Lass uns stattdessen meinen Vater hierherholen, für zwei, drei Wochen nur.

– In diese winzige Wohnung? Den armen, alten Mann, der noch nie in seinem Leben geflogen ist? Was ist denn in dich gefahren? Was soll er denn hier machen? Ohne Garten, ohne Stall, ohne Freunde, ohne Kühe, ohne Moped? Möchtest du, dass der Mann hier an Langeweile stirbt? Ist das dein Wunsch?

Gül sieht ihn an.

– Gott habe deine Eltern selig, sagt sie. Sie hatten nicht die Möglichkeit, hierher zu kommen und zu sehen, wie wir leben. Sie hatten nicht die Möglichkeit, weil wir nicht daran gedacht haben. Es ist eine Möglichkeit, sich nahe zu sein. Und diese Möglichkeit werden mein Vater und ich bekommen.

Fuat holt Luft, setzt an, etwas zu sagen, atmet dann aber nur hörbar aus, als sei seine Frau ein hoffnungsloser Fall. Dann holt er nochmal Luft, redet von Geld, von steilen Treppen, von gefühllosen Deutschen, vom Schmerz darüber, seine Kinder in der Fremde zu wissen, zu sehen, wie schlecht das eigene Fleisch und Blut woanders angesehen ist, von brennenden Asylantenheimen, von Ausländerfeindlichkeit, vom Brot, das Timur vermissen wird, vom geordneten Verkehr mit den vielen Autos, der ihn verwirren, vom Flug, der ihn überfordern wird, von seinem Gesundheitszustand, von seinem Alter, von seinen Mopedunfällen, von Anpassungsschwierigkeiten, er redet und redet und redet und Gül lässt ihn.

– Ich werde alt, sagt der Schmied, das Fliegen hat mir gar nicht so zugesetzt, aber diese Busfahrt nach Istanbul hat sich gezogen, meine Knie sind steif geworden, der Arsch hat mir weh getan, die Hüften haben geknackt. Wenn man nach Istanbul fliegen könnte und dort umsteigen, wäre diese Reise nicht schwer. Und diese vier Stockwerke, vor denen Fuat mir Angst machen wollte, sind ein Kinderspiel.

– Wir möchten umziehen, sagt Gül, in ein Haus mit Aufzug. Sie spürt, wie Fuat ansetzt, um etwas zu sagen, wirft ihm aber einen Blick zu, der ihn zum Schweigen bringt.

– So was fragt man nicht, aber schmeckt das Brot hier immer so?, möchte der Schmied beim Abendessen wissen.

– Ich habe es dir gesagt.

Das kann Fuat sich nicht verkneifen.

– Ja, sagt Gül. Das Brot schmeckt hier immer so.

– Also ist es wahr. Es ist kein gutes Land für Brot. Aber die Straßen sind sauber, der Verkehr ist geregelt, alle halten sich an die Regeln, niemand ist laut. Ein Land wie frisch gewaschen und perfekt gebügelt.

In diesem Augenblick erst fragt sich Gül, ob es die richtige Entscheidung war. Wie viel wird ihr Vater von dem Leben vor ihrem Fenster verstehen und was wird er denken? Wird er nicht traurig werden, wird es ihm nicht das Herz brechen, wird er nicht das Gefühl haben, dass es besser wäre, seine Tochter in einem abgelegenen Dorf im Osten zu wissen als in diesem sagenumwobenen Deutschland mit seinem schlechten Brot, seinen quietschenden Holzdielen, dealenden jungen Männern, verwahrlosten Obdachlosen und blassen Junkies, Punks mit gefärbten Haaren und Frauen, deren Röcke knapp unter dem Slip enden und deren Absätze bis fast zum Rock reichen? Was wird er denken, wenn er all die Tätowierungen und Graffiti sieht? Warum hat sie nicht vorher daran gedacht? Warum hat sie wochenlang übersehen, was so offensichtlich ist? Warum war sie so kurzsichtig vor Vorfreude?

Gül fühlt sich schlecht, weil sie ihn in dieses Viertel geholt hat, und tröstet sich damit, dass er auch einige Tage bei Ceyda sein wird, die mittlerweile in einem Haus wohnt, das in fünfzehn Jahren abbezahlt sein wird.

Seltsam, denkt sie, wenn wir in der Türkei waren, haben wir immer versucht, das Bild von Deutschland als einem Paradies aus den Köpfen der Menschen zu bekommen. Und jetzt, wo mein Vater hier ist, möchte ich ihm Deutschland doch lieber als Traumland zeigen, in dem so etwas wie dieses Viertel nicht existiert.

Es ist der erste Abend des Schmieds in Deutschland, Fuat ist im Bad, Gül hat noch ein wenig Zeit, bevor sie zur Arbeit muss, als der Schmied auf dem Sofa sitzend weint. Er weint nicht, wie er unter dem Baum geweint hat, seine Wangen werden kaum nass, die Nase läuft nicht, die Augen röten sich nicht. Er weint zwei einzelne Tränen. Zwei. Eine für die Freude, eine für die Dankbarkeit. Sagt er.

Gül hat bisher noch jede Träne, die sie gesehen hat, in ihr Herz gelassen.

Dann steht Songül unten vor dem Haus und hupt. Gül ist zum ersten Mal zu spät. Als sie einsteigt, fragt Songül, wo sie geblieben ist.

– Ich habe meinem Vater noch einen Tee mit Zitrone gemacht, sagt Gül.

Auf der Fahrt zum Büro der Luftfahrtgesellschaft reden Nurcan und Songül darüber, wie es wäre, wenn ihre Großväter nach Deutschland kämen, doch Gül hört nicht zu. Sie sieht die Lichter der Straßenbahnen, der Leuchtreklamen, der Autoscheinwerfer, der Laternen, und sie fragt sich, ob die Lichter, die die Menschen erfunden haben, einem genauso viel Angst machen können wie die Dunkelheit. Sie versteht nicht, woher diese Frage auftaucht, sie weiß nicht mal, ob sie glücklich ist oder ängstlich.

Gül arbeitet die halbe Nacht und ihr Vater ist es gewohnt, früh aufzustehen. Die ersten drei Tage steht sie noch mit ihm auf, doch am vierten verschläft sie. Als sie aufwacht, ist der Schmied nicht da. Er ist rausgegangen, sagt sie sich, weil ihm langweilig war, es hat ihn ja niemand entführt, natürlich langweilt er sich, natürlich möchte er raus, so ist er nun mal. Aber wann ist er wohl los? Warum hat sie ihn nicht gehört? Wird er sich verlaufen? Wie lange soll sie jetzt auf ihn warten? Nach einer halben Stunde schon wird sie unruhig und beginnt, auf und ab zu gehen. Raus kann sie schlecht, was wäre, wenn er in der Zwischenzeit zurückkäme und vor der verschlossenen Tür stände, sie muss warten. Es ist Deutschland, es ist helllichter Tag, was soll schon passieren? Doch er kann kein Wort Deutsch. Sie hat ihm nicht mal die Adresse aufgeschrieben. In dieser Gegend sind genug Menschen, die Türkisch können. Aber was ist, wenn er sich zu weit entfernt? Gül bleibt stehen und raucht eine Zigarette am Fenster. Von welcher Seite wird ihr Vater kommen. Unten sieht sie Can, wie er auf eine Frau zugeht, kurz mit ihr spricht, einige Scheine zugesteckt bekommt und weitergeht.

Nur noch ein Tag, dann ist Wochenende, dann fahren sie zu Ceyda und bleiben dort, ab Montag hat Gül sich freigenommen. Ceyda wohnt in einem beschaulichen Ort, alles ist viel geordneter und ruhiger. Ein Ort, in dem Adem eine Zeitlang nicht ohne Gaspistole aus dem Haus ging, weil Skinheads Jagd auf Türken machten. Ein Ort, an dem Ceyda Angst gehabt hat, den Verstand zu verlieren. Doch das scheint vergessen, niemand redet mehr darüber.

Je später es wird, desto mehr fürchtet Gül um ihren Verstand. Es ist zwölf, ihr Vater ist seit mindestens zweieinhalb Stunden draußen, er hat kein Geld, keinen Schlüssel, keine Orientierung. Er kann sich verlaufen, er kann auf der Autobahn landen, weil er das für den kürzesten Weg hält, er kann überfahren werden, er kann überfallen und verprügelt werden, er kann stürzen, er kann ohne seinen Pass von der Polizei aufgegriffen werden. Wie erkläre ich das meinen Geschwistern, wenn er abgeschoben wird oder gar nicht mehr auftaucht, wie kann ich mir das je verzeihen? Nur weil der Schlaf süßer war als die Liebe.

Als es an der Tür klingelt, erschrickt sie, als hätte sie nicht die ganze Zeit darauf gewartet. Er muss es sein. Wer sonst sollte um diese Zeit klingeln? Sie hat ihn nur nicht kommen sehen, weil sie es kaum am Fenster aushält und immer wieder im Kreis geht.

So schnell ist sie noch nie die Treppen hinuntergelaufen.

– Dem Herrn sei Dank.

Der Schmied erkennt, was los ist, und schließt seine Tochter in die Arme.

– Tut mir leid, ich habe mich verquatscht.

– Verquatscht?

– Ja, ich bin mit dem Besitzer der Autowerkstatt ins Gespräch gekommen.

– Welche Autowerkstatt?

– Wenn man aus der Haustür rechts geht, dann bei der großen Bäckerei links, dann kommt da ein Fußballplatz und dahinter sind so große Hallen und hinter den Hallen ist eine Kreuzung und dort links hinter der Wiese ist die Werkstatt. Der Besitzer ist aus Sivas. Er kennt weder Fuat noch dich, doch er ist ein feiner Mann, vom Dorf, aber gebildet. Sein Vater war Schmied, wir hatten uns viel zu erzählen. Er wollte unbedingt, dass ich noch zum Essen bleibe, aber ich habe ihm gesagt, dass ich nach Hause muss.

Wann wird Gül lernen, dass die Menschen nicht alle so sind wie sie? Sie kennt den Fußballplatz, er ist mindestens 20 Minuten entfernt, sie weiß aber nicht, von welcher Kreuzung ihr Vater spricht. Sie selbst hätte sich nie so weit weg getraut.

Sie hat ihren Vater immer nur in ihrer Heimatstadt und einmal in dem Dorf am Meer gesehen. Er bewegt sich in Deutschland genauso frei wie an diesen beiden Orten.

Woher habe ich diese Angst, woher dieses Misstrauen? Ist es nur, weil Mutter so früh gestorben ist, oder wäre ich auch sonst so geworden?

– Ich bin die Tochter des Schmieds, wird sie viele Wochen später sagen, so wie sie es in ihrer Kindheit oft getan hat, und der Automechaniker aus Sivas wird sich freuen.

Der Schmied macht die Stadt zu einem Ort, an dem man sie erkennt. Nicht nur Timur bekommt ein Bild von Deutschland, das sich vom Jenseits und der Dunkelheit unterscheidet, sondern er verändert Deutschland auch für Gül. Die Straßen sind nun Straßen, durch die er gelaufen ist, der Automechaniker, zu dem Fuat nun regelmäßig geht und der ihm großzügige Rabatte gibt, ist der Mann, den ihr Vater kennengelernt hat.

Sie kann nicht ahnen, dass die zwei Tränen des Schmieds am ersten Abend und ihre Antworttränen noch sehr viele nach sich ziehen werden.

– Die Leute reden über dich.

Sie weiß nicht, warum sie das sagt. Sie ist durcheinander, nachdem sie ihren Vater gestern am Flughafen verabschiedet hat.

– Was sagen die Leute?

– Das weißt du genau.

– Nein.

– Doch. Dein Leben ist dein Leben, aber musst du auch andere reinziehen? Was haben diese jungen Wesen verbrochen?

– Nichts. Du weißt doch, wie sie sagen, jeder muss mit seinen eigenen Sünden leben.

– Du verdienst Geld, indem du andere ...

Sie sucht nach einem Wort.

– ... dingsen lässt.

– Tante Gül, so ist das ganze System. Orhan verdient auch Geld, in dem er dich für sich arbeiten lässt. Außerdem ist es nicht so, wie du glaubst.

– Ich verdiene mein Geld im Schweiße meines Angesichts. Yılmaz redet auch oft von Ausbeutung, aber es ist dennoch eine ehrliche Arbeit. Ich putze lieber die Scheiße fremder Leute aus Klos, als ... Und du ...

– Es ist nicht so, wie du glaubst, wiederholt Can.

Gül weiß nicht, warum sie so insistiert, immer seltener versucht sie ihm ins Gewissen zu reden. Im Gegenteil, sie hört ihm gerne zu, wenn er erzählt, wie leicht es ist, einen Tresor zu klauen, aber wie schwer es ist, ihn aufzukriegen, ohne den Inhalt zu beschädigen. Dass man vorher wissen sollte, ob Geldscheine drin sind oder Juwelen oder Uhren. Wenn Can erzählt, klingt er nicht wie ein Krimineller, sondern wie ein junger Mann, der sich viele Gedanken über seine Arbeit macht. Eine Arbeit, die eher zufällig nicht legal ist. Vielleicht ist sie auch deswegen enttäuscht.

– Wie ist es denn?, möchte sie wissen.

– Die Geschäfte laufen im Moment nicht so gut. Ich kenne die Frauen halt, wir bewegen uns im selben Milieu, manchmal rede ich mit ihnen, und wenn sie Geld übrig haben, dann geben sie mir etwas ab. Das macht mich noch nicht zum Zuhälter.

– Wie kannst du dieses Geld nehmen? An dem Geld klebt ... die Seele dieser Frauen.

– Was weißt du denn von diesen Frauen, Tante Gül? Vielleicht wollen sie gar nicht anders sein. Vielleicht wollen sie keine Arbeit, die du ehrlich nennst. Vielleicht wollen sie lieber 200 Mark in einer Stunde verdienen. Orhan saugt auch deine Seele aus, langsamer, aber dafür länger und für weniger Geld. Die Welt teilt sich in Reiche und Arme, Tante Gül, entweder du wirst ...

Er bricht ab.

– Entschuldige, aber es ist die Wahrheit. Entweder du ... oder du wirst ... Schau, wenn du dein Konto überziehst oder einen Kredit aufnimmst, dann hat die Bank dich bei den ... dann hat die Bank dich am Schlafittchen. Aber wenn du es schaffst, zwei oder drei Millionen Schulden bei der Bank zu haben, dann kannst du ruhig schlafen. Dann sind sie freundlich zu dir, weil sie wissen, dass sie freundlich sein müssen, wenn sie ihr Geld je wiedersehen wollen. Wenn du Schulden machst, musst du Schulden wie ein Reicher machen und nicht Schulden wie ein armer Mann. Wer sich benehmen kann wie ein Reicher, wird auch wie ein Reicher behandelt. Sieh, wenn ich jemandem eine Ohrfeige gebe, dann behandele ich ihn wie eine Frau. Eine Ohrfeige ist eine Beleidigung. Ein Schlag mit der Faust heißt, dass ich ihn als ebenbürtig betrachte. Du kannst die Bank nicht ohrfeigen, das geht nicht, du musst sie schlagen. Wer ist denn reich geworden von all den Menschen, die zum Arbeiten aus der Türkei hierhergekommen sind? Alle wollten sparen, fast alle haben jetzt ein Haus in der Heimat, aber welchen Preis haben sie dafür gezahlt? Nachtschichten, Überstunden, Wochenendzuschläge. Meine Mutter hat gar nicht richtig mitbekommen, wie ich groß geworden bin, sie hat nicht mitbekommen, dass ich die Schule geschwänzt habe, sie hat nicht mitbekommen, dass ich in Supermärkten geklaut habe, sie war immer auf der Arbeit. Sie hat ein Haus, aber sie ist nicht reich. Vural Öger ist reich. Reich wirst du, wenn du andere arbeiten lässt. Sieh, was hat dein Mann für eine Prämie bekommen? 10.000 Mark. Was wird die Firma an seinen Verbesserungen verdienen? Wahrscheinlich Millionen über die Jahre. Tut dir dein Mann nicht leid? Der Ärmste. Zerbricht sich den Kopf und wird dann mit einem Taschengeld nach Hause geschickt, weil er auf der falschen Seite sitzt. So ist die Welt, Tante Gül. Und diese Frauen arbeiten nicht für mich, sie geben mir nur ein wenig Geld, weil wir uns kennen und mögen.

Gül wundert sich, wie ähnlich Can und Yılmaz argumentieren, obwohl sie so unterschiedlich sind. Wahrscheinlich ist etwas dran an dem, was sie sagen.

Gül hat ein schlechtes Gewissen wegen dieser Treffen. Sie redet sich gerne ein, dass sie nichts Verbotenes tut, dass sie niemanden hintergeht, beschwindelt, betrügt, doch sie weiß, dass das eine Lüge ist. Sie kann niemandem von den Treffen erzählen. Weder Fuat, noch Ceyda, noch Ceren, noch Saniye, noch Yılmaz, noch ihren Schwestern. Sie trifft sich mit einem Kriminellen und sie muss es als ein Geheimnis hüten. Alles, was man nicht erzählen kann, macht einen einsam. Und führt zur Lüge, weil man einen Teil von sich versteckt, weil man ihn leugnet, wenn es notwendig erscheint.

Gül trifft sich mit Can, als würde sie rauchen. Sie weiß, dass es nicht gut ist, aber sie kann nicht damit aufhören.

Vielleicht weil er mir so fremd ist, denkt sie manchmal, fremder als die Deutschen, doch er spricht meine Sprache. Er ist kein schlechter Mensch, auch wenn er lügt, stiehlt, betrügt, klaut, auch wenn er als Zuhälter Geld verdient, auch wenn er alles ablehnt, woran Gül glaubt. Irgendetwas an diesem Jungen findet sie liebenswert. Fand sie liebenswert. Diese Sache mit den jungen Frauen beschäftigt sie.

Zuhälter ist ein Schimpfwort voller Verachtung, die niedrigste Stufe der Kriminalität, der Zuhälter rangiert unter dem Dieb, dem Betrüger, dem Dealer, meist sogar noch unter dem Mörder.

Nach diesem Gespräch wird Gül sich fast ein Jahr lang nicht mehr mit Can treffen, sie wird Ausflüchte und Ausreden erfinden, sie wird lügen, sich aber nicht schlecht dabei fühlen, weil sie nur lügt, um Can nicht zu kränken.

Während sie aus dem Fenster sieht und Serien zuhört, denkt sie über Prostitution nach. Sie versucht zu begreifen, wie man seinen Körper verkaufen kann. Frauen des Lebens werden sie auf Türkisch genannt oder auch Telemädchen, weil man sie einfach nur anzurufen braucht, Hure, Nutte, Dirne, Strichmädchen, Liebedienerin. Für Dinge, die wichtig sind, gibt es immer viele Namen. Wie für den Geschlechtsverkehr. Wie für das Geld, das die Frauen verdienen, Schotter, Kies, Knete, Asche, Pulver, Kohle, Kröten, Taler, Tacken. Ist es der Körper, der an einer Frau wichtig ist? Vielleicht ist es so für die Männer. Fuat war es doch früher auch egal, wer sie ist und was sie fühlt, wenn er sie nachts betrunken weckte. Es hätte irgendeine Frau in seinem Bett liegen können, wahrscheinlich hätte er den Unterschied nicht gemerkt. Fühlen diese jungen Frauen sich denn anders als sie damals? Sie nehmen zwar jeden, der genug Geld hat und wahrscheinlich genauso nach Alkohol riecht wie Fuat damals, doch am Ende des Tages gehen sie alleine nach Hause, mit Geld in der Tasche, und sind niemandem Rechenschaft schuldig. Sie müssen die Männer nicht ihr Leben lang ertragen. Doch sie sind Töchter von Müttern und Vätern, deren Herzen sich verdunkeln, wenn sie erfahren, was ihr Kind macht, von deren Fingern die Trauer tropft. Nur kurz, ganz kurz, als würde man prüfen, ob die Herdplatte heiß ist, stellt Gül sich vor, wie es wäre, wenn eine ihrer Töchter ...

Es erscheint ihr weniger schmerzhaft, Ceren verwitwet und allein mit einem Kind in Adana zu wissen. Man kann diese Schmerzen nicht vergleichen, es gibt einen Unterschied, das spürt sie, doch sie möchte nicht herausfinden, worin er besteht. Da ist keine Herdplatte, an der man sie sich verbrennen könnte, das reicht ihr.

Vielleicht hat Can unrecht, die Welt trennt sich nicht in Arm und Reich, vielleicht haben Can und Yılmaz gemeinsam unrecht, weil sie nicht sehen wollen, dass sich die Welt in Mann und Frau teilt. Und die Männer bestimmen, dass die Welt in Reich und Arm unterteilt wird. Die Männer wollen zum Geld, deshalb lassen sie ihr Land, ihre Eltern, ihre Kinder, ihre Heimat, ihre Sprache hinter sich und nehmen ein Leben voller Entbehrungen in Kauf. Vielleicht mag sie Can so gerne, weil sie an ihm eine Sehnsucht sieht, die er selbst nicht benennen kann. Er glaubt, er wolle Geld. Doch er ist nicht wie Fuat, den es auch zum schnellen Geld hinzieht, Can möchte das Geld als einen Mantel, der ihn wärmt, der seine Haut kost und seinen Rücken stärkt. Er möchte das Geld nicht, weil er glaubt, er wäre dann glücklicher, sondern weil er glaubt, er wäre es dann wert, geliebt und geachtet zu werden.

Sie sind wieder am Meer, aber dieses Mal an der Ägäis, weil Melike über eine Bekannte günstig ein Haus mieten konnte, nur eine Autostunde von Izmir entfernt. Melike, ihr Mann Mesut, Gül, Fuat, Ceren und Fatma wohnen in einem Bungalow mit zwei Schlafzimmern, während Melikes Sohn İsmail im Trainingslager ist. Melike wird nicht müde, die Vorzüge der Ägäis zu loben, die touristische Infrastruktur, die moderne Einstellung der Menschen, die vielen Villen der Prominenten in der Gegend, welcher Sänger an welchem Strand gesehen wurde, welcher Schauspieler in welcher Bar und wie mal diese Moderatorin am Nebentisch saß, als sie das beste Eis am Ort gegessen hat. Und sie erwähnt immer wieder ihre Pensionierung im nächsten Jahr.

– Gerade als ich anfange, diesen Beruf richtig zu beherrschen, geht mein Arbeitsleben bereits zu Ende, sagt sie. Die ersten Jahre war ich eine ungeduldige Lehrerin, ungeduldig und unerfahren. Das Alter hat mir Geduld und die Erfahrung Routine gegeben, ich brauche nicht mehr so lange, um auf die einzelnen Schüler einzugehen, ich brauche kaum mehr Vorbereitung auf den Unterricht. Jetzt, wo ich am ergiebigsten bin, schickt mich der Staat in Rente.

Es klingt, als würde sie es bedauern, doch sie freut sich, nicht mehr arbeiten zu müssen und stattdessen privat Nachhilfeunterricht für die Kinder reicher Eltern geben zu können, sodass sie am Ende mit weniger Arbeit mehr Geld haben wird als früher.

In der Türkei müssen zu diesem Zeitpunkt Frauen zwanzig Jahre lang arbeiten, bevor sie in Rente gehen können, und Männer fünfundzwanzig. Zwanzig Jahre, das kommt Gül mittlerweile kurz vor.

Sie hat noch über zehn Jahre vor sich und sie hat viel früher angefangen zu arbeiten als Melike, die studiert hat. Sie ist nicht neidisch auf ihre Schwester, Arbeit schreckt sie nicht, doch sie fragt sich, was Can und Yılmaz wohl dazu sagen würden, dass man in der Türkei nur so wenig arbeiten muss, um eine Rente zu bekommen, von der man dann nicht leben kann und gezwungen ist, sich eine neue Arbeit zu suchen.

Gül und Melike spülen ab und bereiten das Abendessen vor, während die anderen einen Mittagsschlaf halten. Melike erzählt von dem neuen Auto, das sie sich kaufen wollen, dann sagt sie:

– Emin macht ja immer größere Geschäfte in Istanbul, jetzt handelt er auch mit Motorrädern, er ist ein Großstädter geworden. Nalan ja sowieso. Sibel ist ganz glücklich in ihrem kleinen Haus am Rand der Heimatstadt, du bleibst wohl noch eine Weile in Deutschland, und ich gehe bald in Pension ... Gott möge ihm einen späten Tod bescheren, aber Vater wird sterben und dann wird das Sommerhaus zu gleichen Teilen auf uns Kinder und Arzu übergehen. Mit Sibel habe ich schon gesprochen, sie hat kein Interesse an diesem Haus. Mit Emin und Nalan werde ich noch sprechen, ich glaube, sie werden mir eine ähnliche Antwort geben. Aber du, du möchtest doch bestimmt immer in dieses Haus deiner Kindheit zurückkehren können, oder?

Gül hat noch gar nicht daran gedacht, was aus dem Sommerhaus werden könnte.

– Ja, sagt sie nun.

Und mit dieser Antwort fühlt es sich auf einmal so an, als sei ihre Kindheit nicht nur ihrem Kopf, sondern auch in diesem Haus. Als habe das Haus ein eigenes Gedächtnis, das es an Gül weitergibt, ein Gedächtnis, das sich einfach über ihres legt und ihr Dinge erzählt, die sie selbst längst vergessen hat. Gül wird schwindlig, vielleicht liegt es an der Hitze, die Welt scheint sich zu verschieben, sie hält sich am Tisch fest und muss sich setzen. Einige Momente verschwimmt alles vor ihren Augen und Gül sieht ihre Kindheit nicht in Ereignissen, in einzelnen Erinnerungen, sondern in Mustern und Farben vor sich, die sich ineinander verschlingen. Sie fühlt die Verlorenheit, die sie als Kind gefühlt hat, sie spürt, wie ausgeliefert sie war, wie ungeschützt. Sie sieht Melike an und begreift in diesem Augenblick, dass sich ein Teil der Kindheit ihrer Schwester genauso angefühlt hat. Dass sich ein Teil jeder Kindheit so angefühlt haben muss. Dass sich jedes Kind verloren fühlt, der Welt der Erwachsenen und der Weite des Kosmos hilflos ausgeliefert.

– Gül? Gül? Ist alles in Ordnung? Möchtest du ein Glas Wasser? Gül, was ist los?

– Alles ist gut. Mir war nur ... ein wenig schwindlig.

Sie schüttelt den Kopf, die Welt scheint wieder gerade zu rücken und sie sagt etwas, das sie bereut, noch ehe sie es ausgesprochen hat.

– Habt ihr denn genug Geld?

– Ja, sagt Melike, İsmail verdient sehr gut. Die halbe Welt rennt einem Ball hinterher, und selbst wenn er nur auf der Bank sitzt, verdient er im Monat mehr als ich im ganzen Jahr.

Gül hält ihren Mund, doch denkt die Worte, die ihr Vater einmal gesagt hat: Es gibt zwei Dinge, die das Herz eines Menschen verdunkeln: reden, wo man schweigen sollte, und schweigen, wo man reden sollte. Jetzt hat sie beides gemacht. Warum verlässt du dich auf das Geld deines Kindes?, hätte sie fragen wollen, doch sie hat es hinuntergeschluckt.

– Du meinst, wir beiden sollten unseren Geschwistern dieses Haus abkaufen?

– Das ist jetzt dein Vorschlag, aber ich rede mal mit Emin und Nalan.

Gül nickt. Und fragt nicht: Was ist mit Arzu?

In den nächsten Tagen träg sie ihre Erinnerungen an das Sommerhaus zusammen. Sie sitzt am Strand, schaut auf das Meer und gleitet zurück in ihre Kindheit. Ich hatte Glück, denkt sie, ich hatte länger etwas von unserer Mutter als meine Schwestern. Ich sollte dankbar sein.

Sie sieht Fatma am Strand und weiß, dass dieses Kind sich nie an seinen Vater erinnern wird. Auch sie soll einen Ort haben, denkt Gül, einen, an den wir alle gehören, einen Ort, aus dem unsere Kraft kommt. In diesen Tagen wird dieses Sommerhaus zu einem Ort, von dem Gül gerne träumt. Sie sieht, wie Fatma und Ceren im Sand spielen, und stellt sich vor, wie ihre Tochter und ihre Enkelin im Garten des Sommerhauses Maulbeeren pflücken und naschen.

Ceren ist zufrieden mit ihrem Deutschstudium, auch wenn ihre Kommilitonen fast alle jünger sind und ein ganz anderes Leben haben als sie. Niemand in ihrem Semester hat Kinder, sie können ein Studentenleben führen, können abends ausgehen, bis im Wohnheim Zapfenstreich ist, können ins Kino gehen oder Bier trinken, sie können spontane Entscheidungen treffen, während Cerens Alltag davon bestimmt ist, wann sie Fatma aus dem Kindergarten abholen muss.

Außer ihrer Witwenrente bekommt sie noch 200 Mark im Monat von ihren Eltern und das Geld des vermieteten Hauses in der Heimatstadt, in dem sie nun nicht mehr wohnt. Wenn sie ihre Miete, den Kindergarten, die Unibücher, das Telefon, das Gas, den Strom, die Lebensmittel bezahlt hat, bleibt ihr noch genug Geld, dass sie zweimal im Monat ins Kino gehen könnte, aber nicht genug für einen Babysitter. Sie wohnt in ihrer eigenen Wohnung, sie ist niemandem am Eingang eines Wohnheims Rechenschaft schuldig, doch sie hat nie die Gelegenheit, zu spät nach Hause zu kommen.

Ceren erzählt, wie sich alle immer bei ihr treffen, wie sie ihre Hausaufgaben gemeinsam machen, wie sie alle mit Tee und Gebäck bewirtet, wie gerne ihre Freundinnen mit Fatma spielen, wie hilfsbereit sie sind, wie freundlich, wie zuvorkommend. Sie erzählt von einer Freundin, die perfekt ihre Unterschrift fälschen kann und auf der Anwesenheitsliste für Ceren unterschreibt, wenn Fatma krank ist und sie zu Hause bleiben muss. Oder einfach mal schwänzt, weil ihr alles zu viel wird. Doch das erzählt sie nicht.

Gül freut sich, dass ihre Tochter eine Richtung gefunden hat, nachdem so viel Zeit damit vergangen ist, nach Mecnuns Tod zu Hause an die Wand zu starren, nachdem sie immer tiefer und tiefer in etwas hinabgetaucht ist, ohne jemals auf einen Grund zu stoßen. Es ist wie die Träume aus meiner Kindheit, hat sie damals geklagt, ich falle und falle, ohne jemals aufzukommen. Aber anders als damals kann ich nicht aufwachen, ich bin gefangen in einem schlechten Traum, der bis zum Ende meines Lebens nicht mehr aufhören wird.

Doch nach zwei Jahren an der Universität ist sie eine gute Studentin, eine fröhliche und aufmerksame Gastgeberin, eine liebevolle Mutter, denkt Gül. Und in all der Zeit ist sie mein Kind geblieben, egal, von wo das Licht kommt, egal, wie dunkel es ist, egal, wie wenig ich ihr helfen kann, egal, wie oft ich sie allein lassen muss. Hat Ceren es schwerer als Ceyda, fragt sich Gül. Von der Türkei nach Deutschland und dann wieder in die Türkei, so früh mit Tod und Verlust konfrontiert. Doch Ceren hat keine Migräne, keine Angst, verrückt zu werden, keinen Mann, der sich nicht für sie interessiert. Keinen Mann, der lebt wie Gras, wie Fuat sagen würde.

Eine Zeitlang hat Gül geglaubt, sie hätte ihre Töchter auf den Weg gebracht, sie könnten alleine gehen, ohne zu taumeln und zu straucheln. Aber ist sie selbst gegangen, ohne aus dem Schritt zu kommen, ist sie gegangen, ohne dass sich ihr Rücken je gebeugt hat, ohne dass ihre Beine schwer geworden sind? Das Leben ist schwer, schwer für uns alle, aber vielleicht hat der Atem immer dasselbe Gewicht, vielleicht tragen wir letztlich alle gleich schwer an dieser Leihgabe.

Dann sieht sie sich Fuat an. Dessen Sorgen sich um Geld drehen, darum, dass er vom Alkohol neuerdings Sodbrennen bekommt, sie sieht sich Fuat an, der möglicherweise darunter leidet, dass sie ihm seit seinem Verrat jegliche Nähe verwehrt. Sie sieht ihn sich an und fragt sich, ob er auch so viel trägt wie die anderen. Sie weiß nicht, ob er leidet, ob sein Gewissen von innen gegen seine Haut kratzt. Sie sieht ihren braungebrannten Mann, dann sieht sie auf das Wasser, in dem sich die Strahlen der Abendsonne spiegeln. Sie denkt lieber an das Sommerhaus, dreht und wendet den Gedanken, betrachtet ihn mal von hier, mal von dort.

Im Kopf ist es immer dunkel, das Licht scheint nicht von außen hinein, nicht mal durch die Augen, denkt sie. Das Licht kommt immer nur von innen, von den Gedanken und von den Innenseiten des Herzens. Der Gedanke an das Sommerhaus erhellt ihr Gemüt und sie fragt sich, was Licht wohl wiegen mag.

Zunächst glaubt Gül an eine Verwechslung, der Mann ähnelt Serter, aber er sieht älter aus und ist viel besser gekleidet, der Anzug ist aus Wolle, das Hemd blütenweiß und frisch gebügelt, die schwarzen Lederschuhe glänzen. Er wirkt etwas deplatziert in diesem türkischen Supermarkt, doch er dreht und wendet die Dose in seiner Hand, wie Serter es getan hat, als könnte er so herausfinden, ob der Inhalt vergiftet ist oder nicht.

Der Mann bemerkt Güls Blick, dreht sich zu ihr und sieht ihr reglos in die Augen, bis Gül murmelt:

– Verzeihung, ich wollte Sie nicht belästigen, Sie sehen nur aus wie jemand, den ich mal kannte.

– Und jetzt, Gül, sagt der Mann, jetzt kennst du mich nicht mehr? Was habe ich denn verbrochen? Du warst immer anders als die anderen, hast auch du die Seiten gewechselt?

– Nein, Serter, nein, nein. Verzeih. Es ist so viele Jahre her ... ich war mir nicht sicher.

– Ja, die Haare sind grau geworden darüber, immer auf der Hut zu sein. Aber du siehst, sie haben mich nicht gekriegt, ich lebe.

– Der Anzug steht dir gut.

– Danke.

– Vielleicht hat der mich auch ein wenig getäuscht. Der Serter, den ich kannte, hatte nie solche Anzüge an.

– Gül, Gott ist auf meiner Seite, warum sollten dann meine Feinde Erfolg haben? Ich lebe und trage andere Kleidung.

– Er redet noch mit dir?

Serter sieht sich um, bevor er nickt. Gül lächelt. Nicht herablassend, nicht mitleidig, sie lächelt aus Liebe zu diesem Mann, den sie einsam glaubt, auch wenn er Gottes Stimme hört. Damals, in Güls Zeit in der Heimstraße, hat er sich von seiner Frau getrennt, weil sie angeblich nichts als seinen Tod im Sinn hatte, weil sie sein Essen vergiftet hat und ihm nach dem Leben getrachtet. Serter sah alle Menschen als Bedrohung, doch er erledigte seine Arbeit und war niemandem gefährlich. Auch wenn alle Witze über ihn machten, hinter seinem Rücken redeten und niemand ihn ernst nahm, ist Gül ihm doch immer aufrichtig begegnet. Sie war sogar stolz, dass er von ihrem Essen gekostet hat, obwohl er sonst aus Angst vor Gift nur abgepackte Sachen aß.

– Selten, seufzt Serter nun. Er spricht immer seltener zu mir, aber häufig genug, dass ich mich nicht ganz verlassen fühle. Manchmal glaube ich, er hat mich so anders erschaffen als die anderen Menschen, damit ich mich nicht in ihnen verliere und von ihm entferne. Aber reden wir nicht so viel von mir. Was machst du hier in Deutschland? Du bist doch schon vor Jahren in die Türkei gezogen. Besuchst du Freunde? Nein, dann wärst du nicht allein im Supermarkt. Was machst du hier, Gül?

Die Freude darüber, Gül zu sehen, verschwindet nun aus seinen Augen.

– Du bist zurückgekehrt, sagt er, noch bevor sie antworten kann. Dieses Land ist ein Magnet, man kann ihm nicht den Rücken zukehren und gehen. Es zieht einen zurück. Sie mögen uns hier nicht, hast du mitbekommen, wie die Heime gebrannt haben, hast du von den Skinheads gehört? Doch das ist erst der Anfang, es wird noch schlimmer werden. Dieses Land ist uns zugefügt worden wie eine Wunde, und wir können es nicht lassen und kratzen sie immer wieder und wieder auf. Und mich, mich wollen sie nicht verwundet sehen, sondern tot. Aber ich weiß mich zu wehren, auch wenn mir das niemand zutraut. Ach, Gül, nur wer eine Wunde hat, kratzt sich. Hättest du nicht dortbleiben können?

Gül holt Luft, sagt aber dann doch nichts. Wie sollte sie erzählen von der Einsamkeit in der Heimatstadt, von den Vertröstungen Fuats, von dem Angebot Ceydas, ihr bei der Rückkehr zu helfen. Wie soll sie hier im Supermarkt erklären, dass ihr Mann wahrscheinlich fort wäre, wenn sie in der Türkei geblieben wäre.

– Nein, sagt sie dann, nein, ich hätte nicht bleiben können.

– Wappne dich, sagt Serter, man kann sich nicht gegen die Kraft eines Magneten oder eines Sturmes wehren, aber man kann überleben, wenn man gewappnet ist. Sieh mich an, ich habe immer Vorsicht walten lassen, und heute stehe ich vor dir und wir reden.

Er ist gealtert, deutlich gealtert, aber die Jahre der Einsamkeit haben ihn nicht gebrochen, denkt Gül. Vielleicht macht er etwas richtig.

– Der Anzug steht dir wirklich gut.

– Ja, das finde ich auch. Ich habe einen ganzen Schrank voll davon.

– Bist du auf der anderen Seite gelandet?, fragt Gül.

– Ja, Gott sei's gedankt, ich habe im Lotto gewonnen und bin nun auf dieser Seite des Reichtums. Eine Sorge weniger.

– Herzlichen Glückwunsch. Im Lotto?

– Ja, im Lotto. Ich habe nur dreimal gespielt und beim dritten Mal gewonnen.

– Beim dritten Mal. Kaum fassbar. Schau, seit wie vielen Jahren ich spiele. Wo soll das eine gerechte Welt sein? Was will der Verrückte denn mit dem vielen Geld? Das letzte Mal, als ich ihn gesehen habe, hat er noch nach einer Spende für Terroristen im Untergrund gefragt. Jetzt kann er sie ja unterstützen, sagt Fuat. Wie lange habe ich nichts von dem gehört. Ich dachte, sie hätten ihn eingewiesen. Der gehört doch nicht auf die Straße, der ist doch gemeingefährlich. Der dürfte nicht mal einen Stift halten dürfen, um einen Schein auszufüllen. Kann man den nicht für unmündig erklären und ihm das Geld wieder abnehmen? Was der hat, ist ja nicht mit Geld heilbar. Was soll das denn für eine Welt sein, ein Mann, der niemandem vertraut und über den alle lachen, kommt zu Reichtum. Völlig unverdient.

– Wenn du es gewinnen würdest, wäre es verdient?

– Natürlich. Sieh, wie viele Jahre ich schon spiele. Nicht ein einziges Mal war mir das große Glück hold. Uns speist das Schicksal mit Münzen ab und ihm stopft es Scheine in die Tasche. Was macht der Kerl denn mit dem Geld?

– Was würdest du denn tun?

Fuat ist so in Fahrt, er merkt gar nicht, dass Gül ihn nicht ernst nimmt.

– Eine S-Klasse würde ich mir kaufen, neu, mit allem Pipapo, in Schwarz, das Auto, das schon lange vor der Tür meines Traumhauses steht. Und Anzüge aus diesem Wolle-Seide-Gemisch, Schuhe mit Ledersohlen, einen riesigen Fernseher. Ich würde aufhören zu arbeiten, sofort, mein halbes Leben ist in der Fabrik vergangen. Ich würde den teuren Whisky kaufen, 120 Mark die Flasche, der schmeckt so mild wie ein Frühlingstag, von dem hat noch nie jemand Sodbrennen bekommen. Und raus aus dieser Wohnung, ein Sofa kaufen, nur erster Klasse fliegen ... wenn du Geld hast, hast du auch genug Beschäftigung, die Ideen würden mir nicht ausgehen.

Was ist mit deiner Tochter in Adana? Ist die weniger wichtig als ein guter Whisky? Das sagt Gül nicht.

– Serter hat sich Anzüge gekauft, sagt sie. Richtig schicke.

– Komisch, dass ich gar nicht von ihm gehört habe, sagt Fuat. Es müsste sich doch herumsprechen, wenn so jemand im Lotto gewinnt.

Am nächsten Abend kommt Fuat mit drei Flaschen Bier nach Hause. Gül sieht ihn fragend an.

– Seit Wochen ohne den geringsten Schwips, sagt er, das ist ja kein Leben. Ich dachte, von Bier bekomme ich kein Sodbrennen.

Was sich bewahrheitet und dazu führt, dass er regelmäßig Bier trinkt und dazu Erdnüsse und Salzgebäck isst.

– So färbt das Land, in dem man lebt, auf einen ab, sagt er, jetzt trinke ich schon Bier wie ein Deutscher.

Es ist Freitagabend, Fuat hat einen ganzen Kasten Bier die Treppen hochgeschleppt, er ist ungewöhnlich schweigsam und mürrisch. Nach seiner vierten Flasche an diesem Abend sagt er:

– Undankbar. Sie sind einfach undankbar.

Gül tut ihm den Gefallen und fragt:

– Wer?

– Diese hohen Herren, die Manager. Als ich ihren Produktionsablauf optimiert habe, haben sie mir eine Prämie gegeben, aber jetzt fragt niemand: Was hat Fuat für uns getan? Was sind wir ihm schuldig? Jetzt heißt es einfach: Du kannst gehen. Schert uns nicht, dass du dir hier jahrelang die Knochen geschunden hast. Es ist ja nicht so, dass die Fabrik schließt, wie es in der Wollfabrik war, nein, es wird ja weiter Mercedes geben, es wird weiter viel Geld verdient werden, nur wir sollen jetzt nicht mehr dazugehören. Egal, was wir geleistet haben.

– Letztes Mal warst du nur einen Tag arbeitslos, dann hattest du schon eine neue Stelle gefunden, erinnert ihn Gül.

– Ich bin müde, sagt Fuat. Wohin man auch blickt, nur Undank.

– Das ist doch kein Undank, sagt Yılmaz. Das ist das Gesetz des Geldes. Erst haben sie Arbeiter ins Land geholt, die billig waren, und jetzt haben sie festgestellt, dass es noch billiger ist, die ganze Produktion ins Ausland zu verlagern. Für die Arbeiter im Ausland müssen sie keine Sozialleistungen abführen, die Löhne sind niedrig und arbeitslosenversichert ist dort auch niemand. Dank, Undank, das sind menschliche Wert, das zählt nicht, in der Wirtschaft geht es nur um Zahlen. Denk mal an die armen Schweine, die jetzt für die arbeiten werden, was sollen die denn sagen?

– Ich weiß nichts von einer Arbeitsstelle, aber hier in der Siedlung wird eine Wohnung frei, sagt Saniye, vielleicht wollt ihr hierherziehen. Langsam müsstet ihr doch genug haben von eurem Viertel und von den vielen Treppen. Hier gibt es Grünflächen, man kann einfach mal rausgehen und auf einer Bank sitzen, wir würden uns öfter sehen. Und Aufzüge gibt es auch.

– Wie sollen wir denn umziehen, wenn ich keine Arbeit habe?, sagt Fuat mit unterdrückter Wut.

– Da findet sich was. Woher die Eile, du hast noch über ein halbes Jahr Zeit.

– Und wer bringt dann Gül zur Arbeit? Sie kann ja schlecht mit Bus und Bahn fahren um die Uhrzeit. Und es wird sie kaum jemand hier draußen abholen wollen. Soll sie jetzt etwa Autofahren lernen wie du?

– Aber warum denn nicht, Onkel Fuat?, sagt Sevgi. Was spricht dagegen, wenn Frauen Auto fahren?

– Nichts, sagt Fuat, nichts spricht dagegen. Aber frag Gül mal, ob sie sich das zutraut. Alles fängt mit Mut an. Meine Frau ist als Beifahrerin schon so schreckhaft, dass man mit einer platzenden Papiertüte ihr Herz zum Stillstand bringen könnte.

Er blickt zu Gül rüber und sagt:

– Widersprich mir gerne.

– Er hat recht, sagt Gül, ich tauge nicht zum Autofahren.

– Jeder kann Auto fahren, sagt Sevgi. Du musst es dir auch zutrauen, Tante Gül. Schau, was du sonst alles kannst. Ich tue mir auch schwer, ich habe schon 24 Fahrstunden und die Fahrlehrerin sagt, ich brauche noch ein bisschen. Aber ich werde es lernen.

– Und wenn sie fahren könnte, sagt Fuat, was soll ich dann machen, ein zweites Auto kaufen?

– Was heißt denn ich, ihr verdient das Geld doch gemeinsam. Die Zeiten, in denen der Mann das Sagen hatte, gehören der Vergangenheit an, heute gibt es Gleich

– Wolltest du nicht noch Hausaufgaben machen, fällt Saniye ihr ins Wort.

– Doch, sagt Sevgi, genau das wollte ich. Entschuldigt mich.

Sie steht auf, doch falls sie wütend ist, lässt sie es sich nicht anmerken. Im Türrahmen dreht sie sich noch mal um.

– Es tut mir leid, sagt sie. Ich wollte mich nicht in Dinge einmischen, die mich nichts angehen.

Es klingt ehrlich.

– Vielleicht hat sie dieses Gerechtigkeitsempfinden von mir, sagt Yılmaz, nachdem sie die Tür zu ihrem Zimmer geschlossen hat. Und so langsam möchte sie bei den Erwachsenen mitreden.

Man hört den Stolz in seiner Stimme.

– Der hält sich für etwas Besseres, schimpft Fuat, wahrscheinlich weil er studiert hat. Aber sieh ihn dir an, seit Jahren keine anständige Arbeit, nennt sich Regieassistent in einem angeblich türkischen Theater, in das eh nur Deutsche gehen. Sitzt zu Hause, schaut Filme, liest Bücher und hört Musik. Wahrscheinlich kocht er an diesem Theater nur Kaffee. Aber wenn es darum geht, kluge Ratschläge zu geben, ist er die Nummer eins. Investier dein Geld nicht bei diesen neuen Banken, Fuat, das ist nicht sicher. Wenn es morgen eine Krise gibt, sind die alle platt. Das sind ja keine Tante-Emma-Läden, das sind Banken. Zwölf Prozent auf deine deutsche Mark. Wer lässt sich denn so etwas entgehen? Nur so Klugscheißer wie Yılmaz, die nichts auf der hohen Kante haben und von Neid zerfressen sind. Ängstliche Besserwisser, die nie etwas wagen. Aber eine schicke Stereoanlage haben. Der lässt seine Frau für sich arbeiten und macht den Mund so weit auf, dass da vollbeladene Kamele reinspazieren könnten. Hast du schon mal von einer Bank gehört, die pleitegegangen wäre? Man muss keine Angst haben, nur weil etwas neu ist. Sieh, wie viele neue Fernsehsender es gibt, ist ein einziger wieder geschlossen worden? Yılmaz versteht etwas von Fußball, das mag ich nicht leugnen, aber sonst redet er einfach zu viel. Man braucht keine Angst zu haben vor denen, die reden, man muss Angst haben vor denen, die tun.

– Vielleicht ist etwas dran an dem, was Yılmaz sagt, antwortet Gül, vielleicht sollten wir einfach nicht unser ganzes Geld dort investieren, sondern einen Teil zur Sicherheit bei der Zentralbank lassen.

– Vielleicht, vielleicht ... Nur mit Arbeiten wird man nicht reich. Man muss ein wenig Glück haben im Spiel oder man muss das Geld für sich arbeiten lassen. Sieh dir doch mal die Menschen an, die dir Ratschläge geben. Von mir würde ja auch niemand einen Diätvorschlag annehmen.

Er fasst sich mit beiden Händen an seinen Bauch und Gül erinnert sich an die Zeiten, in denen er kränkende Bemerkungen über ihre Figur gemacht hat.

Der Aufzug hält zwischen den Stockwerken. Entweder man drückt auf die fünf und geht eine halbe Treppe runter oder auf die vier und geht eine halbe Treppe hoch. Die ersten Wochen ist Gül immer zu Fuß gegangen, weil sie sich gedacht hat, dass die Bewegung ihr guttut, eine Mühe, die Fuat sich nie gemacht hat. Wenn sie am frühen Morgen von der Arbeit kommen, ist Gül müde, ihre Beine sind schwer und Fuat steigt ohnehin keine Treppen, wenn es sich vermeiden lässt, da gewöhnt sie es sich an mitzufahren. Zunächst nur morgens, doch dann kommen immer mehr Ausnahmen hinzu und schon bald stehen die beiden immer gemeinsam in dem kleinen Aufzug.

Als sie noch in der Wollfabrik gearbeitet haben, waren Gül und Fuat nicht nur in verschiedenen Abteilungen, sondern wegen der Kinder auch in verschiedenen Schichten. Jetzt arbeiten sie zwar meist auf unterschiedlichen Fluren, doch Gül bekommt zum ersten Mal aus nächster Nähe mit, dass Fuat so arbeitet wie ihre Kollegen, die sie nicht versteht. Ach, ist doch nicht so wichtig, merkt doch ohnehin keiner, als würde jemand schauen, ob man auch unter dem Telefon abgestaubt hat, wer merkt schon, ob Staub auf der Kante des Türrahmens ist, wer kann beweisen, dass dieser Kratzer nicht schon vorher da war. Wenigstens hört sie aus Fuats Mund nicht die anderen Sätze, die sie auch zur Genüge kennt. Putzlappen, das fällt doch keinem auf. Nur Reiniger, der wäre ja auch weg, wenn ich beim Putzen ein wenig großzügiger damit wäre, nur 500 Seiten Kopierpapier, nur zwei Rollen Klopapier, nur drei Rollen Tesa, die Menschen klauen ohne das geringste Unrechtsbewusstsein und Gül weiß manchmal nicht, wie groß der Unterschied zwischen ihren Kollegen und einem Menschen wie Can ist. Can erscheint ihr fast aufrichtiger, weil er sich nicht den Anschein von Ehrlichkeit gibt.

In den ersten Wochen mahnt sie Fuat einige Male, sorgfältiger zu arbeiten, weil es das ist, wofür sie bezahlt werden, und nicht dafür, ein Auge zu haben für alles, was man weglassen kann, ohne dass es auffällt.

– Frau, sagt er dann, Frau, wir arbeiten mitten in der Nacht und machen sauber, was bereits sauber ist. Hier gibt es nicht so viel zu tun, wie du glaubst. Man muss ein wenig gewieft sein, wofür, glaubst du, habe ich die Prämien bei Mercedes bekommen? Für Dienst nach Plan? Nein, weil ich herausgefunden habe, wie man mit weniger Arbeit dasselbe Ergebnis erzielt. Du bist geworden wie die Deutschen, die immer alles korrekt machen wollen.

Gül schüttelt den Kopf. Ich war schon immer so, könnte sie sagen. Ich habe nie danach geschielt, wie man am besten schludern kann, ich war schon so, als ich noch gar nicht wusste, dass es überhaupt ein Deutschland gibt.

Kurz nachdem Fuat mit Gül bei der Gebäudereinigung angefangen hat, kurz bevor sie in Saniyes Nachbarschaft umgezogen sind, hat Songül gekündigt. Nachdem sie jahrelang nur davon geredet hat, hat sie tatsächlich aufgehört, nachts zu putzen, und arbeitet jetzt in der Frühschicht einer Bäckereikette. Nurcan kommt vom Viertel aus mit der Bahn zur Arbeit und Gül und Fuat fahren gemeinsam in Fuats A-Klasse. Sie reden über ihre Arbeitskollegen oder schweigen im Auto. Wenn auf dem Rückweg nicht geredet wird, dann schläft Gül oft ein, was Fuat ärgert. Kaum fassbar, während du schon sanft ins Traumland geschaukelt wirst, darf ich hier noch den Chauffeur machen.

Gül ist nie eingeschlafen, während sie noch mit den jungen Frauen fuhr, sie hat sich ihre Unterhaltungen angehört, wie sie Serien schaut, und dabei oft aus dem Fenster gesehen. Selten hat sie sich eingemischt.

Gül und Fuat schlafen drei bis vier Stunden, bevor sie zur Arbeit fahren, sie schlafen drei, vier Stunden, wenn sie von der Arbeit kommen. Sie haben nun denselben Rhythmus und es ist schwerer geworden, sich aus dem Weg zu gehen. Tagsüber fährt Fuat manchmal ins Teehaus, um dort einige Runden Rommé zu spielen oder Backgammon, um dort mit Bekannten zu reden und fernzusehen. Gül liest jetzt mehr Bücher als noch in der Dachgeschoßwohnung und findet es seltsam. Solange sie Herrn Bender noch jeden Tag gesehen hat, hat sie wenig gelesen, da konnte sie aus dem Fenster schauen. Nun vermisst sie manchmal die Stunden am Fenster, sie haben einen kleinen Balkon, von dem man auf eine Grasfläche blickt und auf dem die Satellitenschüssel angebracht ist. Manchmal sitzt Gül dort, doch unten laufen kaum Menschen vorbei.

Sie trifft sich seltener mit Can, der jetzt ein Handy hat und den sie manchmal aus der Telefonzelle anruft, um sich mit ihm beim Karstadt zu treffen. Einige Wochen vor ihrem Umzug musste er nochmal für zehn Monate in Haft, was ihn nicht zu stören schien, weil es ein offener Vollzug war. Ist doch nicht so schlimm, hat er gesagt, sieh, wir können uns immer noch sehen, das Einzige ist, dass ich mich an ein paar Regeln halten muss. Und sobald ich draußen bin, mach ich mich selbstständig, ich habe haufenweise Ideen für legale Geschäfte.

Fuat und Gül verbringen mehr Zeit zusammen als jemals zuvor in ihrem Leben und Gül ertappt sich oft dabei, wie sie freundlich und aufmerksam ist. Dass sie eines Tages Fuat gegenüber so sein könnte, hätte sie vor einigen Jahren nicht für möglich gehalten. Wenn sie sich zu freundlich findet, denkt sie an die Wunde, hält sie so lange neben ihre Freundlichkeit, bis der Schmerz wieder aufflammt.

Ich wünsche mir Harmonie, denkt sie, ich bin von Natur aus so freundlich, es kostet mich Kraft, mich dagegen zu wehren.

Es gibt Nachmittage, an denen sie vor dem Fernseher sitzen und Gül Fuat verstohlen aus den Augenwinkeln betrachtet. Dann macht sie sich bewusst, dass sie nicht weiß, was in diesem Mann vorgeht. Und das nicht, weil er ein Mann ist, sondern weil er sich nichts anmerken lässt. Das hat Ceyda vielleicht von ihm, denkt sie dann. Wir werden diese Verbindung, die wir über die Kinder haben, nie lösen, wir sind auf immer miteinander verbunden, ob wir wollen oder nicht. Ich liebe meine Töchter, und selbst wenn er sich nie richtig um sie gekümmert hat, so lebt doch ein Teil von ihm in ihnen weiter. Ich liebe sie und so liebe ich auf eine vertrackte Art auch ihn. Wer Äpfel mag, der mag auch das Licht, die Erde und das Wasser.

Aber vielleicht hat es doch auch damit zu tun, dass er ein Mann ist. Sie sind alle so, auch wenn sie vielleicht nicht so wirken. Mecnun, Can, Emin, Yılmaz, wen sie auch kennt, sie scheinen alle eine Ecke in sich zu haben, in die sie nicht schauen können, ihnen scheint ein Licht zu fehlen für Gefühle. Vielleicht ist es auch nur der Mut oder die richtige Tür, es scheint etwas in ihnen zu geben, das ihnen selbst verschlossen bleibt. Denn es ist da, da ist Gül sich sicher.

Vielleicht könnte ich es besser verstehen, wenn ich einen Sohn gehabt hätte, denkt sie.

Fuat setzt ab und an zu einem seiner Monologe an, in denen er dies und das rühmt oder verdammt, sich in einen Fluss hineinredet, Vergleiche erfindet und sich vom Thema und dem Klang seiner eigenen Worte tragen lässt. Offensichtlich freut er sich dann darüber, dass Gül es ist, die ihm zuhört. Doch an anderen Tagen regt er sich auf über seine Frau, Weibervolk, sagt er, braucht Stunden, um sich fertig zu machen, wenn es aus dem Haus möchte, wäre ja auch zu einfach, Jacke und Schuhe anzuziehen und zu gehen. Gott hat die Frauen nur erschaffen, um den Männern zu zeigen, wie kompliziert man sich die Welt machen kann. Wenn Frauen das Sagen hätten, gäbe es keine einzige gerade Straße auf der Welt, die würden sich alle schlängeln, weil sie sich nie entscheiden können.

Du kannst dich ganz toll entscheiden, deswegen hast du so viel Geld beim Kartenspielen verloren, sagt Gül nicht. Doch Fuat sagt:

– Warum räumst du wieder auf, jetzt setz dich doch mal in Ruhe hin, es kommt kein Besuch, stört doch niemanden, dass eine Decke auf dem Sofa liegt und die Zeitungen nicht an ihrem Platz sind, jetzt verbreite doch nicht so eine Betriebsamkeit und Hektik.

Warum wäschst du jeden Samstag dein Auto, sagt Gül nicht. Und manchmal doch. Sie streiten sich nicht lauthals, sie verbringen mehr Zeit als je zuvor gemeinsam, und auch wenn Gül an ihre gemeinsamen Töchter denkt, auch wenn sie freundlich ist und wenn es Harmonie zwischen ihnen gibt, täuscht sie sich nicht darüber, dass zwischen ihr und Fuat eine Wand ist. Sie weiß nicht mal, ob sie diese Wand gerne einreißen würde. Wenn sie sich umschaut, sieht sie diese Wand fast überall, zwischen den meisten Menschen, mal ist sie dick und grau und schwer, mal ist sie aus Papier und das Licht kann durchscheinen, manchmal ist sie so dünn, dass das Lied des anderen mühelos herüberklingt, doch manchmal muss man eben schreien, um den anderen zu erreichen. Und manchmal macht man sich nicht die Mühe zu schreien. Man akzeptiert die Wand und lehnt sich einfach an. Wenn Gül sich umblickt, hat sie es nicht schlechter getroffen als die meisten anderen.

– Sevgi weiß, was ihr Vater macht, klagt Saniye, und nun habe ich Angst, dass sie sich in Schwierigkeiten bringt. Um Yılmaz mache ich mir keine Sorgen, aber Sevgi ... Es ist illegal und wer weiß, was sie von seinem Beispiel ermutigt alles ausprobiert. Ich bin ganz verzweifelt, ich weiß nicht ...

Sie sieht Güls Blick.

– Wir haben nie darüber geredet, aber du weißt doch ... was Yılmaz macht?

Er hört Musik und sieht Filme, aber das kann Saniye nicht meinen.

– Dann weiß Fuat es auch nicht? Vielleicht wissen es so einige nicht. Ach, Gül, wir erzählen es nie, aber es ist so offensichtlich, dass ich denke, jeder weiß, dass Yılmaz seit Jahren Haschisch raucht.

Als würde etwas Festgefügtes in Gül auseinanderfallen und zu Boden sinken, nur dass da kein Boden ist. Wie ein Bild, das sich als Puzzle entpuppt. Plötzlich erkennt man die einzelnen Teile und dass man einer Illusion erlegen ist.

Wie häufig Yılmaz früher betrunken war und wie er dann irgendwann angefangen hat, Alkohol abzulehnen, dieser Glanz in seinen Augen, seine Ruhe, sein Unbehagen, wenn man unangemeldet zu Besuch kam. Doch auch entferntere Eindrücke blitzen auf, das Gerede über Nalan, den Sumpf des Nachtlebens, und die Junkies, die nachts Döner kaufen, um dann auf der Alufolie in dunklen Ecken ihr Heroin zu rauchen, wie Can sie aufgeklärt hat. Die schniefenden, verschnupften Gestalten, die sie so häufig auf der Straße gesehen hat, und die in anderen Momenten kaum noch die Augen offenhalten konnten und denen beim Rauchen die Zigarette aus der Hand fiel.

Sie ist überrascht, entsetzt, verwirrt, und je länger sie stumm bleibt, desto unwohler fühlt sie sich, weil sie weiß, dass es mit jeder Sekunde unangenehmer für Saniye wird. Sie muss etwas sagen, reagieren. Wenn die Welt auseinanderfällt und ungreifbar wird, fehlen die Worte.

– Es tut mir leid, sagt Saniye, ich dachte, du wüsstest das. Ihr habt im Viertel gewohnt, du hast dort so viel gesehen, ich dachte, du wüsstest und wärst bloß diskret ... Du ... Entschuldige.

Gül steht auf und nimmt sie in den Arm.

– Schon gut, sagt sie. Du musst dich nicht für meine Dummheit entschuldigen. Mir tut es leid, dass du so lange nicht darüber reden konntest. So viele Jahre kennen wir uns schon und du hast es für dich behalten und geglaubt, ich würde nicht darüber sprechen wollen. So viele Jahre ...

Ihre Stimme bricht und sie muss die Tränen zurückhalten. Was ihr leichter fällt, als Saniye anfängt zu weinen.

Jedes Geheimnis ist ein weiterer Akkord auf der rostigen Laute, die die Lieder unserer Einsamkeit spielt.

– Ich habe einen Bekannten, der Haschisch raucht, sagt Gül.

– Ja?

Can sieht sie fragend an.

– Du kennst dich doch sicherlich besser damit aus als jemand wie ich.

– Soll ich ihm etwas besorgen? Und dir in die Hand geben? So etwas tue ich nicht. Jeder, der nicht weiß, woher er etwas zu rauchen besorgen kann, sollte auch nicht rauchen, so einfach ist das.

– Nein, ich will nur wissen, wie gefährlich das ist. Sei ehrlich.

– Haschisch? Nur Haschisch und Gras? Kommt drauf an. Für die meisten ist es nicht gefährlich. Aber einige können nicht damit umgehen.

– Er hat Frau und Kind.

– Trinkt er?

– Fast gar nicht.

– Er wird seine Frau nicht schlagen, weil er bekifft ist, er wird sein Kind nicht schlagen, er wird am nächsten Tag immer wissen, was er getan hat. Solange er nur kauft und raucht und sich in nichts anderes einmischt, sollte es kein Problem sein.

– Wirklich?

Sie weiß gar nicht richtig, warum sie ihn gefragt hat. Seine Wahrheiten und ihre Wahrheiten sind so verschieden, die Welt sieht für Can so anders aus als für sie. Jemand, der jeden Tag Chilis isst, meint etwas anderes, wenn er scharf sagt, als jemand, der scharfe Sachen meidet.

– Ja, Tante Gül, wirklich. Er sollte kein Kokain nehmen, kein Heroin, er sollte keine Tabletten schlucken, kein Valium, kein Rohypnol, er soll die Finger von allem anderen lassen. Solange er bei seinem Hasch bleibt, ist alles gut.

– Und wenn die Polizei ihn erwischt?

– Die Polizei interessiert sich nicht für ihn. Der ist es egal, ob du mal einen rauchst oder nicht. Fast jeder zwischen 13 und 30 im Viertel raucht, aber die Polizei interessiert sich mehr für Leute wie mich.

– Das sagst du so einfach. Fuat muss zahlen, wenn er bei Rot über die Ampel fährt oder auch nur falsch parkt. Es gibt Gesetze in diesem Land, die Polizei verzeiht nicht.

– Tante Gül, lass dich nicht blenden, auch hier verzeiht die Polizei. Die Menschen sind überall gleich. Wenn du bei Rot fährst, gibt es keinen Ausweg, ja, aber Kriminalität ist etwas anderes. Und selbst bei einer roten Ampel zahlst du bloß die Strafe und weiter geht's. Man braucht keine Angst zu haben vor Uniformen oder vor dem Gesetz. Man darf sich nicht kleinmachen lassen. Scheiß was auf die Strafe. Die haben uns als Bittsteller in dieses Land geholt, aber man muss sich einfach nehmen, was man möchte, keiner hier schenkt dir was, keiner schuldet dir was.

Gül lächelt. Sie hat sich nie irgendetwas genommen. Man kann das Herz eines Menschen nicht nehmen, man kann es nur gewinnen. Er ist ein Mann, denkt sie, Männer verstehen weniger von Herzen und von Seelen. Sie glauben, ein Herz müsse man erobern, doch damit ist es nicht getan. Männer schwimmen nicht in ihren Gefühlen, sie wollen auf sicherem Grund stehen. Dennoch erleichtert es sie, von Can zu hören, dass Yılmaz nicht in Gefahr ist.

Wie leichtgläubig ich doch bin, denkt sie auf dem Heimweg. Ich höre, was ich hören wollte, und bin zufrieden. Wie leichtgläubig dieses Leben einen macht. Ich habe ja auch immer gedacht, ich könnte nie gegen das Gesetz verstoßen, aber ich habe eine Telefonkarte von Can gekauft. Ich habe geglaubt, Drogen sind der schnelle Untergang eines jeden Menschen, und nun stimmt auch das nicht.

Herr, lass mich noch älter werden, bittet sie auf dem Heimweg, lass mich so alt werden, dass jeder Glaube von mir abfällt, dass ich die Dinge sehen kann, wie sie sind, und mich nicht blenden oder täuschen lassen vom Licht, das ich und andere auf die Dinge werfen. Herr, lass mich lange genug leben, damit ich alles im gleichen Licht sehen kann, ohne mich auf eine Seite zu stellen, ohne Partei zu ergreifen. Herr, lass mich alles in deinem Licht sehen.

In den nächsten Wochen denkt Gül viel nach, sie spricht mit Saniye, sie beobachtet Yılmaz, sie erinnert sich an ihre Gespräche mit ihm, ordnet die Bilder der Vergangenheit neu und kommt zu dem Schluss, dass es nicht so schlimm sein kann, Haschisch zu rauchen, und dass es hilfreich für einen Menschen wie Yılmaz gewesen sein muss. Auch wenn es illegal ist. Auch wenn sie nicht wollen würde, dass Fuat kifft, ihre Töchter oder gar ihre Enkel. Fuat ist früher betrunken Auto gefahren, auch das war illegal, und Ceyda und sie haben ihn nachts ins Haus getragen. Er wäre allein die Treppen hochgekommen, wenn er nur gekifft hätte, er hätte nicht gestunken, er hätte sich nicht so häufig zum Affen gemacht, vielleicht hätte er weniger Geld verloren, wäre nicht verkatert gewesen und nicht so reizbar, aber dennoch ist Gül froh, dass er bloß getrunken hat. Mit was für Menschen hätte er sich sonst umgeben, von wem hätte er es gekauft?

Meine Augen werden immer schlechter und schlechter, aber ich sehe manche Dinge besser, denkt sie. Seit einigen Jahren trägt sie zum Lesen eine Brille, doch in letzter Zeit hat sie immer häufiger das Gefühl, dass sich ein Nebel über alles legt. Die ersten zwei, drei Male hat sie befürchtet, es könnte der Vorbote einer Migräne sein, doch es folgten keine Kopfschmerzen, es folgte gar nichts. Aber sie hat das Gefühl, dass ihre Sicht seitdem nicht wieder ganz klar geworden ist. Der Nebel ist nicht immer gleich dicht, er verändert sich, und manchmal bemerkt sie ihn gar nicht, doch er verschwindet nie ganz. Sie weiß, dass sie auf der Arbeit länger braucht, weil sie sich manchmal nicht sicher ist, ob da nicht vielleicht doch noch Staub oder Schlieren sind.

– Nein, sagt der Arzt, sie brauchen keine neue Brille, Sie haben einen Katarakt. So alt sind Sie noch gar nicht, wir sollten das operieren.

– Operieren? Krankenhaus?

– Ja, das ist ein relativ unkomplizierter Eingriff.

Gül nickt, ihr Herz pocht schneller. Operation, Krankenhaus, alles in ihr zieht sich zusammen, ihr wird schwindlig, der Nebel vor ihren Augen verstärkt sich, doch sie nickt.

– Wenn wir nicht operieren, besteht die Gefahr, dass Sie erblinden, sagt der Arzt. Sie müssen sich keine Sorgen machen, wir schreiben Ihnen eine Überweisung und Sie vereinbaren dann mit denen einen Termin, es wird wohl so um die sechs Wochen dauern.

Gül nickt wieder. Sie lebt in Deutschland in einem Nebel, sie versteht nicht alle Wörter, sie kann manchmal nur die Umrisse der Sätze erkennen, sie ist sich nie sicher, ob sie alles richtig verstanden hat. Beim Arzt wünscht sie sich, sie hätte mehr Ohren, zwei um zuzuhören und zwei, um sich alles genau ins Gedächtnis zu prägen, damit sie es später Wort für Wort wiedergeben und Ceyda es übersetzen kann. Damit keine Zweifel bleiben. So fragt sie nochmal und nochmal, obwohl es ihr peinlich ist, doch der Arzt sagt jedes Mal Operation. Er sagt jedes Mal Erblindung. Sie hat gedacht, ihr Problem wäre mit einer Brille gelöst.

Einen Tag bevor sie operiert werden soll, ruft Sibel an. Seit Tagen ist Gül nervös wegen dieses Eingriffs, ihr Magen kommt ihr klein vor, es überrascht sie, dass sie überhaupt Essen hinunter bekommt, doch als sie die Stimme ihrer Schwester hört, scheint ihr gesamtes Inneres wie ein Stein in ihr Becken zu sinken. Sibel ruft sonst nie an. Keines ihrer Geschwister ruft an, es ist zu teuer.

– Möge es Gutes bedeuten, warum der Anruf?

– Vater ... Wir haben ihn im Stall gefunden, er muss beim Ausmisten zusammengebrochen sein. Sie sagen, er hätte einen Schlaganfall gehabt. Er hat nach dir gefragt, ich wollte ...

Sibel unterdrückt ein Schluchzen.

– Wie geht es ihm?

– Ach, Gül, woher sollen wir das denn wissen? Ich bin kein Arzt. Der Arzt sagt, es kann sein, dass er sich wieder erholt. Aber ...

Gül hält sich fest. Sie hält sich fest wie damals, als sie in die Türkei geflogen ist, weil er den Mopedunfall hatte. Damals war all die Aufregung vergebens. Vielleicht wird es wieder so sein. Ein Schlaganfall. Viele Menschen leben nach einem Schlaganfall noch jahrelang weiter.

– Hast du die anderen schon angerufen?

– Ja.

– Warum rufst du nicht mich zuerst an? Ich bin die Älteste.

Sie merkt, wie harsch sie klingt, obwohl sie das nicht beabsichtigt hatte.

– Du bist am weitesten weg und ich wollte nicht, dass du dich unnötig sorgst.

– Was machen die anderen?

– Emin sagt, er muss arbeiten, aber er schaut, dass er sich zwei, drei Tage freischaufelt. Nalan kommt. Melike wusste noch nicht genau. Aber Vater hat ausdrücklich nach dir gefragt.

Es ist, als hätte sich etwas auf ihre Brust gesetzt, sie versucht einzuatmen, tief, doch ihre Rippen heben sich einfach nicht. Wenn Tränen meine Augen heilen könnten, denkt Gül, dann würde ich weinen, ich würde tagelang einfach weinen.

– Ich werde morgen operiert, sagt sie. Gerade war sie noch überrascht, wie harsch sie klang, und jetzt ist sie erschrocken, wie ihre Stimme fast erstickt. Sie zwingt sich. Sie zwingt sich, Luft zu holen.

– Morgen Mittag, sagt sie, morgen Mittag rufe ich dich aus dem Krankenhaus aus und dann sagst du mir, wie es ihm geht.

– Ja, so machen wir es.

Gül kann nicht richtig schlafen, sie dämmert vor sich hin, sieht die Augen ihres Vaters vor sich, sieht sich selbst auf einem Operationstisch liegen, sie sieht den Stall, in dem die Kühe sind, den anderen Stall, in dem Sibel ihre Bilder aufbewahrt, sie erinnert sich an den Blinden, den sie in ihrer Kindheit kannte, sie sieht sich im Zug, wie sie das erste Mal nach Deutschland fährt, sie sieht Ceren nach ihrem Autounfall im Krankenhaus, wo sie Gesine kennengelernt hat, sie hört Fuat neben sich schnarchen, sie glaubt für einige Augenblicke, dass es ihr Vater ist, wacht vor Freude auf und realisiert, dass ihr Vater weg ist, weit weg, schwer krank. Sie wünscht sich, wieder dösen zu können, obwohl dieser Dämmerschlaf unruhig, wirr und anstrengend ist. Die Wirklichkeit ist schlimmer als dieser Zustand. Sie erinnert sich an die Augen eines Schafes, das ihr Vater zum Opferfest geschlachtet hatte und das stumpf und leer blickte, der Kopf so allein im blutgetränkten Gras.

Die Nacht fühlt sich an, als würde ihr gesamtes Leben durcheinandergeraten, ein Chaos, aus dem sie nie wieder rausfinden wird. Gegen Morgen hat sie im Halbschlaf Träume, in denen sie Züge und Flugzeuge verpasst, sich in Fabriken und Städten verläuft, ihrer Tochter beim Ertrinken zusehen muss. Sie erinnert sich im Traum an die Träume, die sie mit ihrer Tochter verbunden haben, sie erinnert sich, aber im Traum weiß sie nicht, ob sie sich an die Vergangenheit erinnert oder an die Zukunft. Eine Nacht, in der sie sich nicht wundern würde, wenn ihr Bett verschwände oder ihr Name aus der Welt.

Es könnte alles anders sein, denkt sie, ich könnte in einem Traum gelebt haben und jetzt wache ich auf in eine Wirklichkeit, die ich nicht kenne, eine Wirklichkeit, wo niemand mich kennt, eine Wirklichkeit, in der ich keinen Termin für eine Operation habe.

Als der Wecker schließlich anzeigt, dass sie aufstehen kann, fühlt sie sich schwach, als hätte sie nicht eine Nacht frei gehabt, sondern als hätte die das ganze Gebäude allein gereinigt.

Herr, gib mir Kraft, bittet sie, bevor sie die Füße auf den Boden stellt, gib mir Kraft. Er hat sie noch nie im Stich gelassen. Sie hat gezweifelt, sie ist gestrauchelt, sie hat geglaubt zusammenzubrechen, doch er hat ihr immer genug Kraft gegeben, um aufrecht zu stehen, er hat ihr nie mehr zugemutet, als sie tragen konnte.

Sie setzt sich auf. Ihre Handflächen sind feucht und sie spürt ein Ziehen in den Fußsohlen. Im Namen des Herrn, sie steht auf, und da ist der Gedanke, dass sie ihren Vater besser sehen wird, wenn sie operiert ist, wenn der Nebel verschwunden ist.

Fuat fährt sie ins Krankenhaus und Gül achtet nicht auf den Verkehr, wie sie es sonst immer tut.

Zu kurz ist die Zeit, in der sie merkt, dass sie in die Narkose abgleitet, so kurz, dass sie sich nicht darüber freuen kann, wie für einige Momente alles von ihr abfällt.

Beim Aufwachen bekommt sie Panik, ihr ist übel, sie weiß nicht, wo sie ist, sie glaubt, irgendwohin zu spät zu kommen, etwas zu verpassen, aber sie weiß nicht mehr, was. Sie erinnert sich an die erste Tote, die sie gesehen hat, und wie ihr Vater ihr erklärte, dass es üblich sei, ein Tuch um das Kinn zu binden, damit später der Mund nicht offensteht. Das werdet ihr bei mir auch machen, hat er gesagt, das ist der Weg, den wir alle gehen.

Sie erinnert sich daran, aber erst zwanzig Minuten später gewinnt sie die Orientierung wieder. Ihr wird heiß, als ihr einfällt, dass sie Sibel anrufen muss. So lange hat sie gebraucht, bis ihr kranker Vater ihr wieder in den Sinn kam. Sie freut sich nicht über diese kurze Zeit der Ruhe, wie sollte sie, vielmehr plagt sie das schlechte Gewissen.

– Telefonieren, sagt sie zu Ceyda, die an ihrem Bett sitzt. Wir müssen telefonieren.

Gemeinsam gehen sie runter zur Telefonzelle, weil Telefonate vom Zimmer aus zu teuer sind. Gül hat sich eine Narkose wie einen tiefen Schlaf vorgestellt, doch sie fühlt sich erschlagen und hat das Gefühl, noch nicht ganz zurück zu sein, in ihrem Körper, in ihrer Umgebung, in ihrem Gedächtnis, in ihrem Herzen. Vielleicht bin ich doch in eine andere Welt erwacht, denkt sie, vielleicht ist alles ein wenig anders, ein wenig verrückt.

Es hilft ihr nicht zurückzufinden, als Sibel am Telefon sagt, dass es dem Schmied ein wenig besser geht. Die Nachricht scheint ihr leicht irreal, wie alles, was sie wahrnimmt.

Ceyda umarmt ihre Mutter und sagt:

– Denk nicht so viel, es wird alles seinen Weg gehen, du kannst ihn nicht mehr biegen.

Ach, dieser Kopf, der jeden Gedanken dreht und wendet und der jede Angst von allen Seiten betrachtet, der für alle Hoffnungen eine Adresse haben möchte, für jede Sorge eine Linderung, für jedes Leid einen Trost. Dieses Herz, das nicht gemacht zu sein scheint für die Trennung.

– Schau bitte nach Flügen, sagt Gül zu ihrer Tochter, ich möchte fliegen. Ich habe kein gutes Gefühl.

– Wann?

– Morgen.

– Gut. Ich erledige das. Entspann dich, du hast eine Operation hinter dir.

Ceyda bleibt noch lange bei ihrer Mutter, erzählt von den Kindern, von Klassenarbeiten, von der Arbeit und wie viel dort geklaut wird, von Küchengeräten, von der Erdbeerernte, von ihrem Sparbuch, von der Schwiegermutter, der es auch nicht gut geht. Gül ist erstaunt, wie viel ihre Tochter reden kann, wenn sie möchte. Sie versucht zuzuhören und es gelingt ihr sogar, obwohl sie fast die ganze Zeit das Gefühl hat, als würde eine Hand über ihrem Nacken schweben, eine Hand, die sie packen und ins Dunkel schleudern wird.

Am Flughafen in Ankara fällt Gül auf, dass hier viel mehr Menschen Handys haben als in Deutschland. Obwohl es hier gar nicht mehr Reiche oder mehr Geschäftsleute gibt. Vielleicht sind wir als Volk so, denkt Gül, vielleicht ist die Sehnsucht so tief in uns verwurzelt, dass wir immer die Möglichkeit haben wollen, die Stimme eines geliebten Menschen zu hören.

Sie überlegt noch, von einem Zahltelefon aus anzurufen und zu hören, wie es ihrem Vater geht, doch als sie nicht sofort eines sieht, entschließt sie sich, keine Zeit zu verlieren, und nimmt sich ein Taxi zum Busbahnhof. Ein Telefon, ein Telefon, das man einfach in die Jackentasche stecken kann. Würde das Leben nicht einfacher werden? Der einzige Handybesitzer, den sie kennt, ist Can, und dessen Leben ist sicher nicht einfach.

Im Bus schläft sie kurz vor Bolu ein. Als sie aufwacht, weiß sie nicht, wo sie ist. Sie schaut aus dem Fenster, sieht Nebel, erinnert sich an ihre Augenoperation, befürchtet, dass sie nicht erfolgreich war, freut sich über die Landschaft, die sie an die Türkei erinnert, und in der nächsten Sekunde kommt sie in der Realität an. Alles ist an seinem Platz. Sie versteht, dass draußen tatsächlich Nebel ist, dass Angst, Kummer, Ahnungen und Sorgen sich in der Leere in ihr frei bewegen können.

Sie weiß nicht, dass ihr Vater bereits tot war, als sie aus dem Flugzeug stieg. Dass alle anderen seiner Kinder an seiner Seite waren und dass sein letztes Wort ihr Name war. Sie weiß nicht, dass sie zu spät kommt, als sie aus dem Taxi aussteigt und Sibel bereits in der Haustür steht. Güls Knie werden weich, einen Augenblick überlegt sie sich, ob sie sich wieder ins Auto setzen soll. Sie sieht, wie Sibel auf sie zuläuft, hält sich am Dach des Taxis fest, das Bild verschwimmt, als würde sich die ganze Welt von ihr entfernen. Sie sieht sich von oben, wie sie auf die Knie fällt, sie hört aus ihrer Kehle einen Schrei, der fremd klingt. Das ist nicht ihre Stimme, das ist nicht ihre Schwester, die sie auf dem Boden kauernd umarmt, das ist nicht ihr Körper, der auf einmal kalt und taub ist.

Das ist nicht sie, die da auf einmal in Zungen singt. Sie singt nie, schon gar nicht auf der Straße. Sie hat erst einmal erlebt, wie jemand in Zungen singt, das ist über vierzig Jahre her. Es ist fremd, es ist in dieser Region des Landes nicht verbreitet, und das ist nicht sie, die da singend klagt. Gül sieht den Schmerz, sie fühlt ihn auch, doch er scheint nicht zu ihr zu gehören.

In den nächsten Tagen nähern sich Gül und der Schmerz immer weiter an. Bald werde ich nur noch dieser Verlust sein, denkt Gül eines Nachts, es wird mich gar nicht mehr geben, ich werde mich verlieren und mich nicht mehr finden können, überall, wo ich hinblicke, werden Verlust und Trauer sein. Sie wünscht sich zu verschwinden, immer wieder wünscht sie sich, einfach zu verschwinden, irgendwohin, wo es Zuflucht gibt und Linderung.

Es ist gut, dass die Geschwister zusammen sind, es ist der einzige Trost, der Gül bleibt, doch sie fragt sich, ob es sie vielleicht am härtesten trifft. Vielleicht weil ich so weit weg war. Vielleicht weil ich zu spät gekommen bin. Vielleicht würde es mir besser gehen, wenn ich die letzten Stunden auch an seinem Bett gesessen hätte, um Abschied von ihm zu nehmen, so wie die anderen. Vielleicht ist es auch nur, weil ich in meiner Kindheit noch enger mit ihm verbunden war als die anderen.

Ihre Geschwister sind ihr ein Halt, aber dennoch fühlt Gül sich allein. In der Nacht nach der Beerdigung wacht sie auf und kann nicht mehr einschlafen. Sie geht raus in den Innenhof, um eine zu rauchen.

Sie hat die Hand mit dem Feuerzeug schon gehoben, als sie ihren Vater spürt. Es ist ganz nah bei ihr, über ihr, hinter ihr, vor ihr, in ihr, als würde sich seine Seele über ihre legen. Er kommt Gül so nahe vor, dass sie die Zigarette aus dem Mund nimmt und *Papa* flüstert. Das Gefühl verstärkt sich, sie lässt die Hände sinken. Ihr Vater hat sie nie rauchen gesehen. Sie setzt sich langsam auf den Schemel, auf dem Arzu sitzt, wenn sie Aprikosen zum Trocknen halbiert. Gül zieht ihre Strickjacke fester um ihren Leib und sendet einen Gedanken an ihren Vater.

– Es tut mir leid, dass ich es nicht geschafft habe.

Es fühlt sich an, als würde der Schmied lächeln und ihr übers Haar fahren. Er wird nicht antworten, Gül wird keine Stimme hören, doch sie ist sich sicher, er ist ganz nah und er versteht sie. Sie weiß, dass dies ihr letzter Kontakt ist.

– Danke, dass du zu mir gekommen bist. Danke, dass du für mich da warst.

Die Nacht, die Sterne, die Luft, der Mond, der Schemel, der Boden, das Haus, die alte Akazie, alles fühlt sich an, als würde ihr Vater lächeln, ein Lächeln, das die ganze Welt umfängt. Er schließt die Augen und geht. Geht in Frieden.

Wir gehen alle zurück ins Licht.

Gül bleibt sitzen, bis der Muezzin zum Morgengebet ruft. Sie sitzt und dankt, sie sitzt und erinnert sich. Sie sitzt und trauert. Sie sitzt und fühlt freudvollen Frieden. Sie sitzt und fühlt sich geborgen in der Nacht und im Universum, sie spürt, wie die Sterne sie betrachten als Teil dieser Schöpfung und Herrlichkeit. Sie sitzt und spürt, wie die Sterne sie betrachten, als müsste sie immer allein bleiben. Doch selbst dann kann sie immer noch ein Licht spüren. Sie gleitet durch ihre Gefühle und Erinnerungen, ohne sich zu bewegen, ohne zu rauchen, ohne zu atmen, so kommt es ihr vor.

Als sie hineingeht, merkt sie, dass in ihren Augen Tränen sind. Es sind Tränen, doch sie würden weder salzig noch bitter schmecken, sondern süß. Ihr Körper entspannt sich unter der schweren Decke aus Schafswolle, ihr wird warm, obwohl sie vorher keine Kälte gespürt hat, sie strömt sanft in einen Schlaf hinein, der sich anfühlt, als sei er mit Versöhnung und Trost gefüllt, mit Frieden und Farben.

In den folgenden Nächten gleicht ihr Schlaf nicht diesen zwei, drei Stunden im Morgengrauen. In den folgenden Nächten erwacht sie atemlos aus Träumen, ihre Haare kleben in Strähnen an ihrem Kopf, das Kissen ist feucht, als wäre Hochsommer, ihr Herz rast. Sie erinnert sich daran, dass sie als Kind nach einem Albtraum Angst hatte wieder einzuschlafen. Doch sie kann sich nicht erinnern, jemals in ihrem Leben so geträumt zu haben wie jetzt. Sie findet sich nachts im Krieg, in Schützengräben, in Lazaretten, sie hört Bomben einschlagen, Gewehrfeuer, Granaten, sie sieht abgetrennte Gliedmaßen und offene Wunden, sie sieht weinende Mütter und zusammenbrechende Ehefrauen, sie sieht blinde Kinder, die kaum mehr als Knochen sind. Sie sieht Galeeren mit Sträflingen, sie sieht Karawanen von Sklaven, sie erlebt Dürre, Hunger, Durst und endlose Wanderungen. Sie sieht jede Art von Pein, sobald sie anfängt zu träumen.

Sie fragt sich, woher diese Bilder kommen, sie hat keinen Krieg erlebt, keine Knechtschaft, keine Vertreibung, sie schaut sich auch keine solchen Filme an oder liest Bücher darüber. Vielleicht sind das Erinnerungen an alte Leben, sagt sie sich, vielleicht gerät gerade etwas durcheinander, weil ich als Nächste dran bin mit Sterben, vielleicht ordnet sich etwas neu.

Am Tag ihrer Abreise raunt Melike ihr zu:

– Jetzt wäre es an der Zeit, in Angriff zu nehmen, wovon wir bereits gesprochen haben.

Gül sieht sie an, versucht sich nichts anmerken zu lassen und fühlt sich noch einsamer als vorher.

Sie verbringt Wochen zwischen Albträumen, Träumen, dem Schmerz um ihren Vater, der Arbeit, Kochen, Schlafen, Telefonieren und Weinen, Wochen, in denen sie das Gefühl hat, jeden Tag schwerer zu werden, obwohl sie seit Jahren das erste Mal abnimmt. Sie merkt, wie ihre Kraft nachlässt, auf der Arbeit setzt sie sich einfach hin, um sich auszuruhen, und kann dann kaum wieder aufstehen. Sie kann nicht zuhören, wenn Menschen ihr etwas erzählen, sie hat manchmal den Eindruck, die anderen seien leere Hüllen, in denen niemand wohnt. Sie fühlt sich abgeschnitten von allen. Selbst zu Saniye kann sie keine Verbindung aufbauen. Dieses Gefühl wird nur gelindert, wenn sie mit Ceyda und ihren Enkeln zusammen ist.

Sie fragt sich, ob jemandem diese dicke Glasscheibe auffällt, die sie von der Welt trennt, sie fragt sich, ob es Ceren nach Mecnuns Tod auch so gegangen ist. Doch ihre Tochter hatte ein kleines Kind, das kann ihr nicht wie eine leere Hülle vorgekommen sein.

Es ist das Leben, das einen ans Leben bindet. Es ist auch das Leben, das einem langsam beibringt, anders zu atmen, zu lächeln, zu vertrauen, es ist das Leben, das einen zurück ins Leben bringt. Der Tod stirbt und Gül hat im Frühling, Monate nach dem Tod ihres Vaters, erstmals wieder das Gefühl, dass sich in ihr etwas regt, bewegt.

– Vielleicht solltest du mal kiffen wie Yılmaz, sagt Saniye, vielleicht würde das helfen.

Gül schüttelt den Kopf.

– Hast du es denn schon mal ausprobiert?

– Nein, antwortet Saniye, nein, ich habe Angst davor, aber wenn ich Yılmaz richtig verstehe, dann träumt man weniger. Es würde wenigstens gegen die Träume helfen.

– Sie sind schrecklich, sagt Gül, doch es fühlt sich an, als würde irgendwo aufgeräumt werden. Ich glaube nicht, dass es hilft, wenn sie verschwinden. Außerdem werden sie weniger, so langsam komme ich wieder zu mir.

– Du warst gar nicht du selbst, aber wer kann es dir verdenken. Es gibt nichts, was nicht durch genug Tränen gelindert werden kann. Aber geheilt wird es nie. Unsere Wunden begleiten uns und die Narben jucken immer wieder mal. Wir sind Menschen, auch wenn wir uns manchmal so fühlen wie Gefäße, in die Leid hineingegossen wird. Die Trennung und die Wunde stehen ins Buch jedes Menschen geschrieben. Seien wir froh, dass wir einander haben.

Gül lächelt, und sie spürt, dass es das erste Lächeln ist, in das sie etwas Wärme stecken kann.

Als die Bäume ausschlagen, kann Gül sehen, wie erfolgreich die Operation war. Der Winter ist ihr grau erschienen, als hätte jemand die Farben abgedreht, im Winter haben ihre Augen nicht viel besser gesehen oder vielleicht hat sich einfach nur die Trauer wie ein Nebel über alles gelegt. Jetzt freut sich Gül am Grün der Wiese, an den Lichtstreifen, die durch die Balkontür ins Zimmer fallen, selbst die Fassaden der Häuser scheinen sattere Farben zu haben.

Ich möchte im Herbst sterben, wie mein Vater, oder am Ende des Sommers, denkt sie.

Im Frühling erst fällt Gül ihre Großmutter wieder ein, deren Augen mit dem Alter immer schlechter geworden sind, bis sie erblindet ist. Möglicherweise hat sie dieselbe Krankheit gehabt, denkt Gül. Doch die Ohren ihrer Großmutter sind damals besser geworden, sie konnte an ihren Schritten hören, dass Gül zugenommen hatte. Sie hat auch die neuen Geldscheine, die sie nie gesehen hatte, auseinanderhalten können. Gül erinnert sich, wie sie immer auf einem Kissen auf dem Boden saß, ein zweites Kissen in ihren Rücken geschoben. Sie verlieh Geld an die Nachbarn, die Leute vertrauten ihr, und sie wusste viel, weil jeder ihr etwas erzählte.

Das Leben kam durch die Ohren in sie hinein, denkt Gül, das Leben braucht vielleicht immer zwei. Zwei Augen, zwei Ohren, zwei Lungenflügel, zwei Verlängerungen des Herzens. Um das Leben aufzunehmen, braucht man immer zwei. Zwei, um die Fülle zu erreichen, nach der das Leben strebt, zwei, um eine Mitte zu finden.

Zwei. Sie denkt an die Ehen, die sie kennt. Es ist nicht wie in den Fotoromanen ihrer Jugend, es ist nicht so wie damals, als sie in einen Jungen namens Recep verliebt war, es ist nicht so wie in den amerikanischen Filmen, wo es immer ein Happy End gibt, aber auch nicht so wie in den türkischen, die mit Verbannung, Schmerz, Blut und Tod enden. Sie denkt an die Sendung *Ehen vor Gericht*, die sie in ihren ersten Jahren in Deutschland häufig gesehen haben, weil es nichts anderes im Fernsehen gab. Eine Sendung, die sie immer befremdet hat: Wie kann man ein Heim zerstören?

Ceyda und Mecnun waren das einzige harmonische Paar, das Gül erlebt hat. Yılmaz und Saniye fallen ihr noch ein, doch die beiden streiten zwar nicht, gehen sich aber oft aus dem Weg.

– Ich habe eine neue Freundin, ich möchte, dass du sie kennenlernst, sagt Can.

– Warum sollte ich sie kennenlernen wollen?

– Wir treffen uns schon so lange, Tante Gül, ich vertraue dir. Wenn man so groß ist wie ich in dieser Stadt, kann man niemandem mehr trauen. Es weiß keiner, dass wir uns treffen, nicht nur du bist vorsichtig, damit es kein Gerede gibt, sondern auch ich. Je größer du wirst, desto mehr Neid, desto mehr Aufmerksamkeit, desto mehr Feinde.

– Groß?, sagt Gül. Was redest du von groß? Wirst du nie klüger werden? Willst du nicht mal erwachsen werden?

– Doch, deswegen möchte ich dir diese Frau vorstellen. Elena.

– Eine Deutsche?

– Ja, sie ist eine Deutsche.

– Mit der kann ich mich ja nicht mal unterhalten.

– Du musst nichts sagen, ich bringe sie mit und du siehst sie dir einfach an.

Can beugt sich vor und senkt seine Stimme.

– Ich verkaufe keine Drogen mehr, keine Einbrüche, keine krummen Dinger. Ich mache einen Schlüsseldienst auf, also nicht ich, sondern jemand anders, in meinem Namen. Ich habe jemanden bei der Post, ich habe jemanden, der als Klempner arbeitet, und jemanden, der Satellitenschüsseln installiert.

Gül sieht ihn fragend an.

– Ich arbeite nicht mehr selbst, ich lasse arbeiten.

– Ich verstehe immer noch nicht.

– Jeder, der in eine fremde Wohnung kommt, kann dort Informationen sammeln. Ich handele nicht mehr mit Waren, sondern mit Informationen. Die kann man nicht festhalten und vor Gericht als Beweis verwenden. Ich bin erwachsener geworden, geschäftlich und persönlich, ich bin reicher an Erfahrung und klüger. Bald werde ich nur noch legalen Geschäften nachgehen, aber man kann nicht einfach von heute auf morgen umschalten. Ich war fünf, als ich das erste Mal im Supermarkt geklaut habe, seit über 23 Jahren bin ich auf der anderen Seite des Gesetzes, da kann man nicht von einem Tag auf den anderen einfach wechseln. Aber du wirst sehen, ich werde alles ändern.

Gül hat das schon oft gehört, sie glaubt ihm nicht, doch sie freut sich dennoch.

– Es führt kein Weg an der Aufrichtigkeit vorbei, sagt sie, das habe ich dir schon immer gesagt. Du wirst sehen, du wirst viel besser schlafen, wenn du das alles hinter dir gelassen hast. Du wirst besser schlafen, du wirst dich leichter fühlen, du wirst glücklicher sein.

– Und?

– Was soll ich sagen?

– Was du denkst.

– Kann sie gar kein Türkisch?

– Nicht ein Wort.

Gül sieht Elena an, die einfach nur lächelt, während sie auf ihren Händen sitzt, den Oberkörper leicht vorgebeugt. Sie scheint nicht nervös zu sein. Ihre blonden Haare sind kinnlang, das Gesicht ist rundlich, ohne voll zu sein, sie trägt Jeans und ein weißes T-Shirt. Gül schätzt sie auf Mitte zwanzig, doch sie hat etwas Mädchenhaftes und auf den ersten Blick könnte man sie für zehn Jahre jünger halten. Es scheint sie nicht im Geringsten zu stören, dass Gül und Can sich auf Türkisch unterhalten und dabei möglicherweise über sie sprechen.

Vorhin hat sie Gül erzählt, dass sie bei einem telefonischen Kundendienst arbeitet und schon viel von ihr gehört hat. Sie hat irgendetwas von einer Katze gesagt, was Gül nicht richtig verstanden hat, etwas von einem Buchladen und von einem Konzert.

Gül ist aufgefallen, wie Elena Can anschaut. Das würde jedem auffallen, der ein Auge hat, denkt sie, das hat nichts zu sagen.

– Ach, sagt Gül, ich habe dir von Ceyda und ihrem Mann erzählt. Wenn ich gut wäre in diesen Dingen, hätte ich schon früh gesehen, wohin das führte, wenn ich gut wäre, dann hätte ich meine eigene Tochter vor Unheil bewahrt. Und mit Adem habe ich sogar eine gemeinsame Sprache und wenn

– Tante Gül, unterbricht Can, schau, wir sitzen hier zusammen, weil

– Ich weiß. Sie ist ganz verzückt von dir. Ich habe noch nie in so hellen Augen so viel Wärme gesehen. Wenn sie dich noch ein paar Jahre lang so ansieht, dann könnte das was werden. Ich weiß nicht, wie lange sie bei den Sachen bleibt, die sie anfängt. Ich weiß nicht, was es für sie bedeutet, ein Heim aufzubauen. Hör nicht auf meine Worte, außer auf diese: Es führt kein Weg an der Aufrichtigkeit vorbei.

– Wenn sie mich noch ein paar Jahre lang so ansieht, sagt Can. Erstmal muss sich zeigen, wie sie mich in neun Monaten ansieht, wenn ich wieder rauskomme.

Es fühlt sich an, als hätte jemand Gül in kochendes Wasser getaucht. Sie sieht Can an und spürt die Tränen, doch sie hält sie zurück, sie spürt den Zorn und die Enttäuschung.

– Danach wird es anders werden, sagt Can. Das habe ich dir doch schon erklärt.

– Das hast du schon oft gesagt.

– Hast du schon mal aufgehört zu rauchen?

– Der Herr schenke deiner Mutter Geduld, Geduld und Kraft.

– Amen, sagt Can. Amen. Ich weiß die Liebe zu schätzen, die du mir gezeigt hast, Tante Gül, ohne jeden Grund. Ich weiß die Liebe meiner Mutter zu schätzen, die sie mir so selten zeigen konnte. Ich möchte ein anderer Teil vom Leben werden, ich möchte nicht mehr diese Spur von Gewalt hinter mir herziehen. Ich will an der Seite einer Frau sein. Ich will ...

Er sieht auf die Tischplatte, während Elena ihn anguckt, weil sie die Emotion in seiner Stimme hören kann.

– ... ich weiß nicht, ob es ein Wort dafür gibt. Ich will nicht bangen müssen, zumindest nicht alleine.

– Ein Heim, sagt Gül. Ein richtiges Heim.

– Ja, vielleicht. Ich weiß es nicht. Ich will mich irgendwo ausruhen können, Luft holen.

– Aber warum eine Deutsche?, fragt Gül.

– Warum nicht?

– Die Deutschen, fängt sie an und bricht dann ab. Eine Türkin, sagt sie, eine Türkin weiß vielleicht eher, was du dir wünschst und was du brauchst und was du erwartest.

– Wie meinst du das?, fragt er.

Da ist eine Verunsicherung in seiner Stimme, die Gül nicht kennt.

– Eine Türkin kennt unsere Sitten und Bräuche. Egal, wie oft du sagst, dass du auf der Straße groß geworden bist, du hattest eine türkische Mutter und einen türkischen Vater. Die Deutschen verstehen etwas anderes unter einem Heim.

– Ein Heim, drauf ge ... Was für ein Heim haben die mir denn geboten? Meine Mutter war nie da und mein Vater ist rein und raus in den Knast, als hätte er ein Abo auf ne Drehtür.

– Aber warum eine Deutsche?, fragt Gül noch einmal. Doch dieses Mal klingt es anders. Jetzt denkt sie an Fuat. Can hört das Interesse, auch wenn er nicht verstehen kann, woher es kommt.

– Sie ist ja gar keine richtige Deutsche, sagt er. Ihre Urgroßeltern sind aus Riga gekommen, aus Lettland. Hatte irgendwas mit der Hanse zu tun.

– Hanse?

– Ja, wie Hansestadt Bremen, Hansestadt Riga. Die haben Handel getrieben. Alles so reiche Kaufleute.

– Aha.

– Aber sie kann gar kein Lettisch oder Russisch.

Can macht eine Pause und scheint nachzudenken.

– Die Türkinnen machen dir vielleicht einen Tee, wenn du nach Hause kommst, sie halten die Wohnung in Ordnung, sie geben dir das Gefühl, dass du das Sagen hast, und versuchen im Hintergrund alles zu lenken und für dich mitzudenken, sie sind bereit, Opfer zu bringen, aber sie ... Kennst du eine türkische Frau, die sich für Fußball interessiert? Für Glücksspiel? Die ab und an mal einen Joint raucht? Ich glaube nicht. Aber ich kenne solche Frauen. Die taugen alle nichts, die stecken in einem Sumpf. Aber eine Deutsche, eine Deutsche interessiert sich auch einfach mal dafür, wofür der Mann sich interessiert. Sie geht mit ihm zum Fußball oder kifft mit ihm oder geht mit ihm ins Pornokino, ohne deswegen gleich eine Schlampe zu sein. Eine Deutsche geht mit dir raus, während eine Türkin immer zu Hause auf dich wartet.

Can dreht den Kopf und blickt Elena an. Gül kennt ihn lange genug, sie sieht, dass die Wärme in seinem Blick nicht von einem Strohfeuer stammt.

– Meinen Segen habt ihr, sagt sie. Mögt ihr kein Leid erfahren.

Auf dem Heimweg ist Gül voller Gefühl für Can, für seine Mutter, seine neue Freundin, voller Gefühl für alles, als könnte sie in jedem Leid die Liebe sehen. Sie wird sich später an die Menschen in der Straßenbahn erinnern und wie sie jeden anblicken konnte und verstehen, dass der Herr entweder überall ist oder nirgendwo. Sie wird sich daran erinnern, wie sie gedacht hat, dass jede Morgendämmerung ein Geschenk ist und gleichzeitig ein Dieb mit einem Licht in der Hand, jede Dämmerung schenkt einem einen neuen Tag und fängt sofort an, ihn fortzutragen.

Unsere Herzen haben sich berührt, sie waren sich immer nah auf eine vertrackte Art, aber sie haben sich berührt, und daraus ist ein Funke gesprungen, der diesen Tag erhellt hat.

Sie wird dankbar sein für diesen Tag, wenn der Zauber nur noch Erinnerung ist. Und sie wird nicht nach Tagen wie diesem suchen, sondern nach Berührungen wie an diesem Tag.

Ich brauche keine Rosen, denkt sie, mir reichen die Stacheln, ich brauche kein Licht, mir reicht die Wärme, ich brauche keinen Ozean, weil ein Tropfen reicht, um den ganzen Ozean zu sehen.

Am nächsten Tag ist das Gefühl verschwunden, die Gedanken an Fuat und seine Geliebte haben es vielleicht weggeschoben. Was hat er bei dieser Frau gefunden? Wie lange war er mit ihr zusammen? Ist sie mit ihm Karten spielen gegangen? Hat sie mit ihm Fußball geguckt? Sind sie ins Pornokino gegangen? Konnte sie irgendeines seiner Bedürfnisse besser erfüllen als sie? Hat sie ihn auf irgendeine Weise besser verstanden? Hat sie mit ihm getrunken? Mochte sie Whisky? Hat er mit ihr nackt im Bett gelegen hinterher? Könnte er das überhaupt? Würde er das wollen? Hat sie irgendetwas versäumt in all den Jahren? Oder war es nur, weil die Deutsche schlank war?

Die Gedanken und Fragen schmerzen nicht mehr so sehr, Gül kann besser darüber nachdenken, doch es sind jetzt schon so viele Jahre vergangen und vielleicht würde sie einmal mit Fuat darüber reden wollen, doch sie ahnt, dass er die Lippen nicht auseinanderbringen würde, nicht einmal mit einem Keil im Mund.

Ich kann diesen Mann nicht verstehen, denkt sie, weil er nicht ehrlich ist und weil er nicht redet. Sicher hat er sich irgendetwas gewünscht und es nicht gefunden. Aber genauso sicher hat er diesen Wunsch nie ausgesprochen, sondern immer nur getrunken oder gezetert oder gleich beides zusammen.

– Von mir aus hätte es ja auch freie Kunst sein können oder die Filmhochschule. Oder eben gar kein Studium, sagt Yılmaz. Ich wollte, dass sie sich frei entscheiden kann.

– Jetzt tu nicht so, sagt Saniye, du hattest Probleme damit, dass sie nach Göttingen zieht.

– Ja, das war das erste Mal, dass ich mir gewünscht habe, wir hätten einen Sohn statt einer Tochter. Der hätte auch irgendwohin gehen können und studieren, der wäre auch frei gewesen, aber ich hätte nicht gemerkt, wie unfrei ich bin und wie schwer es ist, seine Kindheit und dieses verdammte Land abzuschütteln.

Gül überlegt. Wenn ihre Töchter damals hätten studieren wollen, hätte sie ihnen erlaubt, in eine andere Stadt zu ziehen? Hätte Fuat es erlaubt? Ihren eigenen Töchtern hätte Gül vertraut, auch damals schon, als sie noch jung waren. Aber bei Sevgi ist sie sich nicht sicher. Sie ist stets geschminkt, zwängt sich in enge und kurze Kleider, trägt hochhackige Schuhe, ihre Augenbrauen sind gezupft, sie ist auffallend hübsch und zierlich, die Männer sehen ihr auf der Straße nach. Sie hat die Sommersprossen ihrer Mutter, aber das dunkle Haar ihres Vaters, Lippen, die fast zu voll wirken für ihr puppenhaftes Gesicht, und ein Lächeln, als würde es immer Rosenblätter auf sie regnen.

– Auf einen Sohn, der alles flachlegt, ist man stolz und nennt ihn toller Hecht, bei der Tochter schämt man sich und nennt sie Schlampe. Wahrscheinlich ist das alles nur unsere Erziehung. Mein Vater hat immer gesagt: Ein Schlüssel, mit dem man jede Tür öffnen kann, ist ein guter Schlüssel, aber eine Tür, die sich mit jedem Schlüssel öffnen lässt, ist keine gute Tür. Das hat mir jahrelang eingeleuchtet, doch irgendwann habe ich mich gefragt: Warum soll denn so klar sein, dass die Tür die Frau ist? Aber sich diese Frage stellen und sie loslassen sind zwei verschiedene Dinge. Sevgi hat meinen Segen, sie soll in diesem Göttingen glücklich sein, das ist es, was zählt.

– Vielleicht sind deutsche Väter auch so, sagt Saniye, sie geben es nur nicht so gerne zu.

– Die sind ja auch noch so erzogen worden, sagt Yılmaz. Manchmal wünsche ich, wir könnten unseren Kopf mal aus unserer Erziehung rausstrecken, um zu sehen, was da draußen wirklich los ist.

Er nimmt einen Zug von seinem Joint. Seit er weiß, dass sie im Bilde ist, kifft er auch in Güls Gegenwart.

– Medizin, sagt er. Medizin und Jura. Der feuchte Traum türkischer Eltern, die sich einen angesehenen Beruf für ihre Kinder wünschen. Davon haben wir nie geträumt oder geredet. Sie war gut in Kunst und in Musik, immer nur Einser, sie kann zeichnen, sie kann singen, aber sie hat sich in den Kopf gesetzt, Kinderärztin zu werden. An meiner Erziehung lag es nicht. Glücklich soll sie werden und wie ein Mensch leben, mehr will ich nicht.

Das wollte Gül für ihre Töchter auch. Aber sie hätte es sich nicht mal vorstellen können, dass eine von ihnen Ärztin oder Anwältin wird. Sie wollte, dass sie ein besseres Leben haben als sie selbst, sie wollte, dass sie gebildet sind, aber sie hat nie gewagt, so groß zu träumen. Yılmaz hat recht, denkt sie, man kann nicht alles abschütteln, was man als Kind erlebt und gelernt hat. Egal, wie sie sich dreht und wendet, ihr Schatten wird immer auch auf ihre Töchter fallen und dazu führen, dass sie nicht alle Wege sehen, die ihnen offenstehen. Ihr Schatten und auch der Schatten Fuats.

Saniye hat versucht, Sevgi die Liebe zu geben, die sie ihrem Sohn nicht geben konnte, sie hat ihre Tochter geliebt wie zwei Kinder, und Yılmaz hat sie an seinem Wissen und seiner Reife teilhaben lassen. Sevgi hat alles bekommen, doch ihr Türkisch ist in den letzten Jahren immer schlechter geworden, weil sie fast nur deutsche Freunde hat, weil sie keine türkischen Serien guckt, weil sie zuletzt im Sommer nicht mehr mit ihren Eltern in der Türkei war, sondern mit Freundinnen in Spanien. Was ja viel weiter weg ist als Göttingen. Gül fragt sich, ob Sevgi die Kraft der Ahnen noch spüren kann, das Lied hören, das sie trägt, die Melodie ihres Blutes erkennen.

Ein Wort reicht, damit die Angst und der Schrecken bis in Güls Mund drängen. Ein Wort und es ist, als würde sich Nebel über ihre Ohren legen. Sie setzt sich. Ein Wort. Hallo. Ein Wort, an dem sie Melikes Stimme erkennt.

– Möge es etwas Gutes bedeuten, warum rufst du an?

– Ich wollte deine Stimme hören.

– Ist jemand gestorben?

– Nein, nein. Kann ich nicht einfach mal meine Schwester anrufen?

Als hättest du bisher jemals angerufen, denkt Gül.

– Doch, sagt, sie, doch, natürlich, jederzeit. Wie geht es dir? Wie geht es euch?

– Gut, wir sind in Istanbul. İsmail hat jetzt eine riesige Wohnung in Erenköy. Es ist sein Telefon, wir können in Ruhe sprechen, so ein Gespräch nach Deutschland ist für ihn nicht der Rede wert.

Melike erzählt in aller Ruhe von Istanbul, von den zwei Trainingseinheiten, die İsmail am Tag absolviert, sechs Tage die Woche und dazu die Spiele. Dass sie als Rentnerin jetzt viel mehr Zeit hat und die Zeit nutzen möchte, um ihr eigenes Land besser kennenzulernen, und dass sie an die Schwarzmeerküste fahren wird.

Gül entspannt sich, doch sie kennt ihre Schwester, sie weiß, dass sie nicht angerufen hat, weil sie plaudern möchte. Es vergehen gute zehn Minuten, bis Melike sagt:

– Du hast ja nichts mehr gesagt, aber meinst du, ich soll mal schauen, ob die anderen ihre Anteile am Sommerhaus verkaufen wollen?

– Es ist ja nicht eilig, oder?, antwortet Gül. In drei Monaten bin ich da, dann können wir sprechen.

– Wer weiß, ob wir dann alle zusammen sind. Außerdem habe ich mal recherchiert, das Haus lief ursprünglich nur auf den Namen unserer Mutter. So gesehen, haben weder Arzu noch Emin noch Nalan ein Anrecht auf ein Erbe, sondern nur wir drei. Vielleicht sollte ich bis zum Sommer einen Anwalt damit beauftragen herauszufinden, ob wir die anderen überhaupt ausbezahlen müssen oder ob ...

– Nein, sagt Gül, nein, wir sind Geschwister, wir sind die Kinder desselben Mannes. Trag nicht das Blut unserer Mutter in diese Geschichte, lass sie in Frieden ruhen.

– Ich rede nicht von Blut und Gefühlen, ich rede von gesetzlichen Bestimmungen.

– Nein, sagt Gül, ich möchte nichts davon hören.

– Wie du möchtest. Du bist die Älteste, aber vielleicht denkst du noch mal darüber nach. Vielleicht halten wir uns diese Möglichkeit offen, dann wird es einfacher für alle.

– Wir reden im Sommer.

Melike ist verschlagen, denkt Gül, sie ist berechnend und egoistisch, aber Nalan und Sibel haben nicht genug Geld, und irgendjemand sollte dieses Haus besitzen, damit es nicht zu einem großen Durcheinander kommt. Der Gedanke, dass es ihr allein gehören könnte, kommt. Ohne dass sie sich dagegen wehren kann. Und als er da ist, betrachtet sie ihn.

Ich habe mich um Melike und Sibel gekümmert, als wir Halbwaisen wurden. Ich habe versucht eine Mutter für sie zu sein, als ich selbst noch ein Kind war. Ich habe versucht aufzufangen, was aufzufangen war, und weiterzugeben, was ich weitergeben konnte. Es ist nicht mein Verdienst, dass ich vor den anderen geboren bin. Ich hatte Glück, ich konnte Mutter besser kennenlernen als meine Schwestern. Wir haben immer alles geteilt, obwohl es nicht unbedingt gerecht dabei zuging. Wir gehören zusammen. Auch wenn wir seit so vielen Jahren getrennt sind. Meine Tür würde jedem offenstehen.

Dann schiebt sie den Gedanken wieder weg.

– Ich habe mit einem Anwalt gesprochen, sagt Melike im Sommer.

– Ich möchte nichts davon hören, sagt Gül.

– Aber über Geld müssen wir reden. Der Wert des Hauses inklusive Grundstück sind ungefähr 23 Milliarden. Geteilt durch sechs, weil es sechs Anteile sind. Mal zwei, weil wir beiden jeweils zwei ausbezahlen müssen, du Arzu und Sibel, ich Nalan und Emin. Oder wie immer wir es aufteilen. Das macht etwa 11.000 Mark. Habt ihr so viel?

Gül weiß, wie viel Fuat bei der neuen Bank angelegt hat, es ist weit mehr als das. Sie nickt und kann sehen, dass ihre Schwestern ein Lächeln unterdrückt.

– Ich rede mit Emin und Nalan, sagt Melike.

Emin hat den Mietwagenverleih aufgegeben, weil es zu viele Probleme gab, und hat einen Laden für Molkereiprodukte übernommen. Er hat in diesem Jahr keine Zeit, in die Heimatstadt zu kommen. Nalan möchte, jetzt, wo Vater tot ist, auch nicht heimkommen.

– Ich habe mit Emin und Nalan telefoniert, hast du mit Sibel gesprochen?, fragt Melike einige Tage später.

– Ja, sie hat nichts dagegen, ihren Anteil zu verkaufen, aber sie möchte immer willkommen sein dort, egal, was passiert. Und Arzu sagt, sie würde sich nach uns Kindern richten.

– Wir könnten es renovieren. Aber weißt du, was noch schöner wäre? Wir könnten dort, wo jetzt der Stall steht, ein neues kleines Haus hinbauen. Mit Klo, mit Terrasse, mit Balkon, mit einer neuen Küche, mit allem Komfort. Dann müssten wir das Haus unserer Erinnerungen nicht modernisieren. Und das Sommerhaus reicht ja sowieso kaum mehr für uns alle. Wir erhalten das alte und bauen ein neues, dann können wir im Sommer wochenlang nebeneinander wohnen und den ganzen Tag miteinander sein, ohne dass jemand dem anderen zur Last fällt. Was meinst du?

– Ich weiß nicht, ob das nicht unsere Möglichkeiten übersteigt.

– Ach, so teuer ist das nicht. Das Problem liegt woanders, Emin möchte seinen Anteil nicht verkaufen. Du weißt, wie er ist, er hat noch nie gerne geteilt. Aber er hat den neuen Laden und hat Schulden, das könnte ein Vorteil für uns sein. Ich werde sehen, was ich tun kann.

– Warum möchte er denn nicht verkaufen?, fragt Gül.

– Es gehört uns allen, sagt er, und so soll es bleiben. Ich habe ihm gesagt, dass jemand für alles die Verantwortung übernehmen muss, für die Renovierung, den Brunnen, die Grundsteuer, wer wann wie lange dort wohnt. Zu viele Köche verderben den Brei. Es ist ja nicht so, dass die anderen ausgeschlossen werden. Man braucht halt einen, der die Entscheidungen trifft, das ist in jeder Demokratie so. Jeder hat eine Stimme, aber nur einer hat das Sagen. Sonst läuft alles durcheinander. Ich werde nochmal mit ihm reden. Wir könnten aber auch immer noch ...

Sie spricht den Satz nicht zu Ende und Gül reagiert nicht.

– Es gibt einen Mann, sagt Ceren, die immer offen über alles redet. Gül hat nach Mecnuns Tod öfters gedacht, dass das früher oder später geschehen würde, doch jetzt ist sie nicht nur überrascht, sondern spürt auch Angst. Obwohl sie ihrer Tochter vertraut, obwohl sie in dieser Stadt nicht bekannt sind, obwohl sie die Nachbarn, Bekannten und Freunde Cerens nur flüchtig kennt, erstarrt sie bei dem Gedanken, was diese über ihre Tochter reden könnten. Ihr Magen und ihr Herz reagieren sofort, doch sie hat noch nicht Luft geholt, als Ceren sie schon zu beruhigen versucht.

– Keine Angst. Es gibt kein Gerede und es wird keines geben. Fast niemand bekommt es mit. Ich habe damals mit Mecnun gelernt, wie vorsichtig man sein muss.

Mittlerweile kann sie Mecnun sagen, ohne dass der Schatten der Trauer in ihrer Stimme hörbar ist.

– Wer ist es denn?

– Er heißt Ferdi. Er studiert mit mir zusammen. Er ist in Karlsruhe aufgewachsen, aber mit neun Jahren in die Türkei gekommen. Seine Eltern stammen vom Schwarzmeer, aus Bayburt.

Gül lächelt. Cerens erster Mann hat Deutsch studiert, dieser hier studiert Deutsch und ist in Deutschland aufgewachsen. Dieses Deutschland ist zu einer Art Mal geworden, das sie alle nicht mehr loswerden. Ein Geruch, den man nicht abwaschen kann, der sich nicht mal nach Jahrzehnten der Abwesenheit verflüchtigt, ein Geruch, den jeder wahrnehmen kann, der selbst schon mal in diesem Land gelebt hat, der vielleicht verbindet wie die Erde der Heimat.

– Ist es etwas Ernstes?, fragt Gül, obwohl sie die Antwort kennt.

Ceren nickt.

– Wie wollen wir es mit deinem Vater machen?

– Ich weiß es nicht, Mama. Ich bin über 30, kann ich nicht einfach sagen, dass ich ihn an der Uni kennengelernt habe?

– Kann sein, ich bin mir nicht sicher.

– Vater würde ihn mögen.

Sofort ist Güls Körper wieder in Alarmbereitschaft.

– Wie meinst du das?

– Wieso denkst du immer gleich etwas Schlimmes? Mama, er ist ein guter Kerl. Er raucht, so wie ich, er trinkt nicht, spielt nicht, aber er ist halt gewieft. Er kann gut mit Menschen umgehen, besser als Papa, er redet gern und viel, er ist ein Hansdampf in allen Gassen, geschickt und findig. Ohne ihn wäre ich nicht so durchs Studium gekommen. Er ist es, der meine Unterschrift fälschen kann, nicht eine Freundin, er hat sich immer um alles gekümmert, wenn ich nicht wusste, wie ich das schaffen soll. Er kennt alle Tricks und Kniffe, er geht manchmal nicht den geraden Weg, aber er ist ein aufrechter Mensch.

– Wie lange geht das schon?

Ceren sieht zu Boden.

– Seit dem ersten Jahr hier.

Stille. Sie sieht hoch.

– Damals wusste ich noch nicht ... Ich mochte ihn nicht mal richtig, weil er immer so viel geredet hat. Und dann wusste ich nicht, ob ich überhaupt jemals wieder ... wieder heiraten würde. Ich dachte, es wäre besser, nichts zu erzählen, bevor ich mir nicht selbst sicher bin. Ich wollte nicht, dass du dich grundlos sorgst.

Da ist ein Schmerz, den Gül zu verdrängen versucht. Seit dem ersten Jahr. So lange, ohne dass sie ihr etwas erzählt hat. Es kommt ihr vor wie ein Verrat. Eine Geringschätzung.

Ceren lebt ihr eigenes Leben, sie ist mir keine Rechenschaft schuldig, sie steht auf eigenen Beinen. Tut sie nicht. Wir haben sie die ganze Zeit unterstützt, da hätte sie uns doch ... sie wäre geradezu verpflichtet gewesen ... Gül drängt den Schmerz in eine entlegene Ecke ihres Körpers oder vielleicht sogar ganz aus ihm heraus, sie weiß es nicht.

– Wir müssen eine Möglichkeit finden, ihn Vater vorzustellen.

– Das wird schwer. Ferdi verbringt die Sommerferien immer bei seinen Eltern im Dorf. Vielleicht könnt ihr im Winter nochmal kommen? Um Weihnachten?

– Und was sagen wir dann?

– Seine Eltern kommen auch her, dann halten sie ganz offiziell um meine Hand an.

– Wie alt ist er überhaupt?

– Fünf Jahre jünger als ich.

– Oh. Aber einen unverheirateten Mann in deinem Alter findet man nicht alle Tage. Sind seine Eltern nicht gegen eine Hochzeit?

– Doch, natürlich, sie wollen für ihren Sohn keine fünf Jahre ältere Frau, die verwitwet ist und schon ein Kind hat.

– Ceren, hast du dir das gut überlegt?

– Ja, du willst nicht wissen, wie viele schlaflose Nächte ich deswegen hatte.

– Aber seine Eltern würden um deine Hand anhalten?

– Ja, sie würden ihm diesen Wunsch nicht abschlagen.

– Das wird schwer, wenn ihr nicht wirklich ihren Segen habt.

– Man kann es ihnen nicht verdenken, dass sie sich etwas anderes wünschen.

– Ay, sagt Gül, ay, nichts bleibt einem erspart. Es ist ein anstrengendes Leben, je länger du lebst, desto mehr Beschwernisse finden sich, damit dir nicht langweilig wird, damit du dich nicht zurücklehnst und denkst: Ab hier mit Rückenwind.

Sie sieht Ceren an, die traurig lächelt.

– Gut, sagt Gül, auch durch dieses Feuer werden wir gehen, ohne zu verbrennen. Auch dieser Berg wird uns nicht den Mut rauben. Komm, komm in meine Arme, ich bin froh, dass du einen Mann gefunden hast.

Die Kühe sind nach dem Tod des Schmieds verkauft worden und der Stall, der ohnehin in keinem guten Zustand war, verfällt zusehends. Gül mag Melikes Idee, dort ein kleines Haus hinzubauen. Sie stellt sich häufig vor, wie sie auf der Terrasse dieses Häuschens sitzt, den Blick auf die Apfelbäume gerichtet, vor sich einen Tee, nach getaner Arbeit, wie sich ihre Erinnerungen öffnen, wie ihre Kindheit sich über den Duft des Gartens legt, wie das Grün und die Erde sich in ihr Gemüt hinein strecken. Diese Bilder bringen Licht in Güls Herbst und ihren Winter.

Manchmal wird sie jetzt müde auf der Arbeit und sie gibt der Versuchung nach, sich in einen Drehstuhl zu setzen. Sie denkt dann an Arzu, die schon vor Jahren geklagt hat, dass ihr die Hausarbeit zu schwer wird und dass sie sich manchmal hinsetzen muss, um sich auszuruhen. Gül hat das für eine Übertreibung gehalten, oder für Faulheit, nun merkt sie selbst, dass mit dem Alter ihre Kräfte schwinden, dass sie sich hin und wieder ausruhen muss. Doch jedes Mal, wenn sie sich auf einen Bürostuhl setzt, sieht sie dieses Haus vor sich und es scheint ihr die Kraft zu geben, die sie braucht. Sie sieht mit leerem Blick aus den Bürofenstern auf die Lichter der Stadt, atmet Sonnenschein ein, Frieden, hört zwitschernde Vögel und hat den Geruch von nasser Erde und Kuhdung in der Nase.

Bis zu ihrer Rente ist es nicht mehr weit, dann wird sie monatelang in der Türkei bleiben können. Das ist immer ihr letzter Gedanke, bevor sie aufsteht, um sich wieder an die Arbeit zu machen.

Im Gegensatz zu Ferdi, der zur Not eine Unterhaltung auch allein bestreitet, ist sein Vater ein schweigsamer Mann, mit dem man kaum ein Gespräch in Gang halten kann, nicht mal über Fußball und Politik. Ferdis Mutter hingegen redet mehr und überraschend offen.

– Wir sind nicht glücklich mit der Wahl unseres Sohnes, sagt Hazer, das hat aber nichts mit eurer Tochter zu tun. Jede Mutter wünscht sich eine junge Frau für ihren Sohn, eine, die nicht bereits ein Kind hat. Aber jede Mutter wünscht sich auch, dass ihr Kind glücklich wird. Die Zeiten haben sich geändert, die jungen Leute treffen heute Entscheidungen, wo wir nicht mal gewagt hätten, eine

Meinung zu haben. Die Liebe ist wie ein Regen, man kann sich nicht aussuchen, wo der einzelne Tropfen hinfällt.

Hazer spricht im Dialekt des Schwarzmeers, ihre pechschwarze Locken schauen unter dem Kopftuch hervor, trotz ihrer vollen Wangen ist sie dünn und jedes Mal, wenn sie lacht, sieht man ihre Goldzähne.

Es ist, als würde Licht aus ihrem Mund strömen, wenn sie spricht, denkt Gül. Es ist etwas Leichtes an ihr, obwohl man ihr die vielen Jahre der Feldarbeit ansieht, obwohl ihre Hände mit den kurzen Fingern die Hände einer Bäuerin sind, obwohl sie vier Kinder großgezogen hat, von denen eines schon tot ist, obwohl ihr Leben so schwer gewesen sein muss, dass es auf viele Schultern nicht gepasst hätte.

Wenn Ferdi nur etwas von dieser Leichtigkeit hat, dann wird es klappen, denkt Gül und sie ertappt sich bei der Vorfreude, dass auch sie durch die Heirat mit dieser Frau verbunden sein wird.

Es ist noch Winter, sie sind zurück von ihrer kurzen Reise nach Adana, als Gül sich nicht mehr am Bild des Sommerhauses wärmen kann. Sie empfangen mittlerweile so viele türkische Sender, dass Gül sich nicht mehr richtig auskennt und sich auf zwei Serien beschränkt hat. Doch nun kommt auf fast allen Kanälen dasselbe und Gül kann es nicht verstehen und will es nicht glauben. Fuat kann es wahrscheinlich genauso wenig verstehen, was da geschehen ist, doch er gibt es nicht zu.

– Was ist passiert? Was ist passiert? Das siehst du doch, schreit er, die Lira hat innerhalb von drei Stunden 40 Prozent an Wert verloren. Alles spielt verrückt, die Börse, die Banken, die Inflation hat die Beine in die Hand genommen und marschiert vorweg, Unternehmen gehen Konkurs, Kredite platzen, heilloses Durcheinander. Diese

Uhrensöhne, diese verfluchten Uhrensöhne ruinieren das Land.

– Wer?, fragt Gül.

– Wer soll das schon sein? Die Politiker, die Banken, die Reiche, die Mächtigen.

– Aber das Geld der Reichen ist doch jetzt auch weniger wert, oder?

– Die kommen da sauber raus. Die Reichen kommen aus allem sauber raus. Was passiert, passiert immer uns: Dem armen Mann.

– Was passiert denn?

– Was weiß ich. Doch wir werden die Rechnung zahlen, das ist mal sicher, wir werden bluten für deren Fehler.

– Was ist mit unserem Geld, das du angelegt hast?

– Woher soll ich das wissen? Habe ich Prophetendreck gefressen? Alles versinkt im Chaos, das ganze Land geht unter und die Frau hat nur unser Geld im Sinn. Was willst du mit deinem Geld, wenn sie die Türkei an Amerika verkaufen? Was kannst du schon anfangen mit deinen lumpigen Kröten, wenn der IWF kommt und dich mit seinen Auflagen in die Dritte Welt zurückbombt.

– IWF?

– Sei doch still, brüllt Fuat mit rotem Kopf, du hast doch keine Ahnung, die wollen uns nicht nur nicht in Europa, sie wollen, dass wir wie Mali werden oder wie Somalia oder Äthiopien oder sonst eines dieser Länder. Sie wollen, dass türkische Kinder mit aufgeblähten Bäuchen herumlaufen und das Land im Elend versinkt.

– Was ist mit unserem Geld?

– Verdammt, woher soll ich das wissen? Sieht so aus, als sei es weg.

– Weg? Wie, weg? Und was soll lumpige Kröten heißen? Die habe ich im Schweiße meines Angesichts verdient, jeden Pfennig habe ich ehrlich erarbeitet, das sind keine lumpigen Kröten, in diesem Geld steckt mein Schweiß, mein Blut, die Arbeit meiner Hände, mein Ehrgeiz. Dieses Geld kann nicht einfach so verschwinden. Du, du bist alles schuld, du kennst den Wert des Geldes nicht. Lumpige Kröten. Ich habe dir gesagt, du sollst nicht alles bei diesen neuen Banken anlegen. Yılmaz hat es gesagt, alle haben es gesagt. Es sind nicht die Reichen, die uns ins Verderben stürzen, sondern allein deine Gier, deine grenzenlose Gier.

– Ja, hast keinen Schimmer, was da gerade passiert, aber den Schuldigen hast du schon gefunden, Hut ab.

– Klar habe ich den Schuldigen. Steht vor mir. Verbrennt Geld, damit seine Geldbörse sich nicht zu prall fühlt. Als hätte ich das noch nicht begriffen, das ist seit Jahrzehnten so, seit wir uns kennen, gibst du alles mit vollen Händen aus, jeden Tag Spendierhosen an und dann noch das ganze Geld, das du in den Rachen des Glücksspiels wirfst. Und jetzt schenkst du es auch noch einer Bank, der ich von Anfang an nicht getraut habe.

– Das Geld ist weg, brüllt Fuat, hättest du mal gespielt, dann wüsstest du, dass man auch verlieren können muss. So ist das Leben. Man kann nicht immer alles horten und haben.

Gül sieht den Spuckenebel aus seinem Mund, sie weiß, dass es auch ihn schmerzt zu sehen, wie das Geld verschwindet, doch er kann es nicht zugeben. Und sie, sie kann es nicht wahrhaben.

– Das ist mein Geld, sagt sie, ich habe nie auch nur eine Mark verspielt oder verschwendet oder vertrunken. Es ist interessiert mich nicht, wie du das machst, aber ich will jeden Pfennig zurück. Jeden. Du wirst arbeiten und mir mein Geld wieder besorgen. Das habe ich verdient, das kann nicht weg sein.

Sie ist nicht völlig von Sinnen, aber fast. Sie merkt, dass sie sich wiederholt, so wie Fuat, wenn er getrunken hat. Sie ist trunken, dieser Verlust hat den Verstand aus ihrem Kopf verdrängt, sie kann nicht mehr richtig denken, nicht richtig sprechen, nicht laut genug schreien. Sie spürt die Tränen der Wut hinter ihren Augen, sie steht auf, ihr Herz schlägt zu schnell, aber gleichzeitig scheint es ihr schwach. Ihre Beine sind weich, sie schreit Fuat an, ohne zu begreifen, was sie da schreit, und gleichzeitig denkt sie: So ist also betrunken sein. Wenn Fuat betrunken ist, kann er auch nicht mehr gerade stehen und verliert die Kontrolle. Was soll ich mit einem Mann, der so etwas gut findet.

Sie geht ins Schlafzimmer und setzt sich aufs Bett. Ihre Kehle schmerzt. Alles scheint sich zu drehen, ihre Gedanken fliehen, sie kann sie nicht fassen, nicht verfolgen, es sind nur noch lose Fetzen. Und gleichzeitig ist da eine Hoffnung, dass das im Fernsehen nicht die Wahrheit ist, dass vielleicht diese eine Bank verschont bleiben wird.

Es dauert, bis sie sich beruhigt hat, sie kann nicht sagen, wie lange, doch es dauert. Sie macht das Fenster auf, sieht raus auf die Rasenfläche und zündet sich eine Zigarette an.

Eine Bank kann doch nicht einfach so pleitegehen, denkt sie, da muss es doch eine Versicherung geben, eine Sicherheit, irgendetwas. Sonst könnte ja jeder eine Bank aufmachen. Das ist die Türkei, denkt sie dann, dort ist alles möglich. In Deutschland wäre das nicht passiert.

Deutschland, all die Jahre in Deutschland umsonst, all die Zeit in der Fremde, all die Sehnsucht, all die Trennung, all die Winter, all die Ferngespräche, all die Briefe, all die Autofahrten, die Flüge, die Gespräche mit Lehrern, bei denen ihre Töchter übersetzt haben, die Tage in der Hähnchenschlachterei, in der Brotfabrik, an der Nähmaschine, die Schichten in der Wollfabrik, die Nächte in Bürogebäuden, alles, alles scheint ihr vergeblich.

Sie wollten Geld verdienen, um irgendwann ein Leben in der Türkei zu haben, sich zurückzulehnen, sie wollten sich irgendwo in Sicherheit fühlen und sie haben sich nur in ihrem Geld sicher gefühlt. Das Geld ist ihnen zum Halt geworden, zur Zukunft, zur Geborgenheit, zum Haus in der Türkei, zum Neubau an der Stelle des Stalles, alle ihre Träume waren aus Geld geformt. Und dieses Geld ist jetzt fort, als wäre es auch nur ein Traum gewesen. Die Zahlen im Sparbuch bedeuten nun weniger als die Bilder, die sie im Schlaf sieht.

Gül schläft in den folgenden Nächten kaum, sie wälzt sich im Bett und kann nicht glauben, wie leichtfertig dieser Mann das all die Jahre ersparte Geld einfach in einen Abgrund geschleudert hat.

Sind wir dafür hierhergekommen? Werden wir tatsächlich mit leeren Händen zurückkehren? Geld, das war alles, warum wir hierher sind, Geld war alles, was wir erlebt und getan haben. Geld, das immer blind, stumm und heimatlos ist, Geld, das fehlt, und wenn es nur fünf Pfennig sind, wegen denen es nicht für eine Packung Zigaretten reicht, Geld, dessen Sklaven sie alle geworden sind, Geld, das sie dazu bringt, stundenlang vor dem Fernseher zu sitzen und Sondersendungen zu verfolgen, die sie nicht verstehen, Geld, das sie nachts wachhält, Geld, das alles bestimmt, ob es nun da ist oder verschwunden.

Die Bank, bei der Fuat das Geld angelegt hat, ist pleite und es ist fraglich, ob die Verluste der Kunden gedeckt werden können.

Gül entspannt sich nicht, sie schläft schlecht, doch am dritten Tag der Finanzkrise ist sie nicht mehr trunken. Ich habe immer geglaubt, Fuat sei der Geldgierige, denkt sie, ich habe mich darüber amüsiert, wie er immer Zahlen hin und her schob, das Glücksspiel, die Lottoscheine, die Träume von Reichtum, wie er rechnete und rechnete, wie seine gesamte Aufmerksamkeit auf die Scheine gerichtet war.

Sie selbst, sie macht sich nicht so viel aus Geld, hat sie geglaubt. Doch jetzt fühlt sie sich leer. Betrogen. Sie fühlt sich, als hätte man ihr ein ganzes Leben genommen und sie müsste noch mal ganz von vorne anfangen. Wenn sie bei der Arbeit eine Pause macht, sitzt sie jetzt länger im Bürostuhl, ausgelaugt, müde, erschöpft. Sie starrt jetzt länger in die Nacht, und sie hat keinen Gedanken und kein Bild, aus dem sie Kraft schöpfen könnte.

Das Leben hört nicht auf, weil jemand stirbt oder weil das Geld auf einmal weg ist. Ceren beendet ihr Studium und wird eine Stelle als Grundschullehrerin antreten. Dafür ist sie zwar nicht ausgebildet, aber Deutschlehrer an einer Oberschule werden gerade nicht gebraucht. Ceydas Tochter Duygu hat eine Lehrstelle als Rechtsanwaltsgehilfin gefunden, ihr Sohn Timur möchte Hotelfachmann werden.

Wir sind als einfache Arbeiter in dieses Land gekommen, denkt Gül, und die Zukunft meiner Enkelin ist hier, wo sie einen ordentlichen Beruf lernt, wo sie nie putzen gehen wird oder Erdbeeren pflücken, bis ihr Rücken schmerzt, und nie in der Nachtschicht arbeiten. Vielleicht hat es sich dafür gelohnt. Wir konnten Ceren ein Studium finanzieren, unsere Zeit in der Fremde hat dazu gedient, dass Duygu und Timur nie hungern werden. Aber auch, dass sie in der Türkei immer Fremde bleiben werden.

Ceren und Ferdi möchten im Sommer in Adana heiraten, wo sie sich kennengelernt haben, obwohl keiner der beiden Familie dort hat. Zu Güls Heimatstadt ist es nicht weit, doch das Schwarze Meer ist in einer anderen Ecke des Landes. Das Paar möchte aber ohnehin keine große Hochzeit, wie es üblich ist.

Fatma, die mittlerweile 14 Jahre alt ist, fragt ihre Mutter:

– Muss ich nach der Hochzeit Vater zu Ferdi sagen?

– Nein, du kannst ihn großer Bruder nennen, wie bisher auch.

– Ich habe in der Schule nichts davon erzählt, sagt sie. Das hört sich komisch an, wenn man sagt: Meine Mutter heiratet.

Sie sieht ihm nicht mehr so ähnlich wie in ihren ersten Lebensjahren, doch sie hat die Kopfform und die dichten Augenbrauen ihres Vaters und fragt neuerdings oft nach ihm. Wie habt ihr euch kennengelernt? Wie lange habt ihr euch nur heimlich getroffen? Hat keiner etwas gemerkt? Wie war er? Warum habt ihr erst so spät gemerkt, dass er Krebs hat? Sterben viele Menschen so jung an Krebs? Hat er mich geliebt? Hat er mit mir gekuschelt? Hatte er Kosenamen für mich? Ceren bemüht sich, ausführlich zu antworten, versucht alles zu erklären, versucht etwas mit Worten lebendig zu machen, obwohl sie weiß, dass sie diese Lücke nie wird füllen können. Worte können die Lücke nicht schließen, aber vielleicht verkleinern.

– Ferdi wird immer ein großer Bruder für dich bleiben, dass wir jetzt heiraten, hat nichts mit dir zu tun oder deinem Vater. Ich werde deinen Vater nicht weniger lieben. Aber er ist weg und das Leben allein ist schwer. Du und ich, wir sind durch deinen Vater verbunden und zwischen uns passt nicht mal ein Haar. Du wirst immer meine einzige Tochter bleiben.

Sie ahnt nicht, dass das die Wahrheit bleiben wird, wenn auch auf eine andere Art, als sie es in diesem Moment meint.

Die Hochzeit soll klein werden, doch auch eine kleine Hochzeit kostet Geld und Gül weiß nicht, wie sie dieses Fest stemmen sollen. Seit einigen Jahren arbeitet sie nicht mehr für Herrn Bender, doch jetzt beschließt sie, ins Viertel zu fahren und zu fragen, ob sie nicht wieder in der Buchhandlung putzen kann.

Herrn Benders Augen sind freundlich wie immer, aber alles andere ist verändert. Sein Gesicht scheint Gül schief, als hätte es Schlagseite, seine Haare sind dünn und scheinen büschelweise auszufallen. Als er hinter der Kasse hervorkommt, um Gül zu begrüßen, sieht sie, wie abgemagert er ist.

– Frau Yolcu, sagt er, Frau Yolcu, wie schön, Sie zu sehen. Wie geht es Ihnen?

– Gut, sagt Gül, danke gut. Und ...

Sie bricht ab. Sie kann nicht fragen, wie es ihm geht, man sieht es. Sie weiß nicht, welche Worte die richtigen sein könnten. Auf Türkisch würde sie sagen: Möge der Herr Kraft schenken.

– An Sie habe ich in den letzten Wochen öfters gedacht, sagt Herr Bender. Schön, dass wir uns nochmal sehen. Ich habe Sie immer gemocht, Frau Yolcu. Sie sind eine gute Frau, eine tüchtige, eine, der man vertrauen kann.

Irgendetwas muss Gül sagen, sie kann nicht einfach so sprachlos stehenbleiben. Schnell, irgendetwas.

– Krebs?, fragt sie.

Ohne Vorwarnung, ohne Höflichkeit, ohne Anstand. Augenblicklich überfällt sie Scham, doch sie kann das Wort nicht zurückholen. Ein Wort, ein einziges. Ohne vorher etwas Freundliches gesagt zu haben. Ihr wird heiß.

Herr Bender nickt.

– Ja, sagt er. Richtig, Frau Yolcu, ich habe Krebs. Die meisten wissen ja gar nicht, wie sie es ansprechen sollen, und werden unsicher.

– Gute Besserung, sagt Gül, obwohl sie ahnt, dass das nicht die richtigen Worte sind. Nicht sein können. Sie spricht, weil Schweigen schlimmer wäre, aber sie hat den Eindruck, dass sie mit jedem Wort alles schlimmer macht. Sie kann genug Deutsch, um zu arbeiten, aber nicht genug, um sich mit einem kranken Mann zu unterhalten.

– Es sieht nicht gut aus, Frau Yolcu. Der Krebs kommt immer wieder. Ich habe nicht mehr lange. Schön, dass ich Sie noch einmal sehe. Deswegen stehe ich ja hier. Damit ich die Menschen, die mir ans Herz gewachsen sind, noch einmal sehe.

Gül lächelt und versucht, alles Gefühl auf ihre Lippen zu legen. Sie weiß, dass sie auch etwas mit den Händen tun muss, ein Lächeln reicht nicht. Sie ist zu schüchtern, sie umarmt keine fremden Männer, schon gar nicht Deutsche. Die umarmen sich ohnehin nie richtig, sie berühren sich nicht mit den Oberkörpern, klopfen einander höchstens mit der Hand auf den Rücken. Gül zögert kurz, dann breitet sie die Arme aus und drückt Herrn Bender an sich, weil sie einen Ausgleich für ihr verunglücktes Wort sucht. Bestimmt zwei lange Sekunden hängen Herrn Benders Arme in der Luft, doch dann umarmt auch er sie.

– Mein Schwiegersohn auch Krebs, sagt Gül, Magenkrebs, sehr jung, 27 Jahre, ich Ihnen erzählen, mein Tochter viel, viel weinen. Krebs schlimm. Sie guter Mann. Ich immer gerne Sie sehen, ich gerne hier arbeit.

Sie redet und schilt sich, dass sie in all den Jahren nicht genug Deutsch gelernt hat.

Aber von wem hätte sie es lernen sollen, wird sie sich auf dem Heimweg fragen. Wo waren wir mit Deutschen vereint in Sorge, vereint in Trauer, vereint in Not. Die Deutschen waren für uns immer Arbeit, Behörden, Papiere, Regeln und Ordnung. Die erste Deutsche, die sie richtig kennengelernt hat, war Gesine, mit der sich Ceren angefreundet hatte, als sie nach einem Unfall im selben

Krankenhauszimmer lagen. Die beiden waren noch Kinder und Gesine ging bald schon bei ihnen ein und aus, als wäre sie ein Kind des Hauses. Durch sie hat Gül gelernt, dass die meisten Deutschen zu Abend keine warme Mahlzeit essen, durch sie hat sie gelernt, dass die Deutschen ein anderes Verhältnis zu ihrem Körper und der Scham haben, ein anderes Verhältnis zur Gastfreundschaft und zum Geld. Doch es hat ein Krankenhaus gebraucht, um die beiden Kinder zusammenzubringen. Und jetzt braucht es den nahenden Tod für eine Umarmung.

Wir sind verbunden mit den Menschen im Schmerz, in der Liebe, in der Freundschaft, in der Krankheit. Es gibt keinen Kontakt über das Geld. Was ist Geld schon wert, es bringt Herrn Bender nicht seine Gesundheit zurück. Geld macht nicht glücklich, wenn man es hat, es macht nur unglücklich, wenn man es nicht hat.

Als Herr Bender und Gül sich voneinander lösen, fühlt Gül die Tränen nahen. Sie sieht, dass auch seine Augen feucht werden, und mit der nächsten Ausatmung hält Gül nicht mehr zurück, lautlos rinnen zwei Tropfen ihre Wangen hinab, während ihr Kinn weich bleibt und sich nicht verzieht wie sonst oft beim Weinen. Ihr Bild verschwimmt, es folgen zwei weitere Tropfen, doch dann atmet sie ihre Tränen nach innen. Herr Bender nimmt seine Brille ab und trocknet sich die Augen mit einem Stofftaschentuch, das er aus seiner Hosentasche holt.

– Was machen Sie hier, Frau Yolcu? Kann ich Ihnen mit irgendetwas behilflich sein?

– Nur Freundin besuche. Sie kommen und guten Tag sagen, stammelt Gül.

Sie lehnt die Einladung auf eine Tasse Kaffee ab und steht dann draußen vor ihrer alten Wohnung und kann sich nicht sofort für eine Richtung entscheiden. Nach Hause, denkt sie, es geht nur nach Hause. Aber sie hält auf dem Weg zur Haltestelle die Augen offen. Sie würde sich gerne belügen können, aber sie weiß, auf welchen Zufall sie hofft. Doch wie sollte Can ihr helfen können? Ihr eine weitere ehrliche Arbeit vermitteln wie damals?

Dort, wo früher das Reisebüro war, werden jetzt Handys verkauft, und die Menschen hinter der Theke hat Gül noch nie gesehen.

Wir nehmen einfach einen Kredit auf, beruhigt sie sich, wir verschulden uns, was soll schon passieren? Unser Leben war Arbeit und keinen Tag sind wir davor zurückgeschreckt.

Es ist die erste Hochzeit seit Langem, auf der Fuat am Ende nicht so betrunken ist, dass er kaum mehr stehen kann, doch es ist nicht die Vernunft, die ihn dazu bringt, sondern sein Magen. Die Hochzeit ist tatsächlich nicht größer geworden, als sie ursprünglich geplant hatten, sie haben keinen Saal angemietet, sondern ein Restaurant, in dem alle 60 Gäste Platz haben. Sibel ist mit ihrem Mann Aziz gekommen, Emin hat sich aus Istanbul auf den weiten Weg gemacht, Melike ist gekommen, nur Nalan ist nicht da. Viele Gäste sind Studienfreunde von Ceren und Ferdi, vom Schwarzmeer haben sich 19 Verwandte Ferdis auf den Weg in den Süden gemacht.

Obwohl das Essen gut ist, obwohl sich alle gut verstehen, obwohl sowohl Ceren als auch Fatma glücklich wirken, obwohl Gül viel Gelegenheit hat, mit Hazer zu reden, obwohl Fuat nicht über die Stränge schlägt, wird Gül diesen Abend nicht in guter Erinnerung behalten. Als die meisten schon gegangen sind, ist sie einen Moment lang allein am Ende eines Tisches und genießt, dass sie schauen kann, ohne zu reden oder zuzuhören. Melike setzt sich neben sie. Ihr Atem riecht nach Anisschnaps, aber das ist keine Entschuldigung, findet Gül. Nicht dafür.

– Diese Krise, die hat doch auch euch getroffen, oder? Wenn ich mich richtig erinnere, wart ihr bei einer dieser neuen Banken. Wie groß ist euer Verlust? Werdet ihr das Haus kaufen können?

Für eine Sekunde ist Gül überrascht, doch schon in der nächsten wird sie wütend.

– Nein, sagt sie. Nein, wir werden das Haus nicht kaufen können. Wann heiratet eigentlich dein Sohn? Findet er niemanden?

Sie wird diese Worte noch bereuen. Und sich wünschen, so wütend zu sein wie an diesem Abend, als die Wut ihren Gedanken Schwung gegeben hat, damit sie sich schneller und schneller bewegen, immer im Kreis. Nur reine Wut, ohne die Verzweiflung und Trauer, die noch folgen werden. Nur der Wunsch, sich zu schützen, ohne die Erkenntnis, dass man schon verletzt worden ist.

Duygu kommt Gül vor wie ein Kind, auch wenn sie jetzt aus der Schule raus ist und arbeitet. Was hat sie schon gelernt und was hat sie gesehen vom Leben? Wie hat der Schmied wohl Gül betrachtet, als sie im selben Alter war? Sie war schon verheiratet und aus dem Haus und er ist sie jeden Morgen besuchen gekommen, vielleicht ja auch nur, weil sie ihm wie ein Kind erschien.

Gül sitzt bei Ceyda am Küchentisch und bittet ihre Enkelin, Tee zu kochen. Sie wird sich für Männer interessieren, denkt Gül, sie ist schon längst in dem Alter. Auch wenn sie es verstecken wird, auch wenn sie sich zur Heimlichtuerei gezwungen sehen wird, auch wenn sie Angst haben sollte. Doch sie wird nicht zittern, ihre Knie werden nicht weich werden aus Angst vor einer Entdeckung. Ihre Gedanken werden um einen Mann kreisen oder tun es schon, und auch sie wird Enttäuschungen erleben, Verrat, Schmerz. Auch sie wird lernen, wie wenig sensibel die meisten Männer sind, auch sie wird Trennung und Sehnsucht ertragen, auch sie wird Glück finden, vielleicht nicht bei einem Mann, sondern bei den Menschen, mit denen sie ihr Herz verbinden kann.

– Oma, sagt Duygu auf Deutsch. Sonst spricht sie Türkisch mit ihrer Großmutter und schiebt höchstens mal deutsche Worte dazwischen, wenn ihr das türkische nicht einfällt, doch dieses eine Wort sagt sie immer auf Deutsch. Mit ihrem Bruder Timur redet Duygu immer nur deutsch. Vielleicht ist das der Grund, dass Timur schlechter Türkisch spricht als seine Schwester, denkt Gül. Sie hat den Eindruck, dass alle in Deutschland Erstgeborenen noch ganz gut Türkisch sprechen, doch je jünger die Geschwister, desto schlechter beherrschen sie ihre Muttersprache.

– Oma, sagt Duygu, ich muss zuerst das Wasser unten im Samowar zum Kochen bringen, richtig?

Gül sieht sie an.

– Du machst doch nicht zum ersten Mal Tee?

– Ich trinke Kaffee, Oma, das weißt du doch.

– Aber ... Komm, ich zeige dir, wie man Tee kocht.

– Natürlich habe ich versucht ihr beizubringen, wie man Tee kocht, sagt Ceyda. Wie man Weinblätter rollt, wie man Auberginensalat zubereitet. Sie hat kein Händchen für die Küche.

– Jede Frau hat ein Händchen, die eine ein besseres, die andere ein schlechteres, aber das ist etwas, was jeder lernen kann. Sogar Männer. Sieh dir Yılmaz an.

– Sie hat keine Lust, Mama. Es liegt ihr einfach nicht. Ich habe alles versucht. Sie hilft eigentlich immer nur mit, wenn du dabei bist, damit es nicht so auffällt. Ich versuche zu kaschieren, wie ungeschickt sie sich anstellt. Wäsche waschen, bügeln, putzen, dagegen hat sie keine Abneigung, aber sie kocht nicht gern.

– Was soll dann später ... Also, wenn sie einen Mann hat?

Ceyda zieht die Schultern hoch.

– Vielleicht findet sie einen wie Yılmaz. Vielleicht findet sie jemanden, der reich ist. Vielleicht heiratet sie gar nicht. Ich kann sie nicht zwingen, Mama, zu nichts, sie wird bald neunzehn.

Gül nickt. So ist das also. Ihre Töchter haben Geheimnisse vor ihr. Die eine versteckt jahrelang ihren Freund, die andere ihre Tochter. Sie sieht immer weniger von der Welt, weil sie nur das sehen soll, was sie gutheißt.

– Es ist deine Tochter, sagt Gül, du bist alt genug, es geht mich nichts an. Und wieso sollte sie auch genauso wenig Freiheiten haben wie ich oder du.

Sie schaut auf die Packung auf dem Küchentisch und zündet sich in Gedanken eine Zigarette an. Sie nimmt zwei, drei Züge, so viel Zeit lässt sie sich. Sie spürt, wie die Vorstellung zu rauchen sie entspannt.

– Bitte, sagt sie, ich bin einen weiten Weg gegangen und wahrscheinlich bin ich ungerecht zu euch gewesen, wahrscheinlich habe ich Dinge zu eng gesehen, vielleicht schmerzt es euch, dass ich euch als Kinder in der Türkei gelassen habe, aber ich habe euch immer geliebt. Ich möchte nicht, dass ihr Geheimnisse vor mir habt, ich möchte nicht, dass ihr euch verstecken müsst. Wer weiß, wie lange ich noch zu leben habe, ich will alles sehen können, ich will nicht, dass meine Töchter das Licht dimmen, wenn ich in der Nähe bin.

Ceyda sieht zu Boden. Schluckt, atmet, schluckt. Dann blickt sie auf.

– Ich will mich scheiden lassen.

Ceren lacht am Telefon. Was soll sie auch sonst tun? Die ganze Sache erinnert sie daran, wie sie bei ihrem ersten Basketballspiel für die Schule vor Aufregung kurz nach dem Anpfiff mit dem Ball in die falsche Richtung gelaufen ist und zwei Punkte für den Gegner erzielt hat. Die ganze Halle hat gelacht und Ceren wollte mit dem Basketball aufhören. Damals hat es gedauert, bis sie es lustig finden konnte.

Jetzt lacht sie am Nachmittag, nachdem am Vormittag die ganze Klasse über sie gelacht hat. Seit dem Schulbeginn steht sie vor Drittklässlern und versucht ihnen beizubringen, was auf dem Lehrplan steht, den sie sich selbst erst erarbeiten muss.

Die ersten Tage war sie so nervös, dass sie abends kaum noch wusste, was sie tagsüber geredet und getan hatte, sie konnte sich auch an kaum einen Schülernamen erinnern. Es dauerte zwei Wochen, bis sie sich halbwegs an die Situation gewöhnt hatte und nicht mehr feuchte Hände bekam, wenn sie am Morgen das Klassenzimmer betrat.

An ihrem zweiten Freitag als Lehrerin kann sie immerhin etwa die Hälfte der 38 Namen auswendig und erkennt viele ihrer Schüler auf dem Schulhof wieder. Sie kann sich im Klassenzimmer bewegen, ohne in jeder Sekunde das Gefühl zu haben, überfordert zu sein. Am zweiten Freitag nach Schulbeginn öffnet sie das Fenster, weil sie denkt, dass ein wenig frische Luft nicht schaden kann. Sie macht das Fenster auf und die ganze Klasse biegt sich vor Lachen. Ceren schaut verwirrt in die Runde und versucht ihren Fehler zu erkennen. Ihr wird noch wärmer, als ihr ohnehin schon war. Doch sie weiß nicht, was passiert ist. Sie muss fragen. Was soll sie sonst tun?

– Was ist los? Warum lacht ihr?

Jülide, die durch ihre Strebsamkeit auffällt, erhebt sich.

– Frau Lehrerin, die lachen, weil Sie das Fenster aufgemacht haben.

– Ja?, sagt Ceren. Ich habe das Fenster aufgemacht, weil mir warm war. Was gibt es da zu lachen?

Wieder lachen die Schüler. Orhan aus der letzten Reihe hat Tränen in den Augen.

Ceren sieht Jülide an, die immer noch steht und sich von innen auf die Wangen beißt, um nicht zu grinsen.

– Die Scheiben, sagt Jülide und gibt sich Mühe, nicht loszuprusten.

– Die Scheiben?

Jülide holt tief Luft und sagt dann ganz schnell:

– DasindkeineScheibenindenFenstern.

Ceren schaut zu den Fenstern. Ihr wird heiß.

– Ich bin neu hier, sagt sie. Ihr seid schon seit drei Jahren an der Schule.

Als sie später nach Hause kommt, ist Fatma bei einer Freundin und Ferdi noch nicht zu Hause. Ceren möchte unbedingt jemandem erzählen, wie sie die Fenster geöffnet hat, in denen keine Scheiben sind, und ruft ihre Mutter in Deutschland an. Gül lacht. Ceren stimmt mit ein.

Als Ferdi nach Hause kommt, erzählt sie es ihm, doch jetzt muss sie schon lachen, während sie es erzählt.

– Das sieht dir ähnlich, sagt Ferdi.

Er arbeitet auch als Lehrer, allerdings unterrichtet er tatsächlich Deutsch an einer Mittelschule, weil er jemanden kennt, der ihm die Stelle vermittelt hat. Er ist nicht nervös, wenn er die Klasse betritt, doch ihm gefällt die Arbeit nicht:

– Ich fürchte, ich eigne mich nicht zum Lehrer, sagt er, ich muss die Augen offenhalten, was sich so ergibt. Wir werden hier nicht als Lehrer versauern, wir beide nicht.

Ceren kommt es nicht wie Versauern vor, auch wenn sie sich nie gewünscht hat, Grundschulkinder zu unterrichten, auch wenn sie selbst nicht glaubt, dass sie eine Begabung zur Lehrerin hat, auch wenn diese vierzehn Tage an ihren Kräften gezehrt haben.

– Schau, sagt sie zu Ferdi, ich bin jetzt 34 Jahre alt, ich habe noch nie in meinem Leben eigenes Geld verdient. Zuerst war da das Geld meiner Eltern, dann war da Mecnuns Geld, dann die Witwenrente, und weil die nicht gereicht hätte, wieder das Geld meiner Eltern. Jetzt verdiene ich mein eigenes Geld. Das ist doch toll. Was zählt es da schon, dass ich Fenster aufmache, in denen keine Scheiben sind, oder einer Arbeit nachgehe, für die ich nicht geschaffen bin.

Fuat atmet schwer, wenn er Treppen steigen muss, er atmet schwer, wenn er sein Auto wäscht, er atmet schwer, wenn er sich anzieht, er braucht beide Hände, um sich vom Sofa zu erheben. Seine Hosen passen ihm schon lange nicht mehr, genauso wenig wie die Hemden. Sein Bauch sieht aus wie ein Medizinball, den er vor sich herträgt, aber er bewegt sich, als hätte er drei Medizinbälle zu tragen. Gül bekommt mit, dass er auf der Arbeit noch mehr schludert als sonst, und sie denkt an die kränkenden Worte über ihre Figur. Jetzt liegt es ihr mehr als einmal auf der Zunge zu sagen: Siehst du mal, wie das ist.

So ist das Leben, denkt sie stattdessen, alles kann einem auch selbst passieren. Man soll nicht mit dem Finger zeigen, auf den Lügner, den Betrüger, den Dieb. Niemand soll sich erheben über den, der Frauen verkauft, über den, der sie schlägt, über den, der bei der Arbeit schludert oder seinen Vorteil sucht. So ein Leben kann lang sein und das Einzige, was einem zustößt, ist man selbst, aber man kennt sich nie gut genug, um für die Zukunft gewappnet zu sein. Man muss das Leben umarmen, denkt sie immer öfter, man darf es nicht unterteilen in richtig oder falsch, in gut oder böse, das Leben ist nicht anders als man selbst.

Sie ahnt nicht, wie viele Urteile sie noch fällen wird, wie viel Wut auf sie wartet, Enttäuschung, Entfremdung und Trauer.

Fuat kommt eines Tages nach Hause, holt mehrere Dosen aus einem Stoffbeutel heraus und strahlt Gül an:

– Schau, sagt er, abnehmen ohne zu hungern, ohne der Gesundheit zu schaden. Alle Vitamine, Mineralien und Nährstoffe, die der Körper braucht, sind hier drin. Man macht sich statt eines Mittagessens einfach ein Getränk mit dem Pulver und ist dann bis abends satt. Die Pfunde purzeln, ohne dass man sich quält. Morgens ein leichtes Frühstück, abends Obst, und du verlierst bis zu drei Kilo in der Woche. Die Wissenschaft ist ein Segen. Kein Kalorienzählen, kein Rechnen, kein schlechtes Gewissen, jegliche Selbstkasteiung ist mit diesem Getränk Geschichte. Und wenn das nicht hilft, gibt es noch diese Pillen, die im Magen aufquellen und dir das Gefühl geben, satt zu sein. Es kann nichts schiefgehen. Ab morgen nehme ich ab.

Er freut sich, als hätte er einen neuen Fernseher oder ein neues Auto, er freut sich, dass das Leben so viele Annehmlichkeiten, Neuerungen und Verbesserungen bereithält.

– Hast du mir auch davon gekauft?, fragt Gül, obwohl sie die Antwort kennt.

– Nein. Wolltest du denn?

– Wenn es so einfach ist.

– Wir können dir auch ein Set kaufen, für jeden neuen Kunden, den man wirbt, bekommt man Rabatt.

– Was kostet das Set denn?

– 159.

– Mark?

– Mark ist Geschichte, seit Monaten schon. Euro.

– 320 Mark?, sagt Gül entsetzt. Bist du verrückt?

– Das ist ein Monatsvorrat. Das sind 30 Mahlzeiten, die man spart. Was kostet denn eine Mahlzeit? Auf den ersten Blick sieht das vielleicht teuer aus, aber am Ende spart man sogar Geld. Und Zeit.

– Zeit?

– Weil man nicht kochen muss.

– Meine Zeit, sagt Gül. Das ist also der Fortschritt, man muss fürs Abnehmen Geld bezahlen und spart die Zeit seiner Frau dabei. Ich glaube, das ist nichts für mich.

Nach dem ersten Monat hat Fuat tatsächlich fast sieben Kilo abgenommen, sein Bauch schrumpft, sein Atem geht nicht mehr ganz so schwer. Am Wochenende genehmigt er sich auch mal zwei, drei Bier und knabbert geröstete Erdnüsse dazu, als Belohnung, wie er sagt, doch unter der Woche bleibt er streng bei seinem Diätplan. Er setzt sich mittags nur kurz an den Tisch, trinkt in wenigen Schlucken sein Getränk und steht auf. Gül sitzt dann allein da und findet kein Ende. Zudem fällt es ihr schwer sich anzugewöhnen, weniger zu kochen. Während er abnimmt, nimmt sie zu. Sie ärgert sich und grollt, sie möchte nicht zugeben, dass Fuats Erfolg sie überzeugt.

Nachdem sie sich lange genug zurückgehalten hat, sagt sie sich: Egal, was Fuat kann, kann ich auch. Wieso soll nur er so viel Geld ausgeben dürfen? Wieso soll nur er abnehmen dürfen, ohne sich anzustrengen? Wieso soll er nicht auch mal etwas Richtiges gemacht haben? Warum soll ich mir aus Trotz Annehmlichkeiten verwehren? Es fällt ihr nicht leicht, doch sie trägt Fuat auf, ihr auch eine Monatsration zu kaufen.

– Ja, sagt er, so sind sie alle. Erst sind sie skeptisch, aber wenn sie sehen, dass es funktioniert, wollen sie es auch. Dieses Zeug wird sich in der ganzen Welt verbreiten, weil es die einzig gesunde und leichte Methode ist abzunehmen. Hättest du mit mir angefangen, hättest jetzt schon zehn Kilo runter. Und ich hätte bereits Rabatt bekommen. Weibervolk, langsam beim Anziehen, langsam beim Fertigmachen, langsam beim Ausgehen, beim Abnehmen, beim Denken.

– Sei still, sagt Gül, tu mir einen Gefallen und sei einfach still. Kauf dieses Zeug, denn es macht den, der es nicht nimmt, noch dicker. Das ist wahrscheinlich der ganze Trick. Weibervolk, Weibervolk, wer ist denn derjenige, der den Mund nicht halten kann und jede Gelegenheit nutzt, um zu quasseln wie ein Marktweib?

Sie weiß, dass Fuat etwas entgegnen wird, doch sie dreht sich einfach um, geht in die Küche und macht die Tür zu. Da sind noch ein paar Reste vom Mittag. Die kann sie ruhig essen, jetzt, wo sie bald eine Diät anfangen wird. Die muss sie essen, damit sie nicht voller Wut aufsteht und Fuat sagt, er soll sich das Pulver sonst wohin stecken.

Das Getränk macht nicht satt, findet Gül, zumindest nicht bis zum Abend. Nachmittags isst sie mit Paprikastreifen belegte Knäckebrote, zehn, zwölf, vierzehn Scheiben. Sie nimmt ab, doch es fühlt sich nicht wie ein Erfolg an. Sie kocht nicht mehr, sie geht nicht mehr einkaufen, sie sitzt nutzlos in der Küche, raucht und denkt an die Tage zurück, als sie noch ein Kind war und die ganze Familie beim Frühstück und beim Abendessen zusammen war. Sie denkt an den Blechbecher, aus dem ihr Vater immer Wasser getrunken hat, daran, dass Nalan als Kind keinen Käse mochte, wie Melike den Rand der Teegläser mit scharfer Peperoni eingerieben hat, sie denkt an Sibel, wie sich manchmal schon beim Frühstück Figuren auf den Rand der Zeitung zeichnete, an Emin, bei dem man sich wunderte, wohin das ganze Essen verschwand, während er dünn wie Reisig blieb. Heute ist er dick, obwohl Gül ihn fast nie essen sieht, als würden die Portionen von damals erst heute ansetzen. Gül denkt an ihre Mutter, die immer genau wusste, wer wie viel gegessen hatte und die nie stillzusitzen schien. Sie denkt an die Stunden mit ihren Töchtern in der Küche in der Heimstraße. Weinblätter, Lahmacun, Moussaka, Imam Bayıldı, Kadayıf, Yufka, İçli Köfte, Sıgara böreği, Okra, Kichererbsen, weiße Bohnen, Sıkma, Mücver, was haben sie gekocht, wie viele Stunden haben sie mit dieser Vorfreude, Liebe und Sorgfalt verbracht.

Gül verliert nicht nur Gewicht, sie verliert den Herd, die befriedigende Beschäftigung. An manchen Tagen kommt es ihr so vor, als sei sie kaum mehr lebendig. Alles, was ihr bleibt, sind Erinnerungen an die Küche, die jetzt ein nutzloser Ort geworden ist.

Bis sie auf die Idee kommt, für Ceyda und ihre Familie zu kochen, Poğaça, Teigtaschen, Kurabiye, Kuchen, Linsenbuletten, alles, was sich einige Tage hält und was man kalt essen kann. Als ihr die Ideen ausgehen, fängt sie an, sich Kochsendungen im Fernsehen anzusehen.

Monatelang bringt sie ihrer Tochter fast jedes Wochenende verschließbare Plastikdosen oder gibt ihr welche mit, wenn Ceyda nach Bremen kommt. Dass Ceyda immer wieder sagt, Gül solle sich nicht diese Mühe machen, ist kein Hindernis. Doch als Gül sieht, dass sowohl Ceyda als auch Duygu zunehmen, nimmt sie sich vor, weniger zu kochen. Zu viel Gewicht ist für niemanden gut, sie weiß das. Doch sie kann nicht einfach aufhören zu kochen. Es ist wie rauchen. Wenn man sich vornimmt, sich einfach einzuschränken, klappt das ein, zwei, drei Wochen ganz gut, aber irgendwann ist Gül wieder bei ihren zehn Zigaretten pro Tag.

Gül hat bereits zwölf Kilo abgenommen, als sie schließlich wieder anfängt, für sich selbst zu kochen.

– Schwester?

Sie erkennt Emins Stimme, doch diesmal steigt nicht sofort Angst in ihr hoch. Sie überlegt, wer gestorben sein könnte, auch wenn in Emins Stimme weder Tod noch Unfall mitklingen. Dennoch sagt sie:

– Emin, ja, ich bin es, möge es etwas Gutes bedeuten, dass du anrufst.

– Es ist nichts Besonderes, ich wollte mal hören, wie es geht. Solange Vater noch lebte, habe ich von ihm gehört, wie es euch geht. Und jetzt weiß ich nichts mehr, als würden unsere Bande zerreißen, obwohl es Telefon gibt und es auch kein Vermögen mehr kostet.

Gül ruft ihren Bruder nicht häufig, aber regelmäßig an. Sie erwartet, dass dieser Anruf einen anderen Grund hat, als nur ein wenig zu plaudern. Sie reden so lange, dass Gül ihre Erwartung vergisst, sie telefonieren, bis Gül zwei oder drei Mal versucht, das Gespräch zu beenden, weil sie glaubt, dass es zu teuer für Emin wird. Schließlich sagt ihr Bruder:

– Hör mal, nach dieser Krise und diesem neuen undurchsichtigen Euro, da habe ich gedacht, vielleicht könnt ihr Unterstützung gebrauchen. Uns hat die Krise natürlich auch getroffen, aber verschmerzbar. Wir können nicht klagen, was Geld angeht ... Also, wenn ihr Interesse habt, euren Anteil am Sommerhaus zu verkaufen, würde ich dafür zahlen.

Gül ist überrascht, braucht aber weniger als eine Sekunde, um sich zu fangen.

– Nein, sagt sie, wir haben kein Interesse, danke. Wozu sollte dir denn unser Anteil nützen?

– Nichts. Du kannst ihn zurückhaben, wenn die Lage sich wieder beruhigt hat. Ich dachte nur, weil ihr ja bei den türkischen Banken ... Und weil immer noch nicht klar ist ... Ich bin in der glücklichen Lage, dass es gerade gut läuft mit dem Laden für Krankenhausbedarf, den wir eröffnet haben. Wir sind Geschwister, wie oft hast du mir schon geholfen. Ich dachte, das wäre eine Gelegenheit, etwas zurückzugeben. Und ich wollte dir nicht einfach nur Geld anbieten, sondern ein Geschäft ... deswegen ...

– Danke, sagt Gül, danke. Ich weiß dein Angebot zu schätzen. Aber so schlecht geht es uns nicht. Wir haben nicht jahrelang umsonst in der Fremde geschuftet.

– Gut, das freut mich. Wenn ich irgendwie eine Hilfe sein kann, lass es mich wissen.

– Mache ich.

Nachdem Gül aufgelegt hat, spürt sie die Wut bis in ihre Fingernägel hinein, bis in die Wimpern und die Haarspitzen. Sie glaubt, sie würde Funken sprühen, wenn sie jetzt mit den Fingern schnippte. Was bildet der sich eigentlich ein? Ihr großzügig helfen. Mit dem Anteil nichts machen wollen. Das kann er einer Eiswaffel erzählen und die würde es auch nicht glauben. Emin, den sie gefüttert, gewickelt, gebadet hat, den sie versorgt und getröstet hat. Emin, dem sie mehr eine Mutter als eine große Schwester sein musste, dieser Emin ruft an und möchte ihre Anteile am Sommerhaus. Und tut so, als ginge es um Geschwisterliebe und Familienbande. Er hat vergessen, wie sie seine Socken gestopft hat, seine Unterhosen ausgebessert, seinen Hintern abgewischt.

Geld verdirbt den Charakter, sagen die Menschen, doch Gül hat das nie geglaubt. Geld bringt nur den Charakter besser zum Vorschein. Was für ein undankbarer Bengel, nur weil er jetzt ein paar Scheine zählen kann, glaubt er sich seiner großen Schwester gegenüber großzügig zeigen zu können. So viel Hinterhältigkeit hätte sie ihm nicht zugetraut, doch das Geld hat ihn verraten.

Als sie auf dem Balkon ihre zweite Zigarette raucht, hat sie sich ein wenig beruhigt. Sie spürt die Kälte auf der Haut, eine Kälte, die nicht in sie eindringen kann, weil in ihrem Inneren eine Heizung ist, die mit Zorn betrieben wird.

Ihr wird klar, dass Melike dahinterstecken muss. Allein würde Emin nicht auf eine solche Idee kommen. Was spielt sie da für ein Spiel? Gül hat den Hörer in der Hand, hat die beiden ersten Nullen und die Neun bereits gewählt, als sie auf den roten Knopf drückt.

Nicht weil es unklug wäre anzurufen, sondern weil sie nicht weiß, was sie sagen soll. Und weil sie ohnehin nur Scheite ins Feuer schmeißen würde. Worte, die kränken und so lange nachhallen, dass sie noch nach Jahren eine Resonanz im Körper finden. Es gibt genug Schmerz, genug Wut, genug Trauer, genug Leid. Warum soll sie sich unter dunkle Wolken stellen und sie anflehen, endlich alles herabregnen zu lassen. Was sie und ihre Geschwister brauchen, ist ein wenig Wärme, ein bisschen Licht. Und sie ist die Älteste, es ist ihre Aufgabe, für Licht zu sorgen.

Da ist noch eine andere Stimme in ihr, die, die Melike und Emin, ihre Gier und ihre Unehrlichkeit anklagt, ihre Zweigesichtigkeit verflucht. Doch sie versucht dieser Stimme keinen Raum zu geben, in dem sie klingen kann. Was soll sie in einen Missklang einstimmen, wenn sie weiß, dass es ein Licht gibt, das sie alle wärmen kann.

Gül kontrolliert Fuats Taschen schon lange nicht mehr, und als Fuat ein Wochenende allein zu Hause bleibt, weil er das Auto reparieren lassen muss, macht sie sich keine Gedanken. Ceyda holt Gül mit dem Auto ab, doch als sie sie am Sonntagnachmittag zurückbringen möchte, springt der Motor nicht an. Nach einigen Versuchen wird Ceyda nervös, während Gül ganz entspannt bleibt.

– Was ist das denn mit den Autos an diesem Wochenende, sagt sie. Lass den Wagen doch ein, zwei Minuten ausruhen, du hast ihn ja ganz verrückt gemacht.

Sie sitzen schweigend nebeneinander und sehen auf das vor ihnen parkende Auto.

– Hast du nachgedacht?, fragt Gül dann.

– Ja, sagt Ceyda, legt ihre Hände in den Schoß und senkt den Blick. Habe ich. Ich warte noch. Bis beide Kinder auf eigenen Beinen stehen. Zwei Jahre mehr oder weniger machen jetzt keinen Unterschied mehr.

– Ahnt jemand etwas?

– Nein, ich glaube nicht.

– Erlaube dir keine Fehler, nur weil du mehr weißt als er. Werde nicht nachlässig. Lass dir nichts zuschulden kommen.

Ceyda nickt.

– Ich bin entspannter, sagt sie. Jetzt, wo du deinen Segen gegeben hast, jetzt, wo ich weiß, dass auch dieser Weg einmal ein Ende haben wird, ist die Last auf meinen Schultern leichter. Manchmal fühlt es sich sogar so an, als würde ich bergab gehen.

– Mögen deine Hände nicht müde werden, dein Rücken nicht krumm, deine Beine nicht schwach, möge der Boden unter deinen Füßen nicht zu hart und steinig sein, sagt Gül.

Möge allen dasselbe vergolten sein, denkt sie.

Der Wagen springt nicht an, Adem ist nicht da, der Nachbar kann nicht helfen, also bringt Ceyda ihre Mutter zur S-Bahn und fährt mit ihr bis zum Hamburger Hauptbahnhof. Dort kauft sie eine Fahrkarte, bringt Gül auf den Bahnsteig und sagt: Es ist ganz leicht, du musst einfach beim nächsten Halt aussteigen, dann bist du in Bremen am Hauptbahnhof, von dort aus kennst du ja den Weg.

Gül fürchtet verlorenzugehen, irgendwo in diesem großen Deutschland zu landen, von wo aus sie nicht mehr nach Hause findet. Ceyda sieht die Angst ihrer Mutter und bietet ihr an mitzufahren.

– Nein, sagt Gül, nein, danke, ich schaffe das schon.

– Bist du dir sicher? Die Kinder sind alt genug, die kommen allein zurecht. Ich habe keine Schicht diese Nacht, ich kann auch einfach mitfahren.

– Nein, danke, ich schaffe das schon, wehrt Gül ab.

– Doch, ich möchte, dass du in Seelenruhe fahren kannst.

– Danke. Alles, was ich tun muss, ist an der nächsten Haltestelle aussteigen.

Als sie schließlich allein im Zug sitzt, kommen Gül die Tränen. Sie denkt an all die Male, die sie Ceyda allein gelassen hat. Bei ihrer Schwiegermutter in der Türkei, als sie noch ein Kind war, am Flughafen in Istanbul, als ihr Pass abgelaufen war, in Deutschland, als sie frisch verheiratet war. Wie oft hat sie Ceyda allein gelassen. Jetzt möchte sie an ihrer Seite sein, wenn sie sich scheiden lässt. Die Nachbarn und Bekannten werden tratschen, sie werden sich das Maul zerreißen, sie werden zum Gerede der Leute werden.

Doch das hier ist Deutschland, dieses Land ist freier, Ceyda lebt hier, warum sollte sie nicht auch einen Teil der Freiheit genießen. Warum sollte sie immer weiter leiden unter einem Mann wie Adem?

Die Zeiten ändern sich. Melikes Sohn lebt in Istanbul mit seiner Freundin zusammen, ohne dass die beiden verheiratet sind. Darüber wird auch geredet, natürlich, aber hinter vorgehaltener Hand, İsmail ist ein Mann, er verdient viel Geld, es ist Istanbul. Warum sollte nicht auch Ceyda frei leben können, nachdem sie alle ihre Pflichten erfüllt hat. Es sind neue Generationen, die Welt scheint sich mit jedem Tag schneller zu drehen, alles verändert sich.

Dieses Mal werde ich ihr beistehen, nimmt Gül sich vor, komme da, was wolle.

Zwanzig Minuten bevor der Zug in Bremen einfährt, steht sie schon an der Tür und fragt sich, was sie tun soll, wenn sie sie nicht aufbekommt. Sie hofft, dass noch mehr Leute aussteigen müssen, damit ihr jemand helfen kann. Mit jeder Minute, die vergeht, schlägt ihr Herz schneller. Sie ist ganz aufgeregt, als der Zug schließlich langsamer wird. Hinter ihr ist mittlerweile eine lange Schlange. Was werden die Leute denken, wenn sie sehen, dass Gül nicht weiß, wie man die Tür öffnet. Ein türkisches Landei, eine Bauersfrau, die noch nie Zug gefahren ist, eine, die sich in unserer modernen Welt nicht bewegen kann. Sie dreht sich um, kurz bevor der Zug hält, doch unter welchem Vorwand sollte sie jemanden vorlassen?

Auf dem Bahnsteig vor ihr sieht sie Menschen, und noch während sie wie versteinert dasteht, öffnet sich die Tür mit einem Zischen. Güls Schritt ist unsicher, als sie aussteigt.

Nach einigen Metern am Bahnsteig ist sie noch immer nicht ganz bei sich, doch sie erkennt Serter, der auf einer Bank sitzt, schon von Weitem. Er trägt einen teuren Anzug, raucht und scheint ganz versunken in eine Melancholie, die Gül an ihm nicht kennt.

– Guten Tag, Serter, sagt sie und bleibt vor ihm stehen, doch der Mann mit dem ins Leere gerichteten Blick reagiert nicht. Einen kurzen Moment ist Gül verunsichert, ob es wirklich Serter ist, doch dann legt sie ihm sanft die Hand auf die Schulter. Serter dreht den Kopf, sieht Gül einen Augenblick lang ausdruckslos an, dann strahlt das Lächeln des Erkennens über sein Gesicht.

– Gül, was für eine Freude.

Er steht auf und gibt ihr die Hand.

– Was machst du hier?

– Ich komme gerade von Ceyda, sie wohnt bei Hamburg und ihr Auto war kaputt. Und du? Wartest du auf jemanden?

Das sind keine Tränen in Serters Augen, doch sie glänzen feucht und röten sich leicht.

– Nein, sagt Serter, ich warte nicht. Oder doch. Man kann doch nicht warten zu etwas sagen, wenn es kein Ende hat? Komm, Gül, setzen wir uns hin, lass uns eine rauchen. Du rauchst doch noch, oder?

– Ja.

– Setz dich. Hier, nimm dir eine.

– Danke.

Sie rauchen und Gül entspannt sich, doch sie hat den Eindruck, dass mit Serter etwas nicht stimmt. Etwas anderes als sonst.

– Verzeih, wenn ich nochmal frage: Was machst du hier, wenn du auf niemanden wartest? Fährst du weg?

– Nein, Gül.

Seine Stimme ist belegt, er räuspert sich.

– Ich sitze oft hier. Ziemlich oft. Immer, wenn ich Sehnsucht nach der Heimat habe. Hier bin ich der Heimat am nächsten. Hier könnte ich jederzeit in einen Zug steigen und nach Süden fahren. Geflogen bin ich ja noch nie. Der Bahnhof ist das letzte Band, das mich noch mit der Heimat verbindet. Sieh, du hast es gut, du hast keine Angst, dass jemand dich vergiftet, du kannst essen, was du willst. Du kannst dir Dorfbrote aus der Türkei schicken lassen und dir im Supermarkt Pastırma kaufen. Du kannst einen ganzen Laib Heimat an dein Herz drücken, dir eine Scheibe abschneiden und mit Sehnsucht belegen. Mir ist nichts geblieben, mich halten alle für verrückt, ich habe niemanden, zu dem ich heimkehren kann. Ich bin ausgeschlossen aus der Gesellschaft, weil es Menschen gibt, die mir nach dem Leben trachten. Der Herr möge niemanden heimatlos lassen. Sieh dir diese Leute an, sie rennen hin, sie rennen her, sie hetzen dem Geld hinterher, dem Glück, dem Wohlstand, dem Haus, dem Ruhm, den Frauen, der Rache, sie arbeiten und schuften und schlafen, sie verkaufen nicht ihre Arbeitskraft, sondern ihre Lebenszeit. Aber mich nennen sie verrückt. Gül, ich sitze hier am Bahnhof, weil es meine einzige Verbindung ist zu einer Welt, die es nicht mehr gibt.

– Diese Welt gibt es für uns alle nicht mehr, sagt Gül. Die Türkei ist nicht mehr die Türkei, die du verlassen hast. Und vielleicht sind wir alle hier ein wenig verrückt geworden, wir passen dort nicht mehr hin. Sie merken uns die Jahre an, die uns fehlen, als seien sie Löcher in unseren Herzen. Sie sehen sofort, dass etwas nicht stimmt. Damals, als ich wieder in die Türkei zurück bin, habe ich über drei Jahre gebraucht, bis ich langsam das Gefühl hatte, ich gehöre wieder dazu.

– Hier wollen sie uns aber auch nicht haben, Gül. Und im Gegensatz zu mir könntest du fliehen. Der Weg steht dir offen, aber ich komme nicht weiter als bis hier. Und du weißt, was Bahnhöfe in diesem Land bedeuten. Nach diesem Flugzeugattentat wollen sie nicht die Türken, sondern die Moslems aus dem Land haben. Sie werden jetzt jeden zu einem Moslem machen, selbst den Ungläubigsten unter uns. Mir trachten sie nach dem Leben, weil ich weiß, dass sie Feinde brauchen. Die brauchen sie, um Angst verbreiten zu können. Angst macht die Menschen klein. Alle glauben immer, ich wäre es, der Angst hat, aber das stimmt nicht, ich bin nur vorsichtig. Wie hätte ich sonst so lange überleben können? Ich bin vorsichtig, aber ich fürchte mich nicht, sonst könnten sie mich kontrollieren in ihrem Königreich der Angst, das sie errichtet haben. Ich habe Sehnsucht, eine Sehnsucht, die nicht mal Gottes Stimme stillen kann.

Gül sieht Serter an. Wie oft hat sie sich schon gefragt, ob er der einsamste Mensch ist, den sie kennt. Er ist mittlerweile reich. Geld macht nicht glücklich, Geld macht satt. Und wie sagen die Ahnen: Nicht, wo du geboren bist, zählt, sondern wo du satt wirst. Niemand wird satt ohne Geld. Niemand wird glücklich nur mit Geld. Niemand entkommt der Einsamkeit ohne Vertrauen.

– Ich habe Serter am Bahnhof getroffen, sagt Gül.

– Ah, jetzt, wo du mich daran erinnerst. Ich habe da etwas aufgeschnappt: Er lebt jetzt mit einer Prostituierten zusammen, einer Türkin.

– Mit einer Prostituierten?

– Ja.

– Das glaube ich nicht.

– Es ist wahr, ich habe es von Dursun, der hat es selbst gesehen. Serter gibt ihr Geld, damit sie nicht mehr arbeitet. Wenn man Kohle hat, kann man sich einfach alles kaufen. Er kann einfach den ganzen Tag ... liegen und fernsehen ... und sich bedienen lassen. Er hat es gut.

– Serter ist einsam, sehr einsam. Er hat Sehnsucht nach der Heimat.

– Was heißt denn einsam? Wer so viel Geld hat und keine Freunde findet, macht etwas falsch.

– Man kann sich keine Freunde kaufen.

– Natürlich nicht. Sieh sich einer diese Frau an. Was sage ich denn? Freunde finden. Man kann sich Möglichkeiten kaufen, um Menschen kennenzulernen, und wenn 99 von 100 nur an deinem Geld interessiert sind, dann bleibt immer noch einer, der dein Freund sein könnte. Reiche Menschen haben einfach mehr Möglichkeiten, man schenkt ihnen Aufmerksamkeit. Aber dafür darf man sein Geld natürlich nicht verstecken, so wie du das tun würdest. Man muss es offen zeigen, man muss es ausgeben. Wer einsam ist, obwohl er Geld und Zeit hat, bei dem läuft etwas schief. So wie bei Serter. Mit wem soll er sich auch anfreunden? Mit Menschen, die verrückt sind wie er selbst? Mit Menschen wie du und ich? Dieser Mann ist mit dem Klagen und der Einsamkeit verwachsen, er will sich gar nicht lösen von seinem Unglück. Schau, jetzt hat er Geld, er hat eine ... Bedienung, aber sitzt und klagt und klagt und sitzt. So ist das osmanische Reich untergegangen, man hat einfach gesessen und geguckt, wie die anderen gearbeitet haben. Seit wie vielen Jahrzehnten ist er in Deutschland? Er hätte etwas lernen können über Fleiß, über Arbeit, über Ziele.

Als hättest du etwas darüber gelernt. Sagt Gül nicht. So lange lebt sie nun schon mit diesem Mann zusammen, doch sie kennt ihn immer noch nicht. Manchmal reagiert er genauso, wie sie es erwartet, manchmal überrascht er sie aber auch, so wie gerade. Sie sieht ihn an und fragt sich, ob er sich vielleicht auch manchmal einsam fühlt. Sie glaubt, dass er Anlass dazu hätte, aber sie glaubt nicht, dass er zu diesem Gefühl fähig ist. Seine Welt erscheint ihr klein, in dem Raum, in dem er sich bewegt, kann man sich kaum alleine fühlen, er hat ohnehin nur ein winziges Fenster, aus dem er selten hinausschaut, und wenn, dann nur mit einem Auge.

Fuat versteht nicht, wie Menschen sich fühlen. Er kann ihre Angst, ihre Einsamkeit, ihre Sorgen, ihre Zweifel nicht spüren. Vielleicht weil er es bei sich selbst nicht findet. Er kann ihre Geldgier sehen, ihre guten Ideen, er erkennt Betrunkene, er erkennt die Marken von Autos und Fernsehern, die verschiedenen Whiskys, doch er kennt nicht die Arten der Sehnsucht. So wie er die Modelle der Autos aufzählen kann, kann Gül die Arten der Trennung benennen. Die Trennung, die sofort schmerzt, die Trennung, die erst nach Wochen und Monaten schmerzt, die Trennung, die man vergisst, die einen aber immer wieder einholt, die Trennung, die schlimmer wird, wenn man eine Stimme hört, die Trennung, die der Klang einer Stimme lindern kann, die Trennung, die einen zerreißt, und die, die immer nur an einem zieht. Die Trennung, die sich auf die Schultern setzt, wenn man einen Brief schreibt, und die Trennung, die die Seele mit warmen Wassern wäscht, wenn man ein paar Zeilen erhält. Sie kennt die Arten der Sehnsucht, der Zweifel, der Ängste, sie kennt die Arten der Melancholie und des Heimwehs, sie kennt alle Arten, sich fremd zu fühlen, und sie sieht Fuat an und meistens kommt er ihr vor wie ein Kind. Wie ein Kind, das man nicht bemuttern kann, weil es alle Neugier für seine Umwelt verloren hat.

Es könnte stimmen, denkt sie, das mit der Prostituierten, aber wenn es stimmt: Fühlt Serter sich mit ihr nicht noch einsamer als ohne sie?

Es ist nicht diese kindliche Freude in Fuats Gesicht, wenn er etwas Neues gekauft hat, doch sein Ausdruck ist ähnlich. Noch bevor er den Mund aufmacht, hat Gül ein Wort dafür: Triumph. Sie gönnt ihm, dass er abgenommen hat, doch diesen Triumph gönnt sie ihm nicht, was auch immer seine Ursache sein mag.

– Es ist bestätigt, sagt er. Wir kriegen zwar nicht das ganze Geld wieder, aber wir bekommen die volle Deckungssumme ausgezahlt.

Es hat schon einige Zeit so ausgesehen, als würde der Schaden gedeckt werden können, doch es blieb eine Unsicherheit. Jetzt spürt Gül die Erleichterung, versucht sie sich aber nicht anmerken zu lassen.

– Ich habe dir gesagt, mit Angst kommt man nirgends hin. Man muss ein wenig wagen.

– Wie hoch ist unser Verlust?

– Nicht der Rede wert.

– Wie viel?

– Knapp 5.000 Euro.

– Nicht der Rede wert. Großartig.

– Ohne mich hättest du keinen Cent von unseren Ersparnissen wiedergesehen.

– Ohne dich hätte ich dieses Geld nie verloren.

– Ohne mich hättest du nie so viel Geld zusammenbekommen.

– Ja?

Gül zögert kurz. Nur 5.000 Euro. Wie leichtfertig er mit dem Geld ist.

– Du gehörst zu den Armen, weil du dich arm fühlst, sagt sie. Und du wirst dich immer arm fühlen, egal, wie viel Geld du horten kannst.

– Ach ja?

– Ja. Du kennst das Sprichwort: Seine armen Geschöpfe erfreut der Herr, indem er sie ihren Esel verlieren und dann wiederfinden lässt. Es sind immer die Armen, die sich über verloren Geglaubtes freuen.

– Weibervolk, sagt Fuat. Keine Ahnung vom Geld, keine Ahnung von der Freude, keine Ahnung von Mut und Wagnis, aber immer vorne dabei, wenn es darum geht, irgendeinen klugen Spruch auf den Lippen zu haben. Freu dich doch, verdammt.

– Worüber? Darüber, dass ich nie mehr vergessen werde, wie es sich anfühlt, sich nach Jahrzehnten der Arbeit mittellos zu fühlen?

Sie geht auf den Balkon, um eine zu rauchen. 5.000 Euro sind viel Geld, doch sie spürt, wie etwas in ihr seinen Griff gelockert hat. Wie die Zahlen auf dem Konto ihr eine leise Ruhe schenken.

Egal, wie viel Geld wir haben, denkt sie, wir kommen aus der Not, in unseren Gedanken werden wir immer arm bleiben.

Sevgis Türkisch scheint noch schlechter geworden zu sein, seit sie nach Göttingen gezogen ist, doch aus Saniyes Tochter ist eine selbstbewusste Frau geworden. Mehr denn je glaubt sie, dass die Welt ihr offensteht, als sie nach ihrem Studium anfängt, in einer Praxisgemeinschaft in Bremen zu praktizieren. Sevgi Özcan, Kinderärztin, ihr Name zieht türkische Eltern an, unter ihnen viele, die nicht besonders gut Deutsch können. Sevgi war schon immer fleißig, nun beginnt sie, türkische Bücher zu lesen, türkische Filme zu sehen, und paukt Vokabeln, um ihr Türkisch zu verbessern.

– Tante Gül, sagt sie, es ist so schön für mich, in diese Sprache zurückzukehren. Es gibt keine Grenzen mehr in Deutschland, man kann sich frei bewegen. Als ihr hierhergekommen seid, wart ihr alle Arbeiter, und schau, was aus euren Kindern geworden ist: Ärzte, Anwälte, Politiker, Schauspieler, Friseure, Makler, Filmemacher, Handyverkäufer, wir haben uns aus den Fabriken heraus überall in diesem Land verteilt. Niemand redet mehr über Rückkehrerhilfe, wir sind jetzt hier, wir gehören dazu. Wir alle. Und damit meine ich alle. Auch die Kriminellen, und die, die jemanden heiraten müssen, den ihre Eltern aus der Türkei holen, die, die kein Deutsch lernen wollen, und die, die den Goldenen Bären gewinnen, in der Politik sind oder im Fernsehen. Es geht nicht mehr um gute oder schlechte Ausländer, um Bereicherung oder Belastung, wir haben uns einfach überall verteilt, wir sind raus aus Fabrik und Ghetto.

– Wie schön es ist, jung zu sein, sagt Yılmaz, nachdem sie gegangen ist. Sie sieht die ganze Welt, als hätte sie jemand mit Puderzucker bestreut. Sie glaubt, wir wären überall, nur weil es einen Filmemacher gibt, eine Moderatorin, einen Politiker und einen Schriftsteller und einen weiß nicht was. Aber immer nur einen. Wenn du auf die Straße gehst, sind wir überall, aber wenn du mal deutsches Fernsehen einschaltest, gibt es uns hier nicht. Und damit das nicht so auffällt, muss immer ein Alibi-Türke herhalten. Wir sind im gesamten Kulturbereich komplett unterrepräsentiert, wir kommen nicht vor in ihren Filmen, in ihren Büchern, in ihren Liedern. Aber Sevgi ist jung, sie soll sich freuen.

– Ist das nicht etwas gefährlich für eine junge Frau, im Viertel zu wohnen?, fragt Fuat.

Obwohl Saniye und Yılmaz gerne gesehen hätten, dass Saniye nach ihrem Studium zurück in ihr Kinderzimmer zieht, hat sie sich eine kleine Altbauwohnung im Viertel genommen.

– Ihr habt doch auch im Viertel gewohnt?

– Ja, aber eine Frau alleine, auch noch eine von uns ... also eine Türkin ...

– Was ist denn so türkisch an ihr? Hast du nicht gehört, wie sie spricht? Sie war in ihrem Leben vielleicht insgesamt ein halbes Jahr in der Türkei, und das ist auch gut so. Sieh dir die Türkei doch an, die Krise war nur ein Anfang, das Land ist dabei unterzugehen, langsam, aber sicher.

– Ich weiß schon, warum ich sie nicht so gerne besuche, schimpft Fuat auf dem Heimweg. Der ist ein Vaterlandsverräter, wie er im Buche steht, ohne einen Funken Stolz auf die Heimat im Leib. Nur weil der Herr nicht studieren konnte, ist das ganze Land schlecht. Vielleicht sieht seine Tochter nur Puderzucker, aber alles, was er sehen kann, ist Staub und Dreck, Neid und Verrat. Er tut verständnisvoll und klug, aber er ist voller Hass, voller Wut auf die ganze Welt, nichts ist ihm recht.

Er hält inne und sieht Gül an, erwartet, dass sie Yılmaz verteidigt, wie sie es sonst oft tut, doch Gül schweigt.

Wenn er kein Haschisch rauchen würde, würde er sein Leben vielleicht nicht aushalten, denkt sie. Schweigend geht das Paar ans andere Ende der Siedlung. Als Fuat die Haustür aufschließt, fragt Gül:

– Warst du eigentlich damals, als du noch so viel getrunken hast, auch voller Wut auf alles?

Fuat dreht sich um und sieht seine Frau an.

– Was in deinem Kopf vorgeht, werde ich wohl nie verstehen. Ich habe getrunken, weil ich das Leben genossen habe, und ich würde immer noch trinken, wenn mein Magen es zulassen würde. Wut ...

Er schüttelt den Kopf, zieht sich die Schuhe aus und geht in die Wohnung.

– Weibervolk, wer kann da schon Logik erwarten.

Als er am nächsten Tag nach Hause kommt, sind auf Fuats Gesicht Stolz und Freude. So sah er aus, als er seinen ersten großen Nordmende-Fernseher gekauft hatte, so sah er aus, als er als Erster in der Straße einen Videorekorder besaß, so sah er aus, als die Satellitenschüssel installiert war, so sah er aus, nachdem er mit seinem ersten gebrauchten Mercedes nach Hause gekommen war. So sah er aus, als er zum ersten Mal dieses teure Diätpulver nach Hause brachte, das er immer noch an zwei Tagen in der Woche trinkt. Doch Fuat sagt heute nichts und Gül fragt nicht, obwohl sie weiß, dass sie ihm damit einen Gefallen tun würde.

– Ruf mal diese Nummer hier an, sagt Fuat schließlich.

– Wessen Nummer ist das denn?

– Ruf doch einfach mal an.

– Ruf du doch an.

– Ach, Frau, bitte, jetzt tipp doch diese Nummer ein. Man kann nicht immer alles vorher wissen wollen. Es ist eine Überraschung.

– Warum soll ich bei jemandem anrufen, den ich nicht kenne? Was ist das überhaupt für eine komische Nummer? Wo ist das denn?

Fuat seufzt, nimmt das Telefon und wählt. Es klingelt in seiner Jackentasche und er holt strahlend ein Handy hervor.

– Wem gehört das?

Er seufzt erneut und setzt sich hin.

– Na, wem wohl? Ich glaube, dieser Frau, die sich am vergifteten Apfel ihrer Stiefmutter verschluckt hat. Oder waren es die sieben Zwerge mit den 14 Armen? Meins. Es ist mein Telefon.

– Was willst du damit?

– Es taugt nicht zum Rasieren, deswegen wollte ich damit telefonieren.

– Aber wir haben doch ein Telefon.

– Warum rede ich überhaupt mit dir. Das hier ist die Zukunft. Du kannst sie nicht mal sehen, wenn sie direkt vor deiner Nase ist. In ein paar Jahren wirst du auch eins haben. Hast du nicht bemerkt, dass immer mehr Menschen damit herumlaufen? Das ist der Fortschritt, du kannst das Telefon jetzt in deine Tasche stecken und überallhin mitnehmen. Einst haben wir uns die Finger wund gewählt, dann haben sie Tasten erfunden. Dann sind wir immer über das Kabel gestolpert und sie haben das Kabel weggemacht. Die Deutschen, die Japaner, die Amerikaner, sie verändern die Welt, aber meine Frau schläft.

– Das ist bestimmt teuer, oder nicht?

– Es vereinfacht dein Leben, es ist eine Art Übersetzer, den du überallhin mitnehmen kannst. Und es wird immer billiger werden.

– Das ist ...

... doch etwas für Geschäftsleute, wollte sie sagen, doch sie unterbricht sich. Oder für Kriminelle wie Can. Warum sollte sie so etwas brauchen.

– ... doch schön, dass du etwas Neues hast, sagt sie.

Sie lächelt. Am einfachsten ist es, ihn zu verstehen, wenn er sich seinen einfachen Freuden hingibt. Trotzdem, sie wird Ceyda fragen, wie teuer so etwas ist.

In den nächsten Wochen sieht Gül drei ihrer Kollegen immer wieder an einem Bürotelefon stehen und eine Nummer eintippen. Sie versuchen es zu verheimlichen, doch es entgeht Gül nicht. Sie nehmen den Hörer ab, wählen, sprechen aber nie. Gül weiß nicht, wen man um diese Uhrzeit anrufen könnte. Sie kann sich keinen Reim darauf machen, doch sie spricht auch niemanden darauf an. Sie hat es sich längst abgewöhnt, die Arbeit der anderen zu kritisieren oder sie auf Fehler hinzuweisen. Sie ist keine gute Vorarbeiterin, sie delegiert lediglich die Aufgaben und versucht die Übersicht zu behalten. Jeder muss seine Verfehlungen selbst tragen und es braucht Gül nicht zu scheren, ob die Menschen ihren Rücken aufrichten können unter der Last oder nicht. Sie versucht ihre Pausen kurz zu halten, aber wenn sie sich in einen Bürostuhl setzt, wandert ihr Blick nicht automatisch zum Fenster oder nach innen, sondern auf das Telefon.

Wen ruft man mitten in der Nacht an? Und spricht dann nicht? Gibt es einen geheimen Code, bei dem man nur mit Klingelzeichen kommuniziert? Ist es nicht sonderbar, dass man einige Ziffern wählen und jeden erreichen kann, der ein Telefon hat? Eine Stimme kann sich an eine Stimme schmiegen, man kann im Klang die Kleinigkeiten hören, die in den Worten eines Briefes untergehen, man kann an einem kurzen *Ja?* erkennen, wie es dem anderen geht.

Vor ein paar Tagen hat sie die Freude in Cerens Stimme gehört. Sie wusste noch nicht, was die Nachricht sein würde, aber sie hörte Freude, ein wenig Aufregung und auch Angst. Gül hatte sich natürlich schon gefragt, ob der Tag kommen würde, an dem sie diese Nachricht erhalten würde, aber sie hat Ceren kein einziges Mal darauf angesprochen.

– Was ist los?

– Ich bin schwanger.

– Das ist ja schön, hat Gül gesagt. Und gehofft, dass nicht sofort die Sorgen in ihrer Stimme mitklangen. Würde Fatma eifersüchtig werden? Weil ihr Bruder oder ihre Schwester, so Gott wollte, mit Vater und Mutter aufwachsen würde, anders als es ihr beschieden war? Würde es Probleme geben, weil Ferdi sein eigenes Kind mehr liebte als Fatma? Würde die kleine Familie zusammenhalten können? Oder an diesem Kind zerbrechen?

Wenn das Kind erst mal da ist, werden wir uns alle freuen über dieses Wunder, wir werden staunen und uns freuen. Und für alles Weitere möge der Herr uns gnädig sein.

Sie glaubt hinterher, dass es ihr gelungen ist, ihre Ängste aus ihrer Stimme herauszuhalten. Es wird nicht leicht werden, doch die Wege am Horizont sehen immer steinig aus. Wenn man erst mal dort ist, findet sich immer etwas, das einem hilft, einen Fuß vor den anderen zu setzen.

Auch dieses Kind wird eines Tages eine Telefonnummer haben, seine Stimme an eine andere Stimme schmiegen und die Freude teilen und die Angst für sich behalten, denkt Gül und steht auf, um weiterzuarbeiten.

– Möge es mit Vater und Mutter aufwachsen, sagt Gül, so wie man es bei Geburten sagt, es sind ehrliche Worte, die ihren Mund verlassen, doch einige Sekunden ist sie wie gelähmt. Sie sieht Cans strahlendes Gesicht, steht schließlich auf und schließt ihn in ihre Arme. Dann legt sie ihre Hände auf seine Wangen und küsst ihn auf die Stirn.

– Möge es mit Vater und Mutter aufwachsen, wiederholt sie. Sie setzen sich wieder, Gül überlegt, zögert, hadert, kaut die Worte, doch sie schluckt sie nicht hinunter.

– Jetzt musst du dieses Leben endgültig hinter dir lassen. Schau, du hättest fast die Geburt nicht erleben können, weil du wieder gesessen hast.

– Ich weiß, Tante Gül, ich weiß, ich darf nicht mehr einfahren, das muss ein für allemal vorbei sein. Ich möchte da sein für meinen Sohn, ich will ihn aufwachsen sehen. Aber ich habe alles geändert, wirklich alles. Wir haben auf den Namen meiner Frau zwei Firmen gegründet.

– Was denn für Firmen?

– Wir verkaufen Handytöne und Grußkarten über das Internet. Und wir haben eine Telefonauskunft für Bus- und Bahnverbindungen.

Vom Internet hört Gül jetzt häufiger, doch sie weiß nicht genau, was das ist, außer, dass es mit Computern zu tun hat, von denen sie auch nichts weiß. Also fragt sie nach der Telefonauskunft und möchte wissen, wie man denn damit Geld verdient.

– Es kostet eine Gebühr, wenn man dort anruft, sagt Can, fast drei Euro pro Anruf. Wenn in der Stunde im Schnitt 10 Leute anrufen, dann sind das 30 Euro. Die Auskunft ist 24 Stunden besetzt, 720 Euro am Tag. Wenn wir Miete, Mitarbeiter, Gebühren und Steuern abziehen, bleiben immer noch knapp 300 Euro übrig. Mal 30 Tage, sind 9.000 Euro im Monat, nicht besonders viel, aber sauberes Geld, das man nicht erst waschen muss.

Gül sieht ihn mit großen Augen an. 9.000 Euro. Im Monat. Dafür muss sie fast ein halbes Jahr arbeiten.

– Warum rufen die Leute denn an, wenn es so teuer ist?

– Werbung, sagt Can, es läuft alles über Werbung.

– Da steht also nur ganz klein, was es kostet. Du prellst die Leute, anstatt sie zu berauben.

– Tante Gül, das ist eine offiziell eingetragene Firma, wenn es Betrug wäre, würden sie uns schließen. Das ganze System ist verlogen, wenn wir prellen, dann prellen wir jetzt zumindest auf der richtigen Seite des Gesetzes.

Gül nimmt einen Schluck von ihrem Kaffee. Die Erkenntnis trifft sie unerwartet, sie denkt nicht nach, sondern da ist auf einmal ein Verstehen. Ihr wird warm. Sie ist nicht gewieft, sie ist nicht kreativ, sie denkt nicht so, wie diese Menschen denken, dennoch weiß sie auf einmal, wie die Dinge zusammenhängen. Sie schiebt die Worte im Mund hin und her, doch sie kann sie nicht schlucken.

– Mein Sohn, sagt sie, du bist Vater geworden, es ist gut, dass du nichts mehr mit Drogen und Einbrüchen und Diebstählen und … Frauen machst, aber du musst Verantwortung übernehmen. Du musst deinem Sohn ein Vorbild sein, du musst ihn zu einem Menschen erziehen. Du gehst immer noch nicht den ehrlichen Weg. Du betrügst.

– Tante Gül, ich betrüge nicht, ich …

– Du bezahlst Leute dafür, dass sie von fremden Telefonen diese Nummer anrufen.

Can fühlt sich nicht ertappt. Er lehnt sich zurück und lächelt.

– Das kann niemand beweisen, sagt er.

– Das nennst du legal?

– Eine legale Firma, ein versteuertes Einkommen, kein Risiko, in den Knast zu müssen.

– Das ist keine ehrliche Arbeit.

– Tante Gül, ich muss Geld haben, und mit dem, was du ehrliche Arbeit nennst, wird man nicht reich. Nicht, wenn man wie wir aus der Armut kommt. Nur die Reichen werden reich mit dem, was du ehrliche Arbeit nennst. Aber ohne einen Tropfen Schweiß auf der Stirn.

Wie viele Jahre schuftest du schon hier? Und wie viel Geld hast du auf der hohen Kante?

– Nicht so wenig, sagt sie. Man könnte wahrscheinlich ein kleines Haus in der Türkei davon kaufen. Und ich habe ein ruhiges Gewissen.

– Ich auch.

– Ich muss keine Angst haben, erwischt zu werden.

– Ich auch nicht mehr. Tante Gül, dir reicht, was du hast. Das ist gut. Als du jung warst, hast du vielleicht andere Dinge gelernt als ich. Ich bin anders. Es sind immer die Alten, die klagen, dass es keine Nähe mehr gibt, keinen Zusammenhalt, keine Menschlichkeit, dass alle nur noch nach dem Geld schielen. Aber von den Jungen wollen sie, dass sie so tun, als hätte die Welt sich nicht geändert. Wir leben hier und hier zählt Geld. Nenn mir einen einzigen Menschen, der reich geworden ist, ohne zu betrügen oder ohne dass seine Vorfahren betrogen haben.

– Serter hat im Lotto gewonnen, sagt Gül, weil ihr so schnell kein anderes Beispiel einfällt.

– Serter? Der Verrückte?

– Ja. Kennst du ihn?

– Die ganze Stadt kennt ihn.

Can lehnt sich wieder zurück. Jetzt scheint er es zu sein, der überlegt, ob die Worte vielleicht besser ungesagt bleiben.

– Und wer ihn nicht kennt, hat schon mal eine Geschichte über ihn gehört, sagt er dann.

Lotto ist keine richtige Arbeit, aber es ist ehrlich, er ist reich geworden, ohne zu betrügen, denkt Gül. Can beugt sich nach vorne, legt die Unterarme auf den Tisch.

– Tante Gül, sagt er mit gesenkter Stimme, das ist, was alle glauben, aber ich weiß: Serter hat nicht im Lotto gewonnen. Behalt es bitte für dich.

– Wie?

– Der Lottogewinn ist die offizielle Version. Es gibt immer eine offizielle Version vom Reichtum der Reichen. Wir haben sogar einen Lottoschein aufgetrieben, wir haben ihn jemandem abgekauft, damit es einen Beweis für die Geschichte gibt. Aber Serter, wie soll der denn im Lotto gewinnen, der spielt ja nicht mal.

– Was hat er dann gemacht?

– Ein paar Dinge für uns erledigt.

– Ein paar Dinge?

– Ja.

– Was für Dinge?

– Dinge eben.

– Serter mag verrückt sein, aber er ist eine ehrliche Haut. Ich kann mir nicht vorstellen, dass er Dinge tut.

– Man muss die Menschen verstehen, sagt Can, dann kann man sie lenken. Fast jeden. Als ich noch klein war, habe ich mich vom Kaufhausdetektiv beim Klauen erwischen lassen. Ich war noch keine 14 und wusste, mir kann nichts passieren. Ich habe ihm gesagt, dass meine Eltern mich schlagen, wenn mich die Polizei nach Hause bringt, dass ich ältere Kinder kenne, die auch klauen, dass ich ihm nächstes Mal, wenn sie in diesem Laden sind, Bescheid geben werde, wenn er mich jetzt gehen lässt. Dass ich ihm meine Jacke dalasse, als Pfand, damit er sehen kann, dass ich die anderen wirklich verraten werde. Die Jacke hatte ich ja eh nur jemandem abgezogen. Ich habe ihn zugetextet und er hat sich darauf eingelassen. In der Zwischenzeit hat mein Bruder den halben Laden ausgeräumt, weil der Detektiv mit mir beschäftigt war.

Wie so oft weiß Gül nicht, ob sie entsetzt oder beeindruckt sein soll.

– Was hat das mit Serter zu tun?, fragt sie dann, obwohl sie ahnt, dass sie keine Antwort bekommen wird.

– Serter fühlt sich verfolgt, das ist sein schwacher Punkt. Genau wie der Ladendetektiv einen schwachen Punkt hatte. Wenn man den kennt, kann man die Leute leicht manipulieren.

– Ich mag Serter. Ich mag ihn sehr gerne. Wenn ich eines Tages erfahre, dass er wegen dir Leid erfährt ...

Sie hält inne. Was will sie sagen? Will sie ihm drohen?

Can reagiert nicht.

– Ich bin da raus, sagt er, ich mache keine illegalen Dinge mehr und ich arbeite nicht mit Serter. Er ist auf der sicheren Seite.

– Stimmt es, dass er mit einem Freudenmädchen zusammenlebt?

– Nicht mehr, soweit ich weiß. Er hatte Angst, sie könnte ihn vergiften.

Er lächelt.

– Ich mag Serter auch, sagt er. Wirklich. Und ich freue mich, dass er jetzt keine Geldsorgen mehr hat. Freu du dich doch auch für ihn.

– Das tue ich.

Auf dem Heimweg fragt Gül sich, ob sie ohne Fuat auch so viel Geld zusammengespart hätte. Oder gar mehr. Er hat viel vertrunken und verspielt, er hat oft einen ausgegeben, während sie immer sparsam war. Doch er hat auch immer geschaut, wo man das Geld am besten anlegen kann, wo es die besten Laufzeiten, Konditionen und Prozente gibt. Während sie versucht hat, alles zusammenzuhalten, hat er immer, versucht, aus einer Mark zwei zu machen. Ohne Fuat wäre sie nicht nach Deutschland gekommen, ohne Fuat hätte sie vielleicht gar nicht die Möglichkeit gehabt, sparsam zu sein, denn man braucht Geld, um sparsam sein zu können. Vielleicht hat es zwei gebraucht, um dieses Geld auf die hohe Kante zu kriegen. Zwei, um zur Fülle gelangen. Auch wenn sich diese Ehe nie mit Liebe gefüllt hat. Es braucht zwei für die Bewegung. Einer allein ist verdammt zu Stillstand und Einsamkeit.

Mir bekommen diese Temperaturen nicht mehr, ich werde alt, denkt Gül. Sie sind mit Ceren, Ferdi, Fatma und dem acht Wochen alten Ersin ans Meer gefahren, um der Hitze Adanas zu entkommen, doch es ist schwül, das Wasser ist so warm, dass es keine Erfrischung bietet, und Gül freut sich jedes Mal, wenn sie mit Fuats Mercedes Besorgungen machen, weil sie dann die Kühle der Klimaanlage genießen kann, bevor sie beim Aussteigen die heiße Luft umfängt, als wollte sie alle Kraft aus ihr herauspressen.

Fatma wacht jeden Morgen mit nassgeschwitzten Haaren auf und möchte als erstes Ersin sehen. Sie verbringt viel Zeit damit, ihrem Bruder über den Kopf zu streicheln und ihm zu erzählen, was er gerade sieht. Gül steht oft mit Ceren daneben und die beiden lächeln sich an und freuen sich über diese Art der Wärme.

– Doch, doch, sagt Fuat, ganz sicher, das ist der Ort, an dem wir damals mit deinen Geschwistern Urlaub gemacht haben.

– Ich kann nichts wiederkennen.

– Ich auch nicht, aber es ist dennoch derselbe Ort.

– Wo sind die Häuser der Dorfbewohner?

– Abgerissen wahrscheinlich.

Es ist der Ort, an dem ihr Vater Freunde gefunden hat und Melike beschimpft worden ist. Gül hält immer wieder Ausschau, ob sie nicht die Frau mit dem Muttermal über der Augenbraue sieht, obwohl sie sich nicht sicher ist, ob sie sie überhaupt sehen möchte. Sie hat die Tage in guter Erinnerung, trotz jenes Vorfalls. Sie ist an dem Ort, an dem sie alle gemeinsam waren, doch keiner von ihnen würde ihn wiedererkennen. Es gibt Hotelanlagen direkt am Strand, Restaurants, Straßen, an den Außenwänden der neuen Wohnhäuser sieht man tropfende Klimaanlagen, doch das Hotel, in dem sie wohnen, hat keine.

Güls Pfunde fühlen sich an, als würden sie die Hitze speichern, und obwohl sie keinen Appetit hat, viel trinkt und wenig isst, scheint sie nicht abzunehmen. Fuat hingegen isst jeden Abend so viel Grillfleisch, ölige Teigwaren und Knabberzeug, dass man ihm beim Zunehmen zusehen kann. Er trinkt Bier, in das er oft Wodka hineinkippt. Das üppige Essen und der verschleierte Schnaps scheinen seinen Magen zu überlisten, er hat kein Sodbrennen und trinkt sich allabendlich einen Rausch an.

Gül genießt diese Tage zu sechst, trotz der Hitze. Als sie zurück in ihrer Heimatstadt ist, wünscht sie sich, sie müsste nur sengende Luft und ihre Kilos ertragen und nicht auch noch ihre Gedanken. Sie wünscht sich, Melike mögen leiden. Einen Preis dafür zahlen, dass sie so ist, wie sie ist. Sie wünscht sich, alle Menschen, die sich von Melike ungerecht behandelt fühlen, würden sich mit Gül verbünden. Als Melike jung war, war sie bloß egoistisch, sie hat immer nur für sich allein gekämpft, hat gelogen, im Zweifelsfall Arbeit und Schuld auf ihre Geschwister abgewälzt. Ihre Freizeit, ihr Sport, ihr Studium, ihr Mann, ihre Freiheit, mehr zählte nicht. Doch sie war nicht falsch, sie war nicht zweigesichtig, wie sie es jetzt ist.

Aus dem klimatisierten Auto auszusteigen und von der Hitze erdrückt zu werden ist leicht. Aus dem Auto auszusteigen und zu sehen, dass der Stall des Sommerhauses abgerissen wurde und dort ein Fundament gegraben wird – ihre Knie werden weich, Angst und Wut und Fassungslosigkeit breiten sich in ihrem Körper aus, schneller, als die Hitze ihn je ergreifen könnte, und sie weiß nicht, ob sie sich gleich übergeben muss oder ob sie ohnmächtig wird.

Zuerst liegt man nur da, dann fängt man an zu krabbeln, bevor man sich an Gegenständen hochzieht und schließlich anfängt zu laufen. Anfangs plumpst man häufig auf den Po oder bewegt sich so, wie Fuat sich früher nach einer Flasche Whisky bewegt hat. Doch man wird immer sicherer auf den Beinen, man vertraut und irgendwann hat man kaum mehr Probleme. Zumindest nicht mit dem Gleichgewicht. Vielleicht mit den Knien, mit den überflüssigen Kilos, mit der Hüfte, mit der Hitze, aber nicht mit dem Gleichgewicht.

Dafür scheint sich der Boden, auf dem sie eben noch stand, aufzulösen, und je älter sie wird, desto häufiger geschieht das, so scheint es Gül. Der sichere Grund löst sich auf, alle Stämme, an die man sich lehnen konnte, um zu verschnaufen, verschwinden einfach und man findet sich in einer Weite ohne Bäume, ohne Steine, ohne Boden, ohne Himmel, in einer dunklen Weite, in der man fällt, fällt und fällt, ohne je aufzukommen. Es gibt nichts, worauf man sich verlassen kann, nichts ist fest, alles entschwindet von einem Moment auf den anderen.

– Aber es war doch abgemacht, dass wir dieses Haus bauen wollen, sagt Melike, da muss ich dich doch nicht erst um Erlaubnis fragen.

– Nein, nicht um Erlaubnis, darum geht es nicht. Aber wir wollten es gemeinsam machen. Es gehört uns allen, du kannst doch nicht einfach anfangen, ein Haus

Sie merkt, wie ihre Stimme hochgegangen ist und nun kippt. Sie bricht mitten im Satz ab, aber Melike scheint ganz entspannt zu sein, was Gül noch wütender macht. Sie holt Luft, versucht sich zu beruhigen.

– Es gehört ja allen, wir werden schon einen Weg finden, es geschwisterlich zu teilen.

– Heimlich, brüllt Gül, ihr habt es heimlich gemacht. Ihr hättet etwas sagen können, ich war ja hier. Wer weiß noch davon? Wer hat dafür bezahlt?

– Emin und ich. Ich verstehe nicht, warum du dich aufregst. Es war doch klar, dass wir bauen, und wir haben einfach das Geld schon mal vorgestreckt.

– Schluss, schreit Gül, Schluss. Ich bin deine ältere Schwester, das ist eine Respektlosigkeit. Tu nicht so unschuldig, mach mich nicht wahnsinnig. Das war nicht richtig, das weißt du genau. Entschuldige dich, verdammt noch mal, entschuldige dich.

Ihr Kopf ist rot, sie schwitzt, sie hat die Kontrolle verloren und die Andeutung eines Grinsens auf Melikes Gesicht macht es ihr unmöglich, sich zu beherrschen. Die Wut übernimmt, die Gül, die sie sonst kennt, ist verschwunden.

– So kannst du mit mir nicht umgehen.

– Du aber auch nicht mit mir, sagt Melike. Ich bin keine Fünfjährige, die du zurechtweisen kannst. Wir können uns unterhalten, wenn du dich wieder beruhigt hast.

Sie steht auf, knallt die Tür zu und geht.

– Komm zurück, schreit Gül. Sie läuft zur Tür, öffnet sie und schreit: Komm sofort zurück und entschuldige dich.

– Du weißt doch, wie sie ist, sagt Sibel.

– Ja, aber damit ist sie einfach zu weit gegangen.

– Mag sein, das kann ich nicht beurteilen, ich war nicht dabei.

– Du wusstest, dass sie begonnen haben, das Fundament auszuheben.

– Es waren sich doch alle einig, dass wir ein modernes Haus dort bauen wollen.

– Du wusstest davon.

– Ja, natürlich, ich wohne in dieser Stadt.

– Warum hast du mir nichts gesagt?

– Ich dachte, du wüsstest es.

– Von wem?

– Große Schwester, was weiß denn ich? Möchtest du mich jetzt beschuldigen? Was habe ich denn verbrochen? Ich tue hier keinem etwas zuleide. Wir müssen uns beruhigen, alle. Diese Dinge sind doch keinen Streit wert. Wir werden alle satt, wir haben alle ein Dach über dem Kopf, ihr habt alle gesunde Kinder.

Sie hält inne und Gül begreift, dass sie einem Schmerz nachspürt. All die Jahre hat Gül Sibel und Aziz glücklich gesehen, sie hatte ihre Bilder, ihr Mann hatte die Musik, sie hatten Bücher, sie haben abends zusammen gesungen, anstatt fernzusehen, sie schienen sich selbst zu genügen, sie hatten sich eine Welt eingerichtet, in der ein eigenes Lied klang, das der Lärm von außen nicht übertönen konnte.

Jetzt sieht Gül auf einmal, wie unzulänglich Sibel sich gefühlt hat, wie klein, wie minderwertig, weil sie als Einzige keine Kinder bekommen konnte. Es ist, als würde ein Film angehalten werden und man kann in Ruhe das Standbild betrachten. Als würde Licht flüssig werden, das sonst gefroren ist, und einen Blick freigeben auf die nächste Schicht.

Gül sieht, dass zwischen ihr und Sibel mehr liegt als bloß ein paar Länder und Flugstunden und dass ihre Jahre in der Türkei diese Lücke nicht geschlossen haben. Sie versteht auf einmal, warum Sibel ihre Bilder nicht ausstellen möchte. Sie versteht, wie die Bilder nicht nur aus einer Leidenschaft entstehen, sondern weil sie eine Möglichkeit sind, sich und seinen Schmerz zu verstecken, in handliche Stücke zu schneiden und in einem Stall zu lagern.

Ihre Wut, ihre Angst, ihre Sorgen, alles fällt auf einmal von ihr ab und sie möchte Sibel beschützen. Nachdem alles abgefallen ist, bleibt Liebe. Dann kommt sofort der Zweifel. Hat sie versagt? Hat sie versagt als Schwester? Hätte sie nicht mehr tun müssen, hätte sie sich nicht viel mehr Zeit nehmen müssen, hätte sie sich nicht so leicht täuschen lassen dürfen? Hat sie vielleicht auch Melike gegenüber versagt? Mit dem Gedanken an Melike kommt sofort wieder Wut.

Sibel blickt auf und sieht ihre Schwester an.

– Du hast recht, sagt Gül, wir sollten uns alle beruhigen.

Das Licht gefriert wieder und Gül fragt sich, ob Sibel gespürt hat, dass es für Momente flüssig war.

Ceyda kommt nach ihrer Nachtschicht mit dem Auto nach Bremen, um mit auf das Amt zu gehen. In ihrem Atem Kaffee und Zigaretten, ihre Augen gerötet, der Blick müde. Doch wen hätte Gül sonst fragen sollen. Alleine wollte sie nicht gehen. Wie oft war sie allein auf dem Arbeitsamt, Ausländeramt, Einwohnermeldeamt, allein beim Arzt, bei der Anmeldung ihrer Kinder an der Schule, wie oft war sie schon allein irgendwo, wo ihr Deutsch nicht gereicht hat. Sie hat sich irgendwie zurechtgefunden, manchmal war da jemand, der für sie übersetzt hat, manchmal reichte ein wenig Geduld und guter Wille auf beiden Seiten, manchmal kam sie mit einem Zettel in der Hand zurück, auf dem stand, was sie nicht verstanden hatte.

Zur Rentenkasse muss sie nur dieses eine Mal und sie möchte dort nicht allein hin. Sie ist aufgeregt. Vielleicht, weil sie weiß, dass sich ihr Leben ändern wird, wenn sie nicht mehr arbeitet, vielleicht, weil sie so viele Unterlagen dafür zusammenstellen musste. Sie soll alles belegen, ihr Arbeitsleben lückenlos nachweisen, auch dass sie in der Türkei Hausfrau ohne Einkommen war. Sie weiß, dass sie damals in der Hähnchenschlachterei schwarz gearbeitet hat, bei Herrn Bender schwarz gearbeitet hat, sie weiß, dass mit der Rückkehrerhilfe eigentlich alle Rentenansprüche erloschen waren, dass sie eigentlich gar nicht mehr hätte nach Deutschland zurückkehren dürfen.

Gül ist aufgeregt vor diesem Termin, tagelang kann sie kaum noch schlafen. Sie ist noch müder als Ceyda, doch gleichzeitig ist sie so unruhig, als würden alle ihre Nerven ziellos durch ihren Körper streifen auf der Suche nach einem Platz, an dem sie sich ausruhen können.

Als sie vor dem weißen Resopalschreibtisch sitzen, übernimmt Ceyda das Reden und Gül sitzt da und wundert sich. Es ist nicht das erste Mal, dass sie ihre Tochter Deutsch sprechen hört, natürlich nicht. Doch in der Regel sind es nur zwei, drei Sätze. Jetzt redet Ceyda länger, viel länger, scheint ausführlich Fragen zu beantworten, und Gül hört ihrer Tochter bewundernd zu. Sie versteht jedes Wort, das sie sagt, denkt Gül voller Ehrfurcht.

Eine Sprache, ein Mensch, zwei Sprachen, zwei Menschen, sagt das Sprichwort. Die Sprache vermehrt den Menschen, sie macht ihn größer, reicher, voller, sie bestimmt, mit wem er sich über den Klang der Worte verbinden kann und mit wem nicht. Wer nur eine Sprache kann, bleibt für immer in ihr eingeschlossen.

Über ein Jahr später, als sie tatsächlich schon in Rente ist, erinnert sich Gül daran, als sie einen Aushang sieht, der auf Türkisch für einen Deutschkurs wirbt.

Jetzt habe ich Zeit, denkt sie, es ist nie zu spät, Ceyda wird hierbleiben, ihre Kinder werden hierbleiben und wir werden vielleicht auch nicht mehr zurückkehren. Ich bin zwar nicht begabt dafür, aber ich bin fleißig, ich gehe da jetzt einfach rein und melde mich an.

Drinnen ist niemand, der Türkisch spricht, doch ihr Deutsch reicht, um sich für einen Sprachkurs anzumelden. Ihr Deutsch reicht, der Wille ist da, doch als sie das Anmeldungsformular ausgefüllt hat und ihren Ausweis vorzeigen muss, schaut sie die Frau an der Rezeption erstaunt an und sagt:

– Das ist ein deutscher Personalausweis.

– Ja.

– Der Kurs ist für Ausländer.

– Aber ich nicht gut Deutsch, ich will möchte lernen. Richtig gut Deutsch.

– Tut mir leid, Frau Yolcu, sagt die Frau, dieser Kurs ist für Ausländer ausgeschrieben, ich kann Sie nicht daran teilnehmen lassen.

– Zu Hause auch eine türkische Pass. Ich wiederkomm.

Die Frau schüttelt den Kopf.

– Es tut mir leid, aber das kann ich nicht gelten lassen. Jetzt habe ich ja schon Ihren deutschen Ausweis gesehen.

– Ich gerne Deutsch lernen.

– Dann müssen Sie woanders hingehen. Bei uns ist nur für Ausländer.

– Was sind das denn für Wächter, sagt Fuat, als Gül ihm abends davon erzählt. Als sei ihre Sprache ein Schatz, den sie hüten müssen. Lass sie doch auf ihren Wörtern glucken, die werden schon sehen, dass das kein Wein ist, sondern Essig. Als gäbe es kein Französisch oder Englisch oder Spanisch oder was weiß ich. Die sollten dankbar sein für jeden, der ihre hässliche Sprache lernen möchte. Es ist bloß Deutsch, keine Seide aus Samarkand. Lass sie. Du bist vierzig Jahre gut ohne zurechtgekommen. Papier, hier dreht sich alles immer nur um Papier. Geld, Pass, Zeugnis, Krankenschein, Entlassungspapiere, Steuerbescheid, Rentenbescheid. Was willst du mit einer Sprache, in der sie den Wert des Menschen nicht kennen? Geld, Geld redet überall dieselbe Sprache, egal, was drauf gedruckt ist, egal, welches Gesicht dir entgegenlacht, egal, was sie ihm für verschiedene Namen geben. Das ist die Sprache, die jeder versteht, vergiss doch Deutsch, es gibt jetzt Euro, wer braucht da Deutsch?

Gül versteht nicht, was er sagen möchte, und sie glaubt, er weiß es selbst nicht so genau. Er schwingt halt gerne Reden.

– Wir wollen nach Deutschland gehen, sagt Ceren.

– Bitte?

– Wir haben uns beworben, im Auftrag der Regierung als Lehrkräfte für türkische Kinder nach Deutschland zu gehen. Ferdi kennt da jemanden, es dürfte klappen.

Gül sieht sie an und weiß nicht, was sie sagen soll. Deutschland?

– Für wie lange?

– Es ist auf drei Jahre begrenzt, aber wenn wir erstmal da sind, kann sich mehr ergeben.

– Ab wann?

– Wahrscheinlich erst übernächstes Schuljahr.

– Und Fatma?

– Die ist dann alt genug, sie wird hierbleiben.

– Ersin?

– Der kommt natürlich mit und geht in Deutschland auf eine Schule.

Gül denkt an die Zeiten, in denen Ceren alles mit ihr geteilt hat. Jetzt hat sie einen Mann, den sie jahrelang verheimlicht hat, und eine Bewerbung für eine Stelle, die ihr Leben verändern wird. Ceren, die früher immer ihre

Mutter um Rat gefragt hat. Ich verliere sie, denkt Gül, sie ist meine Tochter, sie ist über vierzig, sie hat zwei Kinder, sie hat einen Ehemann überlebt, aber jetzt verliere ich sie.

So wie ich meine Mutter verloren habe, raunt eine Stimme, die Gül als ihre eigene erkennt, die ihr aber dennoch fremd vorkommt. Ich verliere. Ich verliere die Liebe, das Vertrauen, die Nähe. Ich werde wieder allein sein. Vielleicht war ich ihr keine eine gute Mutter, aber nur, weil ich nie lernen konnte, wie man eine gute Mutter ist.

Oft verschiebt man sein Glück in die Zukunft. Wenn die Schicht zu Ende ist, werde ich mich entspannen, wenn die Kinder schlafen, wenn das Geld auf dem Konto eingeht, ich werde aufatmen, wenn ich meinen Vater lebend wiedersehe, wenn ich hier raus bin, wird das Leben wieder beginnen. Gül verschiebt jetzt ihre Tränen: Ich werde weinen, wenn ich allein bin.

– Wo in Deutschland?, fragt sie voller Hoffnung. In unserer Nähe?

– Das wissen wir noch nicht.

– Deutschland.

– Mama, wie das klingt, wenn du das sagst. Wenn es so schlecht ist, was macht ihr dann da?

– Wir sind ... kleben geblieben, wie Fliegen am Papier.

– Mama, es ist das freiere Land, und du sagst, ihr seid da gefangen? Ich weiß nicht, warum Deutschland, ich war seit über zwanzig Jahren nicht mehr dort, vielleicht ist es Nostalgie. Wir wollen beide das Land unserer Kindheit nochmal sehen. Vielleicht hat uns etwas gefehlt ohne Deutschland.

– Möge sich alles nach euren Wünschen fügen, sagt Gül, möget ihr satt und glücklich werden, wo, ist völlig egal. Wenn der Mensch seine Heimat einmal verliert, wird er sie nie wiederfinden. Frieden, den man innen spürt, den verliert und findet man das ganze Leben lang immer wieder.

Später, als sie weinen möchte, denkt sie: Ich habe meinen Vater auch nicht um Rat gefragt, als ich das zweite Mal nach Deutschland gegangen bin.

Fuat hat Schmerzen im Knie.

– Das hat damals angefangen, als ich dick war, behauptet er. Dick sein ist eine Qual, die niemand verstehen kann, der noch nie dick war. Aufstehen wird schwerer, Hinlegen wird schwerer, Sitzen wird schwerer, Stehen wird schwerer, Essen, Autofahren, du passt nicht mehr überall hin und zu allem Überfluss macht man sich auch noch die Gelenke kaputt. Dick sein, davon verstehen nur Menschen etwas, die mal dick waren.

Gül weist ihn nicht daraufhin hin, dass er früher oft über ihre Kilos gesprochen hat, ohne eine Ahnung zu haben.

Zunächst glaubt sie, dass Fuat mit seinem Knie simuliert, um früher in Rente gehen zu können. Es sind nur noch zwei Jahre für ihn, aber er will nicht mehr arbeiten. Als Gül bei der Reinigungsfirma aufhörte, hat auch er dort gekündigt und arbeitet jetzt als Nachtwächter. Einige Zeit leben sie so ähnlich wie damals, als Gül das erste Mal nach Deutschland kam. Fuat kommt morgens nach Hause, sie frühstücken gemeinsam, er legt sich hin und Gül hat den Tag bis zum Nachmittag für sich. Sie ist oft bei Ceyda, die sich kaum noch mit Adem im gleichen Raum aufhält.

Gül würde sich gerne häufiger mit ihrer Freundin Saniye treffen, doch die ist auch in Rente und verbringt die meiste Zeit in der Türkei, während Gül sich nicht dazu entscheiden kann, Fuat länger als ein paar Wochen allein in Deutschland zu lassen. Nicht weil sie Angst hat, dass er eine Affäre anfängt, dazu scheint er ihr zu alt, sondern weil sie sieht, dass der Alltag ihm Probleme bereitet. Sein Hinken wird immer schlimmer, sein Knie wird dick, es ist dieses Mal keine eitrige Entzündung, sondern das Gelenk ist verschlissen. Fuat lässt sich krankschreiben und geht nicht mehr zur Arbeit, bis er ein Jahr später, nach zahlreichen Arztbesuchen, schließlich in die Rente entlassen wird.

Darüber, was passieren soll, wenn die Arbeit Fuat und Gül nicht mehr an Deutschland bindet, sprechen sie nicht.

– Was soll ich damit? Ich kann das nicht bedienen. Ich bin alt, ich lerne das nicht mehr. Schau, in diesem Land arbeitet man, bis man alt ist, und ich bin schon in Rente.

– Mama, du wolltest Deutsch lernen. Du willst mir doch nicht weismachen, dass du Deutsch lernen kannst, aber kein Handy bedienen.

– Wofür soll ich das brauchen? Wir telefonieren auch so schon jeden zweiten Tag.

– Du kannst anrufen, wenn du mal irgendwo zu spät hinkommst. Du kannst anrufen, wenn du dich verlaufen hast. Du kannst anrufen, wenn du jemanden brauchst, der für dich übersetzt.

Gül schaut skeptisch.

– Wenn du es nicht für dich tun möchtest, dann tu es für mich. Damit ich dich anrufen kann. Du musst nur drangehen. Dann mache ich mir keine Sorgen. Bitte, nimm es.

Zweimal ruft Ceyda auf dem Handy an. Beim ersten Mal will sie es bloß ausprobieren, glaubt Gül, sie fragt nach einem Rezept, das sie auswendig können müsste. Beim zweiten Mal möchte sie nur sagen, dass sie sich verspätet.

Jetzt liegt das Handy seit Wochen ausgeschaltet in der Schublade. Was soll sie mit einem deutschen Handy in der Türkei? Es als ein Symbol der Sehnsucht tragen? Hier haben alle ein Handy, sogar Sibel und Aziz, die sich sonst nicht an der Mehrheit und den Moden orientieren, die als sonderlich gelten, weil sie keinen Fernseher haben. In der Türkei klingelt es dauernd irgendwo und Gül hört jeden Tag Teile von fremden Gesprächen.

– Wir reden mehr als die Deutschen, da ist es klar, dass es hier mehr Mobiltelefone gibt als in Deutschland, sagt Fuat.

– Nein, sagt Gül, es ist nur, weil wir gerne angeben. Wir legen Wert auf Prahlerei, deswegen habe sich Handys hier schneller verbreitet als in Deutschland.

– Prahlerei, Prahlerei, für dich ist immer alles Prahlerei. Wenn man Mercedes fährt, wenn man einen schicken Anzug hat, wenn jemand Schmuck trägt. Vielleicht hätten wir dieses Haus nicht bauen sollen, damit die Menschen nicht auf die Idee kommen, wir wollten prahlen.

Das Haus ist jetzt schon über 20 Jahre alt. Seit Ceren dort ausgezogen ist, war es vermietet und Gül und Fuat haben im Urlaub im Sommerhaus gewohnt, doch jetzt haben sie den Mietern gekündigt, weil niemand weiß, was mit dem Sommerhaus wird, und weil sie länger als nur sechs Wochen in der Türkei bleiben wollen.

Fuat verbringt in diesem Sommer viel Zeit mit Handwerkern, das Bad soll neu gemacht werden, die Küche, vier Steckdosen sind tot, die Fliesen im Wohnzimmer sehen nicht mehr gut aus, die Wände brauchen einen Anstrich. Gül würde gerne sagen, dass sie auch neue Möbel brauchen, dass der muffige Geruch der alten, eingelagerten kaum aus den Sofas verschwinden wird, doch Fuat ist nie in einer Stimmung, in der man ihn überzeugen könnte.

Fuat regt sich auf. Er regt sich über jeden einzelnen Handwerker auf, der ihm ins Haus kommt, und viele kommen nur einmal. Fuat hält seine Tirade bald täglich, zu jeder Gelegenheit. Die Handwerker kommen nicht pünktlich, sie versuchen zu betrügen, sie vertrösten und belügen ihn, ihre Arbeit ist Pfusch, reinster Pfusch, die Kloschlüssel leckt unten am Rand, auch nachdem der Mann schon zwei Mal versucht hat, den Schaden zu beheben, die Fußleiste ist schief, die Spülmaschine in der Einbauküche hat zwei Zentimeter Spiel, der Gasschlauch des Herds ist nicht unter, sondern über der Arbeitsplatte verlegt.

– Was sind das für Handwerker, haben die einen Schimmer von der Arbeit, die sie da verrichten? Haben die einen Sinn für Ästhetik, wollen sie ihr Geld nicht lieber mit Arbeit verdienen als mit Stümperei? Darf sich hier eigentlich jeder Handwerker nennen, der weiß, von welcher Seite man einen Hammer anfasst? Gibt es denn kein Maßband und keinen Zollstock in diesem Land? Kann es sein, dass mir ein erwachsener Mann erzählt, bei einer Treppe könnten halt nicht alle Stufen gleich hoch sein, die letzte würde nie hinkommen? Ich bin von Idioten umgeben, seitdem wir dieses Haus renovieren, bin ich nur von Idioten umgeben. Gibt es keinen, der ein bisschen etwas von dem versteht, was er da den ganzen Tag tut? Amateure, alles Amateure. Wie soll ein Land denn funktionieren, wenn es keinen einzigen Mann gibt, der eine Kloschlüssel einbauen kann, keinen. Ich habe hier in acht Wochen so viele Aufträge entzogen und neue vergeben, aber ich habe noch keinen einzigen Handwerker gesehen. In Deutschland dürften die nicht mal Lehrling werden mit ihren linken Händen und leeren Hirnen. Es geht uns wirtschaftlich wieder etwas besser, aber das ist ein Wunder, nichts Geringeres als ein Wunder. Ein Wunder, dass hier überhaupt gearbeitet wird. Dass hier Häuser stehen. Häuser, die Böden haben und Küchen, Strom und Wasser, Fliesen und Kacheln. Niemand hier arbeitet, niemand strengt sich an, belfert er.

Ob beim Friseur, beim Bäcker, beim Metzger, auf dem Markt, im Tante-Emma-Laden, ob er mit seinen Brüdern redet, mit seinen Neffen, Fuat kennt kein anderes Thema. Er gerät jeden Tag in Rage und macht die Handwerker dafür verantwortlich, dass er wieder Sodbrennen hat und nicht mal Bier mit Wodka trinken kann, ohne danach die halbe Nacht wach zu liegen. Er merkt nicht, dass ihm seine Zuhörer nur halbherzig zustimmen, er versteht nicht, dass seine Maßstäbe hier nicht greifen, er kann nicht sehen, wie sehr er sich in den letzten Jahrzehnten von diesem Land entfernt hat. Er hat kein Gefühl dafür, wie sich seine Zuhörer von seinen Reden beleidigt fühlen.

Gül hat einen Vorsprung, sie hat mehrere Jahre in der Türkei gelebt, nicht nur Urlaub dort gemacht. Doch wenn sie versucht, Fuat zu erklären, dass das hier nicht Deutschland ist und dass er nicht deutsche Wertarbeit erwarten kann, wird er nur noch wütender.

– Deutsche Wertarbeit, was hat das denn mit deutscher Wertarbeit zu tun, brüllt er, ist Deutschland das einzige Land, in dem Kloschüsseln nicht in einer Pfütze stehen, gibt es nur in Deutschland Handwerker, die den Dreisatz beherrschen, gibt es nur in Deutschland Anstand? Das hat nichts mit Deutschland zu tun, sondern mit Aufrichtigkeit. Hier ist nur Pfusch, Pfusch und Pfusch. Die haben nicht nur keine Berufsehre, die haben gar keine Ehre. Das hat nichts mit Deutschland zu tun.

Er ist so sehr mit den Mängeln beschäftigt, dass er nicht merkt, wie es unter den Geschwistern seiner Frau schwelt. Doch selbst wenn es nicht so wäre, er hätte die Ereignisse ja nicht abwenden können, wird Gül später denken. Vielleicht ist es ein Fluch, dem wir einfach nicht entkommen.

Gül schweigt. Sie schweigt, als sie das fertige Sommerhaus sieht, das nun an der Stelle des alten Stalls seht. Sie sagt nichts dazu, dass die Fenster des Wohnzimmers niedriger sind als die der Küche, was von außen aussieht, als hätte ein Kind das Haus gemalt. Sie sagt nichts zu dem Klo, das so hoch ist, dass ihre Füße kaum den Boden berühren, sie sagt nichts zu der Betonveranda, die von einer Mauer umfriedet ist anstatt von einem Metallzaun. Sie schweigt, doch es wird viel geredet. Gül erfährt, dass zwischen Melike und Emin Spannungen herrschen, dass sie sich aus dem Weg gehen in den wenigen Tagen, die sie gleichzeitig in der Stadt sind. Im Laufe des Herbstes bekommt sie einen Teil des Geredes mit, das in der Nachbarschaft herrscht. Sie hört, wie Menschen Partei ergreifen, urteilen, kritisieren, lästern, verunglimpfen, schmähen. Melike und Emin haben sich beim Bau des Hauses gestritten und nacheinander den Architekten genötigt, Änderungen an den ursprünglichen Plänen vorzunehmen, daher die unterschiedlichen Fensterhöhen, daher die hässliche Steinmauer, daher die Toilette, die auf Melikes Körpergröße abgestimmt ist.

Gül schweigt. Wenn ich mich heraushalte, wird sich die Situation beruhigen, hofft sie. Wenn ich versuchen würde, die beiden zu versöhnen, könnte ich mich nicht zurückhalten, meine Wut würde durchschlagen, wir würden uns noch weiter voneinander entfernen. Sie schweigt und hofft, dass alles vorbeigeht. Und sie vertraut auf das Geld, das sie nun wieder haben.

Es gibt drei Möglichkeiten, dem Leben zu begegnen: dulden, kämpfen, fliehen. Güls Wesen ist auf das Dulden ausgerichtet, das hat sie sich nicht ausgesucht, aber es ändert auch nichts daran, dass sie in einer verborgenen Ecke ihres Herzens Groll züchtet, manchmal sogar von ihr selbst unbemerkt.

Noch verbringt sie schöne Stunden mit Sibel, noch freut sie sich, dass sie das erste Mal seit Langem in der Stadt sein kann, ohne den Tag zu kennen, an dem sie sich ins Auto setzen und wieder heimfahren müssen. Während Fuat sich weiterhin mit Handwerkern ärgert, fährt Gül mit dem Bus nach Malatya zu Saniye und Yılmaz, die in einer ähnlichen Situation sind, nur dass es kein Erbe unter Geschwistern zu teilen gibt.

Yılmaz fällt es schwer, ohne Haschisch auszukommen, und er geht kaum raus, sondern sitzt die meiste Zeit vor seinem Computer und zitiert jeden zweiten Tag den Satiriker Aziz Nesin, der gesagt hat, dass 60 Prozent der Türken dumm sind. Als er später darauf angesprochen wurde, hat er gemeint, er habe sich nicht getraut, 80 Prozent zu sagen.

– Wir sind verdorben, sagt er, wir, die wir in Deutschland gelebt haben. Wir waren zu lange dort, wir werden uns hier nicht mehr integrieren können. Wer einmal mehr gesehen hat, kann nicht einfach wieder die Augen schließen und alles vergessen. Es gibt zwei große Fehler, die man in seinem Leben machen kann: Der erste ist, die Heimat zu verlassen, der zweite ist zurückzukehren.

Er lacht.

– Sehnsucht, sagt Gül, unser Leben war bestimmt von Sehnsucht. Aber das gilt für alle. Sieh, was sie alles erfunden haben, um die Sehnsucht zu lindern und die Entfernungen zu verkürzen, die Post, die Telefone, die Flugzeuge, die Fotoapparate.

Er lacht erneut.

– Das ist eine schöne Vorstellung, sagt er. Aber ich muss dich enttäuschen. Das meiste sind militärische Erfindungen, das alles war nie dafür gedacht, die Menschen näher zueinander zu bringen, sondern dazu, sie weiter voneinander abzugrenzen, es ist aus Angst erfunden, nicht aus Sehnsucht. Zur Abwehr, nicht für den Kontakt. Wir neigen dazu, die Dinge emotional zu sehen. Sieh mich an, mich ergreift eine falsche Nostalgie, ich spreche von etwas, das es nie gegeben hat. Ich bin ja gegangen, weil das Land keine Heimat mehr für mich war. Ich konnte mich hier nicht sicher fühlen und satt bin ich auch nicht geworden.

Gül fragt sich, ob Männer sich vielleicht schwerer tun, in ein Leben in der Türkei zurückzufinden. Ihre Welt besteht aus Handwerkern, aus Arbeitsabläufen, aus Organisation, aus Fußball. Ihre Welt setzt sich aus Behördengängen, Verkehrsregeln, Politik und Wirtschaft zusammen. Nicht aus Gesprächen und Gerüchen, nicht aus Farben und Licht, nicht aus Walnüssen mit getrocknetem Traubensaft, nicht aus dem Geschmack der Äpfel und Aprikosen, nicht aus dem Gerede der Nachbarschaft, nicht aus den Sonnenblumenkernen, die man auf den Treppenstufen vor dem Haus knabbert, nicht aus dem Einkochen von Marmelade in einer überfüllten Küche.

Yılmaz ist klüger als Fuat, denkt sie, doch es hilft ihm nicht. Er ist in der Lage, seine Situation zu verstehen und zu benennen, doch das ändert wenig.

Saniye ist froh, nun wieder in der Stadt zu sein, an die sie so viele traurige Erinnerungen hat, in der sie ihren Mann an den Tod, ihren Vater ans Gefängnis und ihren Sohn an die Schwiegereltern verloren hat, ihren Sohn Ufuk, der nun ein Restaurant betreibt und der eigene Söhne hat, die unverheiratet in Istanbul leben. Saniye verbringt täglich einige Stunden im Restaurant, in dem sie gerne aushilft.

In den drei Wochen, in denen sie bei Saniye wohnt, ist Gül häufig mit ihr dort. Die beiden Frauen sitzen an einem Tisch zwischen Kasse und Küche und Gül genießt die Geschäftigkeit, das Leben, die Gespräche mit ihrer Freundin. Sie fühlt sich frei in dieser Umgebung, an die sie keine Geschichten binden. Drei Wochen lang sieht sie Saniye jeden Tag, das ist in den Jahren in Deutschland nie passiert. Drei Wochen lang sitzen die Frauen immer wieder an dem Tisch im Restaurant, drei Wochen lang lernt Gül Saniyes Verwandte und Freunde kennen, drei Wochen lang lacht sie viel und weint regelmäßig vor Rührung. Drei Wochen, in denen sie von Tag zu Tag milder und weicher wird. Alle versichern Saniye, dass sie Glück gehabt hat, in Deutschland so eine

Freundin wie Gül zu finden, eine Freundin, aus deren Fingerspitzen noch Herzlichkeit tropft, weil sie nicht in sie hineinpasst.

In Malatya wird noch Jahre später über Gül gesprochen werden und sie wird in diesen Worten ein anderer Mensch sein als der, über den man in ihrer Heimatstadt redet.

Es ist bereits Anfang November, als Gül und Fuat schließlich zurück nach Deutschland fliegen. Drei Tage vor ihrer Abreise erzählt eine Nachbarin Gül den Tratsch, der über sie verbreitet wird. Die Leute sagen, dass Gül das Sommerhaus mitsamt Stall und Garten nur für sich haben wollte, dass ihre Rechnung aufgegangen wäre, wenn die Finanzkrise diesen Plan nicht vereitelt hätte, dass sie sich in Deutschland von ihren Geschwistern entfernt hat, dass sie ihren Vater nur dorthin eingeladen hat, um ihn zu beschwatzen, sie zur Alleinerbin zu machen, dass die Jahre in diesem Land ihr Herz haben erkalten lassen, dass es ihr nur noch um Geld, Gold und Besitz geht, dass die Gül, an die sich hier alle erinnern, eine Person der Vergangenheit ist, die es nicht mehr gibt. Dass sie eingeschnappt war, dass man sie nach dem Tod des Vaters nicht als Erste benachrichtigt hat, weil sie schon geahnt hat, dass nicht alles an sie fallen wird. Dass ihr nichts Besseres mehr einfällt, als darüber zu lästern, dass Melikes Sohn nicht verheiratet ist, dass sie ihre Geschwister anschreit, dass sie sich benimmt wie ein beleidigtes Kind.

Gül kann es nicht als eine Erfindung der Nachbarin oder als ein bloßes Gerücht abtun, dafür gibt es zu viele Details. Es besteht kein Zweifel: Mindestens einer ihrer Geschwister redet schlecht über Gül. Sie fragt sich, warum. Sie fragt sich aber nicht, warum die Nachbarin ihr das alles erzählt.

Sie hat geschwiegen, doch die anderen haben geredet. Sie haben hinter ihrem Rücken über sie geredet. Sie haben alles verdreht. Sie unterstellen ihr die schlimmsten Absichten. Vielleicht glauben sie selbst, was sie da reden. Vielleicht halten sie Gül tatsächlich für einen schlechten Menschen.

Gül denkt in Deutschland an die Worte der Nachbarin zurück. Jeden Tag. Den ganzen Winter lang. Sie züchtet den vorher verborgenen Groll jetzt ganz offen.

Sie telefoniert viel, aber nicht mit ihrem neuen Handy. Sie ruft Ceyda an und Ceren in der Türkei, sie wiederholt immer wieder, was die Nachbarin erzählt hat, sie findet immer neue Motive für den Neid und die Missgunst der Geschwister, sie erwähnt in jedem Gespräch, dass sie versucht hat, ihren Geschwistern eine Mutter zu sein. So wie Fuat im Sommer einen Monolog hielt, so hält Gül jetzt auch einen, doch sie hat nur ihre Töchter als Zuhörer. Fuat ist wenig zuhause, er gewöhnt sich in diesem Winter an, mit einigen anderen Rentnern vormittags in der Bäckerei des Einkaufszentrum Kaffee zu trinken. Saniye ist in Malatya geblieben, während Yılmaz bereits Anfang Oktober nach Deutschland gekommen ist. Ihm allein möchte sie sich nicht anvertrauen und sie hätte auch keinen Vorwand, ihn zu besuchen. Er ist der Mann ihrer Freundin, es kann nicht zu viel Nähe zwischen ihnen geben.

Wenn Gül mit ihren Geschwistern telefoniert, versucht sie sich nichts anmerken zu lassen. Vielleicht ist es die Stimme des Blutes, auf die sie da hört, die Stimme der Vernunft, die Stimme der Hoffnung, die ihr sagt, dass die Entfernung und die Zeit alles lösen werden. Eine Stimme, die sie vielleicht vor dem Schlimmsten bewahrt. So versucht sie sich zu überzeugen.

Weil sie Ablenkung braucht, schaut sie viel fern in diesem Winter, sie sieht Serien voller Intrigen, Verrat,

Untreue, voller Streit und Zweifel, voller Enttäuschungen, Lügen, falscher Versprechungen, voller Ränke und böser Überraschungen. In zwei dieser Serien sieht sie Nalans Tochter, die tatsächlich Schauspielerin geworden ist, aber sie kann sich nicht darüber freuen. Was sie früher als Geschichten im Fernsehen abgetan hat, kommt ihr jetzt real vor. So sind sie, die Menschen, sie suchen immer nur ihren eigenen Vorteil und es gibt nichts, was sie aneinander bindet.

Sie bereut einige ihrer Worte. Sie sieht, dass ihre Bemerkung über İsmail, der keine Frau findet, unpassend war. Sie bereut, dass sie sich hat hinreißen lassen, Dinge zu sagen, die gegen sie verwendet werden können. Sie bereut, Melike so angeschrien zu haben, sie bereut, aber sie findet, dass die anderen noch mehr zu bereuen haben.

Can lädt Gül zu seiner Hochzeit ein, die er nachträglich feiern möchte. Er möchte ein Fest, weil er seit vier Jahren verheiratet ist, weil sein Sohn drei Jahre alt wird und er seit zwei Jahren keine Bewährungsstrafen mehr hat.

– Jetzt, wo wir alles auf den Weg gebracht haben, jetzt, wo die Tage, an denen wir Kriminelle waren, endgültig vorbei sind, jetzt, wo wir endlich reich sind, jetzt wollen wir feiern, sagt er am Telefon. Ich würde mich sehr freuen, wenn du auch da bist.

Auf der Einladungskarte, die am nächsten Tag in der Post ist, steht natürlich nichts davon.

– Can, welcher Can ist das?, fragt Fuat.

– Der Sohn einer ehemaligen Arbeitskollegin, antwortet Gül.

Sie ist überrascht, wie leicht ihr diese Lüge über die Lippen kommt. Es sind nicht nur die anderen, denkt sie, in einer Welt, in der jeder sich selbst befleckt, indem er betrügt, hintergeht, verheimlicht und den Klang der

Wahrheit missachtet, in einer solchen Welt ist es nicht möglich, sauber zu bleiben. Wer unter Menschen lebt, die lügen, lügt selbst auch.

Doch ich habe ja nichts Unrechtes getan, tröstet sie sich. Cans Mutter ist an Krebs gestorben, als er das letzte Mal im offenen Vollzug war, und Fuat neigt nicht dazu, die Welt aufmerksam zu betrachten, Gül muss nicht befürchten, dass er ihr auf die Schliche kommen wird. Und wenn doch, wird sie sagen, dass die Frau nur kurz bei ihnen war und danach in Hotels gearbeitet hat. Dass sie Can kaum kennt.

Es ist eine türkische Hochzeit, die Musik, das Essen, die Bräuche, viele der Gäste sind türkisch, doch die Hochzeitsgesellschaft ist größer als jede, die Gül bisher gesehen sind. Mehr Gäste, mehr Getränke, mehr Essen, lautere Boxen, mehr Musiker, aber auch mehr zwielichtige Gestalten. Die Halle fasst sicherlich 2.000 Menschen.

– Hut ab, sagt Fuat, kaum fassbar, was hier aufgefahren wird. Warum hat der seine Mutter putzen lassen, wenn er so viel Geld hat?

Damit hat Gül nicht gerechnet. Sie ist eine schlechte Lügnerin, sie steht Fuat in nichts nach.

– Er ist erst nach ihrem Tod mit einer Telefonfirma zu Geld gekommen, sagt sie.

– Telefonfirma? Er ist mit der Quasselsucht des Weibervolks reich geworden. Ein Fuchs.

Wer von uns beiden hatte als Erster ein Handy?, könnte Gül fragen. Doch ihr ist warm und sie befürchtet, dass sich ihr Gesicht gerötet haben könnte. Sie steht auf, um auf die Toilette zu gehen.

Sie fühlt sich fehl am Platz auf dieser Hochzeit. Sie ist gekommen, um Can eine Freude zu machen, doch sie fühlt sich schlecht, wegen ihrer Lüge, wegen der jahrelangen Heimlichtuerei, wegen der vielen Menschen, wegen der lauten Musik, wegen ihrer Geschwister, wegen Deutschland, wegen der Türkei, wegen des Sommerhauses, wegen des Winters. Am liebsten würde sie einfach verschwinden.

Auf dem Weg zur Toilette trifft sie Serter, der sie überschwänglich begrüßt, ihr Gesicht in seine Hände nimmt, sie links und rechts küsst und dann umarmt, dass ihr fast die Luft wegbleibt. Es erscheint Gül aufrichtig, aber übertrieben, und Serter kommt ihr fremd vor. Sie denkt an Cans Worte und fragt sich, ob sie diesen Mann vielleicht nie wirklich gekannt hat. Ob er vielleicht wie Melike zwei Gesichter hat oder gar drei oder vier. Ob er vielleicht verrückter ist, als sie glaubt. Und möglicherweise weniger einsam, als sie befürchtet.

– Gül, wie schön dich hier zu sehen, Gül. Ein ehrlicher Mensch unter all diesen Lügnern. Sollen wir rausgehen und in Ruhe eine rauchen? Komm, tu mir den Gefallen, wir haben uns so lange nicht mehr gesehen. Du weißt, ich mag dich, ich habe dir immer vertraut, ich habe immer dein Essen gegessen, dein Wasser getrunken, dir mein Herz ausgeschüttet. Du hast mich nie verurteilt und nie hinter meinem Rücken schlecht über mich gesprochen, Gül, wie schön, dass ich dich hier treffe. Komm, lass uns auf eine Zigarette gehen.

Bevor Gül zustimmen kann, schiebt Serter sie schon Richtung Ausgang. Gül hat lange genug im Viertel gewohnt, sie sieht an Serters Augen, dass er etwas genommen haben muss, doch seine Pupillen sind groß und nicht so winzig, wie sie es oft auf der Straße gesehen hat.

Erneut wird ihr warm, Menschen auf Drogen sind nicht berechenbar. Doch was soll er ihr schon tun, hier, unter den Augen der ganzen Gäste. Andererseits ist er verrückt, und ein Verrückter auf Drogen, Gül ist sich nicht sicher, was das bedeuten kann. Sie überlegt, unter welchem Vorwand sie Serter entkommen könnte, doch ihr fällt nichts ein, während er sie sanft an der Schulter nach draußen geleitet. Ihre Knie scheinen weicher zu werden, die Musik dröhnt in ihrem Kopf, sie fragt sich, ob es jetzt nicht das Einfachste wäre, in Ohnmacht zu fallen. Doch das wäre zu viel Aufmerksamkeit. Bei dem Gedanken, dass beim Aufwachen lauter aufgeregte Menschen um sie herumstehen würden, strömt wieder Kraft in ihre Knie.

– Ich bin heute etwas schlapp, lass uns nicht zu weit gehen, sagt sie am Ausgang zu Serter.

Er lächelt, holt eine Packung heraus und bietet Gül eine Zigarette an. Erst nachdem er ihr Feuer gegeben hat, nimmt er sich selbst eine. Er strahlt sie an.

– Wie geht es dir, Gül?

– Gut, antwortet sie. Dem Herrn sei Dank. Ich bin jetzt in Rente und wir waren über fünf Monate in der Türkei dieses Jahr.

– Ah, Türkei. Türkei, dieser Sehnsuchtsort. Als würden wir dort von unseren Sünden reingewaschen werden, als würde dort das Glück an Straßenecken sitzen und nur auf uns warten. Ich habe so viele Stunden am Bahnhof gesessen und eine Sehnsucht genährt, die mich von innen ausgehöhlt hat. Ich habe Reue genährt an meiner Brust, Gül, ich habe so viele Fehler gemacht, dass es für eine ganze Stadt reichen würde. Alles hat in die falsche Richtung geführt, wenn du etwas finden möchtest, musst du nach innen schauen, nicht nach außen. Du musst in dir schauen und in deiner Vergangenheit. Schau, ich habe immer Angst vor Menschen gehabt, aber ich habe behauptet, das sei Vorsicht. Angst vor Menschen, aber nicht vor dir. Ich hatte Angst und habe Zuflucht bei Gott gesucht, aber Gott ist kein Versteck, Gül. Wenn du Gott nicht überall sehen kannst, kannst du ihn gar nicht sehen.

Er ist überall. Nicht nur bei mir. Aber meine Angst vor den Menschen ist größer als meine Angst vor Gott. Ich rede zu viel, nicht wahr? Zu viel und zu wirr. Mache ich dir Angst, Gül?

– Nein.

– Doch, ich kann es sehen, ich mache dir Angst. Aufrichtigkeit ist nicht so leicht, wie es sich anhört, Gül.

Er senkt die Stimme.

– Ich bin heute ein wenig anders als sonst, weil ich ... Einer von Cans Freunden hat mir eine Pille gegeben und mir gesagt, dass ich mich gut fühlen werde, wenn ich sie nehme. Natürlich habe ich ihm nicht geglaubt, natürlich habe ich gedacht, er will mich vergiften, damit die Wahrheit niemals ans Licht kommt. Aber ich war bereit zu sterben, so sehr haben mich Reue und Sehnsucht ausgehöhlt. Ich war bereit zu sterben, Gül, aber dann ist mit dieser Pille meine Angst gestorben. Du brauchst dich nicht zu fürchten vor mir. Erzähl mir doch: Was macht dein Herz so schwer?

– Mir geht es gut, habe ich doch gesagt.

Serter sieht sie an, lächelt, schüttelt den Kopf.

– Angst, sagt er. Die größte Hürde im Leben ist die Angst. Aber ich will dich gar nicht bedrängen. Ich frage nur noch ein Mal: Was macht dein Herz so schwer? Ich kann es sehen, Gül, ich kann dein Herz sehen.

Gül glaubt ihm, doch sie schüttelt einfach den Kopf.

– Lass uns ohne Schulden scheiden, sagt Serter, wie man es sagt, wenn man sich verabschiedet und nicht weiß, ob man sich lebend wiedersehen wird.

– Serter ...

– Bitte. Lass uns ohne Schulden scheiden.

– Wir scheiden quitt, antwortet Gül auf die Formel.

Serter umarmt sie, drückt sie fest und lange an sich. Gül fragt sich, ob sie ihn tatsächlich zum letzten Mal sieht, ob jemand beobachtet, wie er sie umarmt, ob sie die Umarmung damit erklären soll, dass er so betrunken ist, und ob es nicht eine Gelegenheit gewesen wäre, von dem Streit um das Sommerhaus zu erzählen. Serter lässt los, schaut sie an und sagt:

– Mit den Deutschen, da hatte ich aber recht. Vor denen muss man Angst haben. Die wollen uns hier nicht.

Gül legt ihm die Hand auf die Schulter und lächelt. Dann geht sie wieder hinein.

Sie wird erst im nächsten Jahr erfahren, dass Serter am Ende dieser Nacht auf dem Parkplatz zusammengebrochen und auf dem Weg ins Krankenhaus gestorben ist. Er ist in der Türkei beerdigt worden, wo er seit 45 Jahren nicht mehr war.

Ceyda hat die Fahrkarten für sie gekauft, aber fahren muss Gül allein. Und umsteigen auch. Sie hat Angst, an einem Bahnhof in Deutschland verloren zu gehen, das Gleis nicht zu finden, den Anschluss zu verpassen, in den falschen Zug zu steigen, nicht genug Deutsch zu können, um den Weg zu Ceren und Ferdi zu finden.

– Du hast das Handy, sagt Ferdi am Telefon, falls irgendetwas schiefgeht, rufst du an und ich komme und hole dich mit dem Auto ab. Egal, wo in Deutschland das dann ist. Mach dir mal keinen Kopf.

– Ich weiß, ich gehe nicht verloren, sagt Gül, aber die Angst verschwindet davon nicht.

Bisher kennt Gül den Süden Deutschlands nur von den Autobahnfahrten in die Türkei. Zum ersten Mal sieht sie die Weinberge, von denen ihre Freundin Aysel in der Türkei erzählt hat.

Sie findet diese Landschaft hinter dem Zugfenster viel freundlicher als die flache Gegend, in der sie jahrzehntelang gelebt hat. Wie lange war ich in diesem Land, wie wenig habe ich gesehen, denkt sie. Die Türkei kenne ich wenigstens aus den Erzählungen meiner Nachbarinnen aus der Heimstraße, Istanbul habe ich selbst gesehen, Ankara, Malatya, Adana, Mersin, Kayseri, aber ich bin noch nie in Bonn gewesen oder in Berlin, in Kassel, Hannover, Kiel und wie diese Städte alle heißen. Wie viel Zeit meines Lebens habe ich hier verbracht, aber ich kenne weniger als ein Zehntel des Landes, viel weniger. Vielleicht ist meine Welt doch nicht größer als Fuats. Ich bin auf der Arbeit gewesen und habe in einem Zimmer gesessen und aus dem Fenster geschaut, ich habe nicht viel gesehen. Aber ich habe wenigstens versucht, mit den Menschen zu fühlen.

Mannheim, was für ein seltsamer Name für eine Stadt, denkt sie später, als sie aussteigt. Dürfen sich hier nur Männer zu Hause fühlen?

– Soll ich mal mit Tante Melike reden, bietet Ceren einige Tage später an. Ihr müsst das irgendwie klären.

– Nein, das ist eine Sache zwischen uns.

– Opa hätte nicht gewollt, dass ihr euch so zerstreitet.

– Nein, hätte er nicht.

Gül verschweigt, dass er es geahnt hat.

Ceren merkt, dass ihre Mutter auch jetzt, ein ganzes Jahr später, noch kein anderes Thema kennt, aber sie kann sich nicht vorstellen, dass die Wogen sich nicht wieder glätten werden. Während sie väterlicherseits nie starke Familienbande erlebt hat, waren alle Verwandten mütterlicherseits jeden Sommer so eng, warm und herzlich miteinander, dass es ihr schwerfällt zu glauben, dieser Zusammenhalt könnte aufhören wegen eines kleinen Häuschens.

– Findest du nicht, sie hätte nicht reden dürfen? Das ist eine Sache zwischen Geschwistern, das darf man nicht nach draußen tratschen.

– Mama, du weißt doch, wie es ist: Wenn du nicht möchtest, dass es jemand erfährt, darfst du es niemandem erzählen. Nicht deiner Schwester, nicht deiner besten Freundin, nicht deinem Mann. Es gibt nur eine Möglichkeit, ein Geheimnis zu hüten, und die macht einsam.

– Bist du etwa auch auf ihrer Seite?

– Nein, ich bin auf niemandes Seite.

Sie sieht ihre Mutter an und korrigiert sich.

– Natürlich bin auf deiner Seite, ich bin deine Tochter, aber das heißt nicht, dass ich blind bin. Die auf der anderen Seite sind auch Menschen. Niemand ist morgens aufgestanden und hat sich gedacht: Ich möchte Gül Leid zufügen.

– Vielleicht nicht. Aber es reicht, alles nur für sich haben zu wollen. Das ist schon Leid. So war Melike immer, sie wollte nur das Beste für sich, die anderen waren ihr egal.

– Ja, vielleicht hat sie es deswegen als Einzige geschafft zu studieren. Es ist nicht alles nur gut oder nur schlecht.

– Du glaubst, ich bin weniger wert, weil ich nur die Grundschule abgeschlossen habe?

Ceren nimmt ihre Mutter in den Arm.

– Natürlich nicht. Jeder hat seine Veranlagung, seine eigenen Stärken und Schwächen, jeder kommt anders zur Welt. Sieh mich an und sieh Ceyda an. Es ist nicht eine mehr wert als die andere, oder? Aber wir sind verschieden.

– Kann mir nicht auch einmal jemand recht geben? Sie hätte nicht tratschen dürfen.

– Sie hätte nicht tratschen dürfen. Aber sie hat es getan. Wir können es nicht rückgängig machen. Wir müssen nach vorne sehen. Ihr findet einen Weg. Ihr habt immer einen Weg gefunden.

Ceren sieht, dass ihre Mutter nicht ganz bei sich selbst ist. Sie fragt nur kurz, wie sie sich jetzt in Deutschland fühlen, und hört nicht richtig zu, als Ceren antwortet. Ceren sieht das Leid ihrer Mutter, versucht sie abzulenken, versucht den Dingen ein anderes Gewicht zu geben, sie herunterzuspielen, versucht, andere Perspektiven zu zeigen. Und auch wenn sie sieht, dass sie keinen Erfolg hat, glaubt sie daran, dass die Geschwister eine Lösung finden werden.

Als sie sich einige Tage später verabschieden, glaubt ihre Mutter das vielleicht auch.

– Wie lange habe ich schon keinen Frühling mehr in diesem Land erlebt, sagt Fuat. 42 Jahre. Wie viel schlechtes Wetter haben wir erduldet, wie viele Jahrzehnte haben wir diesem grauen Himmel erlaubt, unsere Seelen zu verdunkeln. Frühling, so muss Frühling sein, die Bäume schlagen aus und man kann sich von der Sonne das Gesicht wärmen lassen, die Erde riechen und die Augen werden satt vom Grün. Wie lange hat dieses Betondeutschland uns ausgesperrt aus der Natur.

Er schwadroniert und klagt, aber er freut sich aufrichtig über diese Tage, und Gül ist überrascht zu sehen, wie zufrieden er ist, wenn er einfach nur im Obstgarten sitzen kann. Er trinkt jeden Abend Rakı, ohne Magenschmerzen oder Sodbrennen zu bekommen, und Gül fragt sich, wann sie ihn in den letzten Jahren mal so glücklich gesehen hat.

Sie selbst hingegen ist unruhig. Obwohl beide versuchen, es zu überspielen, ist deutlich, dass ihr Verhältnis zu Sibel abgekühlt ist. Mit ihrer Stiefmutter Arzu redet sie weniger als sonst. Melike ist nicht in der Stadt, doch sie wird bestimmt im Laufe des Sommers kommen. Bei jedem, den Gül sieht, überlegt sie, ob er weiß, was geredet wird, bei jedem Lächeln fragt sie sich, ob es eine

Maske ist, bei jeder Umarmung argwöhnt sie, dass ein Preisschild dranhängt.

Sie weiß nicht, wem sie trauen kann und wem nicht, und versucht auf jedes ihrer Worte zu achten. Sie verbringt Zeit mit Bahar, der Nachbarin, die ihr letzten Herbst von dem Gerede erzählt hat. Sie vermeidet es aber tunlichst nachzufühlen, ob im Laufe des Winters neuer Tratsch hinzugekommen ist. Stattdessen versucht sie herauszufinden, ob Bahar ihr wohlgesinnt ist oder nicht, was ihr bei dieser Frau schwerfällt. Obwohl Gül jedes ihrer Worte abwägt, obwohl sie auf jeden ihrer Schritte achtet, erzählt sie eines Tages Bahar, wie alt sie war, als ihre Mutter gestorben ist, und wie sie danach versucht hat, ihren Schwestern eine Mutter zu sein, wie sie die Schule nicht abgeschlossen hat und zu Hause geholfen, wie sie früh geheiratet hat, damit es zu Hause zwei Hände weniger gibt, die bei Tisch zugreifen. Es bricht einfach aus ihr hervor und sie tröstet sich später damit, dass sie nicht erzählt hat, wie schwierig Melike schon als Kind war, wie sie sich immer vor Arbeit gedrückt hat, dass Gül das einzige Kind war, das der Vater nicht geschlagen hat. Es liegt ihr auf der Zunge, aber sie sagt nichts über Melike. Sie redet über sich, über die alten Zeiten, und sie lässt sich von ihren eigenen Worten forttragen, ihre Augen sind feucht, als sie sagt:

– Nie habe ich geflucht, nie habe ich gezagt, nie habe ich gesagt: Möge dein Haus einstürzen, mögen deine Hände verkrüppeln, deine Augen erblinden und deine Füße erlahmen, du Schlampe von einem Schicksal. Ich erwarte keinen Dank dafür, aber auch keinen Tadel.

Sie schilt sich hinterher für ihre Worte, mit denen sie versucht hat, Bahar für sich zu gewinnen, sie schilt sich, aber die Worte sind gesagt. Sie machen sich selbstständig in diesem Frühling und verlassen Güls Mund immer wieder, und jedes Mal schilt sie sich weniger. Es ist die Wahrheit, was ich erzähle, ist nichts als die Wahrheit, warum sollte ich ihr keinen Raum geben dürfen?

Sie wiederholt die Worte, lässt sie zu einer Geschichte werden und die Geschichte zu einem Teil von ihr. Sie klammert sich an diesen Teil, als sei er Treibgut auf dem Weg, den das Blut der Ahnen durch die Körper der Menschen nimmt. Sie klammert sich an diesen Teil, als könnte er ihr helfen zu überleben, als hätte sie nie die ganze Melodie gehört, die sie alle trägt.

Eines Tages, als die Sommerhäuser bereits alle bewohnt sind, sitzt Gül bei Sibel, und obwohl sie sich vorgenommen hat, nicht darüber zu reden, platzt es aus ihr heraus:

– Die Leute erzählen, wie ich dich bei der Nachricht von Vaters Tod gefragt habe, warum ihr mich nicht als Erste angerufen habt.

– Ich weiß, sagt Sibel, ohne die geringste Regung zu zeigen.

– Du musst es erzählt haben.

– Ja, das habe ich. Arzu hat gefragt, wie du reagiert hast, und ich habe es ihr erzählt.

– Aber ich habe das ja nicht gefragt, weil ich das Sommerhaus für mich haben wollte. Das ergibt doch überhaupt keinen Sinn.

– Ich weiß, sagt Sibel. Aber was ich erzählt habe, war nichts als die Wahrheit. Gott ist mein Zeuge. Was sollte ich mir für einen Vorteil erhoffen, wenn ich schlecht über dich rede? Ich kann nichts dafür, wer was zu meinen Worten hinzufügt. Ich lebe hier mein Leben und tue niemandem etwas zuleide. Ich habe immer versucht, mich fernzuhalten, ich habe hier in meiner eigenen Welt gelebt und einen Mann gefunden, der das auch wollte. Aber willst du die Wahrheit erfahren, Gül? Es hat nicht funktioniert. Es kommt immer jemand von draußen und versucht Neid, Hass, Tratsch und böse Gedanken in dieses Haus zu tragen. Es kommt immer jemand mit Beschuldigungen.

– Ich wollte nicht … Verzeih … Ich habe dir nur erzählt, was ich gehört habe.

Güls Blick fällt auf einen Blechbecher in der Vitrine. Der Becher, aus dem ihr Vater immer Wasser getrunken, zweifellos. Warum hat Sibel ihn?

– Warum sollte mich das interessieren, was du gehört hast? Weißt du, Aziz und ich hätten in ein Dorf ziehen sollen mit 30, 40 Häusern. Doch dort hätten wir keine Arbeit gehabt. Wir sind in dieser Stadt geblieben wegen des Geldes, aber das Geld hat uns mit den Menschen verstrickt, mit all ihren falschen Worten, mit ihren Lügen und Scheinheiligkeiten und all ihrem Tratsch. Vielleicht hätten wir auch nach Deutschland gehen sollen, ich weiß es nicht. Wir haben versucht, einen ruhigen Platz zu finden, aber wir sind nicht weit gekommen. Ich habe nie geklatscht, Gül, nie. Ich habe zwei Ohren, ich bekomme mit, was geredet wird, doch ich habe mich nie mit dem Mund beteiligt. Du kennst mich nicht. Wenn du mich kennen würdest, hättest du nie angefangen, mit mir über dieses Thema zu sprechen.

– Ich wollte doch nur … Ich habe … Es tut mir leid … Ich wollte nicht …

– Gül, große Schwester, wenn du etwas zu sagen hast, sag es dir selbst. Ich richte nicht über dich, ich verurteile dich nicht. Ich versuche mein Herz rein zu halten. Das solltest du auch tun.

Zorn wallt auf. Großer Zorn. Drei, vier, fünf Sekunden glaubt sie, sie wäre in der Lage, ihn zu unterdrücken.

– Mein Herz ist rein, schreit sie dann. Was soll das denn für eine Anschuldigung sein, ich komme doch nicht hierher, um mir von dir erzählen zu lassen, was mit meinem Herzen nicht stimmt.

Sie steht auf und geht. Sie geht, weil die Geschichte, die sie diesen Frühling so oft erzählt hat, ein Teil von ihr geworden ist, ein Teil, den sie beginnt, mit dem Ganzen zu verwechseln.

– Du bist nicht allein, Mama, warte doch einfach, bis wir auch da sind, dann finden wir eine Lösung. Es bringt einfach nichts, mit Melike zu reden oder mit Sibel oder mit Nalan oder Oma. Ihr müsst euch alle zusammensetzen, in Ruhe. Darüber reden. Am besten mit jemandem, der nicht zur Familie gehört.

– Wer könnte das denn sein?

– Onkel Tarık vielleicht.

– Wer?

– Tarık, der Sohn von Emin Effendi, dem Gefängniswärter.

– Ist der denn hier?

– Er hat jahrelang in Istanbul gearbeitet, aber er ist zurückgezogen. Er wohnt im Sommerhaus seiner verstorbenen Eltern. Er ist ruhig und besonnen, alle achten ihn.

– Woher weißt du das?

– Es wird immer viel geredet, Mama.

– Ich habe auch viele Jahre in dieser Stadt gewohnt, aber ich kenne Tarık nicht.

– Ja, damals war er auch noch in Istanbul. Finde ihn und bitte ihn um seine Hilfe. Frag aber vorher die anderen. Der direkte Weg ist der einfachste.

Nach diesem Telefonat mit Ceren entspannt Gül sich etwas. Die Situation scheint ihr lösbar. Man braucht nun jemanden von außen, der sich nicht von Gefühlen leiten lässt. Sie bittet ihre Geschwister und ihre Stiefmutter um ein Treffen im Beisein einer unabhängigen Person, um die Sache mit dem Sommerhaus und wem es gehören soll zu klären. Zu ihrer Überraschung erklären alle sich einverstanden.

Sie findet heraus, wo Tarık wohnt, und gemeinsam mit Fuat klopft sie eines Nachmittags an die Holztür eines alten Sommerhauses. Ein grauhaariger, schlanker Mann mit freundlichen Augen öffnet im Unterhemd, sagt *Guten Tag* und sieht die beiden neugierig an. Sie grüßen, Gül wartet ein, zwei Sekunden, dass Fuat anfängt zu sprechen, doch der bleibt stumm.

– Ich bin Gül, die Tochter des Schmieds.

– Die, die in Deutschland ist, sagt Tarık.

Gül nickt.

– Ich weiß, wir kommen unangemeldet und sicherlich stören wir gerade ...

– Aber nein. Nein, nein. Kommt doch herein. Bitte.

Der Boden ist nicht aus Stein, sondern aus festgestampfter Erde, der Lehmverputz bröckelt von den Wänden, auf dem Diwan, auf den Fuat und Gül sich setzen, hat Tarık wahrscheinlich schon als Kind gelegen. Das Hemd, das er sich rasch übergezogen hat, ist fadenscheinig und er hat es in der Eile falsch geknöpft.

– Ich bekomme nicht oft Gäste, sagt er, ihr müsst entschuldigen. Ich weiß, es mag euch seltsam erscheinen, wie es hier aussieht und wie ich aussehe, aber wenn der Mensch sich selbst nahe ist, kommt er den anderen manchmal befremdlich vor. Was führt euch zu mir? Gibt es etwas, das ich für euch tun kann?

– Wir wollten an deine Tür klopfen und Hallo sagen, stammelt Gül, die von seiner Direktheit überrascht ist. Wir sind ja alles Nachbarn.

– Schwester, sagt Tarık, lass die Gewohnheiten und die Traditionen, das sind vertrocknete Krusten, unter denen man kaum den Menschen sieht. Schau, ich frage dich, ehrlich und ohne Argwohn: Was führt euch zu mir? Antworte doch von Herzen, es gibt nichts zu verstecken.

– Wie soll ich sagen ... Es handelt sich um eine Erbschaftsangelegenheit.

Gül wirft Fuat einen Seitenblick zu. Er reagiert nicht.

– Wir sind uns nicht einig, was mit dem Sommerhaus geschehen soll, das mein Vater uns hinterlassen hat, fährt sie fort. Es ist ein neues Haus an der Stelle des alten Stalls gebaut worden, bei dem nicht klar ist, wem es gehört, meine Schwester und mein Bruder haben den Bau bezahlt, aber das Grundstück gehört ja uns allen, und ursprünglich sollte ich an diesem Haus beteiligt sein und nun ist alles durcheinander. Wir wollten uns mal zusammensetzen und reden und wollten jemanden dabeihaben, der unparteiisch ist. Und es wurde gesagt, Sie könnten der Richtige dafür sein. Es tut mir leid, Sie damit zu belästigen.

Tarık nickt.

– Für den Zuschauer ist Schach ein schöneres Spiel als für den Spieler, sagt er. Ich weiß nicht, ob ich wirklich eine Hilfe sein kann, aber ich möchte es von Herzen gerne versuchen.

– Von dem erhoffst du dir Hilfe, sagt Fuat auf dem Heimweg. Wenn der in irgendetwas Ordnung bringen könnte, würde er mit dem Haus anfangen, mit seiner Kleidung, mit seinen Knöpfen. Der sieht aus wie ein Penner. Man weiß ja nicht mal, wo die Haare aufhören und wo der Bart anfängt.

– Hast du sein Herz leuchten sehen?

– Was?

– Ich bin jetzt so alt geworden und ich habe vielleicht nicht viel gelernt in all den Jahren, aber ich kann Menschen erkennen, die aufrichtig und reinen Herzens sind. Diesem Mann kann man vertrauen.

– Weibervolk. Ich würde niemandem trauen, der keinen Kamm besitzt.

Gül sagt den anderen Bescheid, dass sie Tarık für ihr Treffen gewonnen hat.

– Wie kann der eigentlich unabhängig sein, wenn du ihn besser kennst als wir?, fragt Melike am Telefon.

– Aber du hattest doch schon gesagt, dass du einverstanden bist.

– Ja, aber ich habe nochmal nachgedacht und es gefällt mir nicht. Das ist eine Sache zwischen uns, eine Familienangelegenheit, es schickt sich nicht, jemand Fremden hinzuzunehmen, wer weiß, was der alles hinterher über uns redet.

Gül holt leise, aber tief Luft. Sie merkt, wie Groll aufkommt, lässt ihn aber einfach durch sich hindurchfließen, anstatt ihn zu unterdrücken. Dann sagt sie:

– Schau, wenn niemand von außen dabei ist, werden wir aller Wahrscheinlichkeit nach streiten. Ich habe Vorwürfe, du hast vielleicht Vorwürfe, Nalan hat vielleicht welche, alle fühlen sich ungerecht behandelt. Ich habe mich viel geärgert, dir geht es wahrscheinlich nicht anders. Wenn wir eine gemeinsame Lösung finden wollen, ist das möglicherweise der beste Weg. Und Tarık tratscht nicht. Dafür lege ich meine Hand ins Feuer.

– Du bist nur zwei Jahre älter, sagt Melike, das war früher viel, da konntest du dich wer weiß wie aufspielen. Jetzt bist du immer noch meine ältere Schwester, aber das heißt nicht, dass du alles besser weißt. Du hast die meiste Zeit deines Lebens nicht hier verbracht, aber du bist Expertin für Problemlösungen in der Türkei geworden? Seit wann denn das? Und wieso muss es jemand sein, für den du die Hand ins Feuer legst. Wäre es nicht besser, jemanden zu finden, für den ich das tun würde?

Gül denkt an Tarık, seine warmen Augen, seine Offenheit, sie denkt an die innere Stimme, die ihr sagt, dass er der Richtige ist. Sie sieht das Licht, das Licht, auf das sie sich zubewegen möchte. Es gelingt ihr nicht mehr, den Groll durch sich hindurchzulassen, sie kann nur versuchen wegzuschauen.

– Melike, sagt sie, geliebte Schwester, lass uns eine gemeinsame Lösung finden. Wir sind von einem Blut, tu mir den Gefallen, lass es uns im Andenken an unsere Mutter auf diesem Weg versuchen. Verflucht soll ich sein, wenn ich einen Hintergedanken dabei habe.

– Ich weiß nicht, ob ich diesen Sommer überhaupt Zeit habe zu kommen, sagt Melike.

Gül freut sich, lässt es sich aber nicht anmerken. Sie kennt ihre Schwester, das ist fast schon eine Zusage.

– Und?, begrüßt Ceren ihre Mutter schon vor dem Haus, obwohl sie ihr Gesicht sehen kann.

Nalan ist nicht zu dem Treffen gekommen, weil sie diesen Sommer zusammen mit ihrer Tochter in Bodrum verbringt. Sie hat Sibel eine Vollmacht gegeben, für sie zu entscheiden. Gül hat lange gerätselt, warum ausgerechnet Sibel, warum nicht Emin, der auch in Istanbul wohnt, warum nicht Arzu, die die ganze Zeit versucht, neutral zu sein. Gül hat sich umgehört, vorsichtig, vielleicht gab es ja ein Gerücht, das erklärte, warum Nalan sich so entschieden hat, doch sie hat nichts in Erfahrung bringen können.

– Es ist eskaliert, sagt Gül jetzt. Es ist völlig eskaliert. Alle bis auf Sibel haben geschrien und einander beleidigt.

– Aber ...

Ceren hat das nicht mal als schlimmste Möglichkeit in Betracht gezogen.

– Komm erst mal rein.

– Ist dein Vater da?

– Nein.

– Gut.

Gül hat die Zigarette im Mund, noch bevor sie die Schuhe ausgezogen hat.

– Egoistisch hat Melike mich genannt, sie hat von Erpressung geredet, Emin hat gesagt, dass ich vor der Wahrheit bis nach Deutschland geflohen bin, er hat Sibel beschuldigt, sich zurückzuziehen und seine eigene Schwester gegen ihn aufzubringen. Ich sei ehrlos, hat Melike geschrien und eine Minute später schon hat Sibel sich geweigert, das zu bezeugen. Arzu hat gesagt, wir sollten alle das Maul halten, so schlimm sei nicht mal Vater gewesen, wenn er wütend war. Melike hat mich geizig genannt und Emin soll einen Kredit aufgenommen haben.

Gül konnte noch nie besonders gut erzählen, ihr Zuhörer muss den Faden immer selbst finden. Jetzt fragt Ceren:

– Aber was ist mit Tarık? War der nicht dabei?

– Doch, aber er ist gegangen.

– Gegangen?

– Ja. Er hat gesagt, wenn wir nicht wie Erwachsene miteinander reden wollen, hat es keinen Sinn. Dass wir wie Kinder sind, die um ein Stück Kuchen streiten.

– Hast du auch geschrien?

– Ja, aber nur weil Melike so unverschämt war. Egal, was passiert, ich bin ihre ältere Schwester, sie muss mir ein Minimum an Respekt entgegenbringen. Das gebietet die Menschlichkeit.

Es dauert über eine Stunde, bis Ceren sich ein Bild von den Geschwistern bei diesem Treffen gemacht hat, eine Stunde, in der sie ihre Mutter weinen, fluchen, schreien, flehen hört, eine Stunde, in der sie ihre Mutter so aufgelöst erlebt wie selten zuvor. Sie sieht sie rot vor Zorn werden, sie hört sie Drohungen ausstoßen, Ultimaten stellen, klagen und jammern. Ceren sieht die zitternden Hände, sie sieht die Wut, die Ohnmacht, sie sieht, wie der Schmerz sich bei jeder Erwähnung einer Kränkung noch zu steigern scheint, sie sieht die Kippen im Aschenbecher, und obwohl sie sich vorgenommen hat, einen klaren Kopf zu bewahren, vernebeln ihr irgendwann Wut, Liebe, Schmerz und ihre eigenen Tränen den Blick. Sie versteht nicht. Ihre Tanten und ihren Onkel. Sie versteht nicht.

Melike hat bei dem Treffen damit angefangen, dass das Haus ja ursprünglich ihrer Mutter gehörte, dass man das nachweisen könne, dass es erst nach ihrem Tod auf den Vater übertragen wurde, dass Arzu, Nalan und Emin deshalb eigentlich kein Anrecht auf dieses Haus hätten. Emin hat entgegnet, dass die rechtliche Situation aber nun mal eine andere sei, sie haben alle gleiche Anteile, daran würden solche Behauptungen nichts ändern, und Melike versuche ohnehin nur, Zwietracht zu säen. Melike warf ihm vor, er sei habgierig, alle wüssten, was er in Istanbul verdiente, er habe das Sommerhaus gar nicht nötig. Er sei ein Bruder, sie habe nie zwischen Geschwistern und Halbgeschwistern getrennt, er sei jederzeit willkommen im Sommerhaus, er müsse es ja nicht auch noch besitzen.

Tarık hat gemahnt, sachlich zu bleiben, der Vorwurf der Habgier führe hier nicht weiter. Melike hat erwidert, das sei kein Vorwurf, sondern eine allgemein bekannte Tatsache. Als Lehrer hätte er nie so wohlhabend werden können, wie er jetzt war, seine Geldgier und sein Ehrgeiz hätten ihn getrieben, das sei doch offensichtlich, warum könne man das nicht einfach zugeben.

Gül hat gesagt, dass sie sich hintergangen fühle, weil das neue Haus ohne ihr Wissen gebaut worden sei. Melike hat entgegnet, dass das nicht stimme, sie habe es gewusst, nur nicht den Zeitpunkt, wann die Bauarbeiten beginnen. Aber es haben auch alle gewusst, dass Gül ihr Geld bei der Finanzkrise verloren habe.

Tarık hat Gül recht gegeben, dass man sie hätte informieren sollen, Melike hat Tarık Parteilichkeit vorgeworfen, Gül hat versucht, Tarık zu verteidigen, Melike hat das als Beweis ihrer These betrachtet und gesagt, dass eine Einigung wohl nicht möglich sei und dass sie das Sommerhaus doch einfach versteigern sollten und dann das Geld teilen, bei jeder anderen Lösung würde sich jemand benachteiligt fühlen. Tarık hat gesagt, das könnte eine Möglichkeit sein, sofern alle sich darauf einigen, Gül hat entgegnet, dass es hier nicht um Geld gehe, dass das Sommerhaus das Einzige sei, was noch von ihrer Mutter geblieben sei, dass es um die Erinnerungen gehe, die daran hängen, dass es ihr das Herz brechen würde, wenn das Haus in fremden Händen wäre, dass sie alle anflehe, nach einer anderen Lösung zu suchen. Sie habe so viele Stunden Arbeit und Liebe in das Haus gesteckt, wenn es jemand anders gehörte, wäre das, als würde man ihr ein Stück ihres Leibes entreißen. Melike hat gesagt, dass sie von dieser emotionalen Erpressung Güls die Nase gestrichen voll habe, Güls sei dick genug, da würde so ein Stück Leib nicht weiter auffallen. Danach ist alles völlig außer Kontrolle geraten, Tarık ist gegangen, die Geschwister haben sich gegenseitig Beleidigungen, Vorwürfe und Kränkungen zugeschrien, bis Melike als erste türenknallend den Raum verlassen hat.

– Was ist denn hier los, sagt Fuat, als er Mutter und Tochter auf dem Sofa sitzen sieht. Ist jemand gestorben?

– Wir haben uns um das Sommerhaus gestritten.

– Ach, sagt Fuat, die Kinder des Schmieds. Euer Vater würde sich im Grab umdrehen. Oder … oder vielleicht habt ihr das auch von ihm.

– Was?, sagt Gül.

– Dass ihr nicht ganz auf den Gleisen tickt.

– Was?, sagt Gül nochmal, doch bevor sie es ausgesprochen hat, versteht sie, was Fuat sagen wollte.

– Raus, brüllt sie, raus. Geh mir aus den Augen. Ich will dich nicht sehen.

Fuat nickt, als wolle er sagen: Genau, das meine ich. Und geht. Gül zündet sich noch eine Zigarette an. Trotz der offenen Fenster ist das Zimmer mittlerweile verraucht.

– Weißt du, wenn ich an meine Kindheit denke, denke ich immer zuerst an das Sommerhaus, sagt Ceren. Die lebhaftesten Erinnerungen habe ich nicht an die zehneinhalb Monate in Deutschland, sondern an die sechs Wochen hier. Es wäre schade, wenn es versteigert werden würde. Ich bin erstaunt, wie klein mir der Garten heute vorkommt, doch wenn ich unter dem Maulbeerbaum sitze, ist es wie ein Tor zur Kindheit. Oder wenn ich hinten am Schwimmbecken bin, wo ich fast ertrunken wäre. Ich sehe Opa gebratenes Schwanzfett essen, ich rieche seinen Schweiß, sehe seine Gummischuhe, den Blechbecher, aus dem er immer Wasser getrunken hat, ich sehe alle meine Cousins und Cousinen, ich erinnere mich an die Ballspiele auf der Straße, bei denen Tante Melike immer mitgespielt hat, jeder wollte sie in seiner Mannschaft haben. Ich habe den größten Teil meiner Kindheit in Deutschland verbracht, aber ich erinnere mich hauptsächlich daran, wie wir alle in den Ferien im Sommerhaus waren. Damals hätte niemand von euch geglaubt, dass das mal zerbrechen könnte, da bin ich mir sicher. Ich kann nicht verstehen, was passiert ist. Ich kann nicht verstehen, dass diese Tage nicht mehr gelten.

Ceren merkt, wie ihre Mutter etwas ruhiger wird, ruhiger und trauriger. Irgendetwas im Raum ändert sich, als würde ein Schutzwall bröckeln, als würde ein Licht in den Raum eindringen, als könnte man Streit und Neid, Zwist und Kränkungen für einen Moment vergessen und ein Bild sehen, das weit über einen selbst hinausreicht.

Gül erinnert sich, dass ihr Vater ihr diesen Streit prophezeit hat. Sie denkt daran, wie früh ihre Mutter gestorben ist. Ihre Mutter, die auch eine Waise war. Sie denkt daran, wie sie Ceyda und Ceren in der Türkei zurückgelassen hat. Wie Cerens Tochter so früh ihren Vater verloren hat. Wie Ceydas Kinder aufgewachsen sind mit einem Vater, der nie anwesend schien. Sie denkt daran, wie der Schmerz der Trennung, der Verlust der Geborgenheit, der fehlende Halt sich durch die Familie ziehen, wie immer wieder Variationen dieser traurigen Melodie in das Lied ihres Blutes eingewoben werden. Vielleicht hat ihr Vater ja das erkannt. Vielleicht hat er aber auch etwas anderes gesehen. Vielleicht sind diese Klänge der Grund für die Angst, für den Neid, für das Gefühl, zu kurz gekommen zu sein, nicht genug Liebe zu bekommen zu haben, vielleicht klebt daher die Angst einfach alles in einem zusammen, das man nicht loslassen kann. Daher die Melancholie, das Gefühl von Vergeblichkeit.

Stille breitet sich aus im Raum, die Wut schwindet, die Trauer bleibt, als wäre sie ein Wasser, das seinen Weg findet. Keine Zigaretten, Geräusche nur von draußen und ein Schweigen, das eint. Minutenlang.

Dann räuspert Gül sich, vorsichtig, ein Räuspern, das dennoch durch ihren ganzen Körper zu schwingen scheint, als wäre sie kurz vor dem Einschlafen gewesen.

– Woran denkst du?, fragt sie ihre Tochter.

– Weißt du, du bist ohne Mutter aufgewachsen, Fatma ist ohne Vater aufgewachsen, Ceyda und ich waren allein in der Türkei, Fatma ist ohne Vater aufgewachsen, Adem war für seine Kinder auch nicht wirklich da, und wer kann schon sagen, ob Ferdi und ich Ersin gemeinsam aufziehen werden. Aber ihr … ihr nehmt vorweg, wozu Tod und Trennung noch nicht gekommen sind.

Gül nickt. Schaut auf die Zigarettenschachtel, entscheidet sich dagegen. Mit leiser Stimme erzählt sie zum ersten Mal, wie ihr Vater damals geweint hat, als er prophezeite, sie würden sich streiten.

– Er hat irgendetwas gewusst, sagt sie. Ich hätte ihn fragen sollen, solange noch Zeit war.

– Vielleicht hat Vater nicht so unrecht, sagt Ceren. Nur ist es nicht eine Meise, die wir haben, sondern ein Fluch, der auf unseren Seelen liegt.

– Was versteht dein Vater schon von der Seele?

– Er versteht etwas, auch wenn er es nicht versteht.

Plötzlich ist da ein Frieden in Gül, den sie nicht begreifen kann. Ein Frieden, als könnte es doch eine Lösung für das Sommerhaus geben, für das Miteinander der Geschwister, auch nach diesem Tag noch, jetzt, wo sie kurz zwischen der Angst und der Wut und dem Zorn und dem Schmerz hindurch den Klang des Blutes gehört hat, das Licht der Generationen gesehen hat, den Schmerz der anderen gefühlt.

Aber vielleicht ist es auch nur der Wunsch, alles möge gut enden, der alles andere kurz überstrahlt.

– Die Zeit wird lang, sagt Fuat, sehr lang. Ich habe mich informiert, die Immobilienpreise werden steigen. Wir sollten uns auch ein Haus am Meer kaufen.

Gül sieht ihn an. Melikes Sohn İsmail hat seiner Mutter vor einigen Jahren ein Haus gekauft, an der Ägäis, der Traum vieler Türken. Der Traum vieler Menschen. Ein Haus am Meer. Ein Ort der Ruhe. Jederzeit das Blau des Wassers sehen können, jeden Tag bis zum Horizont blicken, die salzige Luft atmen, das Tempo des Lebens dem der Natur anpassen. Das Geräusch der Wellen. Das grelle Licht der Mittagssonne. Die Ruhe des Eigentums. Ein Haus am Meer.

Es ist nicht so, dass dieser Wunsch nicht auch an Gül zieht, doch es sind immer so viele Wünsche da, so viele innere Stimmen, welcher soll man zuhören und welcher nicht?

– Wir sind Anatolier, sagt Gül, wir haben das Wasser im Glas gesehen, wie man sagt. Wir sind mit dieser Erde verbunden, nicht mit dem Meer.

– Jeder Mensch ist mit dem Meer verbunden, sagt Fuat, wir bestehen zu 80 Prozent aus Wasser, alles Leben kommt aus dem Meer. Es war doch immer schön, wenn wir Strandurlaub gemacht haben. Deine Enkel kommen in ein Alter, in dem sie Kinder kriegen könnten. Es würde allen gefallen, im Sommer zu uns zu kommen, zu baden, zu schwimmen, sich zu sonnen, abends Fisch zu grillen.

Gül sieht ihn erstaunt an. Er ist guter Laune, er scheint sich auf dieses Gespräch vorbereitet zu haben, er versucht, sie für diese Sache zu gewinnen.

– Und mit welchem Geld?

– Mit unseren Ersparnissen.

– Die du beinahe komplett in den Sand gesetzt hättest. Es ist nichts als Glück, das wir die noch haben. Und je nachdem, was mit diesem Sommerhaus noch passiert ... Nein, das Geld, von dem du sprichst, ist unsere letzte Sicherheit. Wenn wir das verlieren, haben wir nichts mehr außer der Rente.

– Die Immobilienpreise werden steigen, und auf der Bank wird dieses Geld keine nennenswerten Zinsen mehr bringen. Es ist klug, jetzt in Immobilien zu investieren.

– Seit wann bist du denn Experte für so etwas? Wieso sollte dir jemand trauen? Du hast schon einmal bewiesen, wie gut du darin bist, dein Geld anzulegen.

Sie erwartet, dass er gereizt reagieren wird, widersprechen, dass seine Vorbereitung ihm nicht mehr weiterhilft, dass dieses Gespräch in einem Streit endet.

– Eine Wirtschaftskrise kann niemand vorhersehen, sagt er besonnen, den Tipp mit den Immobilien habe ich von Emin und bei dem siehst du ja, wie viel Geld er mittlerweile angehäuft hat. Vielleicht traust du auch ihm nicht, aber denk trotzdem mal darüber nach. Es sieht nicht so aus, als würdet ihr euch beim Erbe einigen können. Das Leben ist ein Spiel, man kann nicht immer gewinnen. Und dann hätten wir immerhin ein Haus am Meer statt eines mit Obstgarten.

– Du unterschätzt uns, sagt Gül, die Kinder des Schmieds haben am Ende immer zusammengehalten.

Fuat nickt einfach und geht.

Einige Tage später kommt er heim und sieht aus, als hätte er einen Fernseher gekauft, einen Videorekorder, einen Mercedes, ein Handy, alles auf einmal.

– Es ist eine Qual, wie die Dinge in diesem Land laufen, sagt er, der Krämer, der Handwerker, die Beamten, der Verkehr, nichts geht seinen geregelten Gang.

Er macht eine Pause.

– Und dennoch bringt mir dieses Land Glück. Es ist kaum fassbar, jahrzehntelang habe ich in Deutschland Lotto gespielt, jahrzehntelang. Was habe ich gewonnen? Wenn es hochkommt, 600, 700 Mark insgesamt. Hier darfst du nicht mal die Zahlen selbst ankreuzen, du kaufst ein fertiges Los im Laden.

– Wir haben gewonnen?, unterbricht Gül ihn.

– Wir? Seit wann spielst du denn? Ich habe gewonnen. Ich habe tatsächlich gewonnen. Gül, 80 Milliarden Lira.

– 40.000 Euro? Nein, diese ganzen Nullen immer, warum mögt ihr die Nullen, sie haben sechs Stück gestrichen, damit es einfacher wird, aber alle reden immer noch von Millionen und Milliarden. 4.000, oder? Das ist nicht wenig.

Fuat schüttelt grinsend den Kopf.

– 40.000, sagt er. Das ist doch ein Zeichen. Letzte Woche haben wir noch über ein Haus am Meer geredet, da fällt uns das Geld in den Schoß. Dieses Land will mich versöhnen, Gül, es hat mir zugesetzt, zugesetzt, weil es so weit weg war, zugesetzt, weil es so chaotisch ist, zugesetzt, weil es so korrupt ist. Es hat mich wahnsinnig gemacht mit seinen unfähigen Handwerkern und seinen hirnlosen Bewohnern, aber jetzt möchte es mir zeigen, dass es mich noch mag, dass es mir Glück bringt, dass es mich umarmt mit Geld. Gül, wie viele Jahre habe ich gespielt ... aber ich habe immer gewusst, es zahlt sich aus, eines Tages zahlt es sich aus. Man muss bereit sein zu investieren. Komm, wir fahren ans Meer und schauen nach Häusern.

– Jetzt?

– Ja, jetzt.

– An die Ägäis?

– Ägäis, Frau, wie ihr Weibervolk immer denkt. Wollen wir etwa jedes Jahr von hier aus bis an die Ägäis fahren? Nein, nach Mersin, das ist viel näher. Komm, mach dich fertig. Wir nehmen auch Ceren und Ferdi mit, wenn sie wollen. Ich rufe an.

– Du hast das Geld ja noch gar nicht. Wenn jetzt irgendein Fehler vorliegt ...

– Gucken kostest nichts. Kommst du jetzt mit oder nicht?

Auf dem Weg telefoniert Fuat mit Emin. Die beste Geldanlage zurzeit, sagt der, wenn ich gewonnen hätte, würde ich genau dasselbe tun.

Auf dem kurzen Stück Autobahn rast Fuat, bergab beschleunigt der Wagen bis auf 160, Gül hält die Luft an und klammert sich an den Griff über dem Fenster.

Als sie bald darauf beim Makler sitzen, scheint es nicht mehr um ein Haus zu gehen, um die Ruhe, das Meer, nicht mehr um die Erfüllung eines Traums, es geht um Geld, um Zahlen, um Quadratmeter, die Entfernung zum Strand, das Baujahr, die Ausstattung, die Nachbarn, die Infrastruktur. Gül geht während des Gesprächs mit Ceren rauchen und fragt sich, was sie hier überhaupt macht. Ihr fällt auf, dass sie schon seit Stunden nicht mehr an das Sommerhaus und an ihre Geschwister gedacht hat. Sie lächelt.

Gül ist von dem Gewinn, der schnellen Fahrt, den Stunden in der Hitze, dem Gewusel und Lärm auf den Straßen ganz benommen, als sie am späten Nachmittag in einer Musterwohnung stehen. Drei kleine Schlafzimmer, eine kleine offene Küche und ein Wohnzimmer mit Balkon. Etwas außerhalb des Ortes in einer Wohnsiedlung mit sechs Hochhäusern, die in einem an einer Seite offenen Viereck angeordnet sind, jeweils zwei auf einer Seite. In der Mitte gibt es ein Schwimmbecken. Bis zum Meer sind es vier Gehminuten, der Supermarkt ist unten in einem der Häuser. Das Leitungswasser fließt durch moderne Plastikrohre, erfährt Gül, es gibt Arbeitsplatten aus Kunststein mit Marmor, abriebfeste Fliesen, die kein Wasser aufnehmen, Parkmöglichkeiten. Mückenschutz. Hausmeister, Instandhaltung, moderne Klimaanlage, Ruhe, Abgeschiedenheit, Nachbarschaftlichkeit, Geldanlage, Mietpreise, Winterfestigkeit, Gül schwirrt der Kopf.

Sie denkt an das Sommerhaus, an 40.000 Euro und wie viele Stunden sie dafür hätte arbeiten müssen und was sie in dieser Zeit sonst hätte tun können. Sie steht auf dem kleinen Balkon und schaut hinab auf das Schwimmbecken. Mit einem Rettungsschwimmer. Viel sicherer als das offene Meer, hat der Makler gesagt. Und sauberer.

Die Sonne spiegelt sich im Becken und Gül erinnert sich an den Sommer vor Jahren, als sie alle zusammen hier gewesen sind, an die Gluthitze, das Licht, ihren Vater, den Jungen, der vom Dach gefallen ist, und wie die Flamme des Feuerzeugs kaum sichtbar war, wenn man sich mittags draußen eine Zigarette anzündete. Sie lächelt.

– Die sind in der Mehrzahl, vielleicht solltet ihr umziehen, sagt Gül.

– Und das Haus verkaufen? Nein, Timur und Duygu sind groß, aber sie wohnen immer noch zu Hause, ich will sie hier nicht rausreißen: Sie sind ja nicht dumm, sie werden sich schon ihren Teil denken. Ich habe jahrzehntelang diesen Mann ertragen, da werde ich nicht an Tratsch zerbrechen. Wie lange soll das Gerede schon gehen, wie viele sollen mich schneiden? Ich habe genug deutsche Freundinnen, denen das alles egal ist. Ich habe mich jetzt jahrelang darauf vorbereitet, ich habe keine Angst. Wer aufs Feuer zuläuft, kann ruhig auch einen Blasebalg in die Hand nehmen. Ich gehe aufrecht durch diese Sache.

Duygu arbeitet als Rechtsanwaltsgehilfin in einer Kanzlei in Hamburg und pendelt jeden Tag mit der S-Bahn. Sie hat weder einen Freund noch die Absicht, jemals zu heiraten, was weder Ceyda noch Gül wundert. An den Wochenenden übernachtet sie regelmäßig bei Freundinnen und Ceyda weiß, dass sie dann feiern gehen und häufig erst im Morgengrauen im Bett liegen. Doch sie weiß auch, dass ihre Tochter nicht trinkt, keine Drogen nimmt, immer in einer Gruppe unterwegs ist, sie macht sich um Duygu keine Sorgen. Sie macht sich nur Sorgen, dass jemand aus dem Ort sie sehen könnte und es dann Gerede gibt.

Vor dem Gespräch mit Adem möchte Ceyda mit ihren Kindern reden. Sie klopft an Duygus Tür. Als sie das

Zimmer betritt, ist Duygu am Schreibtisch und chattet an ihrem Computer. Ceyda setzt sich auf das Bett. Obwohl sie sonst nie so schnell vom Chat wegzubekommen ist, dreht Duygu sich in ihrem Stuhl um und sieht ihre Mutter an.

Ceyda holt nicht tief Luft, sie sagt einfach mit leiser Stimme:

– Ich werde mich von deinem Vater trennen.

Sie sieht, das Duygu nicht weiß, wie sie reagieren soll. Aufstehen, ihre Mutter umarmen, nicken, lächeln, fragen. Was Ceyda nicht sehen kann, ist, wie Duygu sich fühlt.

– Überrascht dich das?

Ihre Tochter sieht hoch.

– Nein. Und ja. Wie wollt ihr es machen?

– Ich habe noch nicht mit ihm gesprochen, aber ich werde ihn bitten auszuziehen. Wenn er sich weigert, was ich nicht glaube, suchen wir uns eine Wohnung.

Duygu nickt.

– Für euch wird sich nicht viel ändern. So oder so. Er war ja ohnehin nicht … nicht richtig …

Erneutes Nicken.

Ceyda fragt sich, ob es für ihre Mutter auch oft schwer war, mit ihr zu reden, weil sie als Kind ihre Gefühle meistens für sich behalten hat. Sie steht auf, geht auf ihre Tochter zu, nimmt sie an den Händen und zieht sie vom Stuhl hoch, um sie zu umarmen.

– Es wird Gerede geben, sagt Ceyda, wahrscheinlich viel davon. Ich möchte nicht, dass dich jemand in den nächsten Monaten zufällig nachts irgendwo sieht. Das würde alles noch schlimmer machen. Also versprich mir, dass du einige Zeit nicht ausgehen wirst.

– Aber …

– Du musst es mir versprechen. Anders geht es nicht.

Duygu senkt den Kopf.

– Was soll ich den anderen denn erzählen, warum ich nicht mehr mit darf?

– Das ist mir egal. Du kannst ihnen gerne die Wahrheit sagen. Du musst es mir versprechen, hörst du? Ich versuche uns nur zu schützen.

– Für wie lange?

– Drei Monate, vier, vielleicht sogar fünf. Wir müssen abwarten, was passiert. Wie viel geredet wird, und wie lange es dauert, bis es aufhört.

– So lange?

– Ja.

– Aber …

– Versprochen?

– Vielleicht könnte …

– Versprochen?

Duygu seufzt.

– Versprochen.

Kurz darauf steht sie vor Timurs Zimmer. Seit zwei Jahren hat er eine Freundin, eine Deutsche, die er in der Disco kennengelernt hat. Jennifer geht bei ihnen ein und aus, sie hat mittlerweile sogar einen eigenen Schlüssel, doch ihre Mutter duldet Timur nicht im Haus, weil sie gegen die Beziehung mit einem Türken ist. Weil sie Türken kennt, wie sie sagt, weil sie jeden Tag mit Türken zu tun hat. Sie überprüft ihre Personalien, sie fordert sie auf, sich hinten in den Wagen zu setzen, manchmal reicht Auffordern nicht und die Türken tragen Handschellen. Einer hat ihrem Kollegen schon mal das Nasenbein gebrochen. Sie hat noch keinen unschuldigen Türken gesehen, in ihrer gesamten zwölfjährigen Karriere nicht, keinen einzigen.

Timur scheint merkwürdig unberührt von diesen Ansichten, während Ceyda ihre Wut oft kaum zügeln kann, wenn Jennifer von ihrer Mutter erzählt.

– Wir sind nicht so wie die Türken, die sie kennt, sag das deiner Mutter, trägt sie Jennifer regelmäßig auf. Lade sie zu uns ein, sie ist jederzeit herzlich willkommen. Sie braucht auch nicht die Schuhe auszuziehen oder so. Sie ist wie ein Schuster, der glaubt, es gäbe nur löchrige Sohlen und abgebrochene Absätze. Glaubt sie auch, alle Autofahrer würden Unfälle verursachen? Glaubt sie, es würde in alle Wohnungen eingebrochen werden? Glaubt ein Arzt, es gäbe nur Kranke auf der Welt? Wo lebt sie denn?

– Entspann dich, sagt Timur auf Türkisch zu seiner Mutter.

– Ich weiß, Ceyda, sagt Jennifer. Das versuche ich ihr auch zu erklären, aber es ist nicht so einfach. Ich war ja auf einer Schule mit Türken, Serben, Bosniern und Kosovaren, aber meine Mutter ist unter Deutschen aufgewachsen, die kennt das nicht.

Jennifers Eltern sind getrennt, sie ist das einzige Kind und ihre Mutter hat Angst. Angst vor etwas, das sie nicht kennt, aber zu kennen glaubt.

Es ist komisch, denkt Ceyda, wenn sie sich nicht aufregt, man sagt, dass die deutschen Mädchen freier sind und selbstständig entscheiden könnten, aber das ganze erste Jahr hat sich Jennifer heimlich mit Timur getroffen, weil sie genau wusste, was ihre Mutter sagen würde.

Timur hat seine Lehre als Hotelfachmann abgeschlossen, möchte aber nicht in dem Beruf arbeiten, sondern lieber Polizist werden. Es scheint ihm ernst und Ceyda hat gesagt, dass sie ihn natürlich unterstützen wird. Sie versucht ihn sich in Uniform vorzustellen, was ihr nicht so recht gelingt.

– Timur, sagt sie nun, Timur, ich werde mich von deinem Vater trennen.

Timurs Augen werden sofort feucht. Ceyda versucht sich zu erinnern, wann sie ihn das letzte Mal hat weinen sehen. Das ist Jahre her. Viele Jahre. Er scheint ihr jung, aber man kann den Mann in ihm sehen und manchmal erinnert er sie an ihren Großvater, nach dem er benannt ist. Er ist groß, viel größer als sein Vater und größer und kräftiger noch als der Schmied. Seit er ins Fitnessstudio geht, ist sein Rücken breit geworden, seine Brust ist geschwollen und er isst noch mehr als vorher.

Er dreht den Kopf zum Fenster und sieht kurz darauf seine Mutter wieder an.

– Ziehen wir dann aus?

– Ich gehe davon aus, dass er auszieht.

– Du hast noch nicht mit ihm geredet?

– Nein, ich wollte zuerst mit euch reden.

– Duygu weiß es schon?

– Ja.

Timur nickt. Ceyda bereut, dass sie sich dagegen entschieden hat, es beiden gleichzeitig zu erzählen. So viel Muskeln, so viel Verletzlichkeit.

– Weißt du, sagt Timur, es war in der Türkei, ich war noch ein kleiner Junge, Papa und ich haben hinten in Onkel Yücels Garten Steine in den Brunnen geschmissen. Es war ein tiefer Brunnen, man konnte das Wasser gar nicht sehen, das hat mich damals total fasziniert. Wir haben immer nur gehört, wie die Steine ins Wasser geplatscht ist. Daran muss ich oft denken, wie wir am Rand des Brunnens gesessen sind und wie sich die Steine im Wasser angehört haben. Ich hatte Angst vor dem Brunnen, aber Papa war ja dabei.

Obwohl er längst aus dem Stimmbruch ist, kippt seine Stimme. Im Gegensatz zu Duygu spricht er fast nur Deutsch mit seiner Mutter, aber das ist nicht der Grund dafür, dass die Worte fehlen. Es ist keine Frage der Sprache, die Worte fehlen überall, wenn man erzählen möchte, wie man sich fühlt.

Ceydas Augen werden auch feucht. Sie fragt sich, ob Timur in jenem Moment eine Verbindung zu Adem hatte, die über alles hinausgeht, was je zwischen ihr und ihm gewesen ist.

– Er ist dein Vater, sagt sie, und er wird immer dein Vater bleiben. Egal, was zwischen ihm und mir ist.

Saniye kommt nur für sechs Wochen nach Deutschland, um ein paar Formalitäten zu erledigen, sechs Wochen, so wie sie früher für sechs Wochen in den Urlaub in die Türkei gefahren sind. Sechs Wochen, um zu Ärzten zu gehen, um Bankgeschäfte zu erledigen, mit der Krankenkasse zu sprechen, sechs Wochen, um mit Yılmaz zusammen zu sein, der bereits früh im Herbst nach Deutschland gekommen ist und erst spät im Frühjahr wieder in die Türkei möchte. Die Rente hat das Paar auseinandergebracht.

Wenn sie sich Ehen angesehen hat, war es für Gül offensichtlich, dass es nirgendwo rund lief. Alle holperten auf steinigen und löchrigen Wegen, mit quietschenden Rädern, deren Achsen verzogen waren. Ehe bedeutete nicht, die eigene Last zu halbieren, sondern zu den eigenen noch andere Probleme dazuzubekommen, um sie mitzutragen. Sie war ein Preis, den alle zahlten, damit das Lied der Ahnen weitergesungen werden konnte.

Saniye und Yılmaz schienen eine vergleichsweise leichte Last zu haben, doch sie sehen sich immer seltener, weil er in Deutschland bei seinem Haschisch bleiben möchte, seinen Filmen, seinen intellektuellen Freunden vom Theater, bei seiner Tochter, in einem Land, das ihm keine Heimat geworden ist, das ihn aber aufgenommen hat. Yılmaz lebt ein Leben in einer Welt, die er sich aufgebaut hat, während Saniye so lebt, wie sie es sich vielleicht in ihrer Jugend gewünscht hat.

Gül sieht, dass sie nicht genug Gemeinsamkeiten finden können, um unter einem Dach zu leben. Vielleicht liegt es an Deutschland, denkt sie, vielleicht verändert Deutschland einen in einer Weise, die man nicht absehen kann. So wie Alkohol. Auf jeden wirkt er anders, der eine wird melancholisch, der andere fröhlich, der nächste aggressiv, dem vierten wird nur schwindlig und schlecht. Oder es passiert alles nacheinander, aber man weiß nie, wie viel Deutschland zu viel für einen ist, so wie manche Trinker nicht das rechte Maß zu finden scheinen.

Gül sitzt viel zu Hause und schaut Serien, die sie in der Türkei schon verfolgt hat, sie geht zu Ärzten, trifft sich manchmal mit Saniyes Tochter Sevgi, die immer froh ist, wenn Gül ihr ein wenig mit den türkischen Redewendungen und Sprichwörtern hilft.

Sie übernachtet oft mehrere Tage hintereinander bei Ceyda. Auch dort sitzt Gül viel vor dem Fernseher, doch sie hat das Gefühl, sich nützlich machen zu können, sie kocht, wäscht, putzt, staubsaugt, verlässt aber das Haus nicht oft, um nicht noch mehr Stoff für Gerede abzugeben.

Natürlich wird getratscht und gelästert, das war zu erwarten, natürlich sagen die Leute, Ceyda sei herzlos, natürlich fragen sie, warum sie grundlos ihr Heim zerstören musste, natürlich beschuldigen sie Ceyda, zu deutsch geworden zu sein, oder sie argwöhnen, sie hätte Liebhaber. Natürlich beklagen sie, dass diese Frau dem Mann die Kinder entreißt, ungeachtet dessen, dass die Kinder schon erwachsen sind. Natürlich tratschen sie, Gül stecke dahinter, sie habe sich mit dem Schwiegersohn nie anfreunden können. Natürlich reden sie, doch der Tratsch, die Gerüchte und die Beschuldigungen sind nicht sonderlich hitzig. Ceyda findet es erträglich, Duygu bekommt mit, was geredet wird, doch sie versucht sich nichts anmerken zu lassen, und Timur behauptet, unter seinen Freunden sei das überhaupt kein Thema, sie würden nur über Brustdrücken, Latziehen, Trainingsmethoden und Eiweißshakes reden.

– Frauenkram, sagt er, türkischer Frauenkram, ihr seid doch alle abhängig von Tratsch. Wenn es keinen gibt, erfindet ihr welchen. Schau, die deutschen Frauen können auch einfach mal etwas für sich behalten und sind nicht süchtig danach, alle anderen zu kritisieren. Ihr sucht immer jemanden, über den ihr herziehen könnt. Und sei es nur jemand, dessen Fehler es ist, über andere herzuziehen.

– Ja, sagt Ceyda, weil deutsche Frauen nie etwas kritisieren, hat Jennifers Mutter auch nichts dagegen, dass du mit ihrer Tochter zusammen bist.

– Das ist etwas anderes, sagt Timur.

Nachdem er aus dem Raum gegangen ist, sagt Gül lächelnd:

– Er wird langsam ein Mann.

In der Heimatstadt gibt es viel Gerede, aber nicht wegen Ceydas Trennung, sondern weil jeder eine Meinung dazu hat, wer wieso welche Ansprüche auf das Sommerhaus des Schmieds hat, wer recht hat, wer lügt, wer falsche Behauptungen verstreut, wer intrigiert. Gül hat sich vorgenommen, nichts mehr richtigzustellen, sich herauszuhalten, doch je mehr sie hört, desto mehr wird sie in einen Strudel hineingezogen, desto mehr füllt sich ihr Kopf mit Gedanken zu diesem Streit, und je mehr sich ihr Kopf füllt, desto größer wird der Drang zu reden.

Nach nur zwei Wochen flüchtet sie in die Wohnung am Meer, die noch leer steht. Es müssen Schränke und Regale, Sitzmöbel und eine Küche ausgesucht werden, bestellt und gekauft, ein Fernseher, eine Waschmaschine, die Betten, die Bezüge, das Geschirr, die Teppiche. Vieles kaufen sie auf Ratenzahlung und Gül richtet ein weiteres Mal in ihrem Leben eine Wohnung ein, doch zum ersten Mal nur mit neuen, in der Türkei gekauften Sachen.

Als sie damals in ihre Heimatstadt zurückgezogen ist, hat sie ihren Hausstand per Lastwagen aus Deutschland transportieren lassen und musste auch noch den Zoll bestechen, weil die Sachen monatelang an der Grenze aufgehalten wurden und mehr oder weniger offen nach Trinkgeld gefragt wurde. Damals gab es weniger Auswahl in der Türkei, die Qualität der Waren war schlechter, heute haben die Küchengeräte mehr Funktionen als in Deutschland, sie sind besser an das Klima angepasst, die Gefrierfächer haben alle eine No-Frost-Funktion und die Kühlschränke eine Extraschublade für die Frühstücksschälchen, dafür kein Butterfach.

Gül räumt ein, ordnet, putzt, stellt sich vor, wie sich dieses Haus mit Leben füllen wird, wenn ihre Kinder und Enkel kommen. Sie lernt die Nachbarn kennen, steht häufig auf dem kleinen Balkon, raucht und schaut runter auf das Schwimmbecken, dessen Wasser ganz verdreckt ist, weil der Pool im Frühling noch nicht offiziell eröffnet ist.

Sie fühlt sich gut, solange sie in dieser Wohnung werkeln und ihren Tagträumen nachgehen kann, sie fühlt sich gut, weil sie den Grund bereitet für die Freude anderer, weil sie hier frei ist, unbekannt, weil sie das Gefühl hat, nochmal von vorne anfangen zu können, in einem Licht, wie sie es weder aus Deutschland noch aus ihrer Heimatstadt kennt. Sie freut sich über den Neubeginn, aber nicht wie damals in Deutschland mit nichts in der Tasche und mit weniger als fünf Brocken der Sprache. Sie hat ein wenig Geld und kann hier mit jedem reden, findet überall Kontakt.

Sie fühlt sich gut, auch wenn sie sich häufig mit Fuat streitet.

– Ein Service für zwölf Personen? Zwölf? Wie willst du denn zwölf Personen in dieser Wohnung unterkriegen? Wie willst du für so viele kochen? Wir sind Rentner, wir sind zu zweit, wenn ich dich erinnern darf.

– Wir werden ja Besuch bekommen und nicht zu wenig davon. Teller werden kaputtgehen, Freunde werden kommen, Freunde von Freunden, Timur wird Jennifer mitbringen, vielleicht werden sie Kinder haben, vielleicht wird eines Tages sogar Jennifers Mutter kommen.

– Jennifers Mutter? Wo lebst du denn? In deiner Traumwelt? Weißt du, was das alles bisher gekostet hat, hast du das einmal überschlagen? Ein Kühlschrank, eine Waschmaschine, ein Gasherd, zwei ausziehbare Sofas, zwei Betten, zwei extra Matratzen, vier Schränke, Tisch und Stühle, und du hast gesagt, das wäre jetzt alles, was wir brauchen. Dann kam der Mixer, der Toaster, das Bügeleisen, der Fön, das Telefon, die Lampenschirme, die Tischdecken, der Tisch und die Stühle für den Balkon. Die Einrichtung kostet bald mehr als die Wohnung selbst.

– Aber was sollen wir denn machen? Jedes Mal einen Fön, einen Toaster und einen Mixer mitschleppen? So richtet man nun mal eine Wohnung ein. Wenn es nach dir ginge, würden wir die nackten Wände ansehen und gerade mal zwei Stühle und ein Bett haben wie damals in den Anfangstagen in Deutschland.

– Dieser unnütze Weiberkram macht mich krank, wirklich. Früher wurde das Auto voll beladen, bis der Boden fast aufsetzte, jetzt kaufen wir Prödel, Plunder und Nippes, auf dass das ganze Hochhaus zusammenbricht. Warum muss für Frauen denn immer alles überladen sein? Kann das Leben nicht auch mal einfach sein, klar? Warum soll man immer diese ganze Last am Bein haben? Die Wohnung wird kleiner und kleiner, der Geldbeutel leerer und leerer. Wir könnten auch einfach die Scheine aus dem Fenster in den Pool schmeißen. Ohne Frau, sagt er, ein Mann kann nur ohne Frau richtig reich werden.

An dem Tag, an dem sie in einem Laden in der nächsten Kleinstadt das Service für zwölf Personen kaufen, sieht Gül eine Frau ins Nachbarhaus gehen, die ihr bekannt vorkommt. Sie ist sich sicher, das Gesicht schon mal gesehen zu haben, doch warum sollte sie hier jemanden kennen? Sie würde nicht auf die Frau zugehen, sie würde versuchen, sich zu erinnern, woher sie das Gesicht kennt, und sich fragen, ob vielleicht nur eine Ähnlichkeit vorliegt. Doch die Frau hat registriert, dass Gül stehengeblieben ist und sie ansieht, als versuchte sie, sich zu erinnern. Sie dreht sich um und sieht Gül an, zwei Sekunden vielleicht. Dann lässt sie den Türknauf los und geht auf Gül zu.

– Das bist du doch, sagt sie. Du bist vor Jahren mit deiner halbnackten Schwester durch unsere Straßen gelaufen. Ja, du bist es.

Jetzt kann Gül das Muttermal über der Augenbraue sehen. Es ist ihr unangenehm, wieder hier zu sein und sogar eine Wohnung gekauft zu haben, als hätte sie so mitgeholfen, das Dorf zu zerstören. Als hätte sie mitgeholfen, dass halbnackt durch die Straßen laufende Menschen heute zum Alltag gehören. Ihre Augen füllen sich mit Tränen und sie weiß nicht, was sie sagen soll.

– Das bist du doch, oder?

Gül nickt.

– Habt ihr euch hier eine Wohnung gekauft?

Beschämt nickt Gül erneut.

– Möget ihr glücklich darin wohnen.

– Und du, fragt Gül, hast du auch eine Wohnung hier?

– Frag nicht, sagt die Frau. Ja, habe ich. Die Häuser im Dorf haben sie abgerissen, dafür haben wir hier Wohnungen bekommen, das heißt, wir mussten draufzahlen, aber es gab Sonderrabatt. Die anderen haben längst wieder verkauft. Jahrzehntelang habe ich in einem eigenen Haus gewohnt und jetzt muss ich hier auf einmal Treppen steigen, weil der Aufzug dauernd kaputt ist. Dafür kann ich von oben gucken, wie sie alles verschandelt haben. Die Jungen sind alle nach Istanbul. Die Alten sind zu Verwandten auf Dörfer im Landesinneren gezogen. Und ich bin hier hängen geblieben. Wohnst du in dem da?

Sie deutet auf das Hochhaus.

– Ja.

– Da hast du Glück, da haben sie keine Dörfler untergebracht, da war auch der Aufzug noch nie kaputt. Bei mir geht er vielleicht zehn, zwölf Tage im Monat. Ich wohne im zwölften Stock, da überlege ich mir genau, ob ich überhaupt runter will. Das meiste, was ich brauche, lasse ich mir aus dem Laden kommen.

– Und jetzt, was brauchtest du jetzt?

– Jetzt?, sagt sie und sieht Gül an, als wäre das eine ungehörige Frage. Jetzt ... Gottverflucht, ich wollte mal raus und eine Runde drehen. Ich weiß nicht, wie viele Tage ich schon dort oben bin.

– Komm, sagt Gül, komm hoch zu mir, ich mache uns einen Tee.

– Vielen Dank, sagt die Frau, ich habe gerade schon Tee getrunken.

– Komm, einen Tee mehr kann man immer trinken.

– Danke, danke. Du hast sicherlich zu tun.

– Nur fünf Minuten. Komm, sei mein Gast, das bringt mir sicherlich Glück.

– Ein anderes Mal vielleicht.

– Einen Tee möchtest du ablehnen?

– Ich bin zufrieden, als hätte ich deinen Tee bereits getrunken. Danke für die Einladung.

– Wie heißt du?

– Öykü.

– Ich heiße Gül. Öykü, tu mir den Gefallen, komm mit hoch, wir sind Nachbarn, nur für fünf Minuten, schlag mir diese Bitte doch nicht ab.

Öykü sieht sich um, dann nickt sie.

– Aber wirklich nur kurz.

Gül ist es gewohnt, dass Menschen ihr schnell vertrauen, dass sie Geheimnisse preisgeben und sich schnell sicher fühlen. Öykü ist vorsichtig, fast schon misstrauisch, und wägt offensichtlich ab, was sie sagt und wie viel sie preisgibt. Gül erinnert sich nach diesem Besuch häufiger an die Szene von damals, an diese resolute Frau mit der kräftigen Stimme, die Melike zusammengestaucht hat. Oder zusammenstauchen wollte. Gül fragt sich, was seitdem alles passiert ist. Warum Öykü jetzt nicht so schnell eine Meinung hat. Sie scheint Gül nicht müde oder gebrochen, traurig oder verbittert, aber irgendetwas ist anders. Sie zögert jedes Mal, Güls Einladungen anzunehmen, sie redet nicht offen und lädt Gül auch nie zu sich nach Hause ein. Dennoch verstehen die beiden sich gut. Gül ruft den ganzen Frühling über immer wieder an, lässt den Kaufmann Grüße ausrichten, sucht Öykùs Gesellschaft. Eines Tages im Sommer traut sie sich, einfach unangemeldet an Öyküs Tür zu klopfen. Es dauert lange, bis sie aufmacht, und als sie Gül sieht, scheint sie erschrocken, bevor sie schließlich lächelt.

– Komm rein, sagt sie, komm rein, schön, dass du mich besuchst.

Es ist eine Wohnung nach Fuats Geschmack, spärlich eingerichtet, viele Wände sind nackt. Doch das einzige

Sofa ist alt, der Bezug fadenscheinig, der Tisch davor steht auf wackeligen Beinen. Gül ist es unangenehm, Öykü in diese Situation gebracht zu haben, doch die lächelt weiterhin und sagt:

– Ich mache uns gerade Tee.

– Es ist nicht meine Schuld, sagt sie, als sie Zucker in ihren Tee rührt. Ich bin nicht aus Faulheit arm geworden. Sieh dir meine Hände an, ich habe mein ganzes Leben gearbeitet, aber jetzt bin ich hier gelandet. Vielleicht habe ich meine Kinder falsch erzogen, vielleicht bin ich keine gute Mutter gewesen, aber ich war nicht faul. Der Tourismus hat Geld gebracht, mehr, als man mit seinen beiden Händen und dem eigenen Schweiß auf der Stirn verdienen kann, jedermanns Augen sind größer geworden als seine Brieftasche, alle hat die Gier erfasst, und wer ohne Gier war, den haben die Hunde gebissen. Früher haben wir uns im Dorf gegenseitig beklaut, es gab Streitigkeiten und Fehden, es gab Schlägereien unter den Männern, aber wir waren ein Dorf. Wie eine Familie. Jetzt ist nicht nur das Dorf auseinandergebrochen, weil auf einmal alle schwimmen wollen und sich sonnen und viel Fleisch und viel Fisch essen, sondern auch die Familien sind auseinandergebrochen. Niemand achtet mehr das Blut.

Gül weiß bereits, dass Öyküs Mann vor fast zehn Jahren an Lungenkrebs gestorben ist, und als Öykü nun schweigt, stellt sie eine Frage, die ihr naheliegend erscheint.

– Gab es Streit um ein Erbe?

Öykü lacht.

– Nein, sagt sie, es ist nicht wie bei euch, es ist schlimmer. Ich habe mir gewünscht, tot zu sein, der Herr ist mein Zeuge. Meine Tochter, Necla, die Älteste, die, die in Silifke lebt, sie kam eines Tages und hat gesagt: Mutter, du hast all diese Armreife zu Hause, da sind sie nicht sicher, bringen wir sie doch in ein Schließfach bei der

Bank. Zwölf goldene Armreife hatte ich, fünf noch von der Hochzeit, die anderen habe ich mir in den Jahren danach zusammengespart, dazu noch sechs große Goldmünzen und sieben kleine. Ich habe alles ins Schließfach gebracht. Als ich die Wohnung hier eingerichtet habe, hatte ich zu wenig Geld und wollte ein paar Goldmünzen zum Juwelier bringen, aber es war keine mehr da. Und auch kein Armreif. Zuerst habe ich geglaubt, die Bank hätte einen Fehler gemacht, aber sie konnten mir genau sagen, wann Necla zuletzt an diesem Schließfach gewesen war. Ich habe sie angerufen und gefragt: Necla, wo sind die Goldmünzen, wo sind meine Armreife? Und sie hat gesagt, dass sie sie zu Geld gemacht hat, um einen Laden zu eröffnen. Eine Schneiderei. Als wäre sie geschickt mit ihren Händen. Oder ihrem Kopf. Sie wollte mir alles zurückzahlen, aber die Schneiderei ist pleitegegangen und mein Geld ist weg. Meine eigene Tochter hat mich bestohlen. Die Rente, die ich bekomme, reicht kaum zum Leben. Ich nehme keinen Zucker in meinen Tee, wenn ich allein bin, das hier ist die erste Packung, die ich gekauft habe. Gül, ich bin arm, alles, was ich habe, ist diese Wohnung, und ich traue mich nicht, sie zu verkaufen. Dann hätte ich nicht mal mehr ein sicheres Dach über dem Kopf. Vielleicht hast du recht, vielleicht geht es doch um ein Erbe. Necla wird nichts bekommen, wenn ich sterbe, nichts. Eher vermache ich die Wohnung der Wohlfahrt. Meine eigene Tochter hat mich beklaut.

Sie blickt vom Boden hoch und sieht Gül ins Gesicht.

– Was kann man mir vorwerfen? Dass ich eine Diebin großgezogen habe? Ich habe nie etwas gestohlen, Gül, so wahr ich hier sitze. Ich habe versucht, meine Kinder zu rechtschaffenen Menschen zu erziehen. Aber ich bin gescheitert. Und ich bin arm. Ich wohne jetzt hier und du bist meine erste Besucherin.

Gül würde gerne aufstehen und Öykü umarmen, doch der Stolz dieser Frau hindert sie. Sie mag klagen, doch sie steht aufrecht, bereit, noch mehr Schläge entgegenzunehmen, sie steht da, nimmt die Schultern zurück und zeigt, dass sie diese Last tragen kann, ganz alleine, ohne jemanden, mit dem sie ihr Leid teilt.

Habe ich weniger Kraft als sie?, fragt sich Gül. Jammere ich mehr? Bin ich schlechter gewappnet gegen die Schläge des Lebens? Wie oft habe ich ihr jetzt schon vom Sommerhaus erzählt, von den Streitigkeiten, von den Ungerechtigkeiten, von der Ausgrenzung, obwohl ich die Älteste bin, und in all der Zeit hat Öykü kein Wort gesagt.

Vielleicht verhärten die Worte in ihr, denkt Gül, vielleicht sind sie in ihr drin, aber sie bekommen Haken und Ösen, Kanten und scharfe Ecken, weil sie sie nicht herauslassen kann, und zerkratzen sie von innen, reiben an ihren Knochen, an ihrer Seele, reißen ihr Fleisch an unsichtbaren Stellen auf, beschweren sie und drücken auf ihre Lunge und ihre Leber. Doch Gül weiß, dass es nicht so ist. Der Herr gibt jedem eine andere Veranlagung, jedem eine andere Kraft und eine andere Schwäche. Die Kinder, die man bekommt, sind keine weißen Blätter, die man in seinen Lieblingsfarben anmalen kann. Die Kinder kommen bunt zur Welt und man muss versuchen, ihre Farben zu erkennen und darf keine von ihnen ohne Liebe lassen. Doch man macht Fehler, man übersieht etwas, man lässt sich von seinen Wünschen leiten. Oder man lässt sie gleich allein zurück. Damit beide eine Wunde haben, die Kinder und man selbst, eine Wunde, die das ganze Leben über nicht verheilt.

Gül ist nicht neidisch auf Öyküs Kraft, doch sie wünscht sich etwas mehr davon für sich selbst. Es ist Öyküs Geschichte, die ihr etwas von dieser Kraft gibt. Man ist nicht allein. Ob man von seiner Tochter beklaut wird oder ob man sich mit jedem Tag weiter von seinen Geschwistern entfernt, man ist nicht allein mit dem Leid.

Im alten Sommerhaus wohnt in diesem Sommer Güls Stiefmutter, im neuen Melike. Nalan und Emin übernachten bei ihrer Mutter, wenn sie zu Besuch sind, Sibel besucht regelmäßig Melike. Und Gül ist hier am Meer und gehört dort nicht mehr dazu.

– Was ist los? fragt Öykü.

– Ach, sagt Gül, ich bin nur in meinen Gedanken versunken.

– Selbst wenn die Sorgen verschwinden, bleibt ihr Platz nicht lange leer, Gül. Du kannst keinen Grund suchen in diesem Wasser. Wie tief du auch tauchst, du kommt nirgendwo an. Die Menschen ohne Sorgen liegen alle auf dem Friedhof. Du weißt doch, das Eisen frisst der Rost, den Menschen frisst die Sorge. Deine sind auch nicht leichter als meine, und sieh uns an, wir sind alt, aber wir sind noch nicht am Boden, wir stehen noch, trinken Tee, fluchen auf dieses billige Flittchen von einem Schicksal, aber was hat es uns schon getan? Mir hat es tief in die Tasche gegriffen, dir hat es deine Geschwister genommen und ein Haus, das dich an deine Kindheit erinnert. Es hat dir die Heimat genommen, weil du fort bist, so glaubst du, aber sieh mich an, mir hat es auch die Heimat genommen, ohne dass ich sie je verlassen hätte. Und trotzdem stehen wir, Gül, sieh, wie alt wir geworden sind. Unsere Haare sind nicht grau geworden vom Beton der Häuser, in denen wir leben. Lass uns dankbar sein, wer Sorgen hat, dem hilft der Schlaf, wer Hunger hat, dem hilft nur Essen. Lass uns dankbar sein für diese Schlampe.

Es ist der zweite Weihnachtsfeiertag, Gül, Fuat, Ceyda und ihre Kinder, Ceren, Ferdi und Ersin sitzen rund um

Ceydas Tisch und essen gemeinsam zu Abend, als das Telefon klingelt. Ceren sitzt am nächsten und geht dran.

– Ja, sagt sie.

Dann sagt sie so lange nichts mehr, dass alle sie ansehen, doch sie steht mit dem Rücken zum Tisch.

– Mach ich, sagt sie, mach ich. Möge der Herr den Hinterbliebenen Kraft geben.

Sie legt auf, dreht sich um und merkt jetzt erst, dass alle sie anstarren. Sie macht eine hilflose Bewegung mit den Händen und sagt:

– Großmutter ist tot. Gestern ist ihr schwindlig geworden und sie ist hingefallen. Vor einer Stunde ist sie gestorben.

– Der Herr möge ihrer Seele Frieden schenken, sagt Gül. Sie hat sich immer einen raschen Tod gewünscht, ohne bettlägerig zu sein, ohne jemandem zur Last zu fallen. Diesen Wunsch hat er ihr gewährt.

Ihre Stimme ist brüchig, doch ihre Augen sind klar.

Ceyda und Ceren sehen ihre Mutter an und suchen nach Zeichen von Trauer. Die Kinder sitzen wie versteinert da, weil sie nicht wissen, was sie tun sollen. Ihre Uroma ist für sie ein Mensch, den sie immer nur wenige Tage im Jahr gesehen haben. Fuat stiert auf seinen Teller.

– Der Herr möge den Hinterbliebenen Kraft schenken, sagt Ferdi schließlich, der sonst nie um Worte verlegen ist.

Ceren schickt sich an, sich langsam wieder auf ihren Stuhl zu setzen, entscheidet sich dann anders, stellt sich hinter ihre Mutter und legt ihr die Hände auf die Schultern. Ceyda blickt von ihrer Mutter zu ihrer Schwester und zurück. Die Luft scheint eingedickt zu sein, alle Bewegungen sind verlangsamt, alle warten auf eine Reaktion Güls, die sich dessen nicht bewusst ist. Sie hat ihren Teller von sich geschoben und betrachtet nun ihre gefalteten Hände auf dem Tisch.

Schließlich steht sie auf und setzt sich auf das Sofa. Sie hat Tränen in den Augen. Ceren geht hinterher und setzt sich neben sie. Die Kinder schauen verunsichert, nur die Blicke, die sie untereinander tauschen, geben ihnen Halt. Sie sind nicht traurig, sie müssen es nicht sein und sie sind nicht allein damit.

Timur nimmt seine Gabel und schaut fragend zu Ferdi, der zum Zeichen der Zustimmung die Augen kurz schließt.

– Sie hat sich Mühe gegeben, sagt Gül. Sie hat sich Mühe gegeben, auch wenn sie nicht unsere Mutter war. Ich habe mich nie verbunden gefühlt, nie geborgen, nie beschützt. Aber sie war nicht schlecht zu uns. Sie war ein guter Mensch, doch ich habe mich nie verbunden gefühlt, wiederholt sie, obwohl wir so viele Jahre miteinander verbracht haben. Wir scheiden quitt.

– Fliegst du zur Beerdigung?, fragt Ceyda.

– Nein, sagt Gül, ich war nicht auf der Beerdigung meines Vaters, was soll ich jetzt auf ihre gehen.

– Nicht, dass es Gerede gibt.

– Es ist Winter in Deutschland, sagt Gül. Ich liege krank im Bett, ich kann nicht reisen.

– Aber du bist doch nicht krank, sagt Ersin.

Gül lächelt.

– Mögest du mit Mutter und Vater aufwachsen, sagt sie, mehr kann man einem Kind nicht wünschen.

– Möge dein Wunsch in Erfüllung gehen, sagt Ceren. Das Schicksal ist nicht zu allen so gnädig.

Gül wird heiß, einen Moment ist sie verunsichert, weil sie nicht weiß, wie Ceren das meint. Tränen rollen ihr die Wangen hinunter, doch ihre Stimme ist fest, als sie sagt:

– Wie schön es ist, dass wir hier alle zusammen sind. Wenn nur Fatma auch dabei sein könnte.

– Mama, sagt Ceren, weine nicht.

– Der Tod kommt, ohne dich nach deinen Plänen zu fragen, sagt Gül. Wer weiß, wann wir noch einmal so zusammen sind, wer weiß, ob wir die Gelegenheit haben werden. Wenn nur Fatma auch dabei sein könnte, schluchzt sie. Ferdi schaut auf die Uhr und sagt dann:

– Es ist unpassend, ich weiß, aber ich muss kurz weg. Ich bin bald wieder da.

– Wo ist dein Mann denn hin?, fragt Gül drei Stunden später.

– Ich weiß es nicht, sagt Ceren. Du kennst ihn doch, er ist dauernd im Internet und dreht irgendetwas, gebrauchte Autos, neuwertige Elektrogeräte, Computer, er verdient ganz gut hinzu.

– Hätte das nicht warten können?

– Wir sollten dir auch einen Computer kaufen, sagt Ceyda.

– Was soll ich denn damit? Mit so etwas kann ich doch nicht umgehen.

– Das ist nicht so schwer, sagt Duygu.

– Wenn du mal eine Folge deiner Serien verpasst hast, kannst du sie dir im Internet angucken, sagt Ceyda.

– Wirklich?

– Ja.

– Ach, davon verstehe ich nichts.

– Und du kannst zu Facebook, sagt Duygu.

– Was ist das?

– Da kannst du immer sehen, was wir machen, sagt Duygu.

– Du kannst dort alte Freunde finden, sagt Ceren.

– Du hast das auch?, fragt Gül ihre Tochter.

– Wir haben das alle, Mama. Da ist man mit allen immer in Kontakt.

– Nein, sagt Gül, ich bin zu alt für so etwas. Ich habe gerade mal die Grundschule beendet, wie sollte ich da einen Computer bedienen können? Nicht mal euer Vater hat einen und der hat immer alles als Erster.

Ihre Töchter kennen sie gut genug, um die Neugierde in ihrer Stimme zu hören. Ceyda wirft Duygu einen Blick zu.

– Das ist ganz leicht, Omi, sagt Duygu. Ich bringe dir das bei.

– Nein, nein, sonst mache ich noch etwas kaputt. Ich habe in meinem Leben ja nicht mal auf einer Schreibmaschine geschrieben. Ich kann eine Nähmaschine bedienen, das ist alles.

– Timur hat noch einen alten Laptop, den er nicht mehr braucht. Da kann nichts passieren. Und du hast ja uns. Komm, ich richte dir das ein. Es ist leichter als Telefonieren.

Es klingelt an der Tür und Ceren steht auf und öffnet. Ferdi kommt in die Küche.

– Puh, habe ich Durst, sagt er, geht an den Kühlschrank und nimmt sich ein Tetra Pak Orangensaft.

Gül sieht Ceren kurz an und fragt Ferdi dann:

– Wo warst du eigentlich so lange?

– Ich hatte glücklicherweise etwas zu tun.

– Fuat sitzt ganz allein im Wohnzimmer.

– Ich weiß, sagt er und grinst Gül an.

– Was grinst du so? Hast du überhaupt kein Schamgefühl? Auch nicht an so einem Tag?

– Doch. Aber ich habe auch eine Überraschung für dich. Komm.

Er nimmt ihre Hand und führt sie in den Flur. Es gibt diesen kleinen Augenblick, in dem Gül ihren Augen nicht traut. Dann scheint alles aus den Fugen zu geraten, zu wackeln und unscharf zu werden. Als würde die Welt aufhören und müsste noch einmal neu zusammengesetzt werden.

Fatma umarmt ihre Oma, die sich am Türrahmen festhält und nicht atmet. Gül schließt die Augen, doch es ist, als hätte jemand ein Licht angemacht. Ein Licht, das als warme Tränen aus ihren Augen fließt. Sie hat das Gefühl, als wären ihre Arme groß genug, die ganze Welt an ihr Herz zu drücken.

– Mein Sohn, sagt sie, als sie sich schließlich von ihrer Enkelin löst, was hast du da getan?

– Es ist leicht, Menschen eine Freude zu machen, sagt Ferdi.

– Wusstest du das?, fragt Gül Ceren, als sie ihre Tochter umarmt.

– Natürlich, sagt sie.

– Ihr wusstet es alle.

– Vater nicht.

– Warum habt ihr nichts gesagt?

– Weil es dann keine Überraschung gewesen wäre.

Fuat steht jetzt in der Tür, und noch ehe er seine Enkelin begrüßt, fragt er:

– Wie bist du denn hierhergekommen?

– Mit dem Flugzeug.

– Ohne Visum?

– Mit Visum.

– Das war also geplant?

– Ja, lange schon.

– Wie lange bleibst du?

– 14 Tage.

– Komm, lass dich küssen.

Ihre Wangen berühren sich auf die ritualisierte Weise, doch Gül kann an Fuats Augen sehen, dass er sich freut.

Im Kopf ist es immer dunkel, denkt Gül später, als sie im Bett liegt, das Licht strahlt nicht durch die Augen in die Menschen hinein, das Licht scheint aus ihren Herzen nach draußen.

Ein zweites Mal setzen sich die Geschwister zusammen mit Tarık an einen Tisch. Dieses Mal hat Nalan Emin eine Vollmacht gegeben, die beiden haben die Anteile ihrer Mutter geerbt. Sibel sagt, sie werde allem zustimmen, was entschieden wird, möchte aber nicht dabei sein und nicht abstimmen müssen. Trotz der Vorwürfe und Beschuldigungen, die es wieder gibt, wird dieses Mal keiner laut und ausfällig. Am Ende einigt man sich gegen Güls Willen darauf, das Haus zu versteigern, wobei die Geschwister sich verpflichten, es nicht selbst zu kaufen. Emin stimmt dafür, auch für Nalan, zusammen mit dem Stimmanteil der Mutter sind das drei Stimmen. Melike stimmt auch dafür, und so sehr Gül auch bittet und bettelt, so sehr sie die anderen vom ideellen Wert zu überzeugen versucht, so sehr sie mahnt, dass fremde Hände die Erinnerungen aller zerstören werde, so sehr sie auch versucht, daran zu erinnern, dass es nicht das Geld ist, um das es hier geht, es ist vergeblich.

Nach dem Treffen geht sie zu Sibel und bittet sie, sich auf ihre Seite zu stellen, damit noch einmal geredet werden kann.

– Ich liebe euch alle, sagt Sibel. Ich möchte mit niemandem Streit haben. Ich bin für das, was die Mehrheit entscheidet.

– Wie bist du eigentlich zu dem Blechbecher gekommen?, fragt Gül jetzt. Das ist ein Andenken unseres Vaters und ich kann mich nicht erinnern, dass ihn jemand dir zugesprochen hätte.

– Beschuldigungen, sagt Sibel. Alles, was man vor dir hört, sind Beschuldigungen.

Gül fühlt sich leer, aber gleichzeitig ist sie wütend. Ich spreche nicht mehr mit ihnen, nimmt sie sich vor, mit keinem. Was sind das für Menschen, die das Andenken unseres Vaters und unserer Mutter einfach verscherbeln wollen? Was sind das für Menschen, mit denen man keine Einigung finden kann? Was ist das für ein Blut, das sich gegen Geld tauschen lässt? Was passiert mit der Welt? Sie drehte sich doch früher nicht nur um Geld. Was passiert mit der Menschlichkeit? Was passiert mit dem Paradies unserer Kindheit? Was passiert mit all der Liebe? Was habe ich alles verpasst, nur weil ich in Deutschland war? Wir haben gedacht, in Deutschland sind die Menschen kalt zueinander, wir haben gedacht, in Deutschland halten Familien nicht zusammen, wir haben gedacht, dort heißt es jeder gegen jeden. Aber wir sind selbst auch so. Ist es meine Schuld? Bin ich irgendwo stehengeblieben, während das Leben einfach weitergegangen ist?

Ihre Gedanken drehen im Kreis, wieder einmal, bilden Schleifen, die nirgends anfangen und nirgends aufhören, Schleifen, die ein eigenes Leben haben und sich Güls Kopf als Wohnung aussuchen. Ob sie kocht, ob sie spült, ob sie einkauft, ob sie schläft oder aufwacht, da sind Groll, Wut, Schmerz und Trotz, zusammengehalten von der Angst, sie könnte etwas Wichtiges verlieren.

Sie versucht sich abzulenken, doch sie kann sich auf nichts konzentrieren. Bei ihren Serien verliert sie den Faden, sie kann sich nicht mehr erinnern, wann Sevda Erci mit Sinan betrogen hat, ob Nuran ihre Schwester belügt und warum Vedat sich bestechen lässt. Sie sitzt vor dem Fernseher und fühlt sich jedes Mal, als hätte sie etliche Folgen verpasst.

Vielleicht verliere ich den Verstand, denkt sie, nach meinem Körper wird der jetzt auch alt. Sie ahnt, dass das nicht stimmt. Doch es passt nicht mehr in ihren Kopf als diese dunklen Schleifen, die im Schlaf noch weiter ihre Runden zu drehen scheinen.

Fuat drängt, in die Wohnung am Meer zu fahren, und obwohl Gül glaubt, dass Abwechslung guttun könnte, klebt sie an ihrer Heimatstadt wie an ihren Schleifen. Sie möchte nicht weg.

Als Saniye anruft, freut Gül sich. Sie selbst hat sich nicht bei ihr gemeldet, weil sie nicht erzählen möchte, was passiert ist. Weil sich Scham in die Schleifen mischt, weil es ihr vorkommt wie Versagen, weil sie es nicht geschafft hat, die Familie zusammenzuhalten. Sie freut sich über den Anruf, doch sie verflucht sich schon dafür, dass sie in einigen Sätzen mit ihrem Klagelied anfangen wird.

Doch dazu kommt es nicht. Gül ist zwar zu sehr mit sich selbst beschäftigt, um sofort zu merken, dass etwas nicht stimmt, doch nach den ersten Floskeln spürt sie, dass Saniye etwas auf dem Herzen hat. Sie nimmt sich zurück und versucht ihr Raum zu geben.

– Du bist bei Facebook, sagt Saniye, ich habe dir eine Freundschaftsanfrage geschickt, aber du hast nicht geantwortet.

– Ja, sagt Gül, Duygu hat mir das eingerichtet, aber ich mache den Computer eigentlich nie an.

– Ich habe es sowieso nicht auf Facebook geschrieben, sagt Saniye, obwohl ich viel dort bin. Gül ... Gül, ich war beim Arzt, weil ich einen Knoten in der Brust hatte. Es ist Krebs. Sie sagen, ich muss mich operieren lassen und eine Chemotherapie machen.

– Oh, mein Gott. Das ist ja

schrecklich, möchte sie sagen, doch dann besinnt sie sich.

– Du bist stark, sagt sie, ich kenne dich. Es gibt nicht viele, denen ich zutraue, den Krebs zu besiegen, aber du gehörst dazu. Du hast immer alles geschafft. Du wirst dich nicht kleinkriegen lassen.

Sie hört Saniye leise weinen.

– Nein, ich werde mich nicht besiegen lassen, aber der Tod ist Gottes Befehl, da gibt es kein Entkommen.

– Möge es ein später Tod sein. Du bist noch jung, es ist noch zu früh für dich.

Saniye sagt nichts und Gül ist sich sicher, dass die Tränen still ihre Wangen hinunterlaufen.

– Was sagt Yılmaz?

– Er sagt, ich soll nach Deutschland kommen, da gibt es die besseren Ärzte.

– Da hat er recht, Saniye.

– Ich will nicht nach Deutschland.

– Warum?

– Ich will nicht.

– Du weißt, wie es hier in den Krankenhäusern aussieht. Wenn du auf die angewiesen bist, bist du verloren. Natürlich gehst du nach Deutschland.

– Nein. Nein, Yılmaz soll herkommen. Bitte, ruf du ihn an, sprich mit ihm. Ich will nicht nach Deutschland.

– Warum? Du bist dort krankenversichert, die haben die beste Versorgung, die man sich wünschen kann, es gibt keinen Grund, sich in einem Krankenhaus in der Türkei zu quälen.

– Ich möchte nicht.

Etwas in ihrer Stimme bringt Gül dazu, nicht weiter zu beharren. Doch auch zwei Stunden später, als sie auflegen, weiß Gül nicht, warum Saniye nicht nach Deutschland möchte. Sie ruft Yılmaz an.

– Ich verstehe es nicht, sagt er. Sie will nicht sterben, da bin ich mir sicher, aber ich begreife nicht, warum sie nicht nach Deutschland möchte.

– Kommst du hierher?

– Damit ich sie in ihrem idiotischen Entschluss bestärke? Nein.

– Du solltest aber. Ich fahre morgen zu ihr.

– Tu das, das freut mich.

– Du stirbst noch nicht.

– Das ist Krebs. Sie müssen die ganze Brust amputieren, bestrahlen, Chemotherapie, alles. Die Mutter der Nachbarin ist während der Chemo gestorben.

– Wie alt war die?

– Gül, ich gehe auf die 70 zu. Schau, wie die Frauen in meinem Alter in diesem Land aussehen.

– Du bist 65, du hast ein Leben lang mehr Feuer im Arsch gehabt als jede andere Frau, die ich kenne.

– Ja, aber ich habe auch mehr verloren als jede andere Frau, die du kennst.

– Bist du müde?

– Nein, das ist es nicht.

– Was denn? Ich verstehe es nicht.

Saniye zündet sich eine Zigarette an. Gül fällt auf, dass sie jetzt fast den ganzen Tag lang nicht an das Sommerhaus gedacht hat. Bitte, Herr, betet sie, lass Saniye wieder gesund werden.

– Ich habe Angst, sagt Saniye.

– Das haben wir alle.

– Nein, ich meine, vielleicht habe ich immer nur Angst gehabt. Was für dich und die anderen wie Feuer ausgesehen hat, war nur Angst.

– Du kannst gut Deutsch, du kannst Autofahren, du hast dich immer überall durchgesetzt, du hast so viele verschiedene Arbeitsstellen gehabt, du hast nie gezögert, etwas Neues anzufangen.

– Vielleicht weil ich Angst vor dem Alten hatte. Ich habe den Führerschein gemacht, weil ich Angst hatte, abhängig zu sein. Ich wollte mir beweisen, dass ich alles schaffe, ich hatte Angst zu versagen.

– Vielleicht ist es die Krankheit, die dich jetzt so denken lässt. Vielleicht ist die Angst jetzt so groß, dass du glaubst, sie wäre immer da gewesen.

Güls Gedanken schweifen kurz ab. Der Zorn, die Gier, die Rechthaberei, der Streit unter den Geschwistern – gab es das vor dem Erbe auch?

– Es gibt nur eine Sache, vor der ich mehr Angst habe als vor dem Tod.

Gül horcht auf.

– Ich habe Angst davor, in Deutschland zu sterben. Egal, was passiert, ich möchte meinen letzten Atemzug hier tun. Hier, mit dem Geruch dieser Erde, die ich so lange vermisst habe. Ich möchte zu Hause sterben, Gül. Es ist besser, wenn ich nicht mehr nach Deutschland fahre.

Duygu hat ihr zwar das Konto eingerichtet, doch es ist Saniye, die Gül mit Facebook vertraut macht. Gül hat ihren Laptop mit in die Türkei gebracht, aber dort noch kein einziges Mal angemacht. Sie hat ihn auch nicht mit nach Malatya genommen, obwohl Saniye ihr das aufgetragen hatte. Sie müssen Duygu anrufen, um die Zugangsdaten zu Güls Facebook-Konto zu erfahren, dann loggt sich Saniye ein und schreibt zu Güls Namen auch ihren Mädchennamen dazu. Damit ihre Jugendfreundinnen sie besser finden, wie sie sagt.

– Aber Saniye, ich habe schon mit 15 geheiratet. Und wieso sollten meine Schulfreundinnen bei Facebook sein, die sind ja in meinem Alter.

– Die sind bei Facebook, glaub mir. Das ist die Türkei, hier hat niemand Angst vor Technik. Du musst nur ein wenig Zeit hier verbringen und du wirst dich wundern, wen du alles triffst, den du schon vergessen hattest. Hast du ein altes Klassenfoto?

– Nein. Melike und Sibel haben Klassenfotos von ihren Abschlussklassen in der Grund-, Mittel- und Oberschule, aber ich habe ja die Schule nicht abgeschlossen.

– Egal, komm, wir schreiben hier auf, wo du überall gearbeitet hast. Und wo gewohnt. Wir werden sicher viele Leute aus der Heimstraße finden. Und hier, Ali-Pınar-Grundschule, dein Jahrgang. Aziza Gülen Keskin, kennst du sie?

– Ja, die saß in der Reihe vor mir.

– Komm her, sieh dir das Bild an.

– Ja, das könnte sie sein. Das ist sie. Ihre Augen haben sich gar nicht verändert. Wie schick sie ist, in der Schule war sie immer ungekämmt und dreckig.

– Sie ist mit dem ehemaligen Bürgermeister von Silifke verheiratet.

– Silifke, das ist in der Nähe unserer Sommerwohnung.

– Schick ihr eine Freundschaftsanfrage. Sie kennt sicher noch mehr aus eurer Klasse.

– Wie mache ich das?

Jeden Morgen sitzen die beiden vor Saniyes Laptop und Gül begreift nach und nach, was dieses Facebook für Saniye ist und wie sie es nutzt. Innerhalb einer Woche steigt die Zahl von Güls Facebookfreunden von sechs, ihre Töchter und Enkel und Ferdi, auf 42. Nach dem Frühstück setzen sich die Freundinnen gemeinsam hin und schauen, wer was gemacht hat, wer Aphorismen, Zitate, Sprüche, Gedichte, kurze Filme geteilt und geliked hat. Sie sehen Fotos von Hochzeiten, Verlobungen, Urlauben, Familienfeiern, von Neugeborenen und Kleinkindern. Gül schreibt sich mit Menschen, die sie seit Jahrzehnten nicht gesehen hat, sie weiß, wo sie sind, womit sie sich beschäftigen, womit sie sich beschäftigt haben, seit sie bei Facebook sind, sie weiß, was ihre Enkel machen. Zögerlich fängt sie an, auch selbst Fotos und Zitate zu teilen, Gedichtzeilen von Orhan Veli oder Texte von Aşık Veysel.

Drei Wochen später lässt sie ihre Freunde wissen, dass sie ans Meer fährt. Dieses Mal nimmt sie den Computer mit. Ein Foto, das Duygu auf dem Balkon macht, von schräg oben, sodass man das Schwimmbecken im Hintergrund sieht, wird ihr neues Profilbild. Was die Serien nicht geschafft haben, schaffen das Internet und Facebook, sie ist abgelenkt und beginnt sich auf andere Dinge zu konzentrieren.

– Was machst du denn den ganzen Tag wie ein Kind vor diesem Computer? Kaum fassbar, sagt Fuat. Benutzt du diesen Laptop oder benutzt er dich?

– Was hast du für ein Problem?, sagt Gül. Habe ich je etwas dazu gesagt, wie viel Zeit du mit deinem Auto verbracht hast? Wie du es gewaschen und gepflegt hast, welches Wachs, welche Felgen und was weiß ich, womit du dich noch beschäftigt hast. Ich sitze hier, um mich mit Menschen zu verbinden.

– Deine Verbindung kostet Geld, merkst du das? Wir brauchen jetzt Internet hier und Internet da, wahrscheinlich möchtest du in Deutschland auch Internet haben. Das haben sie toll erfunden, dieses Internet. Man kann es nirgendwohin mitnehmen und muss es sich überall neu kaufen.

– Wir haben auch drei Fernseher. Und drei Kühlschränke.

– Ja, aber die kann man anfassen. Du könntest sie wenigstens theoretisch mitschleppen. Aber das Internet wiegt nichts und trotzdem kann man es nicht mitnehmen. Das sieht mir wie ein Betrug aus. Und wer fällt darauf rein? Natürlich Weibervolk.

Gül schaut auf den Bildschirm. Aziza ist in New York und teilt ein Foto mit der Freiheitsstatue im Hintergrund.

Wenn sie nicht vor Computer sitzt und wenn kein Besuch da ist, trifft sie sich in diesem Jahr fast täglich mit

Öykü. Sie vergleichen ihre Kindheiten in diesem Land. Öykü hat nie getrockneten Traubensaft gegessen, Gül hat nie Schwimmen gelernt. Sie mögen beide die Natur, die für sie etwas völlig Unterschiedliches ist und die ihnen beiden genommen wurde. Öykü, weil sie jetzt in einem Betonklotz wohnt, Gül, weil das Sommerhaus mit dem Obstgarten bald einem Fremden gehören soll.

Gül weiß nach wie vor nicht, warum die Nachbarin Bahar ihr den Tratsch weitererzählt. Um sie ins Vertrauen zu ziehen, hinein in etwas, das sie gar nicht haben möchte? Um Unruhe zu stiften? Weil sie Partei ergreifen möchte? Weil ihr leidtut, wie es Gül ergeht?

Sie grüßt Bahar, plaudert mit ihr, doch sie wird nicht so richtig warm mit dieser Frau, die früh verwitwet ist, aus reichem Elternhaus stammt, einmal die Woche zum Friseur geht und mehr Schuhe besitzt als Gül wahrscheinlich in ihrem ganzen Leben getragen hat.

– Melike sagt, du wärst sowieso immer bevorzugt worden, sagt sie. Du wärst das Lieblingskind deines Vaters gewesen, du wärst nie geschlagen worden, während sie häufig Prügel bezogen hätte. Du hättest nie um etwas kämpfen müssen, deshalb hättest du erwartet, dass du jetzt das Sommerhaus bekommst. Sie und Sibel hätten immer in deinem Schatten gestanden, du hättest vor allem Sibel nie eine Gelegenheit gelassen, sich selbstständig zu entwickeln, du würdest immer nur versuchen, Schuldgefühle bei anderen zu säen. Es hätte niemand von dir verlangt ihnen eine Mutter zu sein. Man könne keine Liebe zurückfordern, sie sei kein Tauschgeschäft.

– Warum?, sagt Gül.

– Ich weiß nicht, warum die Liebe kein Tauschgeschäft ist.

– Nein, warum erzählst du mir das?

– So dreht sich die Welt. Jedes Wort, das gesprochen wird, wird weitergetragen. Was zweiunddreißig Zähne passiert, verbreitet sich über zweiunddreißig Viertel. Jedes Wort hat einen Klang und der verschwindet nicht. Manche Klänge führen zu Liebe, andere zu Streit. Ich bin nicht dafür verantwortlich, ob etwas zum einen oder anderen führt. Ich mache den Klang nicht, ich richte nicht über die Ohren, die ihn aufnehmen. Das gesprochene Wort gehört allen.

Gül sieht ihr in die Augen. Bahar hält ihrem Blick stand. Da ist keine Scham, kein Stolz, kein Groll, keine Hinterhältigkeit. Zumindest kann Gül nichts davon erkennen.

Nachdem das Gerede abgeebbt ist, nachdem Ceyda nicht ausgestoßen worden ist, nachdem der Metzger, die Friseurin, die Arbeitskollegen, die Nachbarn weiterhin mit ihr sprechen, beginnt sie sich langsam zu entspannen. Vielleicht haben alle, die das Paar kannten, schon immer gesehen, dass sie nicht zusammengehörten.

Ceyda ist gewappnet gewesen, aber jetzt, da alles überstanden scheint, jetzt, da sie bei der Post von der Nachtschicht zu Arbeitszeiten bei Tag gewechselt ist, die Kinder weitgehend auf eigenen Beinen stehen, jetzt, wo Ruhe einkehren könnte, schafft sie es kaum, morgens aufzustehen. Der Wecker klingelt wieder und wieder, alle sieben Minuten, aber sie weiß nicht, woher sie die Kraft nehmen soll, die Füße neben das Bett zu stellen. Sie ahnt, dass ihre Beine sich den ganzen Tag schwach anfühlen werden, dass sie nur mit übergroßer Willenskraft die Arbeit überstehen wird, ihren Körper nur mühsam durch die Stunden schleppen wird, während sie versucht, sich den Anschein zu geben, sie sei ein Mensch. Sie fühlt sich nicht so, egal, wie viel sie schläft, ob sechs Stunden, acht, zehn, zwölf, sie kommt kaum aus dem Bett. Sie fühlt sich schwach, abgeschlagen. Auf der Arbeit fürchtet sie sich vor großen Paketen, sie drückt sich, sie geht oft auf die Toilette, in ihren Zigarettenpausen hat sie kaum die Kraft zu rauchen. Wochenlang schleppt sie sich durch ihr Leben und versucht sich nichts anmerken zu lassen. Sie trinkt frisch gepressten Orangensaft, nimmt Multivitamintabletten, sie kauft Mesir Macunu, eine Paste aus Manisa, in der Kräuter sind und der nachgesagt wird, dass sie belebend auf den ganzen Körper wirkt, sie nimmt Spirulina, Eisentabletten, bis sie Verstopfung hat, doch nichts scheint zu helfen. Es gibt Tage an den Wochenenden, an denen sie gegen elf erst aufsteht, obwohl sie am Abend davor schon um neun geschlafen hat. Elf, weil sie weiß, dass die Kinder bald wach sein werden und sie nicht erst nach ihnen aufstehen möchte.

Sie ist doch nur müde, sie ist nur kraftlos, es scheint ihr übertrieben, deswegen zum Arzt zu gehen, doch nach fast drei Monaten weiß sie sich nicht mehr anders zu helfen. Er wird mir raten, noch mehr zu schlafen, denkt sie. Sie erhofft sich nichts vom Arzt, vielmehr hat sie Angst, er könnte ihr eröffnen, dass sie krankhafte Blutarmut hat oder gar Krebs. Oder bestenfalls sind es nur die Wechseljahre, nur eine Phase, die jeder mal haben kann, etwas Vorübergehendes, um das man sich nicht zu sorgen braucht.

Sie ruft an und vereinbart einen Termin, weil ihr sonst nichts mehr einfällt. Einen Tag später ist sie plötzlich fast taub auf dem linken Ohr.

– Das ist ein Hörsturz, sagt der Arzt, das gibt sich wieder. Frau Demirtaş, ich kenne Sie schon so lange, auch wenn Sie selten zu mir kommen. Zusammen mit den anderen Symptomen sind es einfach Signale Ihres Körpers, dass Sie sich jahrelang zu viel zugemutet haben.

Was Sie brauchen, ist eine Pause, eine Zeit, in der man sich um Sie kümmert und in der Sie sich erholen können. In einer fremden Umgebung, ohne Verpflichtungen und Aufgaben. Ich werde Ihnen eine Kur verschreiben. Sechs Wochen.

Eine Kur ist etwas, das Deutsche machen, doch das ist es nicht, woran Ceyda sich stört.

– Sechs Wochen, ist das nicht zu lang? Würden nicht auch drei reichen? Bekommt man nicht üblicherweise drei?

Der Arzt lächelt.

– Häufig sind es drei, ja. Doch bei Ihnen sind sechs Wochen durchaus angemessen. Sie sollen sich richtig erholen. Vergessen Sie mal alles, was Sie hier hält, lassen Sie los. Sie sind noch jung, hören Sie auf Ihren Körper, sorgen Sie dafür, dass er Ihnen noch lange erhalten bleibt. Hören Sie auf mit diesem Raubbau. Das wäre meine Empfehlung. Die Entscheidung liegt natürlich bei Ihnen.

Ceyda nickt. Die Worte des Arztes scheinen ihr das Zeichen einer Niederlage zu sein.

– Du solltest zu ihr in die Türkei, du solltest ihr beistehen, sagt Gül.

– Nein, sagt Yılmaz, sie sollte hierherkommen, das weißt du auch. Wir telefonieren jeden Abend miteinander, ich habe es ihr schon tausende Male erklärt. Sie wird nicht hier sterben, ich habe ihr hoch und heilig versprochen, dass ich mit ihr in die Türkei fliegen werden, sollte es nicht gut aussehen. Man stirbt nicht von einer Sekunde auf die andere. Nicht bei so einer Krankheit, die heilbar ist.

– Sie ist ganz allein.

– Wenn ich hinfahre, wird sie sich nur bestätigt fühlen und sie wird nie nach Deutschland kommen, um sich hier behandeln zu lassen.

– Sie wird sowieso nicht nach Deutschland gehen.

– Vielleicht doch. Sie möchte leben. Alle hängen letztlich mehr an diesem Leben, als sie zugeben möchten. Sie wird hierherkommen, aber vielleicht wird es dann zu spät sein. Das will ich verhindern. Man muss Krebs früh bekämpfen. Gül, wenn ich jetzt komme, gibt es keine Aussicht mehr, dass sie sich hier behandeln lässt.

– Ihre Entscheidung ist bereits gefallen, und auch wenn sie dir nicht gefällt, solltest du sie unterstützen.

Yılmaz nimmt einen Zug von einer Zigarette oder einem Joint.

– Das sagt Sevgi auch, aber mit dieser Art zu denken bringt ihr sie ins Grab. Man muss sie zwingen, nach Deutschland kommen.

– Niemand kann sie zwingen. Was kostet es dich? Was kostet es dich, in einen Flieger zu steigen und ein paar Tage bei ihr zu sein? Es ist deine Frau. Ihr habt ein halbes Leben miteinander verbracht. Wer auf deiner Seite steht, wer dir ein starker Rücken ist, wird in solchen Tagen sichtbar. Lass sie nicht allein.

Gül ist selbst überrascht über ihre klaren Worte und sie fragt sich, ob es an Yılmaz' Gewohnheiten liegt, dass sie glaubt, härter und direkter reden zu dürfen. Er ist ja nicht ganz da, er hüllt alles in Rauch und umnebelt sein Herz mit dem Qualm in seiner Lunge.

– Es ist das falsche Signal, beharrt er.

Gül sieht auf ihre linke Hand. Sie hat viel Respekt vor diesem Mann gehabt, weil er anders war, weil er klüger war, weil er sanfter war, weil er seine Frau als gleichberechtigten Menschen zu behandeln schien. Jetzt denkt sie, dass er auch nur ein Mann ist, ein Mann, der sich vor der Verantwortung drückt, der rational klingende Gründe findet, um seine eigenen Ängste zu kaschieren, ein

Mann, der sich nicht verbinden kann. Ein Mann, dessen Herz unberührt bleibt.

– Es ist deine Entscheidung, sagt sie. Eigentlich steht es mir nicht mal zu, etwas dazu zu sagen. Aber Saniye ist meine Freundin, deswegen habe ich nicht geschwiegen.

Neun Monate nach diesem Gespräch fliegt Yılmaz nach Malatya. Es ist seine letzte Gelegenheit seine Frau lebend zu sehen. Ein halbes Jahr nach der Brustamputation hat man Krebs in der Leber festgestellt, der schnell Metastasen gebildet hat.

Yılmaz weint viel, meist allein in einem Zimmer, und Gül weiß nicht, ob er seine Entscheidung, in Deutschland zu bleiben, bereut.

Einen Tag nach der Beerdigung fliegt er zurück, während Gül in Malatya bleibt und dem Schmerz nachspürt, mit Saniyes Familie und Freunden, mit ihrem Sohn trauert und die Beileidsbekundungen auf Facebook liest.

Yılmaz und Sevgi sind als Einzige aus Deutschland da gewesen, obwohl Saniye viele Freunde hatte. Was hätten sie hier auch tun sollen, denkt Gül. Fast niemand war vorher mal hier, sie hätten niemanden gekannt, sie hätten sich nur fremd gefühlt unter all den Trauergästen, unter den Verwandten und Freunden Saniyes. Sie wären wahrscheinlich zum ersten Mal in ihrem Leben nach Malatya gekommen. Wie gut, dass ich sie vorher schon hier besucht habe, wie gut, dass wir unser Band aus Deutschland auch hierhertragen konnten.

Sie weint viel, vielleicht auch, weil sie ahnt, dass die Reihe bald auch an ihr sein könnte.

Die wenigen Monate in Deutschland sind ein Warten auf den Frühling. Hinterher erinnert Gül sich vor allem an Stunden in Wartezimmern von Ärzten. Fuat hat zu hohe Cholesterinwerte, der Kardiologe sagt etwas von beginnender Herzkranzgefäßerkrankung, er solle auf seine Ernährung achten und auf tierische Fette weitgehend verzichten.

Sie wollen, dass man lebt wie Gras, sagt er dazu nur, kein Alkohol, kein Fett, nicht zu spät ins Bett, am besten auch noch kein Glücksspiel. Ohne Freuden kann man angeblich älter werden, aber die Frage ist doch, wofür das dann gut sein soll.

Aber nach diesem Besuch beim Kardiologen hört er einfach auf zu rauchen und Gül ist erstaunt, wie leicht es ihm offensichtlich fällt. Sie selbst hat viele Male aufgehört, doch ist nie länger als ein halbes Jahr ohne Zigaretten ausgekommen. Auch Fuat wird wieder anfangen, denkt sie mit einem Anflug von Erleichterung.

Güls Hüfte bereitet ihr Probleme, sie muss zum Orthopäden, ihr linkes Schultergelenk ist auch nicht in Ordnung, sie kann den Arm nicht mehr gerade nach oben strecken, aber das macht ihr nicht so viel aus. Ich bin schon lange nicht mehr in der Schule, sagt sie, ich muss nicht aufzeigen und ich habe noch einen rechten Arm, also was soll's?

Doch die Hüfte schmerzt, wenn sie sich hinsetzt, sie schmerzt, wenn sie aufsteht, sie schmerzt, wenn sie nachts im Bett liegt, und sie schmerzt bei jedem Flug und bei jeder längeren Autofahrt. Die Krankengymnastik, die sie verschrieben bekommt, hilft wenig, und sie vernachlässigt ihre Übungen zu Hause. Sie lebt mit dem Schmerz wie mit einem guten Freund, den man schon lange kennt und dessen Fehler man ignoriert oder schon längst verziehen hat.

Deutschland ist ein Warten. Hat man früher von Sommer zu Sommer gelebt, ging es früher um sechs Wochen Urlaub, geht es jetzt um acht Monate Türkei, doch die Zeit in Deutschland scheint dennoch lang.

– Ich komme und fahre dich runter, sagt Ferdi eines Tages, du musst gar nicht allein im Zug sitzen und umsteigen und alles. Du kannst Ceyda sehen, bei uns übernachten und dann fahre ich dich auch wieder zurück.

Fuat hat sein Auto in Deutschland verkauft, in der Türkei hat er jetzt einen Renault, erzählt aber gerne von den Tagen, in denen er noch Mercedes fuhr. Eine Zugfahrt schreckt Gül, deshalb zögert sie nicht lange und sagt zu.

Güls Hüfte schmerzt, als sie nach der langen Fahrt vor der Kurklinik aussteigt. Sie ist überrascht von der Ruhe in diesem Ort, und etwas später ist sie auch überrascht davon, wie alt die Menschen auf den Straßen sind, wie beschaulich und langsam es in Deutschland zugehen kann, wie klein alles ist und wie sauber. Zwischen dem Viertel, in dem sie gewohnt hat, und diesem Kurort scheint es außer der Sprache keine Verbindung zu geben.

Nachdem Ferdi sich verabschiedet hat, sitzt sie lange mit Ceyda in einem Eiscafé, in dem sie wahrscheinlich außer den italienischen Bedienungen die einzigen Ausländer sind. Obwohl er offensichtlich ganz gut Deutsch kann, benutzt der Kellner viele italienische Worte, die Gül nicht versteht. Das Café fühlt sich für Gül genauso fremd an wie der gesamte Ort, an dem ihre Tochter seit zwei Wochen ist.

Ceyda bestellt zwei Kaffee beim Kellner mit den zurückgegelten Haaren. Sie kennt sich hier aus, sie übernimmt die Verantwortung. Die Kur scheint ihr zu bekommen, sie sieht gut aus und scheint sich freier zu fühlen. In diesem Café, auf dem dunkelbraunen Stuhl mit der kunstlederbezogenen Sitzfläche, redet Ceyda offener, als Gül es von ihr gewohnt ist.

– Weißt du noch, sagt sie, als ich ein Kind war, da hatte Opa dieses Telefon mit der Kurbel. Eines Tages, als ich alleine im Zimmer war, habe ich gekurbelt und dann ganz schnell den Hörer aufgelegt. Danach hat jemand vom Postamt angerufen, du hast abgehoben und sie hat dich gefragt, was wir wollten. Und als du aufgelegt hattest, habe ich geleugnet, dass ich gekurbelt habe.

Gül zieht die Augenbrauen zusammen. Das ist so lange her, Jahrzehnte. Wenn Ceyda es nicht erzählt hätte, hätte sie nicht gewusst, dass dieses Kurbeltelefon überhaupt noch in ihrem Gedächtnis ist.

– Ich erinnere mich, ja.

– Du hast mir damals erklärt, dass man nicht lügen darf. Dass man die Worte niemals zurückholen kann und dass man unglücklich wird und nicht gut schläft, wenn man lügt.

Je länger Gül daran denkt, desto besser erinnert sie sich. Sie hat damals den Blick in Ceydas Augen gesehen, diesen Blick, den sie als Kind häufig hatte, den Blick, der sagte: Was willst du mir schon erzählen, du hast mich allein gelassen, du hast mich 18 Monate lang allein gelassen, als ich noch nicht mal in der Schule war. Du hast mir die Wunde meines Lebens zugefügt. Güls Augen werden feucht.

– Ich habe gekurbelt, damals, das weißt du. Aber ich habe es dir nie gesagt. Ich habe gekurbelt. Aber ich wollte es für mich behalten.

Lächelnd schüttelt Gül den Kopf. Das macht nichts, sagt ihr Gesicht, das macht alles nichts, wichtig ist, dass wir hier jetzt zusammen sitzen können.

Sie schweigen, sehen auf den runden Tisch mit den Kaffeetassen und der großen Eiskarte, sie schweigen, sie sehen sich nicht in die Augen, aber sie sind sich nah, sie spüren den anderen, nehmen wahr, wie der Atem ihn bewegt, wie die Vergangenheit ihn bewegt, wie der Moment ihn bewegt.

– Ich war noch so jung, als ich geheiratet habe, sagt Gül, ich war selbst noch ein Kind. Niemand hat mit uns geredet, niemand hat uns Dinge erklärt, niemand hat uns gewarnt. Wenn ich so viel Verstand gehabt hätte wie heute, dann hätte ich euch niemals alleine in der Türkei gelassen. Es hat mir nicht an Liebe gefehlt, sondern an Verstand. Meine Mutter ist gestorben und hat uns allein gelassen. Auch ihr hat es nicht an Liebe gefehlt. Aber ich, ich bin ja gefahren. Dein Opa hat mal gesagt *Woher soll ich wissen, dass es überhaupt ein Deutschland gibt, von hier aus ist das fraglich wie Himmel und Hölle.* Wer nach Deutschland gegangen ist, war fast wie tot für die anderen, weil niemand wusste, wie Deutschland riecht, wie sich die Luft anfühlt und wie es sich anhört. Heute gibt es das Internet, heute kann man sich alles vorstellen, aber damals blieb es der Fantasie überlassen. Deshalb habe ich Opa einmal nach Deutschland einladen wollen, damit er es sehen kann. Aber euch habe ich damals zurückgelassen. Das war ein Fehler. Jahrelang habe ich geglaubt, mein Herz hätte 18 Monate lang geblutet, aber das stimmt nicht. Es blutet immer noch. Und es war nicht nur mein Herz. Die Vergangenheit ist nicht vorbei, sie ist immer hier mit uns. Sie hat ein Loch gerissen und nun versucht das Blut diese Wunde zu schließen. Wenn da ein Loch ist, aus dem immer alles herauszufallen scheint, möchte man natürlich auch etwas für sich behalten. Aber sieh, wir sind zusammen, wir atmen, wir sprechen, wir sind uns nicht Gram. Dem Herrn sei Dank.

– Dem Herrn sei Dank, sagt Ceyda und gibt sich keine Mühe, ihre Trauer für sich zu behalten, eine Trauer, in der die Liebe genauso viel Platz hat wie der Schmerz.

Ferdi ist mit dem Zug nach Frankfurt gefahren, weil er dort einen Gebrauchtwagen kaufen möchte, und nachdem Ersin eingeschlafen ist, haben Ceren und Gül Zeit miteinander. Wie schön, tagsüber mit der einen und abends mit deren zusammenzusitzen, denkt Gül.

– Erinnerst du dich noch an Gesine?, fragt Ceren.

– Natürlich, sie war deine einzige deutsche Freundin und ist bei uns ein- und ausgegangen, als wäre sie ein Kind unseres Hauses.

Sie denkt an Jochen, den Inhaber der Gebäudereinigung, der so gut Türkisch kann, und wie Ceren damals vergeblich versucht hat, Gesine diese Sprache beizubringen.

– Ich habe sie wiedergetroffen.

– Wirklich?

– Ja, ich habe sie über Facebook gefunden. Und letzte Woche hat sie mich besucht.

– Das hast du mir gar nicht erzählt.

– Ich wollte warten, bis du hier bist.

– Was macht sie?

– Sie wohnt in Berlin, in einem Stadtteil mit vielen Ausländern. Sie ist Sozialarbeiterin an einer Schule. Sie interessiert sich für alles Türkische, Literatur, Politik, Essen, Sprache. Männer. Sie ist wohl mit so einigen türkischen Männern zusammengewesen, hat aber nie geheiratet.

Sofort denkt Gül wieder an Fuats Geliebte. Hat sie sich auch für Türken interessiert? Aus welchem Grund auch immer. War es gar nicht Fuat, der eine Deutsche wollte, sondern sie, die einen Türken gesucht hat? Was verspricht man sich von türkischen Männern?

– Sie hat sogar ein wenig Türkisch gelernt, erzählt Ceren weiter. Sie schwärmt von deinem Essen und es ist ihr immer noch peinlich, dass ich bei ihnen nie mitessen durfte. Mama?

Gül versucht die Gedanken wegzuschieben.

– Glaubst du, es ist wegen damals, dass sie sich für die Türkei interessiert?, fragt sie.

– Wahrscheinlich hat es irgendwie damit zu tun. Sie war auch schon oft in der Türkei, Konya, Diyarbakır, Erzurum, Kars, Doğubeyazit, Trabzon, Rize, sie hat mehr gesehen als du oder ich.

– Habt ihr euch gut verstanden?

– Es war schön, aber irgendwie auch komisch. Früher war sie verträumter, ich glaube, sie hatte mehr Phantasie als ich, das hat mir gefallen. Heute redet sie davon, was für eine Bereicherung die Türken für dieses Land sind, aber sie ist irgendwie verbohrt. Wenn du sie hörst, könntest du glauben, dass Deutschland bald untergeht, weil ihre Landsleute so fremdenfeindlich sind, so konsumorientiert, so umweltfeindlich, so kalt zueinander, weil sie so viel Fleisch essen, so viel Zucker, so viel denaturierte Nahrung. Vielleicht interessiert sie sich auch nur für die Türkei, weil sie glauben möchte, dass es irgendwo besser ist als hier.

Drei Wochen nach Güls Besuch kommt Ceyda von ihrer Kur nach Hause. Sie fühlt sich ausgeruht, entspannt, sie hat das Gefühl, Kraft getankt zu haben, und zehrt noch von dem Gespräch mit ihrer Mutter im Eiscafé. Bei den täglichen Telefonaten hat Duygu nichts gesagt, und jetzt muss sich Ceyda erst mal setzen.

– Das ist Deutschland, sagt Duygu, er ist 21. Ich habe ihm gesagt, dass das keine gute Idee ist. Ich habe ihm gesagt, dass er das anders machen soll, aber er hat nicht auf mich gehört. Und ich wollte es dir nicht sagen, solange du noch in Kur bist. Mama?

Ceyda sieht auf ihre Hände. Sie sehen jünger aus, nachdem sie fünf Wochen lang keine Pakete mehr angefasst hat, findet sie.

– Mama? Sag doch was.

– Was denn?

– Irgendwas.

– Wir haben 21 Jahre unter einem Dach gelebt. Keiner von uns beiden ist gestorben. Ich habe jahrelang nachts seinen Schlaf nicht bewachen können, weil ich gearbeitet habe. Aber wir sollten dankbar sein. Es war schön. Ich muss jetzt loslassen. Und er muss sich mit Jennifer ein eigenes Leben aufbauen.

Duygu hört, wie ihre Mutter den Schmerz unterdrückt, wie sie die Tränen zurückhält, wie sie kämpft. Doch sie hört auch die Aufrichtigkeit in ihren Worten. Sie geht auf ihr Zimmer, um zu weinen. Vor Erleichterung, vor Freude, vor Mitgefühl, sie weiß es selbst nicht.

Einige Tage später entschließen sich Fuat und Gül, ihre Wohnung in Bremen aufzugeben und die wenigen Wochen in Deutschland in Timurs nun freigewordenem Zimmer zu wohnen.

Es ist das eigene Leben, doch man vergisst so vieles. An manche Dinge denkt man jahrzehntelang nicht und es scheint, als seien die Worte, die Klänge, das Licht aus der Zeit verschwunden, obwohl sie da sind, solange noch Menschen leben, die sie geteilt haben. Vielleicht sogar noch länger.

Gül wohnte frisch verheiratet bei ihren Schwiegereltern, als sie Suzan kennenlernte. Ihre erste Freundin, nachdem sie ihre Kindheit hinter sich gelassen hatte. Suzan, deren Mann Murat unschuldig im Gefängnis saß, Suzan, die damals klagte, dass ihre Kinder einen Vater brauchten, Suzan, die mit ihrem Mann nach Duisburg zog, als er schließlich entlassen wurde. Suzan, die ihr immer zur Seite gestanden, die ihr den Rücken gestärkt und die Augen geöffnet hat. Suzan, die in Duisburg in einem Haus mit Italienern wohnte und sich beschwerte, dass es sich nicht lohne, Deutsch zu lernen, weil die Deutschen so wenig sprechen. Suzan, die nach Neapel gezogen ist und nicht mal mehr in den Sommern nach Hause kam. Suzan, zu der der Kontakt irgendwann abgebrochen ist, nachdem sie sich viele Jahre geschrieben hatten. Suzan, deren Briefe Gül in der großen Truhe aufbewahrt, zusammen mit all den anderen Briefen. Diese Truhe ist das Einzige, was sie aus ihrer Wohnung in Bremen mit in Timurs ehemaliges Zimmer gebracht hat. Eine große Holztruhe, mit Briefen, Andenken, mit ihrem Brautkleid, Fuats Anzug, den er bei der Hochzeit getragen hatte, ein paar Fotoalben, einer Wolldecke, die ihrer Mutter gehört hatte. An einige der Briefe in dieser Kiste kann sie sich gut erinnern, sie hat sie wochenlang mit sich herumgetragen und wieder und wieder gelesen. Wenn sie die Augen schließt, kann sie die Kleidung sehen, in deren Taschen diese Briefe verknittert sind.

Stundenlang versinkt sie an einigen Tagen in den alten Briefen, in einer Vergangenheit, die ihr manchmal wie in mildes Abendlicht getaucht scheint. Sie hat den Schmerz, die Weh von damals nicht vergessen, die Last, die sie zu tragen hatte, doch sie erscheint ihr von hier aus nicht mehr allzu schwer, auch wenn sie sich gut daran erinnern kann, wie es sich damals angefühlt hat.

Ich habe gelernt, dass vieles einfach vorbeigeht, dass es aus der Ferne nicht mehr so wichtig ist, sagt sie sich. Und ich bin stärker geworden, ich bin mit jeder Last, die ich tragen musste, stärker geworden. Doch sie denkt an die Geschichte von Nasreddin Hodscha, der seinem Esel jeden Tag etwas weniger zu fressen gibt als am Vortag. Am Ende sagt der Hodscha: Gerade als der Esel kurz davor war, ganz ohne Futter auszukommen, ist er gestorben. Vielleicht wird Gül zusammenbrechen, gerade wenn sie glaubt, jeder Last gewachsen zu sein.

Am Küchentisch sitzend reist sie jeden Tag mit Briefen in der Hand in die Vergangenheit. Oft ordnet sie die Briefe nach Personen, schaut zum Fenster raus und führt imaginäre Gespräche mit einem bestimmten Menschen. Der Klang und das Licht von damals sind nicht verschwunden, es ist alles noch da und schwingt nach, schwingt und verbindet.

Nachdem Gül zwei ganze Tage in Gedanken mit Suzan verbracht hat, kommt die Freundschaftsanfrage, als sie gerade vor ihrem Computer sitzt. Sofort sind Tränen in Güls Augen. Sie hat Suzan seit über 40 Jahren nicht gesehen, und jetzt, wo sie an sie denkt, jetzt dreht sich die Welt so, dass sie wieder Kontakt bekommen. Suzan sieht alt aus auf ihrem Profilbild. Gül überlegt. Als sie Suzan kennengelernt hat, mag sie Mitte zwanzig gewesen sein, zehn Jahre älter als Gül. Kein Wunder, dass sie so viele gute Ratschläge hatte, kein Wunder, dass sie so vieles besser sehen und verstehen konnte. Zehn Jahre älter als Gül, das heißt, dass sie nun Mitte siebzig sein muss. Sie wohnt nicht mehr in Italien, sondern in einer kleinen Feriensiedlung an der Ägäis, in die sie vor fünf Jahren gezogen ist, nachdem ihr Mann gestorben ist. Ihre Kinder sind noch in Italien und sprechen kaum Türkisch. Sie haben selbst längst erwachsene Kinder, von denen eines mit einem Deutschen verheiratet ist, aber in einem Dorf in der Nähe von Rom lebt.

Wie hast du das ausgehalten, so lange in Deutschland, schreibt Suzan. Und dass sie Gül unbedingt sehen möchte, solange Gott seine Leihgabe nicht zurückfordert. Wer weiß, wie viel Zeit uns noch beschieden ist, wir haben viel gesehen, viel gehört, viel gesprochen, unsere Herzen haben so viel Blut bewegt, wir könnten Meeren unsere Namen geben.

Gül schlägt vor, sich im Frühling in der Heimatstadt zu treffen.

Dort war ich schon so lange nicht mehr, antwortet Suzan. Es wäre ein Fehler, dorthin zurückzugehen und zu sehen, was aus ihr geworden ist. Ich habe dieser Stadt den Rücken gekehrt, ich habe auf mein Erbe verzichtet, ich habe dort so lange darauf gewartet, dass Murat aus dem Gefängnis kommt, ich möchte nie wieder dorthin.

Gül ist überrascht und zögert, bevor sie eine Antwort schreibt. Diese Tasten, denkt sie, sie behalten so viel für sich. Der Stift konnte nicht verbergen, ob man wütend war, traurig, in Eile oder nur müde. Die Buchstaben auf dem Papier sprachen vom Schreiben, sie sprachen von der Entfernung und der Nähe. Die Tastatur verrät nichts, sie macht einsam, obwohl sie verbindet. Sie lässt die Entfernung vergessen, die Zeit, die es braucht, um von hier nach dort zu gelangen, sie ist schneller, aber sie kann die Gefühle nicht mittragen.

Ich komme, schreibt Gül. Ich komme dich besuchen. Wir werden uns sehen. Bis dahin sehen wir uns hier. Jeden Tag.

Vielleicht lehnt Suzan sich auch zurück, damit kein Tropfen auf ihre Tasten fällt.

Güls Hüfte schmerzt, natürlich schmerzt sie, es ist eine lange Busfahrt nach Izmir, neun Stunden durch die Nacht. Die Busse sind moderner als früher, die Sitze sind bequemer, sie haben Toiletten, die sauber sein mögen, doch allein ihre Enge schreckt Gül. Die Luft der Nacht, das Vibrieren des Dieselmotors, die Gerüche der Raststätten, der Tee, der auf die Busgesellschaft geht, die Wasserschläuche, an denen Besen befestigt sind, um die Frontscheiben der Busse zu reinigen, die Pfützen auf dem Parkplatz, das alles ist Gül vertraut, doch es ist das erste Mal, dass sie nachts allein mit dem Bus reist.

Fuat wollte nicht mit, warum auch, was sollte er machen, während zwei alte Freundinnen sich treffen? Gül hatte Angst vor dem weiten Weg allein, auch wenn sie einen Sitzplatz neben einer Frau bekommt, wie ihr der Mann beim Fahrkartenverkauf zugesichert hat. Es ist eine Studentin, die früh einschläft und nicht mal an den Raststätten aufwacht. Gül fürchtet sich, das Land ist so groß, so dunkel, so weit. Sie fürchtet, sie könnte an einer Raststätte zurückbleiben, der Bus könnte ohne sie weiterfahren, ihre Nachbarin würde ja nicht merken, dass sie noch nicht wieder auf ihrem Platz ist. Sie geht nur schnell auf die Toilette, und das auch erst, nachdem sie sich das Kennzeichen des Busses eingeprägt hat.

So alt bin ich geworden, denkt sie, aber die Angst verlorenzugehen hat mich nicht verlassen. Diese Angst, die mich immer findet und begleitet, früher, wenn der Weg zur Arbeit mir noch nicht vertraut war, auf dem Amt, auf den Gängen von Bürogebäuden und Fabrikhallen, heute auf dem Weg, um einen geliebten Menschen in die Arme zu schließen. Die Gründe, aus denen ich mich bewege, haben sich geändert, doch die Angst ist geblieben. Auch wenn ich jetzt ein Handy habe und jederzeit jemanden anrufen könnte und um Hilfe bitten.

Am frühen Morgen muss sie sich in Izmir am Busbahnhof durchfragen, bis sie in einem Kleinbus sitzt, der an Suzans Wohnort hält. Sie hat kaum geschlafen, sie ist aufgeregt, sie freut sich, mit jedem Meter, den sie Suzan näher kommt, freut sie sich mehr. Sie versucht sich an Suzans Geruch zu erinnern und fragt sich, wie die Jahre ihn wohl verändert haben mögen.

In der Feriensiedlung angekommen, wählt sie Suzans Nummer, weil sie die genaue Adresse nicht hat. Suzans Telefon klingelt und klingelt, ohne dass jemand drangeht. Nach dem vierten oder fünften Mal fragt sich Gül, ob Suzan noch schläft, doch es ist bereits nach zehn Uhr. Nach dem sechsten oder siebten Klingeln sagt sie sich, dass die alte Frau vielleicht einfach nicht so schnell ist. Beim achten oder neunten fragt sie sich, ob ihr möglicherweise etwas zugestoßen ist. Und was dann zu tun ist.

– Gül, willkommen. Schön, dass du da bist.

Gül dreht sich um, das Telefon noch in der Hand. Suzan hat sich von hinten genähert. Die Frauen umarmen sich, wobei Suzan den Stock in der Hand hält, auf den sie sich gestützt hat. Sie lassen los, sehen sich ins Gesicht und umarmen sich dann wieder. Güls Mund ist ganz trocken, sie weiß nicht, was sie sagen soll, aber selbst wenn sie es wüsste, wäre ihre Zunge wohl wie gelähmt.

Es dauert eine gute Minute voller Umarmungen, Staunen und Freude, bis Gül sagt:

– Suzan, schön. Bist du extra gekommen, um mich hier willkommen zu heißen? Das wäre nicht nötig gewesen.

Suzan sieht älter aus als auf ihrem Profilbild, ihre Wangen sind hohl und faltig, ihr Körper ist mager, er droht fast in Güls Umarmungen zu verschwinden, doch ihre Augen leuchten.

– Wer weiß, ob ich nächstes Mal noch hier bin und ob ich dann dazu in der Lage sein werde, sagt sie. Es ist nicht weit, komm, wir nehmen uns ein Taxi zu mir.

– Wie lange hast du hier gewartet?

– Nicht lange. Komm, meine Schöne.

In den nächsten Tagen sitzen die beiden Frauen auf der kleinen Veranda des Hauses, trinken Espresso, den Suzan mit einer Maschine macht, rauchen und reden. 40 Jahre sind eine lange Zeit, und seit ihrem letzten Brief sind auch 20 Jahre vergangen, stellen sie fest, es ist viel passiert. Jede versucht der anderen zu erzählen, was für ein Leben das war, das sie geführt haben in der Fremde.

Gül wollte fünf Tage bleiben, aber es werden zwei Wochen daraus, zwei Wochen, die nicht ausreichen, weil der Hunger der Augen und Ohren nicht gestillt werden kann, zwei Wochen, in denen sich die beiden wie Schwestern fühlen, die zu lange getrennt waren, zwei Wochen, in denen sie gut schlafen und ohne Sorgen aufwachen, zwei Wochen, in denen jedes Wort, jede Geste, jeder Blick, jede Zigarette, jeder Espresso Ausdruck der Fülle des Lebens zu sein scheint. Zwei Wochen, in denen sie zurückblicken auf Tränen und Schmerzen, auf Trennung und Leid, auf Glück und Freude, auf Streit und Versöhnung, zwei Wochen, in denen sie sich fühlen können wie alte Menschen, die einen Frieden gefunden haben, mild wie eine erste Sommernacht, aber viel heller.

Zwei Wochen, in denen sie Tiramisu essen, Nudeln mit Kichererbsen, gefüllte Artischocken, Tomaten und Auberginengerichte, die Gül nicht kennt. Gül versteht, dass Italien für Suzan etwas ganz anderes gewesen ist als Deutschland für sie, sogar ihre Essgewohnheiten haben sich geändert. Suzan ist damals mit ihrer Nachbarin nach Neapel gezogen, hat unter Italienern gelebt, hat ihre Sprache gelernt, ihre Gewohnheiten und Sitten angenommen, hat mit ihnen gegessen, gelacht, geweint, hat Tisch, Dach und Brot mit ihnen geteilt.

Gül muss an den Kellner im italienischen Eiscafé denken, aber sicherlich sind nicht alle Italiener so wie er.

– In Deutschland hätte ich das nicht gekonnt, sagt Suzan. Die Deutschen sind anders, außerdem gibt es zu viele Türken in Deutschland, da glaubt jeder gleich, er weiß, wie du bist. In Italien gibt es fast keine Türken, und ich hatte Maria zur Freundin. Ohne sie wäre es sicher viel schwerer gewesen. Nach Deutschland geht man ja, ohne einen Deutschen zu kennen.

– Warum bist du zurück?, möchte Gül wissen. Du willst nicht in deine Heimatstadt, du warst jahrelang überhaupt nicht in der Türkei, deine Kinder haben sich in Italien ein Leben aufgebaut, deine Enkel sind dort. Was machst du hier an der Ägäis? Ich verstehe es nicht.

– Ich wollte am Meer wohnen.

– Aber das gibt es in Italien doch auch. Ich höre dir zu, ich höre, wie sich dein Herz von diesem Land hier entfernt hat, vom Geruch der anatolischen Erde, vom Klang unserer Melodien, du hast keine Sehnsucht nach dem Essen deiner Kindheit. Ich verstehe nicht, welcher Wind dich hierher geweht hat.

– Maria ist gestorben, Murat ist gestorben, die Kinder sind längst aus dem Haus und ich habe angefangen, jede Nacht davon zu träumen, dass ich Türkisch spreche. Ein ganzes Jahr lang habe ich jede Nacht im Traum Türkisch gesprochen. Danach habe ich alles verkauft und bin hierher gezogen. Das ist jetzt drei Jahre her. Und eine einzige Nacht habe ich geträumt, ich würde Italienisch sprechen, eine Nacht, und am nächsten Tag habe ich dich auf Facebook gesucht und gefunden. Aber du hast recht, ich habe mich entfernt von allem, ich habe dieses Land, in dem ich so lange von meinem Mann getrennt war, einfach aus dem Herzen gestrichen, ohne dass ein Loch geblieben ist. Ich habe keine Sehnsucht genährt, so wie du es getan hast, und ich habe nicht unter der Trennung gelitten. Wir sind nicht reich geworden, wie wir es in Deutschland vielleicht geworden wären, aber wir haben ein gutes Leben gehabt. Und dann war es der Klang der Sprache, der mich zurückgeholt hat, obwohl ich Italienisch liebe, obwohl ich es gerne höre und gerne spreche. Eine Sprache, ein Mensch, sagt man. Ich wollte zurück in die Sprache, die ich im Bauch meiner Mutter gehört habe.

– Du bist ... zum Sterben hier, sagt Gül.

Suzan lacht, wie sie überhaupt oft und viel lacht.

– Ja, wahrscheinlich. Aber ich habe es überhaupt nicht eilig damit. Die Vergangenheit ist vorbei. Wir sind aus Zeit gemacht, und die einzige, die zählt, ist die, die vor uns liegt. Die Zeit ist ein Fluss, und dieser Fluss sind wir. Wenn du dich umschaust, ist alles andere trocken.

Man ist nicht allein, nie, egal, was passiert, egal, wie man sich fühlt. Da sind noch andere, die dieselbe Last tragen oder sogar noch mehr. Man ist nicht allein. Auch Suzans Geschwister haben sich um das Erbe gestritten und es hat keinen Unterschied gemacht, dass sie auf ihren Anteil verzichtet hat. Es wurde ihr als Hochmut ausgelegt, als ein Mittel, die anderen gegeneinander aufzubringen, als fehlende Geschwisterliebe, als Egoismus. Man ist nicht allein, da ist immer noch jemand anders, dessen Schultern sich genauso anfühlen. Aber tragen muss man die Sorgen dennoch selbst.

Drei Tage nach ihrer Rückkehr fragt Gül sich, wie ihr das Leben so leicht erscheinen konnte an der Ägäis. Die Vergangenheit ist nicht vorbei, sie blutet immer noch hinein in den Fluss der Zeit und färbt ihn rot bis vor die Füße. Alles, was man tun kann, ist wegsehen.

Vor zwei Jahren hat ein Geschäftsmann aus Izmir das Sommerhaus mitsamt Obstgarten ersteigert. Er hat sich nie in der Stadt blicken lassen und auch keine Renovierungen vorgenommen. Jetzt wohnt Melike im neuen Sommerhaus, während das alte leer steht. Der Geschäftsmann habe ihr das Wohnrecht eingeräumt, heißt es. Sie selbst erzählt jedem, der es hören möchte, dass sie ihn zufällig in Izmir kennengelernt hat und er so angetan von diesem Zufall war, dass er sie dort wohnen lassen wollte, bis er das Haus selbst nutzt.

Ein Geschäftsmann aus Izmir, was hat der denn in Anatolien verloren, die Sache stinkt, aber das ändert nichts daran, dass Melike im Sommerhaus wohnt. Ohne dass die Nachbarn sie schneiden, ohne dass schlecht über sie geredet wird.

Melike wechselt die Straßenseite, wenn sie Gül von Weitem sieht. Gül erinnert sich daran, wie sie von sich dachte, sie würde ihrer Schwester immer verzeihen, sie würde immer alles tun, um sich wieder mit ihr zu vertragen. Sie hat sich geirrt.

Mit Sibel spricht Gül kaum, fragt sich aber immer noch, warum sie den Blechbecher des Vaters hat. Nalan hat sie seit Jahren nicht gesehen und mit Emin telefoniert sie zu den Feiertagen und zu seinem Geburtstag. Melike und Emin sprechen nicht mehr miteinander, zumindest hat sie das gehört. Auch Nalan und Emin sprechen nicht, Sibel und Nalan telefonieren aber regelmäßig, während Emin Sibel seit zwei Jahren nicht angerufen hat. Die Gerüchte, die Gül hört, widersprechen sich teilweise, Sibel und Emin sehen sich angeblich häufig in Istanbul, wo Sibel jetzt doch ihre Bilder ausstellen möchte.

Schließlich ruft Gül Emin an.

– Erinnere dich, wie klein ich noch war, als du geheiratet hast und aus dem Haus bist, sagt er. Was immer ihr nicht teilen könnt, was immer ihr aus der Vergangenheit hierhergeschleppt habt, ich habe nichts damit zu tun.

– Aber Melike wohnt jetzt

– Gül, ich möchte nicht über diese Dinge reden. Sei mir nicht böse. Wie geht es Ceren? Was macht Ersin?

– Lass uns nicht die alten Hefte hervorkramen, sagt Sibel, als Gül sie besucht und das Gespräch auf das Sommerhaus lenkt.

Es sind keine alten Hefte, möchte sie sagen, das ist neu, das ist alles noch so neu. Da sind frische Wunden im Blut unserer Eltern, möchte sie sagen, doch sie denkt an Suzans Worte.

– Vergiss es einfach, hat sie gesagt, ihr werdet nicht wieder zueinander finden, ob mit oder ohne Sommerhaus. Vergiss es, halt nicht mehr fest, lass es gehen.

Die Zeit fließt nicht wie Wasser, sie ist kein Fluss, der man gleichzeitig selbst ist, denkt Gül jetzt. Die Zeit ist wie das Licht. Sobald es da ist, ist es überall gleichzeitig, es ist kein Fluss, in den man an dieser oder jener Stelle hineinsteigen kann. Alles ist gleichzeitig da, das Kind, das ich war, als mein Vater den Löffel gegen die Wand schleuderte, die junge Frau, die ihre beiden Töchter zurücklässt, um in den Zug nach Deutschland zu steigen, die Frau, die in der Wollfabrik arbeitet, die Frau, die im Krankenhaus liegt, während ihr Vater stirbt. Es ist alles gleichzeitig da, nichts ist je verlorengegangen oder einfach nur vorbeigeflossen. Vielleicht ist die Zukunft auch schon da, aber wir können sie nicht sehen, weil sie zu hell strahlt. Weil am Ende der Zukunft das Licht wartet, in das wir alle hineingehen werden, wenn wir aus der Zeit heraustreten.

Es ist alles gleichzeitig da, doch wenn sie nicht an die dunklen Stellen denkt, die Schatten, die verborgenen Ecken, die Schmerzen, die nie beleuchtet werden, dann geht es ihr besser. Sie muss sich Mühe geben, doch nach und nach schafft es Gül, die schlechten Gedanken fortzuschieben. Sie denkt an das Licht in Suzans Lachen, an das Licht der Ägäis, an die Momente, wenn ihr Licht und das Licht eines anderen Menschen übereinanderliegen und heller strahlen als das eines einzelnen Lebens.

– Kein Wunder, dass die Türken hier so schlecht angesehen sind, sagt Ceren.

Gül fühlt sich sofort angesprochen.

– Warum? Was tun wir denn?

– Was tun wir denn nicht? Mama, du musst diese Geschichten doch auch kennen. Leute, die Kindergeld beziehen für Kinder, die nicht hier leben, sondern in der Türkei, oder Kinder, die nicht ihre eigenen sind, aber auf dem Papier so aussehen. Leute, die ihre Kinder nicht auf eine deutsche Schule schicken wollen. Leute, die ihr Kind ohne Frühstück in die Schule schicken, die ihre achtjährige Tochter zwingen, Kopftuch zu tragen, denen es egal ist, ob ihr Kind deutsch lernt oder nicht. Leute, die jede erdenkliche List und Lüge einsetzen, um Sozialleistungen zu erschleichen oder irgendwo ein bisschen weniger zu bezahlen und sich dabei ganz clever vorkommen, als seien sie die gewieftesten Füchse im Land und nicht die schamlosesten Lügner.

– Aber wir sind nicht so. Das weißt du.

– Ja, wir sind zur Ehrlichkeit erzogen worden. Obwohl Papa auch immer ein Fuchs sein wollte. Aber ich rede ja nicht von uns.

– Du hast gesagt, die Türken hier.

– Ja, es sind nicht alle gleich. Aber wenn jemand lügt und betrügt und versucht, das System zu überlisten, sind es eigentlich immer Türken. Das sind diejenigen, die auffallen. Sie sorgen dafür, dass wir hier einen schlechten Ruf haben. Wir sind selbst schuld.

– Aber es sind ja nur wenige, für die können wir doch nicht die Schuld mittragen.

– In der Türkei habe ich an der Uni meine Unterschrift für die Anwesenheitsliste fälschen lassen und auch selbst für andere gefälscht. Ich habe Korruption gesehen, Bestechung, Mauschelei, ich habe aber auch gesehen, wie die Menschen auf dem Dorf waren, in dem ich mit Mecnun gelebt habe. Die hätten alles mit uns geteilt. Aber was ich hier sehe ...

– Was?

– So viel Unehrlichkeit habe ich in der Türkei nie erlebt. Als wäre die Lüge ein Volkssport für uns, als wären wir nur hierhergekommen, um uns zu beweisen, dass wir cleverer sind als die Deutschen, dass wir überall Schlupflöcher und Gesetzeslücken finden, Möglichkeiten zu betrügen und dieses Land zu übervorteilen. Die Mutter einer meiner Schülerinnen hat sich beschwert, dass sie eine Flatrate in die Türkei gekauft hat, und jetzt haben sie ihr gesagt, dass sie nur noch vier Stunden am Tag telefonieren darf.

Gül sieht Ceren verständnislos an.

– Vier Stunden am Tag.

– Aber wenn es doch eine Flatrate ist. Da kann man auch 24 Stunden telefonieren.

– Vier Stunden, Mama. Das ist ja auch nur ein Beispiel. Wir müssen hier immer alles bis zum Anschlag ausnutzen, überall schauen, wie das meiste herauszuholen ist. Die Kinder kommen eine Woche zu spät zurück aus den Sommerferien und die Eltern haben nicht das geringste Unrechtsbewusstsein. Eine Woche, sagen sie, was ist schon eine Woche gegen unsere Sehnsucht, eine Woche, davon bleibt man ja nicht sitzen. Oder sie lügen und sagen: Wir hatten eine Panne, in Edirne, noch bevor wir aus der Türkei raus waren. Oder: Der Flug war überbucht. Wir haben den Flug verpasst, weil der Taxifahrer sich verfahren hat. Sie schämen sich nicht, sie sind nie um eine Antwort verlegen.

– Aber, fängt Gül an, doch sie kommt nicht weit, Ceren regt das Thema auf.

– Du hast es doch auch gesehen, Mama. Du weißt doch, wie einige sind. Ich sehe es jetzt als Lehrerin, ich betrachte es von außen, ich kann nicht anders, als es zu bewerten. Da sind Kinder, die in der dritten Generation hier sind, die aber schlechter Deutsch sprechen als Ersin jetzt, nach drei Jahren. Das hier ist Deutschland, die müssen doch wenigstens die Sprache lernen.

– Als hätten die Deutschen sich Mühe gegeben, den Großeltern die Sprache beizubringen, sagt Gül jetzt. Du kennst die Geschichte, wie sie mich nicht zum Deutschkurs zugelassen haben.

– Ja, aber das berechtigt doch niemanden, diese Sprache nicht zu lernen.

– Vielleicht hast du recht, sagt Gül, aber vergiss nicht, wie schwer es für uns war. Man kann nicht behaupten, sie hätten uns hier mit offenen Armen empfangen. Ich habe dir auch von Suzan erzählt.

Ceren denkt nach. Dann nickt sie.

– Man darf es nicht einseitig sehen, sagt sie, du hast recht. Vielleicht darf man gar keine Schuld suchen. Aber dennoch, was ich als Lehrerin erlebe, ist unglaublich. So einige von uns benehmen sich hier schlecht, sehr schlecht.

Einige Tage nach diesem Gespräch sterben zwei Männer in einem Wohnwagen und eine Frau wird festgenommen. Sie sollen seit Jahren gezielt Ausländer umgebracht haben. Ausländer, von denen fast alle Türken waren. Gül denkt an die Worte Serters, die er vor vielen Jahren in der Heimstraße gesagt hat: Sie machen Pläne, wir müssen uns bewaffnen.

Sie sieht das Bild der Frau, die mit den beiden Männern im Untergrund gelebt hat, und denkt: Aber ihre Hände und Füße scheinen gesund, sie ist nicht entstellt oder hässlich, warum sollte diese Frau so etwas tun? Wer weiß, was alles passieren musste, um sie in solch eine Lage zu bringen. Man darf nie sagen: Das könnte ich nicht. Es kommt auf die Umstände ab. Aus mir hätte vielleicht auch eine Mörderin werden können. Oder gar eine Prostituierte. Das Leben hätte mich in Sackgassen manövrieren können, es hätte mich in dunkle Ecken drängen können, aus denen ich keinen Ausweg mehr gesehen hätte. Vielleicht hätte ich mich scheiden lassen wie Ceyda. Vielleicht wäre ich nie nach Deutschland gegangen. Vielleicht wäre ich in eine Familie hineingeboren worden wie Can, in eine Umgebung, in der Recht etwas anderes ist, als ich es verstehe. Vielleicht hätte ich Schwimmen gelernt. Oder Betrügen. Vielleicht wäre ich mit Mutter und Vater aufgewachsen. Vielleicht hätte ich mich für einen anderen Mann entschieden.

Mindestens einer dieser Gedanken knirscht in ihrem Kopf, sie spürt, dass etwas daran nicht stimmt, und sie horcht in sich hinein, um herauszufinden, was das ist. Hätte ich nie zur Mörderin werden können? Doch. Hätte ich mich nie scheiden lassen? Doch. Hätte ich nie Betrügen gelernt? Doch. Hätte ich mit Mutter und Vater aufwachsen können? Nein, denkt sie, nein, das hätte nicht passieren können. Ich bin in dieses Blut hineingeboren worden, weil mich etwas dorthin gezogen hat. Vielleicht die Seele. Ich gehöre zu dieser Familie, die auseinandergebrochen ist, die Tod und Trennung erdulden musste, ich bin Teil dieser Melodie, die ich schon gehört haben muss, bevor ich überhaupt geboren wurde.

Ihre Ohren hören schlechter als früher, ihre Augen sehen schlechter, sie wird schneller müde, sie schätzt die Höhe von Sofas sicher ab und setzt sich nirgendwo mehr hin, wo sie weiß, dass sie schwer hochkommen wird. Alle Kräfte scheinen nachzulassen mit dem Alter, aber das Ohr, das diese Melodie hört, wird besser.

Die Menschen sind wie Regentropfen, manche fallen in den Dreck, manche auf ein Rosenblatt, doch Gül glaubt, sie kann den Regen immer besser hören, die Melodie ihres eigenen Blutes und die Melodie allen Atems. Man landet vielleicht auf dem Rosenblatt, aber am Ende fällt man doch auf die feuchte Erde und verschwindet in ihr. Alle sind verbunden, auch wenn sie sich fühlen wie

Tropfen, und dennoch haben alle ein eigenes Lied und einen eigenen Weg.

Sie hat Mitleid mit der Frau, die sie in den Nachrichten zeigen und deren Weg schwer gewesen zu sein scheint. Sie hat Mitleid mit allen Menschen, die ihre Angehörigen durch diese drei verloren haben. Herr, ist ein Geschöpf auf dieser Erde, ein einziges, dessen Weg leicht ist?

Da schließt Fuat die Tür auf.

Can wohnt mittlerweile bei Lüneburg auf dem Land. Gül hatte seit der Hochzeit keinen Kontakt mehr mit ihm und ist froh darüber, weil es ihr scheint, dass bei diesem Fest ihr jahrelanger Betrug hätte auffliegen können. Betrug, so kommt es ihr vor, auch wenn sie sich noch so oft sagt, dass sie nichts Unrechtes getan hat. Sie hat es verheimlicht vor Fuat. Doch sie hat auch Verfehlungen ihrer Töchter verheimlicht, solange sie noch klein waren. Das war, um Ceyda und Ceren zu schützen, es ging nicht um mich, ich belüge mich hier, sagt sie.

Dass sie seit Neuestem auf Facebook mit Can befreundet ist, muss sie Fuat nicht erzählen. Auch nicht, dass er sie einlädt, ihn und seine Familie mal besuchen zu kommen. Wie sollte er jemals davon erfahren? Doch sie kann nicht fahren, es gibt keinen Vorwand, unter dem sie Can besuchen könnte, auch wenn sie neugierig auf seine Kinder ist. Es ist eine Sache, für zwei Stunden in das Restaurant eines Kaufhauses zu gehen, eine ganz andere, nach Lüneburg zu fahren. Je größer der Aufwand, desto größer ist vielleicht der Verrat, denkt sie. Und fragt sich, wie viel Aufwand Fuat damals wohl betrieben hat. Und ob die Initiative vielleicht nicht doch von ihr ausging. Aber verringert das seine Schuld? Sein Leugnen? Seine Feigheit?

Sie hat nicht geleugnet, aber was würde sie tun, wenn jemand von ihren Treffen mit Can erfahren und sie zur

Rede stellen sollte? Ich würde es zugeben, denkt sie. Doch sie weiß, egal, wie sicher sie sich ist, das Leben könnte sie auch in die Lage bringen zu leugnen. Je weniger sie an Can denkt, desto ruhiger ist ihr Gewissen, doch als er vorschlägt zu skypen, findet sie eine Möglichkeit, lange genug ungestört zu sein.

– Tante Gül, wie schön, dich zu sehen. Wie geht es dir?

– Ach, frag nicht, mein Sohn, frag nicht. So viel ist passiert, seit wir das letzte Mal gesprochen haben. Und dir?

– Mir geht es gut. Wirklich gut. Komm, ich zeige dir unser Haus und meine Kinder.

Can wohnt in einem freistehenden großen Haus mit riesigem Garten. Er hat noch zwei weitere Söhne bekommen, die bis auf einige Flüche kein Wort Türkisch können. Und er ist stolz. So stolz hat ihn Gül früher nie erlebt, auch nicht, wenn er von einem besonders gelungenen Coup erzählte. Sie freut sich für ihn, doch nachdem sie ihre Geschichte erzählt hat, sagt er:

– Tante Gül, das tut mir sehr leid für dich, ehrlich. Aber ich habe dir das schon immer gesagt: Es ist das Geld, das zählt. Das hat deine Schwester offensichtlich verstanden, und so hat sie diesen Geschäftsmann vorgeschoben. Sie hat es nicht auf dem geraden Weg versucht, so dreht sich die Welt nicht.

– Mein Sohn, schau, deine Kinder, schau, deine Frau. Glaubst du, die würden dich für Geld verkaufen?

– Nein. Würden sie nicht. Aber wahrscheinlich sind es die einzigen vier Menschen auf der Welt. Deine Töchter und dein Mann würden dich auch nicht verkaufen. Bei allen anderen kann man sich nicht sicher sein.

Gül denkt an Öyküs Tochter und wie groß der Schmerz wohl sein muss, wenn es die eigene Tochter ist, die einen bestiehlt. Gül ist versucht Can recht zu geben, obwohl da eine Stimme in ihr ist, die sicher weiß, dass diese Welt sich nicht um Geld dreht, sondern um die Liebe und den Schmerz, die immer weitergegeben werden von einer Generation zur nächsten. Es ist der Schmerz, der manchmal das Geld wählt, um sich bemerkbar zu machen.

Gerede. So wie es in der Nachbarschaft immer Gerede gibt, so wie sich dort Gerüchte verbreiten, üble Nachrede, Lob, Verleumdungen, Todesnachrichten, so geht es auch bei Facebook zu. Tratsch. Das Internet und das Leben unterscheiden sich weniger, als man glaubt.

Von dem Zeitpunkt, an dem Zuhal das Bild gemeinsam mit der Einladung zu einem Klassentreffen online stellt, bis zu dem Zeitpunkt, an dem Gül davon erfährt, sind es gerade mal 23 Stunden. Ein Bild von 36 Kindern in Schuluniform, alle Jungen mit kurzen Haaren, alle Mädchen mit Schleifen im Haar. Gül sitzt lange vor diesem Foto ihrer Grundschulklasse, mehr als eine Stunde lang versucht sie, sich an die Namen und Eigenheiten ihrer Mitschüler zu erinnern, denkt an ihre Streiche zurück, an die Schläge des Lehrers, denkt an ihre ersten zwei Schuljahre, als sie noch auf dem Dorf gewohnt haben und wo alle fünf Klassen im selben Raum unterrichtet wurden, erinnert sich, wie erschrocken sie über die Größe des Schulgebäudes in der Stadt war, wie sie Angst hatte, sie könnte sich dort verlaufen.

Sie erinnert sich an Zuhal, die das Bild gepostet hat, sie saß in der Reihe direkt vor Gül und Gül hat damals ihre dicken, langen schwarzen Haare bewundert, die Zuhal in einem Zopf trug. Zuhal war die Tochter des Schusters Eren, der sieben Töchter hatte und angeblich immer schimpfte: Da kann dein Schwanz noch so vor Kraft strotzen, bist du verflucht, füllt dein Haus sich nur mit Fotzen.

Gül erinnert sich, wie sie noch nicht richtig lesen konnte, als sie in der neuen Schule in die dritte Klasse kam. Dem Lehrer auf dem Dorf war es nie aufgefallen, weil sie die Texte im Schulbuch auswendig konnte.

Sie erinnert sich an ihre Sitznachbarin Özlem, die Tochter des Generals. Als Güls Großmutter Gül bezichtigt hatte, getrockneten Traubensaft gestohlen zu haben, hat Özlem das bestätigt, indem sie behauptet hat, Gül habe welchen in der Schule verteilt. Beides stimmte nicht. Gül weiß noch, wie sie damals am Bach gesessen ist und zum ersten Mal allein war. Ganz allein. Niemand glaubte ihr und es gab niemanden, dem sie die Wahrheit erzählen konnte. Wie sie drei Tage gebraucht hat, bis sie wenigstens ihren Vater davon überzeugen konnte, dass sie nicht geklaut hatte. Doch der konnte seine Mutter nicht beschuldigen zu lügen. Was war das für eine Wahrheit, wenn sie nur zwei Menschen kannten? Und wie oft hat sie später die Geschichte erzählt, an wie vielen Orten und wie vielen Menschen? Nicht besonders häufig, denn wann findet man schon mal jemanden, dem man von seiner Einsamkeit erzählen möchte. Doch sie hat sie erzählt, diese Geschichte, und das Licht der Worte hat sich verbreitet, die Wahrheit hat sich ausgedehnt, sie leuchtet heute heller als damals, und das Zentrum dieses Leuchtens ist der Schmerz des Mädchens, das sie damals war.

Gül findet Özlem auf dem Foto und fragt sich, was wohl aus ihr geworden ist. Sie fragt sich, ob sie mit ihr reden wollen und ob sie sie zur Rede stellen würde. Ob Özlem sich überhaupt daran erinnert. Und ob sie heute eine Antwort auf die Frage geben könnte, warum sie Gül damals verleumdet hat.

Sie erinnert sich, dass sie Özlem zunächst gerne mochte, aber ihre Mutter nicht, weil die so oft lachte und weil ihr Lachen nie echt klang. Sie erinnert sich, wie stolz ihre Großmutter war, mit Özlems Mutter befreundet zu sein, mit der Frau des Generals.

Damals kannte Gül noch Menschen, die reich waren. Sie waren Nachbarn, die Eltern von Mitschülern, es gab den Kaufmann, der das einzige Auto der Stadt fuhr. Erst als sie später nach Deutschland gezogen ist, gab es auf einmal niemanden mehr, der viel Geld hatte. Nicht die Mutigen sind gegangen, wie Yılmaz gesagt hat, sondern die Armen unter den Mutigen und die Verzweifelten unter den Armen.

Wir waren in Deutschland alle gleich, denkt Gül. Wir kamen aus den unterschiedlichsten Ecken des Landes, wir hatten verschiedene Akzente und Sitten und Gewohnheiten und Gerichte, aber wir verdienten alle dasselbe und hatten zu Hause nichts. Vielleicht habe ich deshalb weniger gelernt und weniger gesehen. Weil es unter den Türken in Deutschland keine Vielfalt mehr gab. Vielleicht hat Ceren recht, wir sind auf eine Art alle gleich. Vielleicht würde ich viel Neues sehen und lernen, wenn ich zu diesem Klassentreffen gehe, aber ich weiß nicht, ob ich Özlem sehen möchte.

Nein. Nein, das ist es nicht. Sie weiß überhaupt nicht, ob sie dorthin gehört. Sie ist auf dem Foto, auch wenn sie selbst nie ein Exemplar davon besessen hat und hätte schwören können, dass es ein solches Foto nicht gibt. Sie ist auf dem Foto, aber sie hat das letzte Grundschuljahr nicht abgeschlossen, sie hat bei den Abschlussprüfungen versagt, und sie fühlt sich nicht so, als würde sie dazugehören. Sie fragt sich, ob überhaupt jemand sie wiedererkennen würde.

So alt bist du geworden, denkt sie sich, so viel hast du gesehen, so viel erlebt, und immer noch gibt es Momente, in denen deine Füße nicht fest verwurzelt sind, immer noch glaubst du, du könntest umfallen, obwohl du nie umgefallen bist. Du bist gesunken, du hast den Boden verloren, nur noch die Wut und der Schmerz haben dir

Halt gegeben, aber umgefallen bist du nie. Nur müde geworden. Nur gestrauchelt. Nur unsicher geworden. Aber nicht umgefallen. Was gibt es zu verlieren. Geh. Geh einfach zu diesem Klassentreffen.

Vielleicht hat Melike doch nicht gelogen. Vielleicht stimmte die Geschichte mit dem Wohnrecht wirklich und dass sie den Geschäftsmann in Izmir auf der Straße kennengelernt hat. Vielleicht war es aber auch ein abgekartetes Spiel und die beiden haben sich erst später überworfen. Das Grundstück, auf dem die beiden Sommerhäuser stehen, wird in diesem Jahr in drei Parzellen geteilt, jede davon erreicht fast den Preis, den sie vor wenigen Jahren für das gesamte Grundstück erhalten haben. Die Sommerhäuser werden abgerissen und sollen durch kleine Villen ersetzt werden.

Es gibt viel Gerede deswegen, doch Gül weiß nicht, wessen Worten sie trauen kann und wessen nicht. Das Haus ihrer Kindheit ist weg und jemand hat viel Geld damit verdient. Die Bande zu ihren Geschwistern ist gerissen und Gül hat nicht mehr die Kraft und den Willen etwas daran zu ändern. Nicht nur die Beziehungen zueinander sind erkaltet, sondern auch ihre Wut.

Mehr als einmal hat Gül das Telefon in der Hand und möchte Melike anrufen, eine Stimme in ihr sagt, dass es das Richtige ist. Dass man jetzt, wo alles vorüber ist, nochmal versuchen könnte, von vorne anzufangen. Doch da ist auch die Stimme, die sagt, dass alles vergeblich ist, dass Geschwister nicht mehr zurückfinden können, wenn sie einmal an den Punkt gekommen sind, an dem sie waren.

Aziza erkennt Gül, als diese noch nicht ganz durch die Tür ist, und kommt mit offenen Armen auf sie zu.

– Gül, nicht wahr? Die Tochter des Schmieds. Wie ich mich freue, dass du auch da bist.

– Aziza, sagt Gül und erwidert die Umarmung.

– Du warst beim Treffen vor zwei Jahren gar nicht dabei, sagt Aziza.

– Nein, sagt Gül.

– Was für ein Glück, dass wir dich gefunden haben. Komm, du musst mir erzählen, wie es dir ergangen ist.

Als sie sitzt, lässt Gül ihren Blick schweifen, während sie redet. Sie konnte sich nicht an alle Namen auf dem Foto erinnern, mehr noch, bei einigen konnte sie sich nicht mal an die Person erinnern.

Aziza fragt sie aus, führt sie herum, stellt sie anderen vor, die sie offensichtlich häufiger sieht. Gül weiß nicht, warum Aziza so ausgesprochen freundlich zu ihr ist. Sie kann sich nicht erinnern, dass sie während der Schulzeit eine Freundschaft verbunden hätte. Hinzu kommt, dass Aziza die anderen ein wenig von oben herab zu behandeln scheint. Was hat sie im Sinn? Warum hat Gül das Gefühl, dass Aziza aufrichtig ist, und misstraut ihr gleichzeitig? Gül ist es nicht gewöhnt, so eindeutig bevorzugt zu werden.

Die ersten zwei Stunden weicht Aziza kaum von ihrer Seite und ist bemüht darum, dass Gül sich wohl fühlt. Zwei Stunden, in denen Gül sich immer wieder nach Özlem umsieht, die auf Facebook zugesagt hat zu kommen.

Schließlich sitzt Gül an einem Tisch, vor einem Stück Kuchen, das ihr nicht schmeckt, und fragt sich, wie viel Zeit ihr bleibt, um die anderen zu beobachten, bevor sich jemand zu ihr setzt, weil sie allein ist. Es ist nicht viel, aber etwas in ihr wird weich und warm und strahlt bis in ihre Fingerspitzen, trotz des leichten Unbehagens, das nicht weicht. Sie fühlt sich wohl in diesem Raum voller Menschen, mit denen sie Jahrzehnte zuvor schon einmal zusammengesessen hat. Sie fühlt sich wohl, obwohl sie nicht alle Namen kennt, obwohl sie merkt, dass es Konkurrenz untereinander gibt. Obwohl sie sich immer noch nicht sicher ist, ob die Mehrheit sie erkennt. Obwohl sie glaubt, dass sie damals die Einzige war, die die Abschlussprüfungen nicht geschafft hat. Obwohl es damals lange gedauert hat, bis sie sich in der Schule halbwegs wohl fühlte. Da ist etwas, das sich trotzdem anfühlt, als würde sie zurückkehren zu einem Glück.

Eine Frau setzt sich neben sie.

– Gül, sagt sie, du bist Gül, die in Deutschland war, oder?

– Ja.

– Bilge, sagt die Frau.

– Bilge, wiederholt Gül langsam. Bilge, die immer ohne Stift in die Schule kam.

Sie bereut es sofort, doch Bilge lächelt:

– Ja, genau die, entgegnet sie. Ihr seid in der Fremde gewesen, habt ein schweres Los gezogen, fährt sie einfach fort, und jetzt seid ihr zurück, richtig?

– Wir fahren im Winter noch ein, zwei Monate nach Deutschland, aber meistens sind wir hier.

– Gott möge niemanden in der Fremde leiden lassen. Ich bin froh, dass ihr zurück seid. Ich wollte dich vorhin schon ansprechen, aber da hast du dich so angeregt mit Aziza unterhalten. Ihr seht euch sicher häufiger.

– Nein. Das letzte Mal, dass ich sie gesehen habe, ist über fünfzig Jahre her. Aber sie wohnt in der Nähe unserer Wohnung am Meer, wir wollen uns mal treffen.

Bilge nickt, als hätte sie diese Antwort erwartet.

– Aziza redet nicht mit jedem, sagt sie. Als sie Frau eines Bürgermeisters geworden ist, hat sie angefangen, die Nase ziemlich hoch zu tragen. Mit den meisten von uns redet sie nur das Nötigste, ich bin ihr auch nicht mehr gut genug. Was habt ihr gemacht? Seid ihr reich geworden in

Deutschland? Jahrzehnte in der Fremde schaffen, wahrscheinlich gehört euch ein ganzes Unternehmen hier irgendwo. Aber ihr prahlt nicht damit. Manche lernen in der Fremde Bescheidenheit.

Gül denkt nach. War Aziza so freundlich, weil sie glaubt, Gül wäre reich? Oder ist Bilge eifersüchtig? Oder versucht sie nur genau wie Gül herauszufinden, was Aziza zu Gül hingezogen hat?

– Nein, sagt Gül. Wir werden satt und etwas mehr als das, dem Herrn sei es gedankt, aber reich sind wir nicht geworden.

– Wir müssen uns unbedingt treffen, wenn du wieder in deinem Sommerhaus bist, sagt Aziza etwas zu laut, als sie sich später verabschiedet. Du hast ja meine Nummer, ruf mich an, jetzt muss ich leider los.

Gül merkt, dass sie Seitenblicke erntet von allen, die Aziza gehört haben. Sie fühlt sich geschmeichelt, doch sie weiß, dass sie Aziza nicht anrufen wird.

Sie redet noch mit Dursun, mit Günay, mit Ramazan, mit Gaye, sie redet, tauscht Erinnerungen aus, erzählt von ihren Töchtern und Enkeln, von Deutschland, von der Heimstraße, von Herrn Bender, von Saniye, von Fuats Abnehmpulvern, von ihrem Sommerhaus, von Öykü, aber nicht von ihren Geschwistern.

Es ist bereits weit nach Mitternacht, als die verbleibende Runde sich auflöst. Gül hat viel geredet, ihr Kopf summt angenehm von den Gesprächen, sie fühlt sich leicht. Sie gehört zu den letzten sieben, zwei Männer und fünf Frauen, die sich in ein Auto quetschen. Die Männer vorne, die Frauen hinten. Gül ist die dickste, dafür sind Leman und Şevval beide sehr dünn, und Leman setzt sich auf Şevvals Schoß.

Gül hat erfahren, dass Özlem schwer krank ist und wahrscheinlich nicht mehr lange zu leben hat. Sie liegt mit einer Leberzirrhose in Ankara im Krankenhaus. Sie hat nie Alkohol getrunken, es ist eine kryptogene Zirrhose, hat Derman gesagt, die Krankenschwester geworden ist. Das Wort hat Gül noch nie gehört und sie kann es sich auch nicht merken, um es zu Hause nachzuschlagen. Es beeindruckt sie, dass Menschen, mit denen sie zur Schule gegangen ist, solche Wörter kennen, auch wenn sie versteht, dass der Beruf es verlangt.

Erst als sie vor ihrer Haustür steht, merkt Gül, dass ihre Hüfte beim Aussteigen gar nicht geschmerzt hat. Die Nachtluft ist kühl, die Sterne funkeln und Gül überlegt, ob sie ihren Schlüssel herausholen soll oder die Packung, um noch eine hier draußen zu rauchen. Doch sie kann sich nicht entscheiden, bleibt unbewegt stehen und fragt sich, wann sie das letzte Mal allein so spät nach Hause gekommen ist. Sie weiß es nicht. Vielleicht nie. Sie fragt sich, ob Fuat möglicherweise auch so glücklich war wie sie jetzt, wenn er früher in den Morgenstunden nach Hause gekommen ist. Doch selbst wenn er glücklich gewesen sein sollte, dürfte er zu betrunken gewesen sein, um es noch zu merken.

Trunken allein von den Worten, trunken von der Vergangenheit, trunken davon, sich unter so vielen Menschen, die sie kennt und die sie gleichzeitig nicht kennt, wohl gefühlt zu haben, wohler als es zu Schulzeiten jemals der Fall war, trunken davon, dass alle so entspannt waren, trunken davon, sich frei zu fühlen, steht sie in einer Julinacht in ihrer Heimatstadt vor ihrem Haus, müde und glücklich. Nicht, weil es ihren Töchtern gut geht, nicht, weil es ihren Enkeln gut geht, nicht, weil die Arbeit erledigt ist, sondern anders glücklich.

Sie steht dort, vielleicht drei, vier Minuten oder auch zehn oder fünfzehn, sie steht in der samtblauen Nacht, gehüllt in einen Mantel aus Glück. Die Zigaretten bleiben in ihrer Handtasche.

Dann fragt sie sich, was wohl die Nachbarn denken würden, wenn sie sie hier so sehen. Was sie reden würden. Aber was soll schon ein Nachbar um diese Zeit aus dem Fenster schauen. Sie holt doch noch eine Zigarette heraus, beschließt aber, sie lieber am Küchentisch zu rauchen. Sie aus Glück zu rauchen. Nicht aus Sehnsucht, Wut oder Schlaflosigkeit, denkt sie noch.

Das Kissen ist weich. Fuat riecht nicht nach Alkohol, ihre Hüfte schmerzt nicht. Der Schlaf ist wie eine Decke, die jemand sanft über sie legt, während ihr die Augen schon zufallen.

– Eine kleine Hochzeit, Oma, wirklich klein, nicht so wie bei Ceren, hat Timur am Telefon gesagt. Nur zum Standesamt und hinterher etwas essen. Wir können nicht zu zwanzig Leuten da auflaufen.

– Wie viele kommen denn?

– Nur die beiden besten Freundinnen von Jennifer, ihre Mutter, ihre Tante und ihre Oma.

– Gibt es etwas, das ich noch nicht weiß?

– Nein, Oma. Wieso fragt das jeder? Wir wollen einfach nur heiraten.

Einige Wochen später ist Gül erstaunt, wie wenig festlich alles wirkt. Jennifer scheint sich nicht besonders herausgeputzt zu haben, sie trägt ein einfaches weißes Kleid, das gar nicht aussieht wie ein Brautkleid, Timur hat unter seinem seidig glänzenden grauen Anzug einen engen schwarzen Rollkragenpullover an.

– Wolltest du hinterher noch Fußball spielen gehen?, begrüßt Fuat ihn.

– Nein, wie kommst du darauf?

– Na, weil du Turnschuhe trägst.

– Opa, ich kaufe mir doch keine Schuhe, die ich nach diesem Tag nie wieder anziehen würde.

Fuat schüttelt den Kopf.

– Das alles hier ist nicht wichtig, die Turnschuhe nicht, die fehlende Krawatte nicht, dieses Standesamt, die Unterschrift und das Versprechen im Zweifelsfall auch nicht. Hauptsache, ihr werdet glücklich miteinander. Der Rest kann euch egal sein, sagt Gül.

Sie hat sich Jennifers Mutter als eine schlanke, strenge Person vorgestellt, doch Frau Scherzer ist ein wenig pummelig und nicht blond wie ihre Tochter, sondern braunhaarig. Sie wirkt verunsichert, vielleicht weil sie von so vielen Türken umgeben ist, doch soweit Gül weiß, hat sie ihren Segen gegeben. Möglicherweise weil Timur nun Polizist ist wie sie oder vielleicht weil sie ihre Einstellung zu Türken geändert hat. Frau Scherzers Mutter ist eine kleine Dame mit einem strengen Dutt in ihrem ergrauenden Haar, die sich schick gemacht hat und die Gül ein wenig an Tante Tanja erinnert. Sie sucht sofort Kontakt mit Gül, setzt sich auf dem Flur im Standesamt neben sie und sagt:

– Ich freue mich, dass die beiden heiraten. Ich mochte Timur von Anfang an. Ich weiß, dass es Probleme mit meiner Tochter gab, aber so sind die Kinder. Meine andere Tochter hatte immer viel Vertrauen. Das hat Marion gefehlt, schon als sie ein kleines Kind war. Sie glaubt, das Leben sei etwas Feindliches und andere Menschen eine Bedrohung. Wahrscheinlich ist sie deswegen Polizistin geworden. Sie ist meine Tochter, ich liebe sie. Was kann ich sagen?

Gül versteht nicht Wort für Wort, aber sie begreift, was diese Frau ihr sagen möchte. Sie nickt und sagt:

– Ich verstehe.

Und sie versteht noch mehr. Sie versteht, warum sie sich Gül ausgesucht hat und nicht Ceyda, um das loszuwerden. Sie versteht, dass das, was wie Fremdenfeindlichkeit aussieht, vielleicht einfach nur die Angst ist, dass die anderen anders sind als man selbst. Oder vielleicht, dass sie genauso schlimm sind wie man selbst. Sie versteht, dass es nur die eigene Natur ist, die man nicht fliehen kann, die eigene Melodie, die man zu hören verdammt ist und die beim Singen feindselig klingen kann, wenn man keinen Frieden in sich findet. Sie versteht, doch selbst wenn Frau Scherzer Türkisch könnte, Gül würde keine Worte finden. Sie nimmt einfach die Hand der Frau, die im ersten Moment verwundert scheint, doch dann sitzen sie Hand in Hand da, bis es Zeit ist, das Ja-Wort zu geben.

Viele Entscheidungen Fuats haben sich als wenig vorteilhaft für Gül erwiesen. Es erscheint Gül als ein ironischer Zug des Schicksals, dass der Kauf der Wohnung am Meer, auf den er so gedrängt hat, jetzt für Fuat wie eine Fehlentscheidung aussieht, während diese Wohnung für Gül das wird, was sie als ihr Zuhause betrachtet.

– Ach, Sonne, Strand, Grillfleisch, Fisch und Rakı, kaum fassbar, wie schnell man das satthat, sagt er. Da kommt doch Langeweile auf. Was soll ich in einer Gegend, in der die Menschen Ziegen essen, in der die Hitze flimmert, dass man kaum vor die Tür mag, eine Gegend, in der kein Wein wächst. Nein, da lobe ich mir doch die Heimat, die ich so lange vermisst habe.

Er kauft Trauben und keltert seinen eigenen Wein im Keller seines Hauses, jedem Besucher, jedem Bekannten, jeder Zufallsbekanntschaft drängt er eine oder mehrere Flaschen auf. Freigebig wie eh und je, und immer darauf aus, Eindruck zu schinden. Bereits im zweiten Jahr schmeckt sein Wein gut genug, dass sich sein Ruf in der Stadt verbreitet. Fuat ist stolz.

– Vierzig Jahre meines Lebens habe ich diesem Deutschland geschenkt, sagt er, aber ich habe dort mehr gelernt als nur Wolle zu waschen und am Fließband zu stehen. Ich habe Sorgfalt gelernt, Liebe zum Detail, Ordnung. Ich pansche nicht irgendetwas zusammen, ich habe Bücher gelesen über Weinproduktion, ich habe mich gebildet. Das ist es, was uns hier fehlt: Bildung und Sorgfalt.

In der Hochhaussiedlung am Meer ist sein Wein nicht so beliebt wie in der Heimatstadt, vielleicht ist das der Grund, warum ihm dort alles fad ist. Vielleicht liegt es aber auch an seinem neuen Freund Erol, der früher General war und den Fuat kennenlernt, weil ihm sein Rotwein so gut schmeckt. Erol spekuliert an der Börse und kann Fuat schnell für dieses Spiel um den Reichtum begeistern. So sitzen die beiden oft zusammen und kaufen und verkaufen Wertpapiere, diskutieren über Wirtschaft, Risiken, Kursverläufe, Renditen und Fonds, aber auch über Wein, Fußball und teure Autos.

Nach dem Erfolg mit dem Wein kommt Fuat auf die Idee, Rakı zu destillieren, und kauft sich eine Anlage. Er kann selbst kaum mehr als ein Glas Wein trinken, weil es seinem Magen nicht bekommt. Es scheint ihn dafür umso mehr zu freuen, wenn er andere zum Trinken bringt. Auf den Zigarettenrauch hingegen schimpft er hin und wieder, weil er ihm in den Augen brennt und Kopfschmerzen bereitet. Zu Güls Überraschung hat er nicht wieder angefangen zu rauchen.

Länger als zwei Wochen am Stück hält er es am Meer kaum aus, dann muss er wenigstens für ein paar Tage zurück in seinen Keller. Gül dagegen ist froh, wenn sie im Hochhaus ist. Sie genießt die Klimaanlage, sie freut sich, wenn ihre Kinder und Enkel kommen, denen sie immer von Öykü erzählt, und sie freut sich an Öykües Gesellschaft, wenn niemand zu Besuch ist.

Wenn Gül Öykü besucht, weiß sie, dass Öykü die Klimaanlage nur ihretwegen einschaltet. Gül taucht nie mit leeren Händen auf, mal bringt sie selbstgemachte Pasteten mit, mal Kuchen, mal Joghurt, mal Garn, mal Wolle. Wenn Öykü zu Gül geht, hat sie oft eine Tasche in der Hand, in der die leeren Teller sind, doch jedes Mal bringt sie auch ein Häkeldeckchen mit oder eine Spitzenarbeit, Wolljacken oder Socken.

Öykü lässt sich gerne von Güls Kindheit erzählen, von den Ringen unter den Augen ihrer Mutter, bevor sie starb, von den vielen Stunden, die sie mit ihrem Vater verbracht hat. Gül hört fasziniert zu, wenn diese stolze Frau von ihrem Leben an der Küste berichtet. Sie bewundert Öyküs Kraft und Unabhängigkeit, aber sie weiß, dass sie selbst nicht dafür geschaffen ist. Gül hat weniger Platz beansprucht im Leben als Öykü, aber vielleicht nur, weil sie wusste, dass sie die anderen brauchte, um sich selbst zu fühlen. Öykü scheint die Einsamkeit nicht zu quälen, als käme sie von einem anderen Planeten, auf dem man leben kann ohne Menschen um sich herum, auf dem man Schläge einstecken kann, ohne zu klagen, ohne sich die Wunden zu lecken und sich in einer Ecke zu verkriechen. Öykü weitet die Brust, öffnet die Arme und stellt sich.

Man braucht alle Arten von Menschen, um eine Welt zu machen, und der Herr hat jeden anders erschaffen, jedes Blut hat seine eigene Melodie und jeder Sänger in diesem Chor des Blutes seine eigene Stimme. Gül neidet Öykü nicht ihre Energie und Öykü neidet Gül nicht die Fähigkeit, Menschen um sich herum ins Vertrauen zu ziehen und ihr Haus mit Liebe, Gesprächen und Leben zu füllen. Öykü neidet Gül nicht, dass sie genug Geld hat und dass ihre Heimat nicht bis zur Unkenntlichkeit zerstört wurde.

Wenn Gül mit Öykü zusammen ist, dann denkt sie nicht an das Sommerhaus, nicht an ihre Geschwister und nicht an den Streit.

Nicht wo man geboren wird, sondern wo man satt wird, ist die Heimat, sagen die Ahnen. Gül denkt an die

Jahre in Deutschland zurück, die Jahre, in denen es keine Auberginen gab, kein Paprikamark, kein Lammfleisch, keinen Thymian, keinen Schwarzkümmel, keinen Bockshornklee und keinen Sumach. Auch wenn sie nicht kochen konnten wie zu Hause, hat ihr Magen sich gefüllt, aber satt, satt ist sie nicht geworden.

Fuat beschwert sich über die Einheimischen, die Ziegenfleisch essen, von dem er nur Durchfall bekommt, aber hier, hier wird Gül satt. Es ist nicht nur eine Frage der Mahlzeiten und der Zutaten, es ist eine Frage der Augen und Herzens.

Manchmal, wenn Gül sich auf dem Balkon eine Zigarette anzündet, kann sie die Flamme ihres Feuerzeugs kaum sehen, so hell ist es. Wenn dann noch ihre Enkel und Töchter da sind, dann kann es gar nicht mehr heller werden, dann könnte sie an jedem Ort sein, sie würde ihn Heimat nennen.

Gül und Öykü sitzen bei Gül und trinken Tee. Fuat ist in der Heimatstadt und mit seinem Wein beschäftigt, die Kinder und Enkel sind in Deutschland. Es ist später Herbst, in den Hotels drei Kilometer weiter westlich sind nur noch einige Rentner, viele der Wohnungen in den Hochhäusern stehen leer, weil die Schulen wieder angefangen haben. Vom Schwimmbecken schallt kein Lärm und kein Kinderlachen mehr nach oben, die Klimaanlage bleibt aus und Gül fragt sich manchmal nebenbei, ob sie diesen Winter auch überleben wird. Sie mag den Winter nicht, allein deswegen möchte sie noch einmal das Licht des Frühlings sehen, das sie streichelt wie die Wellen den Strand. Sie würde gerne im Herbst sterben, nach getaner Arbeit, nachdem Hände und Füße und Zungen sich weniger bewegen, wenn es nur noch darum geht, Dank zu sagen für die Gaben des Jahres und sich vorzubereiten auf eine Zeit der Dunkelheit.

Als es an der Tür klingelt, sieht Öykü Gül fragend an. Die hebt die Schultern.

– Ich weiß nicht, wer um diese Zeit klingeln könnte, sagt sie.

Sie steht auf und drückt den Summer. Als der Aufzug hält, stellt sie sich hinter die Tür und sieht durch den Spion. Aus dem Aufzug kommt Aziza. Gül ergreift eine Aufregung, sie öffnet die Tür und sieht Aziza in ihren hohen Absätzen strahlend auf sie zukommen.

– Tut mir leid, dass ich dich so überfalle, ich hoffe, ich störe nicht. Ich habe deine Nummer verloren. Ich war gerade in der Gegend und habe ein wenig herumgefragt, es war nicht schwer, dich zu finden.

Gül ist verunsichert, dass Aziza unangemeldet auftaucht. In der Hochhaussiedlung. Sie hat sich bestimmt etwas anderes vorgestellt, als Gül von einem Sommerhaus gesprochen hat, aber so sagt man eben, selbst wenn es nur eine Hochhauswohnung ist. Sie weiß nicht, wie Öykü reagieren wird, die sich immer fernhält, wenn Gül Besuch hat. Und sie fühlt sich schuldig, weil sie Aziza nicht angerufen hat.

– Nein, nein, du störst nicht, überhaupt nicht. Schön, dass du mich gefunden hast, so ganz ohne Adresse. Ich habe gerade Besuch von einer Freundin, aber komm doch rein.

– Ich möchte nicht stören, sagt Aziza, hat aber bereits die Schuhe ausgezogen.

– Das ist Aziza, eine Freundin aus der Grundschule, das ist Öykü, eine Nachbarin, sagt Gül und fühlt sich sofort schlecht. Öykü ist so viel mehr als eine Nachbarin. Ehe die beiden sich die Hand geben können, schickt sie hinterher:

– Einer der wertvollsten Menschen, die ich in den letzten Jahren kennenlernen durfte.

Dann fragt sie sich, ob Aziza das vielleicht als Kränkung auffassen könnte.

– Aziza ist mit dem ehemaligen Bürgermeister Silifkes verheiratet, versucht sie ein Gleichgewicht herzustellen und setzt sich, um gleich wieder aufzustehen.

– Ich hole dir einen Tee, sagt sie zu Aziza und geht in die Küche. Und schilt sich, dass sie die beiden so schnell alleingelassen hat. Sie weiß, dass Öykü kein Blatt vor den Mund nehmen wird, sollte sie je etwas gegen den Bürgermeister Silifkes gehabt haben.

– Wer ist denn dein Mann, wahrscheinlich kenne ich seinen Namen, hört sie ihre Freundin sagen.

– Mithat Paraoğlu.

Gül kommt bereits mit dem Tablett zurück ins Wohnzimmer, Öykü sieht kurz zu ihr und sagt dann:

– Den kenne ich natürlich. Er hat viel getan. Sehr viel.

– Ja, mein Mann ist ein fleißiger Mensch. Wie hätte er es sonst bis zum Bürgermeister bringen sollen?

Gül weiß nicht, ob nur sie den Unterton in Öyküs Stimme hören konnte, weil sie sie kennt, oder ob Aziza einfach nicht sensibel genug dafür ist.

– Kennen Sie Gül schon lange?, fragt Aziza.

– Ein paar Jahre, antwortet Öykü, vier, vielleicht fünf.

– Was für ein wundervoller Mensch sie ist, nicht wahr? Ich habe sie als Kind kennengelernt, aber dann habe ich sie 57 Jahre lang nicht mehr gesehen. Doch ich habe sie nie vergessen. Facebook sei Dank haben wir uns jetzt wiedergefunden. Einen Menschen als Kind schon gekannt zu haben, kann man nicht ersetzen. Man sieht, was der Mensch ist, in seinem Kern. Und es ist ja dieser Kern, den man liebt. Das, was übrig bleibt, wenn alles andere weg ist, der Beruf, das Aussehen, die Kleidung, das Theater, das wir als Erwachsene machen.

– Bei uns gab es früher kein Theater, sagt Öykü, wir haben alle dasselbe getragen, dasselbe gearbeitet, und selbst wenn jemand mehr Geld hatte, konnte er sich nichts dafür kaufen, außer Reis, Grütze und vielleicht ein paar Ziegen. Aber deswegen waren wir ja nicht unser Leben lang Kinder. Und dann hat die halbe Welt entdeckt, dass sie gerne schwitzen, nackt am Strand liegen, Bier aus Flaschen trinken, an denen Sand klebt, und den ganzen Tag nichts lieber tun als ins Meer zu gehen und sich dann wieder an den Strand zu legen.

Aziza sieht Gül an, die völlig hilflos ist, lacht dann etwas gekünstelt und sagt:

– Ja, die Welt hat sich verändert. Jetzt kommen viele Menschen, die sich an der Schönheit unserer Gegend erfreuen wollen.

– Ja, sagt Öykü. Wahrscheinlich sollte ich dankbar sein, denn so habe ich Gül kennengelernt. Aber diese Menschen, die sich Urlauber nennen oder Touristen, diese Menschen, die nur liegen, essen, trinken und schlafen wollen, sie haben uns unser Dorf genommen, unsere Gemeinschaft, unser Leben. Dafür haben sie uns Geld gegeben, aber es war wie ein Sommerregen, ehe wir es uns versahen, saßen wir wieder auf dem Trockenen. Diese Menschen haben mir Gül gebracht. Güls Vater hat wohl oft gesagt: Gewinn und Verlust sind wie Brüder, sie treffen sich immer wieder. Aber ich glaube, sie sind mehr als Brüder, sie sind Zwillinge, es ist nicht einer größer oder besser als der andere. Vielleicht sind sie sogar noch mehr als Zwillinge, sie sind ein- und dieselbe Person, die mal so aussieht und mal ein bisschen anders. Ich habe eine Freundin gewonnen, aber wie viel wurde mir dafür genommen.

– Ja, sagt Aziza, nichts ist umsonst in diesem Leben.

– Außer der Atem, den Gott dir schenkt, erwidert Öykü.

Gül fühlt sich verantwortlich dafür, dass es harmonisch zugeht, doch sie sieht, wie viel die beiden trennt und dass ein einzelnes Gespräch diese Lücke nie schließen könnte.

– Mit eurer Erlaubnis, sagt Öykü, ich muss noch nach Hause und kochen.

– Oh, nicht dass ich hier gestört habe. Das war nicht meine Absicht. Bleiben Sie doch, ich gehe auch gleich.

– Nein, nein, ich bekomme noch Besuch, ich wollte ohnehin gerade gehen, als es geklingelt hat.

Gül ist versucht, diese Lüge zu bestätigen, schweigt aber dann doch lieber.

Aziza macht lange keine Anstalten zu gehen, und so isst sie mit Gül zu Mittag, obwohl sie immer wieder betont, dass sie nicht zur Last fallen möchte. Als sie schließlich geht, ist es bereits früher Abend. Gül kann immer noch nicht begreifen, warum Aziza offensichtlich ihre Nähe sucht.

– Sie ist einsam, sagt Öykü am nächsten Tag. Sie mag es natürlich nicht zugeben. Und vielleicht hat sie auch Schuldgefühle.

– Schuldgefühle?

– Ihr Mann ist ein ehr- und schamloser Ochse. Alle wissen, wie viel Bestechungsgeld durch seine Hände geflossen ist. Es ist zu einem guten Teil seine Schuld, dass alles hier den Spekulationen zum Opfer gefallen ist. Sie ist deine Grundschulfreundin und ich bin schon so alt, dass ich mich nicht mehr aufregen lasse, aber sonst ... Du weißt, wie ich deine Schwester damals auf der Straße beschimpft habe. Wer hätte da gedacht, dass wir uns mal wiedersehen werden und dass wir Freundinnen werden. Andererseits habe ich damals schon gesehen, dass mit dir etwas anders ist. Vielleicht hat Aziza das auch gesehen, als ihr Kinder wart.

– Versteh mich nicht falsch, aber es wurde noch ein schöner Tag mit ihr, nachdem du gestern weg warst.

– Wir wollen alle einen Platz, an dem wir uns ausruhen können, von dem, was sie Theater nennt. Die ganze

Welt ist eine Fremde, wir kommen hierher und suchen und suchen, wir fluchen auf das Geld, das Schicksal, wir sticken im Dunkel der Einsamkeit Bilder, auf denen niemand etwas erkennen kann, wir leben in Angst, dass uns etwas an Liebe entgeht, an Geborgenheit, an Geld, wir haben Angst vor den Verlusten und der Trennung, wir sorgen uns um unsere Kinder und wir nennen es Leben. Wie lange währt es schon? Ein paar Atemzüge haben wir hier, und die verbringen wir mit Rennerei. Gott wird dieses Geschenk wieder an sich nehmen. Weißt du, die Menschen kommen sich klug vor, auch diese Aziza, sie glauben, sie seien weiß Gott wie schlau. Aber sie sind es nicht. Auch die, die gelesen haben, sind es nicht. Die Juden bei uns im Dorf haben erzählt, wie Moses zehn Gebote vom Berg heruntergebracht hat. So steht es auch bei uns, aber bei uns steht nirgends, wie die Gebote lauten. Die Juden kennen die Gebote, aber es sind gar keine Gebote, sondern Begehren, die jeden Menschen ereilen. Den Namen des Herrn missbrauchen, andere Götter haben, lügen, töten, stehlen, begehren, neidisch sein. Warum sollte Moses 40 Tage und Nächte gebraucht haben, um das herauszufinden? Gott, vergib mir, aber ich glaube, die Wahrheit steht nicht in Büchern, auch nicht in unserem. Die Geschichten, die wir erzählen, sind nur ein Spiegel unserer Herzen. Und wer direkt ins Herz schauen kann, der liest das richtige Buch.

Wenn du so klug bist, dann schreib doch ein Buch, hat Serters Ex-Frau Mevlüde vor Jahren in der Heimstraße zu Gül gesagt. Gül ist sich nie klug vorgekommen. Ich bin in mein Buch gekrochen und habe mich versteckt, doch sie haben mich Wort für Wort gefunden, heißt es in einem alten Lied. In diesem Winter gewöhnt Gül sich an, abends noch in der Küche zu sitzen, allein, ohne Zigarette, ohne Radio, ohne dass der Fernseher nebenher läuft, wie es tagsüber oft der Fall ist. Sie verzichtet auf diese Gewohnheit in den Wochen, die sie in Deutschland ist und bei Ceyda wohnt, oder wenn sie Besuch hat, doch an den meisten Abenden des Jahres sitzt sie allein und meist bewegungslos in der offenen Küche der Sommerwohnung, ohne Licht zu machen, die Hände vor sich auf dem Tisch.

– Was machst du da?, hat Fuat einige Male gefragt, und Gül hat geantwortet:

– Sitzen.

– Kaum fassbar, sitzen, als sei das etwas, mit dem man seine Zeit verbringen kann, sitzen, als sei das Leben als Zeitverschwendung gedacht. Wartest du schon auf den Tod, oder was?

Gül lässt sich nicht provozieren. Sie fühlt sich nicht klüger, wenn sie so dasitzt. Klug ist nicht das Wort dafür. Vielleicht klar. Vielleicht hell. Vielleicht nah. Vielleicht fein.

Sie sitzt da und hört in etwas hinein, wenn es leise wird, wenn nach der Stille von Lauten manchmal die Stille von Gedanken kommt, oder die Stille von Willen und die Stille von Begehren, und dann sieht sie klar. Welche Bewegungen in ihr richtig klingen, welche nur aus Angst entstehen, welche aus Sorgen, welche Bewegungen ihrer Gedanken sich manchmal verselbstständigen, bis sie nichts mehr mit ihr zu tun haben, obwohl sie sie dennoch mit Aufmerksamkeit nährt.

Wenn sie lange genug still sitzt, erfasst sie, was nicht in Harmonie mit ihrer Stimme und ihrer Melodie ist. Abends in der Küche findet sie etwas, in das sie sich treiben lässt, etwas, das die Mitte zwischen ihren Händen sein mag.

Nicht immer bleiben ihre Augen dabei trocken. Manchmal treibt sie in den Ursprung eines Schmerzes.

Sie erinnert sich daran, wie es sich angefühlt hat, ihre Töchter bei ihrer Schwiegermutter zurückzulassen und anderthalb Jahre lang nicht mehr zu sehen. Sie sieht, dass sie dasselbe getan hat wie ihre Mutter. Die Kinder zurücklassen. Sie spürt die Wut, die sie als Kind hatte, weil ihre Mutter gegangen war. Unter dieser Wut liegt Trauer und unter der Trauer liegt der Mangel. Mit ihrer Mutter sind die Geborgenheit, der Schutz und die Liebe gegangen. Ihre Mutter war eine Waise, die die Wut, die Trauer und den Mangel auch kannte. Der Schmerz wird weitergegeben, wie die Liebe, von einer Generation zur nächsten, er verändert sein Gesicht, doch es bleibt derselbe Schmerz. Fatma wurde der Vater genommen und sie ist jetzt allein in der Türkei, während der Rest der Familie in Deutschland wohnt. Duygu und Timur sind auch auf eine Art ohne Vater aufgewachsen. Jeder kennt das Gefühl, verlassen zu werden, allein zu sein. Und das ist nicht nur bei ihnen so. Es ist nicht der Schmerz dieser Familie, es ist ein Schmerz in vielen Familien, vielleicht allen.

Sie folgt dem Schmerz, das Sommerhaus zerstört zu wissen, sie folgt ihm bis in ihre Kindheit und sieht, dass der Vater ihr so viel Zuneigung gezeigt hat, weil sie fast keine eigenen Wünsche äußerte. Wenn er sie doch schimpfte, was selten geschah, dann weil sie beim Spielen die Zeit und eine ihrer Aufgaben vergessen hatte. Sie sieht, wie sie als Kind alles getan hat für die Liebe ihres Vaters, nachdem die Liebe ihrer Mutter auf einmal verschwunden war. Wie sie sich selbst verleugnet hat, wie das Leben und der Wunsch nach Liebe sie gebogen haben. Sie sieht, wie sie diese Strategie immer weiter verfolgt hat, auch als sie schon lange kein Kind mehr war. Wie sie ihre eigenen Bedürfnisse immer zurückgestellt hat, wie sie kaum noch gewagt hat, sich Raum zu nehmen, zu wünschen, wie sie sich Grenzen aufgezwungen hat.

Je ruhiger sie abends ist, je weiter sie in diese Schmerzen hineingeht, desto deutlicher kann sie erkennen, was passiert ist. Wie das Kind in ihr immer noch glaubt, dass sie nur Verantwortung übernehmen muss, brav sein und gefügig, und dafür mit Liebe belohnt werden wird. Wie das dazu geführt hat, dass sie Fuat nicht verlassen hat. Nicht verlassen konnte. Dass sie immer nur gelernt hat, Opfer zu bringen.

Doch wenn sie diesen Bildern nachgeht, kommt sie manchmal an einen Punkt, wo alles weich wird, wo es sich anfühlt, als hätte jeder Schmerz seine eigene Heilung mit im Gepäck. Sie sieht, dass viele Kränkungen im Laufe ihres Lebens alte Wunden aufgerissen haben, Wunden, die aus einer Zeit stammen, aus der auch das Licht stammt, das durch ihr ganzes Leben geströmt ist.

Manchmal folgt sie diesem Licht, sieht sich mit ihren Töchtern, sieht das Lächeln auf ihren Gesichtern, das Glück, sieht, wie sie ihnen eine Hilfe sein konnte, wie sie ihnen die Hand reichen konnte. Sie sieht sich mit ihren Enkeln, die sie an ihre Brust drückt, sie erinnert sich an Gespräche und wie die Worte sie verbunden haben mit den Menschen. Sie erinnert sich an das Vertrauen, das man ihr geschenkt hat, an den Respekt, den man ihr entgegengebracht hat. Sie denkt an die Nacht, in der sie nach dem Klassentreffen vor ihrer Haustür stand, sie denkt an ihr Wiedersehen mit Suzan, an ihre Gespräche mit Öykü, an die Stunden im Restaurant in Malatya mit Saniye. Sie sieht auf ihre Hände und freut sich, dass der Herr ihr die Gabe geschenkt hat, sich mit Menschen zu verbinden.

Noch ist sie in der Zeit und an diesen Abenden spürt sie, dass alles zugleich da ist, die Vergangenheit, die Zukunft, der Schmerz, die Freude, nichts ist vergangen, nichts ist einfach vorbeigeflossen, nichts ist vergessen.

Sie erinnert sich, wie sie gebetet hat, so alt zu werden, dass jeder Glaube von ihr abfällt und alle Täuschungen und Lügen aufhören. Noch ist es nicht so weit, doch der Schatten, den Gül selbst auf ihr Leben wirft, wenn sie sich umblickt, der Schatten wird immer kleiner an diesen Abenden, die ihr Kraft geben und manchmal ihren Morgen erhellen, ehe sie eingeschlafen ist. Eines Tages wird dieser Schatten ganz verschwinden in dem Licht, das am Ende der Zukunft auf sie wartet.

Danke:

A. H.
Seher Özdoğan, Tufan Özdoğan, Gülten Ertekin, Vedat Ertekin, Nermin Turan, Nesrin Demirhan, Maria Steenpass, Markus Martinovic, Tolga Özdoğan, Lutz Freise, Ralf Gerhardi, Christian Asmussen, Georg Hasibeder